이어령
읽기

ㅇ ㅇ

ㄹ

인공지능과 생명사상 시대의
문명, 문화, 문학

이어령
읽기

김성곤

민음사

차
례

1부
바람과 물결 사이에서 본 문학, 문명, 문화

3부
이성, 자연·문명

이어령 교수를 떠나보내며

한국을 대표하는 최고의 문학평론가이자 문화/문명 비평가를 꼽을 때, 고(故) 이어령 교수를 지목하는 데 주저하는 사람은 없을 것이다. 그만큼 이어령 교수는 한국 문단과 학계에 지대한 영향을 끼쳤고, 한국의 지성사에 거대한 그림자를 드리웠다. 과연 그가 활발하게 저술 활동을 하며 명성을 떨치던 시대에 대학을 다닌 한국의 젊은이들치고, 이어령 교수의 영향을 받지 않은 사람은 거의 없다 해도 과언이 아닐 것이다. 1960년대와 1970년대의 대학생들에게는 이어령 교수의 평론집과 에세이집을 들고 다니는 것이 유행이었다.

문학평론가 이어령은 '우상 파괴자'였다. 22세의 젊은 나이에 「우상의 파괴」를 발표하며 혜성처럼 등장한 그는, 당시 문단에서 정전으로 여겨졌던 소설가 김동리와 시인 서정주 및 원로 평론가 백철과 조연현의 헤게모니에 도전해 그들의 견고한 아성을 무너뜨렸다. 또한 이어령 교수는 외국 문학, 특히 프랑스 문학에 대한 해박한 지식과 비교문학적 시각으로 한국문학이 나아가야 할 길을 예시해 준 탁월한 문학평론가였다. 이미 서울대학교 학부생 시절부터 교수들보다 문학적 센스가 더 뛰어났고, 시대를 앞서 나갔으며, 날카로운 질문으로 저명 원로 교수들을 당황하게 만들었던 그는 심지어 자신 외에는 아무도 인정하지 않았던 것으로 유명한 양주동 교수까지 놀라게 만들어 그의 인정을 받는 데도 성공했다.

이어령 교수는 또 최초로 한국 문학 작품에 나타난 잘못된 부분을 지적해 화제가 되기도 했는데, 예컨대 염상섭의 「표본실의 청개구리」에서는 냉혈동물인 청개구리를 해부하니 김이 모락모락 났다는 묘사가 잘못되었음을 지적했고, 이효석의 「메밀꽃 필 무렵」에는 왼손잡이가 유전이 아닌데도, 허생원이 동이가 왼손잡이인 걸 보고 자기 아들이라고 확신하는 내용의 오류를 지적했다. 그러한 것들은 그가 지적하기 전까지 아무도 생각하지 못했던 것들이었다.

이어령 교수의 초기 에세이집 『흙 속에 저 바람 속에』는 한국이란 무엇인가를 서구 문화와의 비교를 통해 분석한 최초의 본격적인 한국 문화론이었고, 『바람이 불어오는 곳』은 한국인의 눈으로 서양을 바라보는 신선한 비교 문화론이었으며, 『저항의 문학』은 문학을 통해 삶과 현실과 사회를 읽어 내는 탁월한 문학 평론서였다. 『흙 속에 저 바람 속에』는 한국 독자들에게 스스로를 돌이켜 보는 기회를 주었고, 『바람이 불어오는 곳』은 해외여행이 금지되어 세상을 몰랐던 젊은이들에게 또 다른 세상인 서양을 바라보는 시각을 제공했으며, 『저항의 문학』은 본질적으로 체제 저항적인 문학이 어떻게 기존 질서에 반발하고 새로운 비전을 제공하는가를 보여 주는 기념비적인 저서였다.

그런 의미에서 이어령 교수는 당시 척박했던 한국의 문단과 학계와 지성계에 새로운 바람을 불러일으킨 신선한 충격이었고, 방황하던 젊은이들을 이끈 정신적 지도자였으며, 한 시대를 풍미한 컬트 히어로였다. 그래서 그가 서울대학교 국문과를 졸업하고 서울대학교에서 가르치던 강사 시절, 유독 그의 강의실에는 늘 학생들이 넘쳐 났고, 강의가 끝나면 당시 문리대가 있던 동숭동의 전설적인 학림 다방에서 거기까지 따라온 학생들에게 명강의를 계속했다고 알려져 있다. 그는 또 뛰어난 감수성과 능숙한 글솜씨, 그리고 탁월한 문장력으로 한글이 감동적이고 아름다운 언어라는 사실을 깨우쳐 준 한글 구사의 대가이기도 했다. 그의 저서들을 읽으며 독자들은 이어령 특유의 재치와 성찰과 흡인력 있는 멋진 문장에 감탄하고 매료되었다. 그리고 무엇보다도, 이어령 교수에게는 아무도 생각하지 못하는 것들을 생각해 내는 창의력과, 아무도 보지 못하는 것들을 꿰뚫어 보는 예리한 시각이 있었다.

예컨대, 1962년에 출간되어 한국 독서계에 에세이 돌풍을 일으키며 한 시대를 풍미했던 명저 『흙 속에 저 바람 속에』에서 이어령 교수는 한국 문화와 풍습에서 보통 사람은 보지 못하는 한국인의 특성을 성찰하고 해석했다. 이 책은 아직도 낡은 인습에서 벗어나지 못하고 있는 한국인의 의식구조를 서구 문화와 비교해 예리하게 비판한 명저인데, 유독 한국인에게 흔한 울음, 눈치를 보는 관습, 그리고 '우리끼리' 문화의 특징을 문화인류학적으로 분석하면서, '기침과 노크', '김유신과 나폴레옹', '춘향과 트로이의 헬레네', '한복 바지와 양복바지', '화투와 트럼프' 같은 동서양의 차이를 비교 문화적 시각으로 성찰해 독자들의 감탄을 자아냈다. 출간되자마자 선풍적인 인기 속에 베스트셀러가 된 이 문화 비판서는 한국 젊은이들의 인식을 바꾸어 놓고, 그들의 시야를 과거에서 미래로, 그리고 한반도에서 세계로 돌리게 해 줌으로써 한국의 정신적 선진화에 크게 기여했다.

『흙 속에 저 바람 속에』는 『바람이 불어오는 곳』, 『저항의 문학』과 더불어 이어령의 초기 삼부작을 이룬다.『바람이 불어오는 곳』이 서양 문화론이라면『저항의 문학』은 한국문학 비평서로서, 이 두 책 역시 한국의 지성계에 지대한 영향을 끼쳤다. 이어령 교수의 공헌 중 하나는, 감동적이고 생동하는 문장들을 통해 한국어가 얼마나 맛깔스럽고 멋있는 언어일 수 있는가를 보여 준 것인데,『저항의 문학』또한 문학비평도 소설만큼 재미있고 감동적일 수 있다는 사실을 보여 주는 참신한 평론집이었다.

『흙 속에 저 바람 속에』에서 과거 속에 잠들어 있는 한국인들과 폐쇄적인 한국 문화에 다분히 비판적이었던 이어령은 1986년에 나온『신한국인』(2003년『젊은이여 한국을 이야기하자』로 재출간)에서는 한국의 전통문화를 긍정적인 측면에서 재해석하고 있다. 전후의 가난한 후진국에서 불과 33년 만에 크게 발전해 풍요로운 삶을 살기 시작한 한국의 젊은이들에게 이 책은 문화적 자부심을 불어넣는 중요한 역할을 했다. 이 책은 그의 또 다른 명저『축소지향의 일본인』과 더불어 중요한 한중일 및 동서 비교 문화 연구서로 평가받는다.

일본 문화론인『축소지향의 일본인』은 일본에 커다란 반향을 불러일으켜 그를 일본의 저명 문화 스타로 만들어 주었다. 내가 일본에 갈 때마다 도쿄대학교 교수들은 내게 이어령을 아느냐고 물으며 감탄을 표하곤 했다. 또 아날로그와 디지털의 조화를 주장해 온 그의 저서인 『디지로그』도 디지털 시대의 대표적 문화론으로 자리 잡았다. 그리고 그가 마지막으로 기획 출판하다가 타계한 『한국인 이야기』 시리즈는 석학 이어령의 한국 문화론과 최근 사상을 집대성하는 기념비적인 대작이다.

이어령 교수는 에세이뿐 아니라 소설, 시 그리고 희곡도 쓴 소설가이자 시인이자 극작가이다. 소설로는 「장군의 수염」, 「암살자」, 「무익조」, 「전쟁 데카메론」, 「환각의 다리」 등이 있고, 인천의 정서진에는 이어령 시비가 세워져 시인인 그를 기린다. 에세이로 한 시대를 풍미했던 그였기에, 어디엔가는 이어령 에세이 기념비도 세워져야 하지 않나 하는 생각이 든다. 다방면에 다재다능했던 이어령 교수는 뉴욕주립대학교(버펄로)의 내 은사 레슬리 피들러(Leslie A. Fiedler) 교수를 연상시킨다. 두 분이 다 소설가이자 시인이자 에세이스트였고, 뛰어난 문학평론가이자 문화평론가였기 때문이다. 그래서인지 이어령 교수는 레슬리 피들러를 아주 좋아했다.

흔히들 이어령 교수를 한국에서 백년 만에 한 번 나올까 말까 한 천재 지성이라고 평한다. 그는 한 번 보거나 들으면 절대 잊어버리지 않는 놀랄 만한 기억력의 소유자여서 어떤 구절이 무슨 책 몇 페이지에 있는가를 다 아는 것으로 유명했다. 거기에다 이어령 교수는 탁월한 국제 감각을 가진 저명한 국문학자이자 문학평론가였고, 비교 문화적인 성찰과 촌철살인의 에세이로 담아낸 문화론을 펼친 뛰어난 문화비평가였다. 그는 아무도 생각하지 못하는 새로운 시각과 창의력으로 문화를 통한 한국인의 정체성을 탐구해 왔으며, 늘 새로운 패러다임을 탐색하고 추구해 온 한국의 대표 지성이었다. 그러므로 이어령 교수는 한국문학이 나아가야 할 방향을 제시해 준 이정표이자 안내 성좌로, 또 한국 문단을 대표하는 위대한 문학평론가로 한국문학사에 길이 남을 것이다.

이어령 교수와 나의 인연은 1978년으로 거슬러 간다. 당시 이어령 교수는 이화여대 국문과 교수이면서, 1972년에 창간한 월간《문학사상》의 초대 편집 주간을 맡고 있었다. 그때는 문학도뿐 아니라, 일반 대학생들도《문학사상》을 읽고 옆에 끼고 다닐 만큼《문학사상》은 지성의 상징이었다. 2002년 내가 서울대학교 언어교육원장을 맡고 있을 때, 임홍빈 회장과 이어령 교수의 권유로 3년 동안《문학사상》편집 주간을 맡은 적이 있었다. 그때, 후에 국무총리를 역임한 경제학자 정운찬 서울대학교 총장이 내게 축하 인사를 하면서 자기도 문리대 학생 시절에 늘《문학사상》을 들고 다니며 읽었다고 말한 적이 있었다.

1978년 여름, 전국에서 다섯 명을 뽑는 풀브라이트 장학
생으로 선발되어 미국 뉴욕주립대학교 영문과 박사과정 공
부를 위해 출국하는 나에게 이어령 교수는 미국에 가면 현
지의 유명 작가들을 만나 대담을 해서 그 원고를 《문학사
상》의 "세계 지성과의 대화"라는 기획에 기고해 달라고 부
탁했다. 내 첫 번째 대담 작가는 레슬리 피들러였다. 당시
뉴욕주립대학교 영문과 새뮤얼 클레멘스(마크 트웨인) 석좌
교수였던 피들러는 미국 문학에 나타난 백인과 유색인의 화
해와 공존에 대한 꿈을 탐색한 명저『미국 소설에 나타난
사랑과 죽음(Love and Death in the American Novel)』의 저자이자,
1960년대 초에 전자 매체에 밀려 사라져 가던 난해한 예술
소설의 사망을 진단한, "소설의 죽음"(The Death of the Novel)
의 선언자였고, 모더니즘이 추구했던 고급문화의 종말과, 포
스트모던 시대가 포용했던 대중문화 시대 도래를 예언한 저
명한 문학평론가이자 문화비평가였다.

그 후, 나는 미국 뉴욕주립대학교와 컬럼비아대학교에서
공부하던 1978년부터 1984년까지 6년 동안 《문학사상》의
"세계 지성과의 대화"라는 기획에 연재를 했다. 그 기획을 통
해 나는 내가 만나 대담한 30명의 미국, 영국, 프랑스의 유명
작가들의 육성으로 당시 포스트모더니즘과 포스트구조주
의가 막 시작되던 서구 문학 현장의 생생한 흐름을 국내에

알렸다. 그들 중에는 노벨상 수상 작가인 솔 벨로, 비트 문학의 창시자인 시인 앨런 긴스버그, 탈구조주의 문학 이론가 츠베탄 토도로프, 그리고 명저 『오리엔탈리즘』의 저자이자 탈식민주의의 태두인 에드워드 사이드 등이 포함되어 있었다. 차봉희 교수(독일 특파원)와 민용태 교수(스페인 특파원)도 같이 참여한 "세계 지성과의 대화"는 우리 작가들이 세계 문단의 변화를 알아야 한다는 이어령 교수의 뜻에 따라 만든 성공적인 기획으로서 연재 당시 한국 작가들의 사랑을 많이 받았다.

6년간의 오랜 유학 생활을 마치고 1984년 서울대학교 영문과 교수로 부임하기 위해 귀국하자, 이어령 교수는 나와 내 처 오현숙을 당시 막 개장한 롯데 호텔의 전망 좋은 뷔페로 데려가 귀국 환영 오찬을 대접하셨고 평창동 댁으로도 초대해 환영 만찬도 베푸셨는데, 그때 사모님이신 강인숙 교수와 박완서 작가도 만나 모처럼 즐거운 시간을 가졌다. 이어령 교수는 내가 뉴욕주립대학교와 컬럼비아대학교에서 각각 레슬리 피들러와 에드워드 사이드를 지도 교수로 모시고 공부했다는 말을 듣고 특히 좋아했는데, 그 두 석학 문학평론가/문화비평가들이 여러 가지로 자신과 많이 닮아서였을 것이다. 식사 후에는 이어령 교수의 안내로 지하 서재에 내려갔는데, 책이 얼마나 많은지 서재라기보다는 도서관 같아서 깊은 인상을 받았다. 지하실에는 분위기 좋은 칵테일 바도 있었고, 그 옆에는 컴퓨터가 아직 나오기 전이어서 그때만 해도 팬시하게 보였던 워드프로세서가 있었다.

모든 면에서 타의 추종을 불허하고 모든 면에서 남보다 앞서갔던 선각자 이어령 교수는 첨단 전자 매체인 컴퓨터에도 귀재였다. 당시는 아직 컴퓨터가 등장하기 전이었는데도 그분은 벌써 대우에서 나온 'Le Mots 2'라는 워드프로세서를 사용하고 있었고, 나에게도 적극 권하셔서 나도 그걸 구입해 사용했다. 후에 컴퓨터가 등장하자, 이어령 교수는 PC 두 대를 사서 책상 위에 놓고 연결해 능숙하게 인터넷 서핑을 하시는 것을 보았다.

그러다 1988년에는 이어령 교수의 제안으로 영국에서 *Simple Etiquette in Korea*라는 영문 한국 문화 도서를 공저로 출간하는 소중한 인연도 맺게 되었다. 그 책에 멋진 삽화를 그려 준《동아일보》의 백인수 화백도 지금은 고인이 되었다. 또 2014년에는 일본 쿠온 출판사에서 노마 히데키 편저로 출간된『한국의 지(知)를 읽다』에서 나는 한국을 대표하는 두 지성으로 이어령 교수와 김우창 교수를 선정해 이어령론과 김우창론을 쓰기도 했다. 일본에 한국의 대표적인 지성들을 알리는 데 크게 공헌한 이 책은 후에 마이니치 신문사가 주관하는 제22회 아시아태평양상을 수상했다.

이어령 교수는 1990년에 초대 문화부 장관을 역임했고, 88올림픽 기획위원,《중앙일보》고문, 그리고 이화여대 석좌교수를 지냈으며, 말년에는 한중일비교문화연구소장을 지냈다. 그리고 타계하기 직전까지 책상 앞에 앉아 동아시아와 세계 속의 한국을 탐구하는 저술 작업을 계속했다. 이어령 교수는 생전에 160여 권의 저서를 출간했고, 사후에도 계속해서 그가 남기고 간 저술들이 책으로 나올 예정인 것으로 알고 있다. 키보드를 두드릴 수 없을 정도로 몸이 약해지자, 이어령 교수는 미국에 있는 내게 이메일을 보낼 때 컴퓨터에 말로 입력하는 방법을 사용하기도 했다. 이 책은 투병 중인 이어령 교수가 글을 쓰기 어려워지자, 머릿속에서 샘솟는 아이디어를 후세에 남기기 위해 필자를 불러 이야기한 것을 정리한 것이다.

독일 시인 요한 페터 에커만은 괴테가 타계하기 전에 만나 나눈 대화를 모아서 말년의 괴테가 펼친 문학론과 그의 사상을 널리 알리는 『괴테와의 대화』라는 중요한 책을 출간했다. 또 미치 앨봄의 『모리와 함께한 화요일』에서 주인공은 루게릭병으로 죽어 가는 모리 슈워츠 교수를 매주 화요일에 만나 그와 대화를 나누며 마지막 수업을 듣는다. 모리의 마지막 가르침은 그에게 삶의 의미를 깨우쳐 주고 그의 인생을 변화시킨다.

나 역시 암 투병 중이던 이어령 교수의 부름을 받아 정기적으로 그분과 만나 대화를 나누며 마지막 수업을 들었다. 언제나 그랬듯이, 문학을 문화와 문명과 연결하는 이어령 교수의 해박한 지식과 예리한 통찰력은 참으로 인상적이었다. 이어령 교수가 떠난 후, 그가 남기고 간 문학적 유산을 정리하다가, 문득 토머스 핀천의 소설 『제49호 품목의 경매』의 주인공 에디파 마스가 생각났다. 그의 옛 연인 피어스 인버라리티는 죽기 전에 그를 유언 집행인으로 위촉하고, 에디파는 피어스의 유언을 집행하는 과정에서 중요한 것을 발견하고 커다란 깨우침을 경험한다.

내가 마지막 본 이어령 교수는 죽음을 눈앞에 두고도 마지막까지 의연하게 특유의 성찰과 혜안이 깃든 비교 문화론, 인류 문명론, 그리고 동서 문학론을 펼친 이 시대의 진정한 지성이었다. 이어령 교수가 떠나면서 한국은 소중한 안내 성좌를 잃었고, 그로 대표되던 한 시대가 막을 내렸다. 비록 그는 우리 곁을 떠났지만, 그가 남긴 소중한 문학적 유산은 빈약한 우리의 정신을 오래 지탱해 줄 것이다. 이어령 교수가 떠난 빈자리와 공백은 쉽게 채워지지 않겠지만, 대신 그의 거대한 그림자는 오랫동안 우리 곁에 남아 우리를 지켜 줄 것이다.

타계하기 전에 이어령 교수는 이렇게 말했다. "문학은 유서가 아니라 유언과도 같은 것입니다. 문학은 문서로 쓰인 논리적인 학문이 아니고, 우리의 상상 속에서 비상하는 예술이기 때문입니다. 그래서 지난번에 서울대학교 인문대학에서 강연 요청이 왔을 때에 원고도 없이 그냥 가서 이렇게 말했지요. '문학과 인문학은 말로 하는 '유언'과도 같은데, 여러분은 '유서'를 공부하고 있어요. 유서는 문구나 자구 하나하나를 고치고 도장 찍는 것인데, 문학이나 인문학은 그런 것이 아니랍니다.'"

그런 의미에서 이 책은 고 이어령 교수가 남기고 간 문학적, 문화적, 문명사적 유언과도 같다. 이 책이 한국의 기념비적 석학이자 저명한 문화 비평가인 이어령 교수와 관련된 소중한 자료로 오래 남아 후세에 전해지기를 바란다.

이어령 교수가 남기고 간 말들의 녹취록을 일일이 들으면서, 그 내용을 글로 정리해 준 노동욱 교수와 김효진, 정유림, 조현주, 조효진 님께 감사를 표한다.

이어령 교수는 소천하기 전에 필자를 불러 다음과 같은 말을 남기고 떠났다. 그가 마지막으로 남기고 간 말들은 그 자체가 이 책을 위한 '서문'이 된다.

다트머스대학교에서

2023년 8월 김성곤

평창동에서 김성곤(좌) 이어령(우)

　내가 요즘 건강도 좋지 않고 기억력도 많이 떨어지고 있어요. 왜 지금 이런 말을 하냐면, 나는 이제 희망이 없어요. 요즘은 급속도로 고유명사를 잊어버려요. 예전에 《문화일보》에서 신년호를 위해 취재하러 오는 것을, 막상 그 사람들이 도착할 때까지도 나는 MBC 텔레비전 촬영 팀이 오는 줄 알았어요. 이런 일은 한 번도 없었거든요. 그래서 너무 늦기 전에, 김성곤 교수에게 내가 요즘 생각하고 있는 것들을 남기고 가려고 합니다.

　내가 지금까지 많은 사람들을 대해 보고 문학 하는 사람, 뭐 하는 사람 다 대해 봤지만, 딱 한 사람을 골라서 내 지적 유산을 남기고 싶다면 그게 바로 김성곤 교수예요. 내 정신적 유산을 김 교수에게 물려주고 싶은 거지요. 내가 두 사람을 내 후계자로 뽑았는데, 동양 분야는 정재서 교수, 서양 분야는 김성곤 교수랍니다.

특히 왜 김성곤 교수가 나와 같이 이 작업을 해 주기를 원하는가 하면, 김 교수가 우선 영어를 잘하기 때문입니다. 그리고 언어와 문학을 하셨고, 포스트모더니즘을 전공하셨고, 한국문학번역원에서 다양한 언어들의 기호들을 관장하셨으니까, 세계를 바라보는 새로운 렌즈를 갖고 계시리라 생각하는 것이지요. 김성곤 교수가 단순한 영문학자가 아니라, 즉 영문학 쪽에서 특별히 어느 한 작가만 전공한 것이 아니라, '포스트모더니즘'이라는, 소위 서양 문명의 후반부에 등장해서 데카르트 이후의 합리주의를 벗어나고, 바슐라르처럼 애니미즘(animism)이나 과학 정신을 넘어서는 가치를 연구한 것이 돋보인다고 생각하는 것이지요. 들뢰즈도 과학 정신을 넘어서서 메타언어를 추구했던 사상가였지요.

그러니까 나는 김 교수가 하는 일의 플러스알파로, 문명, 문화 쪽을 문학과 결부시켜, 문학적 상상력과 직관적으로 만들어진 비(非)수학적인(물론 그 안에 수학도 포함되지만) 세계관을 보여 주기를 기대하는 거지요. 수학기호로 만들어진 과학과, 언어기호로 만들어진 문학은 인간과 세상을 바라보는 양대 시각을 제공해 줍니다. 동시대의 같은 해에 태어난 셰익스피어와 갈릴레오는 한 명은 섬나라에서, 다른 한 명은 대륙의 반도에서 태어났고 죽는 것도 서로 달랐지만, 한 사람은 언어로 인간을 측량하고 또 한 사람은 과학으로 인간과 우주를 측량했지요. 그러니까 갈릴레오 모델과 셰익스피어 모델이 현대의 동양에 와서 또 만들어질 수도 있겠지요. 그것은 숫자 기호로 만들어진 세계를 언어기호로 만들어진 세계와 어떻게 혼합해서 양대 기호를 합칠 수 있나, 하는 과제가 되겠지요.

그런 것에 대해 내가 이런저런 이야기를 하면, 김 교수는 『모리와 함께한 화요일』에서 화자가 하는 식으로 내가 이 세상을 떠나가는 과정에서 남긴 말에 대한 보고서를 써 주면 되는 거지요. 신체적으로는 의사가 보고서를 쓰겠지만, 이런 얘기는 신체적인 것이 아니라 뇌 속에서 점점 빛이 사라지는 과정에서 내가 할 수 있을 때까지 말을 하는 거니까.

나는 생일을 지내면서도 이게 마지막이다, 크리스마스이브를 보내면서도 이게 마지막 크리스마스이브다, 이러면서 할 수 있을 때까지는 말로 내 생각을 남기려고 해요. 나는 학문을 한다기보다는 문학을 하고, 지식을 논한다기보다는 신바람이나 디지로그나 생명 자본처럼 개념이나 키워드를 만들어 내는 문화 비평가지요. 학자들은 기존에 나와 있는 것들을 종합해서 비판하고 정리하지만, 나는 지금까지 아무도 말하지 않은 것들을 말하려고 하는 사람이에요.

요즘 한국 정치 상황을 보면, 유감스럽게도 우리나라는
모든 면에서 40년 전으로 후퇴하고 있는 것 같아요. 지금은
1980년대가 아닌데 말이에요. 그러나 망해 가는 그리스의
말년에 소크라테스가 했던 것처럼, 나도 도움이 될 수 있는
말을 후세에 남기고 싶습니다. 그렇게 하는 것이 수술을 하
고 방사선 치료를 하며 누워 있는 것보다 더 중요할 것 같아
서요.

예컨대 문학은 예술이지 정치 이데올로기가 아닙니다.
이효석의 「메밀꽃 필 무렵」을 읽으면서, 이 작품이 일제 때
조선총독부가 토지를 수탈해서 보부상이 될 수밖에 없었던
허 생원의 이야기로 읽는 것과, 허 생원이 하룻밤의 인연으
로 생긴 아들을 찾아 마을을 돌아다니고, 동이 또한 한 번
도 만나지 못한 아버지를 찾아 장터를 돌아다니는 인생 유
전의 이야기로 읽는 것과는 커다란 차이가 있다는 거지요.
또 황순원의 「소나기」를 몰락하는 지주 계급의 이야기로 읽
는 것과, 순진무구한 소년 소녀의 순수한 플라토닉러브로 읽
는 것은 하늘과 땅의 차이가 있지요. 문학을 정치 이데올로
기로 읽는 것은 문학작품의 본질과 향기를 망치는 것입니
다. 문학은 절대 정치 이데올로기의 수단이 되어서는 안 되
고, 삶에 대한 성찰과 예술로서 읽어야 합니다.

현재 세계는 기하급수적으로 변화하고 있습니다. 가령 어떤 왕이 바둑을 두던 중에 자신을 이기면 바둑판 한 알당 쌀을 매번 배로 얹어 주겠다는 내기를 하게 됩니다. 왕이 처음에 이 말을 할 때는 별거 아닌 줄 알았겠지만, 나중에 가서는 나라 전체를 팔아야 하는 상황에 맞닥뜨리게 됩니다. 그게 바로 기하급수적 함수라는 겁니다. 지금까지는 모든 문명을 산술적으로 보았지만, 이제는 시공간에서 자유로워지고 0과 1의 숫자로 모든 걸 빠르게 해결할 수 있으니, 무어의 법칙, 메카트니의 법칙과 같이, 모든 게 기하급수적으로 가게 되었어요. 그러니 방금 전 이야기 속의 왕은 그까짓 쌀 줘 봐야 얼마 안 되겠지 싶었는데, 왕국을 넘겨 주는 상황까지 간 것이지요. 지금 우리에게 바로 그러한 기하급수적 변화가 일어나고 있습니다. 그래서 우리는 과거의 낡은 이데올로기에 매달릴 것이 아니라, 급속도로 진행되고 있는 현재의 엄청난 변화를 인지하고 따라잡아야 합니다.

　　그런 기하급수적인 변화가 우리의 현실에서도 일어나고 있는데요. 아이폰이 10년째가 되어 가고 있어요. 그 10년 동안 굉장히 많은 변화가 일어났지만 이 모든 것이 기하급수적으로 변했기 때문에 우리가 미처 쫓아가지 못하는 지체 현상도 동시에 일어나고 있습니다. 우리나라 식으로 표현하면 그런 변화를 천지개벽이라 하는데, 세상이 바뀌는 혁명 정도가 아니라 말 그대로 천지가 개벽을 한다는 의미입니다.

그러니 앞으로는 몇 가지 토픽을 만들어 서로 상의하고 교류하는 시간을 자주 가졌으면 합니다. 앞으로 한국이 나아가야 할 진로가 무엇이고, 어떤 방향으로 나아갈 것인지에 대해 논해도 좋을 듯합니다. 가령 양극화되어 있는 상태에서는 중간에 위치한 사람들이 반드시 존재하기 마련입니다. 그 중간에서 방황하는 사람들이 있을 때에 정면으로 이야기하면 이해관계로 인해 불리해도 내 편이면 눈을 감고, 유리해도 내 편이 아니면 눈을 감는 상황이 나타나게 되는데, 그런 상태의 사람들, 특히 청년들이나 지식인들이 우리의 대화를 읽으면 새로운 깨달음을 얻으리라고 생각합니다.

그런데 내가 이런 이야기를 다른 사람과 할 수 없는 게, 그들은 메모만 할 텐데 그래서는 안 되기 때문입니다. 내 말과 연관되는 참고 도서를 말해 주면 그 사람들은 그걸 찾아 읽는 데만 수년이 걸릴 겁니다. 그래서 김 교수하고 같이 이런 이야기들을 하는 거지요. 내가 하려는 이야기는, 내가 20대 때부터 80대 때까지 죽 생각하고 연구해 온 것들이어서, 떠나기 전에 그걸 남기고 싶은 거랍니다.

평창동 영인문학관에서
2017년 12월 이어령

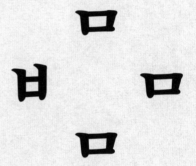

바람과 물결 사이에서 본
문학, 문명, 문화

문학이란 무엇인가

o

이어령

문학이란 무엇이며, 문학을 한다는 것은 과연 무엇일까요? 얼마 전에 서울대학교에 강연을 갔을 때, 나는 학생들에게 문학을 하려고 하지 말고, 문예를 하라고 말했지요. 학문으로 문학을 하면 그건 자연과학과도 같은 것이어서 가슴이 뛸 필요도 없고 눈이 반짝일 필요도 없지요. 가슴이 뛰지 않고 눈이 반짝이지 않는다면 문학은 할 필요가 없어요. 예컨대 앙드레 지드의 소설을 읽으면 가슴이 뛰고 눈이 반짝이게 되며, 때로는 눈물도 글썽이게 되는데, 문학 교수라는 사람들이 전혀 그런 감흥 없이 앙드레 지드를 가르치고 있어요. 마치 수능 문제 출제하듯이, 이 문장에서 저자가 의도하는 것이 뭐고, 저 문장은 프랑스에서 의미하는 게 뭐고, 같은 자연과학적 분석을 가르친단 말이에요. 그건 마치 사랑을 고백하는 애인의 눈을 보며, 저 사람 눈의 수정체의 성분은 무엇이고, 거기에 고인 눈물에 염분은 몇 프로인지를 관찰하는 것과도 같아요. 문학을 가르치는 교수들이 문학적 센스가 전혀 없는 거지요.

Literature를 '문학'이라고 번역한 것부터 잘못된 것입니다. 문학은 학문이 아니기 때문입니다. 차라리 '문예'라고 번역했더라면 훨씬 더 나을 뻔했습니다. 그랬더라면 쓸데없는 소모전인 참여문학 논쟁이 훨씬 더 줄어들 뻔했으니까요. 쓸데없는 '학'이라는 말이 '문'에 붙었기 때문에, 제대로 된 예술(Art)을 창조하기보다는 이념이나 이론에 경도되는 결과를 초래했어요. '문'(文)이란 사실 art(미술)나 craft(공예)인데, '학'이 붙어 그리스 시대의 logic이나 logos(논리)가 된 것이지요. 이렇게 번역이 잘못된 결과, 개념이 잘못 전달되어 문학이 마치 과학 같은 경직된 학문이 되고 말았어요. Humanities를 '인문학'으로 번역한 것도 마찬가지 결과를 초래했지요.

말로 하는 '설'(說, oral expressions)과 글로 쓰는 '서'(書, ecriture)의 차이를 잘 보여 주고 있는 것이 바로 『춘향전』입니

1부 —— 바람과 물결 사이에서 본 문학, 문명, 문화

다. 춘향이가 곤장을 맞으면서 말로 자신을 표현하지, 먹을 갈아 오라고 해서 붓으로 글을 남기지는 않지요. '설'이 여성적 텍스트라면, '서'는 남성적인 텍스트예요. 프랑스에서도 "Qu'est-ce que la Littérature?"라는 질문을 던지면서, 문학과 시학을 분리하려고 노력하는데, 처음부터 그 둘을 분리했더라면 일이 훨씬 더 간단했을 겁니다."

그런 의미에서 문학은 유서가 아니라 유언과도 같습니다. 사실 유언은 당사자가 직접 말로 하는 것이어서 확실하지만, 글로 쓰인 유서는 그 진위를 알 수 없는 문서지요. 조작될 수도 있고요. 예컨대 인터넷에 들어가 보면, 내가 하지 않은 말인데 내가 말했다는 가짜 문서들이 많이 돌아다니고 있어요. 그런데 학생들은 문학을 유언이 아니라 유서로 공부하고 있어요.

문학 교수는 문학적 센스도 있어야 하지만 지적 유머 감각과 위트도 뛰어나야 합니다. 문학이 지적 유머와 위트로 되어 있기 때문이지요. 그런데 대부분의 문학 교수들은 코미디언처럼 웃기거나, 아니면, 아예 유머 감각이 없어요. 한국인의 유머는 양주동 박사처럼 수업 시간에 잡담이나 하고 수준 낮은 웃음을 유발하는 데 그치는 경우가 많습니다. 그분은 두보의 시를 강의할 때, 두보가 생의 마지막에 초상집에 가서 공짜로 주는 밥을 너무 많이 먹다가 죽었다, 라고 말해서 학생들을 웃겼지요. 그러나 두보의 시의 정수를 가르쳐야지, 지엽적인 것으로 학생들을 웃기는 것은 명강의가 아니지요. 그런데 한국에서는 그런 것을 명강의라고 합니다. 그분처럼 달변이 아니고 눌변이라 할지라도, 작품의 의미를 제대로 가르치는 게 중요한데 말입니다.

두보의 「춘망(春望)」을 읽을 때 보니, 맨 꼭대기에 나라 국(國) 자가 크게 나오더니 그다음에는 성(城) 자가 작게 나오고, 다음으로는 초목이 나오는데, 나중에 보니 성(城)은 머리가 되고, 풀은 머리카락이 되고 나무는 비녀가 되더군요. 봄이 왔는데, 머리카락은 다 빠져 있어요. 이 시는 나라의 시간, 자연의 시간, 개인의 시간을 병치해서 역사 속 개인의 삶을 관조하는 시였어요. 두보의 그 놀라운 세계관과 인생관, 그리고 그 기막힌 상징이 그 시를 읽는 내 피를 얼어붙게 했지요. 두보가 초상집에 가서 폭식하다가 죽은 것은 그 시와는 아무 상관이 없어요. 그런데 한국의 문학 교수들은 두보 시의 심오함보다는 시인이 초상집에서 공짜 밥을 많이 먹다가 죽는 것만 재미있다고 가르치는 셈이지요.

나라는 망해도 산하는 여전하고,

성 안에는 봄이 오니 초목은 무성하네.

시절이 느껴져서 꽃을 보면 눈물이 나고,
이별이 서러워서 새소리에도 놀라네.

봉화가 석 달이나 계속되니,
집에서 오는 편지는 천만금처럼 소중하고.

흰머리는 여기저기 듬성듬성 빠져서,
한 군데로 모아도 비녀를 꽂을 수 없네.

國破山河在 城春草木深
感時花濺淚 恨別鳥驚心
烽火連三月 家書抵萬金
白頭搔更短 渾欲不勝簪

　이 시를 강의하면서, 역사의 시간과 자연의 시간과 개인의 시간이 절묘하게 뒤섞이는 것을 가르쳤더라면 양주동 교수는 내 멘토가 되었겠지요. 양 교수가 낸 시험 문제는 "T. S. 엘리엇의 입장에서 두보를 논하고, 두보의 입장에서 엘리엇을 논하라."였지요. 영문과 학생들은 두보를 모르고, 국문과나 중문과 학생들은 엘리엇을 모르지만, 자기는 그 둘을 다 잘 안다는 것이었어요. 이분은 스스로를 천재라고 불렀지만, 사실은 서울대학교의 전신인 경성제국대학 나온 사람들을 아니꼽게 생각했고, 학벌 콤플렉스가 있었습니다. 그래서 양주동 교수는 경성제국대학을 일부러 "성대"라고 불렀어요.

양 교수는 "성대 학생들, 이런 문제가 나올 줄 몰랐지요? 답은 원어로 써야 해요." 그러더군요. 나는 당시 『두시언해』에 나오는 시를 백 편 정도 한문으로 외우고 있었고, 영어와 프랑스어도 좀 했기 때문에, 되는 소리 안 되는 소리 할 것 없이 원어로 답을 썼지요. 보들레르와 랭보의 시는 프랑스어로 썼고요. 그런데 내가 글을 좀 빨리 쓰잖아요. 그래서 20분 만에 답을 다 써서 갖고 나가니까, 양 교수께서 내가 시험 문제가 어려워서 포기하고 백지 내러 온 걸로 아시고, "그럼 그렇지 쓰긴 뭘 써." 하고 픽 웃으시더군요. 그런데 답안지에 자기도 모르는 프랑스어가 있으니까, 깜짝 놀라더군요.

그다음부터는, 전국에 강연을 다니시면서 "서울대학교에 이어령이라는 천재가 하나 있는데, 프랑스어, 일어, 중국어, 영어 등 7개 국어를 한다."라고 과장해서 칭찬하고 다니셨지요. 그러고는 내게 A를 주셨고요. 원래 나는 그분을 놀려 주려고 그 수업에 들어간 거여서 양심의 가책을 받았지요. 돌이켜보면, 양주동 교수가 아니었으면 두보의 시 세계를 몰랐을 것이고, 두보를 몰랐으면 동양 사상도 제대로 몰랐을 겁니다. 또 두보와 엘리엇과 랭보의 공통점도 몰랐을 거고요. 그래서 그런 기회를 주신 교수님을 골탕 먹이려고 한 것을 반성했습니다.

그렇다면, 문학을 어떻게 공부하는 것이 좋을까요? 예컨대 레슬리 피들러의 『미국 소설에 나타난 사랑과 죽음』에서 사랑과 죽음은 무엇을 의미하며, 또 그분이 말한 뗏목의 의미는 무엇인가? 하는 것을 심오하게 해석해 내는 것도 문학을 제대로 배우는 방법이라고 생각합니다. 요즘 문학에서 포스트모더니즘 이야기를 많이 하는데, '포스트모던'이라는 말도 대니얼 벨이 말하는 포스트 산업 시대나 리오타르가 말하는 대서사/소서사 이론과는 또 어떻게 다르고 어떻게 연결되는가를 성찰하는 것도 필요하다고 봅니다. 결국은 프리모던과 모던과 포스트모던을 제대로 이해하면, 인류 역사에서 근대의 의미를 보다 잘 이해할 수 있을 테니까요. '포스트모던'이라는 게 맞고 틀리고의 문제도 아니고, 좋냐 나쁘냐의 문제도 아니지요. 모던이 있으면 필히 프리모던과 포스트모던이 있기 때문입니다.

로젝이 말했듯이 1750년부터 1850년 사이에 서양은 근대화를 겪었다고 볼 수도 있습니다. 그 100년 동안에 계몽주의 시대가 시작되었고, 프랑스혁명과 산업혁명이 일어나 전 세계가 바뀌었으니까요. 그러고는 컴퓨터가 등장하고 AI

가 나타나기 시작한 1960년부터 본격적으로 스마트폰이 등
장한 2006년까지가 그 이후에 등장한 두 번째 격변기라고
할 수 있지요. 그 46년 동안 세상이 또 한 번 크게 바뀐 것입
니다. 문학은 그러한 시대의 변화와 시대정신을 파악하고 담
아야 합니다.

그런 걸 이해하게 되면 자연히 오늘날의 AI도 보다 더 잘
이해할 수 있겠지요. 내가 디지로그라는 용어를 만들어 낸
것도 바로 그런 맥락에서입니다. 최치원의 "서로 접하면 모
든 생명들이 살아난다."라는 주장, 또는 유불선 혼합 이론은
서로 접해서 새로운 것을 만들어 내자는 것이었지요. 오늘
날 우리가 서양 것과 우리 것을 합해서 한류를 만들 수 있
었던 것도 바로 그런 이유에서 가능했다고 봅니다. 최치원이
말한 "접화분생"(接和分生) 사상은 마음이 착한 사람만 가능
하다고 합니다. 그게 바로 글로벌리즘이겠지요.

문학도 그런 시각으로 배우고 가르쳐야 한다고 생각합
니다. 문학을 한다는 것은, 저자의 의도나 정답을 찾는 도식
적인 책 읽기가 아니라, 우리의 삶과 사랑과 죽음을 당대의
시대정신과 연관해서 읽고 성찰하며 해석해야 한다는 것이
지요.

1부 —— 바람과 물결 사이에서 본 문학, 문명, 문화

문학을 한다는 것의 의미

김성곤

'문학을 한다는 것은 과연 무엇인가? 우리는 과연 문학을 제대로 하고 있는 것인가?'에 대한 이어령 교수의 성찰은 작가들과 문학 교수들에게 커다란 깨우침을 준다. 그의 문학 이야기를 들으며, 다음과 같은 생각을 하게 된다.

작가란 누구이고, 문학이란 무엇인가?

작가나 예술가에게 '자유'와 '방랑'은 거부할 수 없는 본능이다. 그것이 모든 작가와 예술가들의 타고난 성향이기 때문이다. 자유와 방랑은 고독과 고립을 수반하지만 작가나 예술가들에게 그것은 기본 조건이다. 그러므로 위대한 작가나 예술가는 절대 하나의 지역, 파벌, 정치 이념에 속하기를 원하지 않는다. 그래서 작가나 예술가들은 자신을 둘러싸고 있는 좁은 울타리를 벗어나, 보다 더 큰 세상으로 나가야 한다. 만일 제임스 조이스나 사뮈엘 베케트가 아일랜드의 정치적, 종교적 억압에서 벗어나 유럽 대륙으로 탈출하지 않았다면, 그리고 민족주의자들의 강압에 못 이겨 영어가 아닌 켈트어로 작품을 썼다면 과연 세계적인 작가가 될 수 있었을까? 또 피카소가 10세 때, 스페인의 소도시인 말라가를 떠나, 당시 세계 예술의 중심지였던 파리로 가지 않았어도 과연 전설적인 세계적 화가가 되었을까?

자유로운 영혼을 가진 작가, 그리고 영원한 방랑자가 된 작가는 문학이나 예술이란 결코 정치 이데올로기에 복무하는 것이 아니라 오히려 그런 속박으로부터 벗어나는 것임을 깨닫게 된다. 문학작품은 당대의 사회를 반영하는 상징적 거울이어서, 작가에게는 쓰는 것 자체가 정치적 행위이므로 굳이 인위적으로 문학이나 예술을 이념의 도구로 만들 필요는 없는 것이다. 사실, 자신의 작품이 정치 프로파간다의 수단이 되는 것을 원하는 작가나 예술가는 없을 것이다.

프랑스의 문화부 장관이었던 앙드레 말로처럼 문인이 유관 분야의 공직을 맡아 자기 나라의 문화 부흥에 공헌하는 것은 바람직하다. 그러나 만일 어느 작가가 특정 정치 이념에 속해 정치 캠페인을 벌이거나, 권력을 가진 정치인들을 지지하느라 그들의 잘못까지도 옹호한다면 그건 바람직하지 않다. 파스테르나크나 솔제니친이 위대한 작가로 불리는 이유도 그들이 지배 권력을 비판했고 특정 정치 이데올로기에 속하기를 거부했기 때문이다. 더욱이 그들은 정치 활동이 아니라, 작품으로 하고 싶은 말을 했다.

문학을 정치투쟁의 도구로 생각하는 사람들의 반대편에는, 문학이나 예술은 정치적이거나 현실 참여적이어서는 안 되고 순수해야 하며, 대중의 삶과는 차원이 다른 지고하고 순수한 성상(聖像)이라는 신념을 가진 사람들이 있다. 그러나 그것 또한 시대착오적이다. 20세기 초 모더니즘 시대와는 달리, 지금은 문학과 예술이 우리 삶의 일부가 되었고, 일상의 도처에 스며들어 와 있기 때문이다. 더욱이 지금은 인터넷을 통한 정보의 확산으로 인해 고급문화와 대중문화, 그리고 엘리트와 대중의 경계가 허물어진 시대가 되었다. 또 예전에는 독보적 존재였던 문자 문학이 이제는 전자 매체와의 경쟁에서 이겨야만 살아남을 수 있는 시대가 되었다.

그래서 우리는 지금, 문학의 본질은 불변이겠지만, 문학을 담는 매체나 그릇은 시대의 변화에 따라 바뀔 수도 있음을 인정해야 하는 시대에 살고 있다. 구텐베르크 활자 시대와 리얼리즘 시대가 쇠퇴하고 전자 매체 시대, 인공지능 시대, 그리고 증강 현실(augmented reality) 시대로 접어들면서 모든 분야의 패러다임이 바뀌었기 때문이다. 그러므로 이제 우리는 시대의 변화에 저항할 것이 아니라, 새로운 변화를 이끌어 가고 시대를 앞서가며, 지구촌의 모든 사람들과 더불어 사는 '세계의 시민'이 되어야 한다. 그것이 바로 진정한 진보 정신일 것이다.

비록 팬데믹으로 인해 지난 몇 년 동안 해외여행이 어려웠지만, 지금 우리는 문화의 국경이 무너지고, 자국 문화와 다른 문화가 자연스럽게 뒤섞이는 하이브리드 문화 시대에 살고 있다. 더욱 쉬워지고 빈번해진 해외여행과 전 세계를 하나로 연결하는 소셜 미디어 덕분에, 국경이 무너지고 문화가 뒤섞이는 시대가 된 것이다. 한류가 세계적으로 퍼져 나가고 큰 국제적 인기를 얻을 수 있었던 것도 사실은 바로 그런 문화적 경계의 와해에 힘입은 바가 크다.

각 나라의 문화와 인종이 뒤섞이는 다양성의 시대에는 단일 문화주의나 단일 민족주의, 또는 극단적인 민족주의나 부족주의가 설 땅이 없다. 그런데 우리는 아직도 '남과 더불어'가 아닌 '우리끼리'를 부르짖으며, '제국주의에 대항하는 정의로운 민족주의'라는 편협한 이분법적 구도로만 세상을 바라보고 있다. 그러나 『오리엔탈리즘』과 『문화와 제국주의』

의 저자 에드워드 사이드는 "서구 제국주의와 제3세계의 극단적 민족주의는 서로를 좀먹어 들어가는 똑같이 나쁜 것이다."라고 말했다. 사실, 아무리 좋은 것도 극단으로 가면, 결국은 나쁜 것이 되고 만다. 또 우리는 아직도 '이것 아니면 저것'의 이분법적 가치판단과 흑백논리에서 벗어나지 못하고 있지만, 현실은 그렇게 단일하거나 단순하지 않고 다양하고 복합적이라는 사실을 깨달아야만 한다.

『제노사이드』로 유명한 일본 작가 다카노 가즈아키의 『그레이브 디거』는 사람들이 서로 자신만이 '정의'라고 굳게 믿는 오늘날, 작가들은 어떤 주제의 소설을 써야 하는지를 잘 예시해 준다. 마녀사냥을 주도했던 중세의 '심판관'(Inquisitors)들과 그 심판관들을 암살함으로써 복수를 했다는 '그레이브 디거'(Gravediggers)의 모티프를 통해, 다카노는 스스로를 정의라고 믿는 사람들의 문제를 지적한다. 사실 이단 처형은 마르틴 루터도 반대하지 않아서, 마녀재판은 종교개혁 이후에도 수백 년 동안 계속되었다. 스페인의 종교재판이 공식적으로 막을 내린 것은 19세기 초이다. 중세의 심판관들은 타자를 이단과 불의로 몰아서 죽이면서도 전혀 양심의 가책이 없었다. 자신들은 도덕적으로 우위에 있다고 믿었고, 따라서 자기들이 하는 일은 다 정의고 진리라고 믿었기 때문이다. 사실은 자신들의 개인적인 한풀이와 정치적 복수를 '사회정의'로 포장할 때가 대부분이었지만 말이다. 이단 심판관들은 '도덕적 우월감'과 '독선'으로 당당하게 '타자'를 박해하고 잔혹하게 살해했다.

그런 의미에서 한강의 『채식주의자』를 다시 읽어 보면, 새로운 깨달음을 경험할 수 있다. 이 작품은 물론 채식이 틀렸다고 굳게 믿는 육식주의자들에게 둘러싸여 폭력을 당하는 채식주의자의 이야기다. 그러나 이 소설을 다시 읽어 보면, 채식주의도 극단으로 가면 타자에 대한 폭력이 될 수도 있다는 새로운 사실을 깨닫게 된다. 예컨대, 동물 냄새가 난다고 주위 사람들을 죄인시하고, 고기 냄새가 난다고 남편과의 잠자리도 거부하며, 한밤중에 깨어 냉장고의 고기들을 다 꺼내 사방에 던지는 것도 어찌 보면 자기만 옳다고 생각하는 데서 비롯되는 또 다른 형태의 폭력일 수도 있다는 것이다. 그렇게 두 겹의 시각으로 사물을 볼 때, 우리는 비로소 '정의라는 이름의 독선'에서 벗어날 수 있게 된다. 작가들은 작품을 통해 그러한 문제점을 부단히 깨우쳐 주어야 할 것이다. 그런 의미에서 『채식주의자』는 훌륭한 작품이다.

정의, 독선, 타자의 악마화

이어령 교수는 최고의 지성답게 정의와 독선의 위험을 지적한다. 1971년 네덜란드의 국영 TV 프로그램에 프랑스

사상가 미셸 푸코와 미국의 언어학자 노엄 촘스키가 출연한 적이 있었다. 사회자가 "왜 정치적 폭력에 맞서 싸워야 하는가?"라고 묻자, 촘스키는 "정의를 위해서."라고 대답했다. 그러자 푸코는 "나는 정의라는 말에 대해 다소 니체적입니다. 다시 말해, 정의라는 말은 각기 다른 사회에서 특정 정치권력이나 경제 권력의 도구로 만들어져 사용되고 있거나, 거기에 대항하기 위한 수단으로 사용되고 있다고 봅니다."라고 대답했다. 푸코에 따르면, "정의란 이것이다."라고 확실하게 말할 수 없다. 정의란 임의적이고, 상황에 따라서도 달라지기 때문이다.

즉 푸코는 '정의'란 임의적이어서 정치적 권력을 가진 사람들이 만들어 사용하고 있기 때문에, 독재자도 자기가 하는 일을 '정의'라고 주장할 수 있다는 것이다. 또 반대로 그 독재 정권에 투쟁하는 사람들도 자신들이 하는 일은 뭐든지 '정의'로 포장할 수 있다는 것이다. 그리고 자기들과 다른 생각을 가진 사람들을 '악마'로 규정하고 탄압한다. 그래서 니체는 『자라투스트라는 이렇게 말했다』에서 '악마와 싸우는 사람들은 자신이 악마가 되지 않도록 조심해야 한다. 심연을 너무 오래 들여다보면 심연이 너를 들여다본다.'라고 말했다.

하버드대학교 법대 교수인 마이클 샌델도 저서 『정의란

무엇인가』에서 정의가 무엇인가에 대한 답을 주지 않는다. 사실 이 책의 원제는『정의: 어떻게 하는 것이 올바른 것인가』인데, 한국 출판사가 임의로『정의란 무엇인가』로 바꾸었다. 아마도 그 이유는 한국 사회가 정의롭지 못하다고 생각하는 한국 독자들이, "어떻게 하는 것이 올바른 것인가?"보다는, "정의란 무엇인가?"에 대한 답에 더 많은 관심을 갖고 있기 때문인 것처럼 보인다.

그러나 마이클 샌델의 책은 한국 독자들이 원하는 답을 전혀 주고 있지 않다. "정의란 무엇인가?"나 "어떻게 하는 것이 올바른 것인가?"라는 질문에는 사실 정해진 답이 없고, 정의나 올바른 선택은 상황에 따라 달라질 수도 있기 때문이다. 또 한국 사회에 정의가 구현되지 않고 있다고 보는 사람들은 그 이유를 가진 자들과 특권을 누리는 자들 때문이라고 생각하고, 부와 특권을 모두에게 공평하게 분배해야 한다고 믿는 데 반해, 마이클 샌델은 그보다 한 차원 더 높은 정의에 대해 논의하고 있다.

예컨대, 아프가니스탄에서 네 명의 미 해군 실(SEAL) 팀 척후병들이 순찰 중에 세 명의 염소치기를 만나는데 그중 한 명은 10대의 어린 소년이었다. 염소치기들이 미군의 위치를 탈레반에게 알릴 위험이 있기 때문에 규정대로라면 그들을 죽여야 했지만, 미군 병사들은 차마 그러지 못하고 그들을 살려 보낸다. 그것이 올바른 정의라고 생각했기 때문이다. 그러나 그 염소치기들은 탈레반에게 미군의 위치를 알렸고, 그 결과 미군 척후병들은 3명이 죽고 한 명이 중상을 입었다. 탈레반은 구조 헬기마저 격추시켜서 거기에 탑승한 16명의 미군도 모두 죽였다. 염소치기들을 죽이지 말자고 적극 주장했다가 중상을 입고 겨우 살아 돌아온 기독교도인 미군 병사는 죽은 동료들을 생각하며, "애초에 염소치기들을 죽이지 않은 것이 과연 정의였고 올바른 행동이었는지 이제는 아무런 자신이 없다."라고 절규했다.

마이클 샌델은 대리모의 경우도 예로 든다. 요즘 영미인들은 자국의 대리모가 비싸기 때문에, 아이를 대신 낳아 줄 대리모를 인도에서 구하는데, 어떤 사람들은 이러한 행위가 옳지 않다고, 즉 정의가 아니라고 주장한다. 그러나 아이가 생긴 부모가 행복해하고, 대리모는 받은 돈으로 집도 사고 아이들을 대학에 보낼 수도 있다면, 그것을 과연 불의라고 할 수 있는가, 하고 샌델은 묻는다.

샌델은 또 미국의 경우에 인구의 1퍼센트가 미국 전체 부의 3분의 1을 소유하고 있고, 사람들은 그것을 정의가 아니라고 생각할 수도 있지만, 그렇다고 해서 정부가 그들에게서 돈을 빼앗아 가난한 사람들에게 나누어 주는 것 또한 정의가 아니라고 지적한다. 로빈 후드 식 부의 분배는 오늘날에는 불의지, 결코 정의가 아니라는 것이다. 또한 샌델은 가진 자들의 부를 빼앗기 위해 정부가 무거운 징벌 세금을 물리는 것 또한 불의라고 지적한다. 정부가 세금 폭탄을 터트려 가진 자의 재산을 빼앗는 것은 합법적인 강도질이지, 정의가 아니라는 것이다.

많은 한국인들은 정의와 공정과 평등이 곧 부와 계급과 특권의 공평한 분배를 의미한다고 생각한다. 그렇다면 우리 사회에 부자나 특권층이 존재하는 한 한국 사회는 정의로운 사회가 될 수 없다. 그러나 그러한 생각이 틀렸다는 것은 공산주의의 몰락이 잘 보여 주고 있다. 공산주의 국가, 곧 지금의 사회주의 국가에서도 부와 계급과 특권의 공평한 분배란 존재하지 않기 때문이다. 전체주의 국가에는 우선 개인의 자유가 없고, 당원들에게만 편중된 부와 특권은 상상을 초월할 만큼 막강하다.

마이클 샌델은 『정의란 무엇인가』에서 결코 단순하지 않은 현대의 포스트모던적 상황에서 '정의'가 어떤 복합적 의미를 갖는지를 잘 보여 준다. 그는 정의에 대해 서로 상반되는 두 가지 시각이 갖는 타당성과 문제점을 동시에 보여 주어, 우리로 하여금 두 겹의 시각으로 '정의'를 바라보게 해 준다. 미셸 푸코나 마이클 샌델은 우리로 하여금 '정의'에 대해 심도 있는 성찰을 하도록 해 주고 있다는 점에서 이 시대의 중요한 사상가들이다.

푸코의 말대로, '정의'는 결코 단순하지 않은 복합적인 개념이고, 권력이 만들어 내는 산물이기도 하다. 전두환 군사정권의 모토가 "정의 사회 구현"이었고, 거기에 대항한 문재인 정권이 표방했던 것도 "정의롭고, 공정하며 평등한 사회"였다는 사실은 그러한 아이러니를 잘 보여 주고 있다.

'대의를 위하여'의 위험성

이어령 교수는 '정의'를 내세우는 사람들만큼이나, '대의'를 앞세우는 사람들도 조심해야 한다고 경고한다. 과연 문학과 인문학에서는 '대의를 위하여'라는 구호의 위험성을 지적한다. '대의를 위하여'라는 명분은 겉으로는 좋아 보이지만, 속으로는 '대의나 다수를 위해서는 소의나 소수는 희생되어도 좋다.'라는 전제를 깔고 있기 때문이다. 그래서, 문학이나 인문학에서는 'Grand Cause' 또는 'Greater Good' 만큼이나, 'Small Cause'나 'Lesser Good'도 중요하며, 다수의 생명만큼이나 단 한 사람의 생명도 소중하다고 가르친다. 프랑스의 포스트모더니스트인 리오타르가 말하는 '대서사와 소서사' 이론도 같은 맥락에서 이해할 수 있다.

극우 군사독재 정권과 투쟁하던 1980년대 운동권 학생들은 곧잘 "대의를 위해서!"를 부르짖었다. 그리고 대의를 위해 투쟁하는 자신들에게는 잘못이나 오류가 있을 수 없다고 믿었다. 그리고 대의를 위해서라면 개인적 희생은 불가피한 것으로 보았다. 또한 문학이나 영화나 미술 같은 예술도 모두 '대의, 즉 자신들이 신봉하는 이데올로기를 위해' 복무해야 한다고 믿었다. 당시는 독재 투쟁이라는 대의를 위해서는 모든 것이 정당화되던 시절이었다. 심지어는 죄 없는 사람의 죽음까지도, 그것이 대의를 위한 것이라면 정당화된다고 생각했다. 그런 상황에서 젊은 학생들의 항의 분신자살 또는 투신자살이 늘어나자, 당시 생명사상으로 방향 전환을 한 김지하 시인이 「죽음의 굿판 당장 걷어치워라」라는 글을 신문에 기고해 안타까움을 표출하기도 했다.

위대한 작가들은 언제나 대의를 앞세워 개인의 삶과 선택을 무시하고 자유를 억압하며 목적을 위해서는 수단과 방법을 가리지 않는 이데올로기 우선주의를 경계해 왔다. 알베르 카뮈의 희곡 「정의의 사람들」은 그 좋은 예다. 러시아 혁명 직전에 암살자인 주인공 칼리아예프는 당으로부터 독재자 대공을 암살하라는 지령을 받지만, 대공이 어린아이와 같이 있는 걸 보고 암살을 포기한다. 이데올로기를 앞세워 무고한 어린 생명을 빼앗는 것을 그의 인간성과 양심이 허락하지 않았기 때문이다. 그 결과 칼리아예프는 당으로부터 배신자 낙인이 찍힌다. 공산주의자들의 비난을 받은 이 작품에서 카뮈는 "과연 대의란 무엇이며, 정의란 무엇인가?"라는 질문을 던진다.

『인페르노』에서 댄 브라운도 같은 의문을 제기한다. 인구를 줄여 식량 부족을 해결해야 한다는 대의를 위해 과학자 조브리스트는 불임을 유발하는 바이러스를 만들어 전 세계에 유포한다. 조브리스트의 뜻을 집행하려는 시에나에게 주인공 로버트 랭던은 "그러지 마. 그러면 죄 없는 사람들을 죽이게 되잖아."라고 호소한다. 그러자 시에나는 "그래, 사람들이 많이 죽게 되겠지."라고 대답한다. 그러면서 "하지만 그건 대의를 위해서야. 만일 인류를 사랑한다면, 인류를 구하기 위해서라면 뭐든지 할 수 있어야 해."라고 말한다. 랭던은 시에나가 갖고 있는 생각의 오류를 명료하게 지적한다. "인류 역사에서 가장 큰 죄는 사랑이라는 이름 아래 자행되지."

『장미의 이름』에서 움베르토 에코 역시 대의를 위한다는 명분으로 악까지도 정당화하는 것을 경고한다. 잔혹한 이단 심판관과 독선적인 장서관장을 예로 들면서, 윌리엄 사부는 도제인 아드소에게 종교적 법열과 사악한 법열 사이는 종잇장처럼 얇다고 가르쳐 준다. 그는 "이단 심판관도 악마로부터 부추김을 받을 수 있다."라고 말하며, 대의를 위해 자기 목숨을 바칠 수 있는 사람은 대의를 위해 다른 사람도 죽일 수 있다고 경고한다.

바로 그런 의미에서 윌리엄 사부는 좋은 약도 오용하면 독약이 될 수도 있으며, 마찬가지로 대의도 극단으로 가면 악의가 될 수 있다고 지적한다. 윌리엄 사부는 아드소에게 이렇게 말한다. "독이란 무엇인가? 소량을 적절히 사용하면 약이 되지만, 과다하게 복용하면 독이 되는 법이다. 약과 독 사이는 종이 한 장 차이일 뿐이야. 그래서 그리스인들은 파마콘이라는 단어에 약과 독이라는 두 가지 의미를 다 집어넣었던 거야."

최근 영화 「하늘의 눈(Eyes in the Sky)」도 그러한 주제를 다루고 있다. 아프리카 나이로비의 움막에 악명 높은 테러리스트 지도자들이 모여 쇼핑센터로 자살특공대를 보내 폭파시키려고 한다. 그러면 약 800명 정도의 쇼핑객들이 죽게 된다. 유럽의 다국적군 사령부에서는 드론을 보내 헬 파이어로 그 움막을 폭파시키려고 한다. 그런데 갑자기 그들은 움막 바로 옆에서 빵을 팔고 있는 어린 소녀를 발견한다.

바로 그 순간, 도덕적 딜레마가 등장한다. 즉, 폭탄 테러를 막아 800명을 구하는 대의를 위해 한 소녀의 목숨을 빼앗아도 되는 것인지, 아니면 죄 없는 한 소녀의 목숨을 구하기 위해 800명이 죽어도 되는 것인지? 결코 쉽게 결정할 수 있는 문제가 아니다. 그러나 인문학에서는 한 사람의 목숨도 똑같이 소중하기 때문에, 대의를 위해서 개인을, 또는 대를 위해서 소를 희생하는 것은 비도덕적이라고 가르친다. 대의를 위해서는 무엇이든지 희생해도 된다고 생각하는 사람들을 경계해야 한다. 그런 사람들을 쉽게 독선적이 되고, 자신들이 맞서서 싸운다고 자랑하는 독재자와 똑같은 폭군이 될 수 있기 때문이다.

그래서 우리는 다시 한번, 이 혼탁한 시대에 문학의 역할은 과연 무엇인가? 하는 문제로 돌아오게 된다. 다음 세 사람의 시인은 각자 자신의 직업에 비추어 시를 서로 다르게 파악하고 정의했다. 은행가였던 T. S. 엘리엇은 시를 '정신적인 자산'으로 생각했고, 변호사였던 월러스 스티븐스는 시를 '우주의 질서 추구'로 보았으며, 소아과 의사였던 윌리엄 칼로스 윌리엄스는 시를 '병든 영혼을 치유하는 약'으로 보았다. 그중에서도 윌리엄스의 이론은 많은 사람들의 지지를 받았다. 그래서 외국인들은 한국의 문화예술인들이 상처 입은 타인의 영혼을 치유하는 대신, 정치 이데올로기를 내세워 타자를 증오하고 배척하며 처벌을 원하는 것을 이해하지 못한다. 사실, 증오심에 가득 찬 음악가나 시인이 배출한 작품이 인간의 영혼을 구하기는 어려울 것이다.

그러나 이제는 우리 문학과 예술도 그런 한풀이에서 벗어나, 자신과 타인의 정신적 상처를 치유해 주고 병든 영혼을 달래 주는 역할을 할 때가 되었다. 그럴 때에야 한국의 문학과 예술은 비로소 격조 높은 세계문학과 국제 예술의 반열에 들게 될 것이다. 사실 문학은 정치 이념에 복무하거나 지고한 순수성을 내세우는 대신, 우리가 지금 어떤 상황에서 살고 있는가를 깨우쳐 주며, 어떻게 하면 가치 있고 의미 있는 삶을 살 수 있는가를 고민하게 해 주는 예술 장르일 것이다. 삶의 다양한 양태를 성찰하는 사람들인 작가는 자기와 다르다고 해서 타자나 타문화를 싫어하거나 증오해서는 안 되고, 타자를 이해하고 포용하려고 노력해야 한다. 그렇게 할 때, 비로소 한국문학은 진정한 세계문학으로 인정받게 될 것이다.

군사독재 정권과 학생 운동권이 상극의 정치 이데올로기로 정면충돌하던 1980년대는 이미 오래전에 끝났다. 1980년대에는 문학도 정치적 투쟁의 도구였고, 사회주의 리얼리즘과 정치 이데올로기가 문단의 대세였다. 그러나 1990년대에 들어서면서 한국의 군부독재가 종식되고, 소련이 몰락하며, 동유럽 국가들의 공산주의가 파산하면서 정치 이데올로기 문학은 점차 사라지고, 대신 개인의 사적 고뇌를 다루는 여성 작가들이 대거 등장하기 시작했다. 시대가 바뀌고 새로운 패러다임이 들어선 것이었다.

그런데도 지난 정부에서 우리는 1980년대의 데자뷔를 보았다. 대학 시절에 민주화 운동을 했던 우리 정치인들의

'멘털 클락'이 아직도 1980년대에 정지되어 있었기 때문이다. 그들의 정신적 시곗바늘이 앞으로 나아가지 않고 그 자리에 멈추었기 때문에, 당시 반독재 투쟁을 하던 운동권들에게 한국의 1980년대는 시간이 멎어 버린 시대가 되었다. 그러나 지금 우리는 반독재 좌파 이데올로기 투쟁을 하던 1980년대가 아니라, 드론 시대와 인공지능 시대인 21세기에 살고 있다. 시대의 변화를 따라가지 못하면 어떤 일이 벌어지는가는 우리의 아픈 근대사가 잘 예시해 주고 있다. 이는 문학의 경우에도 마찬가지일 것이다.

'사랑과 죽음'과 '뗏목'의 상징적 의미

이어령 교수는 문학을 하는 방법의 한 예로, 문학평론가 레슬리 피들러의 명저 『미국 소설에 나타난 사랑과 죽음』에서 사랑과 죽음, 그리고 뗏목의 상징을 예로 든다. 영문학 교수들도 잘 모르거나 읽지 않는 이 책을 이어령 교수는 1970년대에 이미 읽고 레슬리 피들러를 좋아하게 되었다고 말한다. "사랑과 죽음"이 자기 대표 저서의 제목이 된 이유를 피들러 교수는 이렇게 말하고 있다.

인간의 삶에 있어서 가장 중요한 세 가지는 탄생, 사랑 그리고 죽음이다. 그런데 탄생은 우리에게 아무런 선택권이 없지만, 사랑과 죽음은 우리가 선택한다. 그래서 사랑과 죽음은 삶의 가장 중요한 두 가지 요소가 된다.

19세기 미국 소설에 나타난 사랑은 남녀의 사랑이 아닌, 백인 남성과 유색인 남성의 우정과 사랑이다. 당시 미국 작가들은 미국 사회에 절실한 것이 바로 인종 간의 사랑이라고 보았고, 그것을 작품 속에 구현했다. 예컨대, 제임스 페니모어 쿠퍼의 『모히칸족의 마지막 후예』에 나오는 백인 주인공 내티 범포와 아메리카 원주민 추장 칭가치국, 에드거 앨런 포의 『아서 고든 핌의 모험』의 백인 화자 아서와 인디언 혼혈 더크 피터스, 허먼 멜빌의 『모비 딕』의 백인 이슈메일과 폴리네시아인 퀴퀘크, 그리고 마크 트웨인의 『허클베리 핀의 모험』의 백인 소년 허크와 흑인 짐의 우정과 사랑이 대표적인 경우다. 19세기 미국 소설에서, 백인 주인공과 유색인 동반자는 광야에서 같이 모험을 겪으며 서로를 이해하고 위험에서 구해 주며 우정과 사랑을 키워 나간다. 그런데 인종 간의 우정과 사랑을 위해서는 관습적인 사회 속에서 형성된 자아의 상징적 죽음과 다시 태어남의 과정이 필요하다. 그래서 그런 주제를 다룬 내 책의 제목을 『미국 소설에 나타난 사랑과 죽음』이라고 붙인 것이다.

『미국 소설에 나타난 사랑과 죽음』에서 마크 트웨인의 『허클베리 핀의 모험』에 대해 논의하면서, 저자 레슬리 피들러는 뗏목을 '아메리카'의 상징으로 제시하고 있다. 이 소설의 주인공 허크와 흑인 노예 짐이 같이 타고 미시시피강을 내려가는 뗏목을 피들러는 백인과 흑인이 같이 타고 "이동하는 미국"(Mobile America) 또는 "아메리칸드림"이라고 부른다. 그러나 흑백이 평화롭게 공존하는 그 뗏목은 너무 연약해 거친 현실을 상징하는 풍랑이나 증기선 앞에서 부서지기 쉬운 목가적인 꿈일 뿐이다. 실제로 거친 현실을 상징하는 폭풍우가 몰아치자 허크는 뗏목에서 떨어져 강물에 빠지기도 하고, 목가적인 꿈과는 반대인 증기선과 부딪쳐 뗏목이 부서지기도 한다.

뗏목은 원래 한쪽 해안에서 반대쪽 해안을 오가는 약한 목선이다. 그런데 허크와 짐은 그 뗏목을 타고 미국에서 가장 긴 미시시피강을 북에서 남으로 항해한다. 미시시피강은 미국의 동부와 서부를 나누는 강이라고도 하지만, 예전에는 노예 주와 자유 주를 나누는 강이었다. 뗏목은 물살을 따라 노예 주들이 있는 남부를 향해 가는데, 남부에 가면 짐은 붙잡혀 다시 노예가 되어야만 한다. 그래서 피들러는 뗏목을 타고 가는 그들의 동반 항해는 처음부터 실패를 암시하고 있다고 지적한다. 뗏목의 은유와 상징을 통해, 피들러는 미국의 원죄이자 악몽인 인종 문제를 천착하고 있다.

아메리카의 상징인 뗏목을 타고 여행하는 허크와 짐은 인종 간의 이해와 화해를 꿈꾸는 아메리칸드림을 은유적으로 보여 주고 있다. 그런 그 꿈은 너무나 절실하고, 너무나 연약해서 현실에서는 불가능한 '꿈'에 그치고 만다. 레슬리 피들러는 그래도 작가들만큼은 그런 꿈을 계속 꾸어야 한다고 말한다. 그것이 바로 문학의 본질이기 때문이다.

지식인은 누구이며,
무엇을 어떻게 해야 하는가?

o

이어령
_____

지식인은 조국이 없는 사람들입니다. 지식인은 정신적
망명객들이고 무국적자들이지요. 그런데 조국이 있는 지식
인들이 있어요. 그게 바로 공산주의 사회의 서기들과 서기
장들, 그리고 그들을 지지하는 사람들이지요. 헤밍웨이나
포크너 같은 작가들이 대통령 저녁 식사에 초대받으면, '뭐
가고는 싶지만 저녁 한 끼 얻어먹자고 내가 거기까지 가야
하나?' 그렇게 생각하지요. 바로 그게 지식인이고 작가지요.
그런데 만찬 초대 받았다고 자랑하는 사람들은 서기장이고
서기들이에요. 그러니까 어디에서나 속물들이 정치를 하는

것이지요.

지식인은 자신이 살고 있는 사회가 잘못된 방향으로 가고 있으면 제동을 거는 사람들입니다. 비록 자기가 지지하는 정부라 할지라도 그래야 합니다. 지식인은 정치인에게 아부하거나 정치인의 옹호자가 되어서는 안 됩니다. 지식인은 언제나 물살을 거슬러 올라가는 연어와 같아야 하고, 시대의 트렌드를 거슬러 올라가야만 합니다.

요즘 우리 사회는 동학혁명을 일으킨 전봉준 때로 다시 돌아간 것 같아요. 봉건주의는 이미 무너졌는데, 민주주의의 개념도 무너져서 혼란을 겪고 있으니까요. 그 후로 시대가 세 번, 네 번 바뀌었는데도 여전히 똑같네요. 전봉준 당시에도 평등하지 않은 신분 사회에 대해 원한을 품고 혁명을 한다고 했는데, 지금도 평등하지 않은 신분 사회라고 불만과 원한을 갖고 사회혁명을 해야 한다고 생각하는 거지요. 우리나라가 민주주의적 절차에 의해서가 아니라, 촛불에 의해 만들어졌다고 생각하는 것은 큰 착각입니다. 그건 마치 21세기에 20세기 초의 볼셰비키혁명 얘기를 하고 있는 것과도 같습니다. 이제는 지구상에 존재하지 않는 소비에트 공화국도 러시아로 새로 태어나서 명분만 사회주의지 실제로는 자본주의 체제를 차용하고 있는데요.

그러니까 지금 권력을 잡은 사람들이 하고 있는 일이, 동학란 때 이상향으로 생각했던 사회, 즉 계급이 없고 신분 차이가 없는 평등한 사회, 또는 소외 계층을 내세우는 사회를 만들겠다는 것 같아요. 그러나 생각을 해 보세요. 옛날에 계급이 높았거나 재산을 가지고 있던 사람이나, 옛날에 잘살았던 사람들이 지금은 다 영락해서 소인국의 일원이 된 거예요. 정주영만 해도 그렇고, 김영삼 대통령만 해도 그렇지. 소외 계층에서도 대통령이 나오고 신분 변화가 일어났지요. 어디 구한말의 왕족 사회나 양반 사회가 지금도 있어요? 자기네들도 지금은 다 '흙수저'라고 그러잖아요. 이명박 씨도 '흙수저'라고 그러고요. 가난한 사람들과 같은 동네에서 살고요. 그렇다면 신분제에 의해서 기회를 놓치는 것은 지금은 아무것도 없어요. 서울대를 신분제로 뽑나요? 거꾸로 지금은 시골에 사니까 서울대에 들어가도록 기회를 주자, 해서 오히려 역차별을 하고 있는데요?

나는 지금 정부나 이런 것들을 정치학, 사회학으로 보는 게 아니에요. 하나의 큰 흐름 속에서 보면, 일종의 역사의 마리오네트처럼 모든 것이 커다란 기운에 의해 움직이는 건데, 그것은 언젠가는 역사적으로 봤을 때 '공자 죽이기'처럼 되는 거지요. 그래서 정치가들이 재생과 부활을 믿고 있는 그 새로운 세상이라는 것이 헛된 꿈이고 실패할 수밖에 없다는 거지요. 우리가 그동안, 외래어, 즉 한자의 '아'(我)라는 '자아'

가 아닌 우리 토착어의 '나', 프로이트가 말하는 'ego'가 아닌 '나,' 그리고 '의식주'가 아닌 '진선미'와 같은 그 정신적인 단계를 밟지 않고 오늘날까지 왔기 때문에 끊임없는 악순환이 반복되고 있어요.

우리는 그냥 바람 부는 대로, 물결치는 대로 가면 된다고 믿고 있고, 또 어제처럼 내일도 살 수 있다고 생각하는데, 그건 절대 불가능한 일이지요. 어제는 절대 오늘처럼 안 되고, 오늘은 절대 내일이 될 수 없는 상황이 됐는데도, 자기네들은 다시 옛날로 돌아가 새로운 세상을 만들겠다고 생각하는데, 그건 헛된 꿈이지요. 우리 바로 옆에 중국이 있고 일본이 있으며, 또 미국이라는 새로운 변화가 있는데, 우리는 그 나라들을 알고 우리의 미래를 대비해야 해요. 그래서 내가 '한중일비교문화연구소'를 만든 거고요.

오늘날에도 한국은 여전히 '중국에 붙는 한국'이고 '일본과 싸우는 한국'인데, 그러다가 구한말 같은 그런 나라를 또 우리 자손들에게 물려주겠느냐는 거지요. 그런데 이것은 '한중일'에서 풀어야 할 일이지, 또 서양의 '그랜드 파워'에 휩쓸려서는 안 된다는 거예요. 그러기 위해서는 우선 중국이 바뀌어야 하고, 일본이 바뀌어야 하고, 한국도 바뀌어야 해요. 그런데 옛날식으로 중국이 다시 세계의 패권을 가지려고 하고, 일본이 다시 아시아의 패권을 쥐려고 하면, 한국의 문제는 절대 풀리지 않고 비극의 역사가 되풀이될 뿐이지요. 그렇게 되면 구한말과 똑같이 되는 거고요.

정치인들이 시대착오적인 사고방식을 갖고 있으면 나라를 잘못 이끌어 가게 됩니다. 그러면 지식인들은 그걸 지적하고 깨우쳐 주어야 합니다. 그게 지식인들의 사명이지요. 우리는 더 이상 동학농민운동이 일어나던 시대에 살고 있지 않습니다. 그러니 자꾸만 어두웠던 과거로 돌아가지 말고, 밝은 미래를 향해 앞으로 나아가야지요.

문단에서도 마찬가지입니다. 내가 젊었을 때, 조연현이나 백철이나 김동리와 문학적 논쟁을 벌였던 것도 그들과 문학관이 달라서가 아니라, 그들의 기본이 틀렸다는 것을 지적하기 위한 것이었어요. 내가 신세대여서 새로운 사상을 갖고 기성 문단과 싸운 것도 아니었지요. 다만, 당시 면 서기 수준의 대학의 아카데미즘에 최초로 지적 접근을 한 셈이었을 뿐이었지요.

예컨대 당시 그분들을 비롯한 한국 문단의 평론가들은 누구나 예외 없이 염상섭의 「표본실의 청개구리」를 자연주의 문학의 정수라고 주장했어요. 표본실이나 청개구리나 해부 같은 말이 나오니까 이건 자연을 다룬 것이고 따라서 자연주의 문학이라고 생각했던 것이지요. 그러고는 청개구리를 해부하는데, 내장에서 김이 모락모락 난다고 작가가 잘

못 쓴 것에 대해서는 단 한 사람도 잘못을 지적하지 않았지요. 아니, 소를 잡아도 내장에서 김이 날까 말까 할 텐데, 5센티미터도 안 되는 개구리 내장에서 무슨 김이 모락모락 납니까? 더군다나 개구리는 냉혈동물인데요. 그래서 그런 기본적인 오류를 바로잡아 준 것뿐이었지요.

지식인은 자기 나라의 국경을 초월해서 세계를 바라보고 낯설고 더 넓은 세상으로 나아가야 합니다. 동양의 지식인은 서양을 알아야 하고, 반대로 서양의 지식인은 동양을 알아야 하지요. 그런데 당혹스러운 것이, 서양을 연구하다 보면, 우리에게는 서양에는 있는 지적 계보가 없는 거예요. 서양에는 그리스 때부터 내려오는, 기원전 400년부터 2400년 동안 전해져 내려오는, 헬레니즘적인 것과 헤브라이즘적인 것, 그리고 르네상스에서 오는 확실한 지적 계보, 즉 푸코가 자신의 이론을 펼치고 글을 쓸 수 있는 지적 계보가 있는데, 우리는 그런 것이 없는 거예요. 두루뭉술해서 뭐가 불교이고 뭐가 유교이고 뭐가 도교인지도 모르게 섞이고 만들어진 거지요. 그래서 지금 이것을 하나하나 원형을 분석해서 이것이 어떻게 그렇게 되었는가를, 즉 그 과정을 밝히려면 서양보다 열 배는 어려운 거예요.

그런데 다행히 우리는 서양도 알고 동양도 아는데, 서양 사람들은 서양만 알고 동양은 잘 모릅니다. 또 우리는 언어도단(言語道斷), 즉 언어가 끊긴 데서부터 사색이 시작되는데, 서양 사람들은 언어가 끝나면 모든 것이 끝나는 거예요. 그러니 라캉도 그렇지만, 아버지의 말, 어머니의 말 등, 전부 언어를 중심으로 이야기를 하고 있어요. 그런데 우리는 기호를 중심으로 이야기를 하지요. 서양인들은 정신분석학을 할 때도 어린애나 유아의 언어를 성찰해서 연구는 하지만, 그 대신 말을 배우기 전에 어머니 얼굴을 알아보는 그 세계, 그리고 태어나기 전의 모체(母體)에는 못 들어가는 거예요. 그런데 우리는 모체에 있을 때부터 벌써 한 살이라고 생각해, 태어나자마자 한 살을 먹는다고 생각하지요. 서양 사람들은 아기가 엄마 배에서 나와야 그때부터 인간이고, 생후 1년이 지나야 비로소 한 살이 된다고 생각해요. 그렇다면 서양은 아이가 태어난 후부터 생명이 시작되는 걸로 아는데, (물론 낙태 반대주의자들은 다르지만요.) 우리는 정자 속에서부터 시작한다고 보잖아요.

그러니까 이 모체, 경험하기 이전의 모체 세계, 죽기 직전의 영혼의 세계, 이것을 동양에서 우리가 제시해 주고, 라캉의 좌표와 하이데거의 이론, 이런 것들을 드론으로 위에서 띄워 주면 실제로 도형이 만들어지니까 종합적으로 명료하게 잘 보인다는 거지요. 밑에서는 전혀 볼 수 없는 것이 보이는 거지요.

서양 문학에서 서양 사람은 보지 못하는 것이 있고, 일본 문학에서도 일본 사람의 눈에는 보이지 않는 것이 있으며, 한국문학에서도 한국인들은 모르는 것이 있습니다. 그래서 각자가 보는 관점을 서로 주고받는 것이 필요합니다. 그렇게 하면, 각 나라의 문학을 바라보는 새로운 시각이 나올 수 있지요. 혼자서 언어를 다듬고 사색하고 연마하는 것은 작가 개인의 작품에서는 가능하겠지만, 한 나라의 문학이나 세계문학을 놓고 볼 때는 불가능합니다. 각기 다른 배경의 전문가들이 서로의 생각을 교환하고 논의해야만 가능해요. 예컨대 영국의 「로빈 후드」와 한국의 「홍길동」을 논할 때에는 두 나라의 특성과 각기 다른 시대가 비교되어야 하지, 개별 작품으로만 논할 수는 없다는 겁니다. 지식인이나 문학평론가는 바로 그런 일을 해야 한다고 생각합니다.

그런 시각으로 이효석의 「메밀꽃 필 무렵」이나 이상의 「날개」를 읽으면, 기존의 해석과는 다른 새로운 의미가 생성됩니다. 「날개」에 나오는 33번지 18가구를 볼까요? 33이라는 숫자는 건축에서 기둥의 숫자지요. 라틴어로 33은 '회전하다'라는 뜻이고요. 예수도 33세 때 십자가에 못 박혔고, 프랜시스 베이컨의 암호도 33이었지요. 저자 이상이 건축가였기 때문에, 33의 의미를 건축과 연관해 볼 수 있겠지요. 또 척추의 수도 33이라고 하지요. 서양 사람에게 33은 금방 그런 의미가 다가오지만, 한국인에게는 그렇지 않지요. 더구나 한자로 석 삼 자를 두 개 쓰면 여섯 개의 바(bar)가 되지요.

그러니까 33번지 18가구는 집 이야기지요. 그래서 33번지는 세워 놓으면 6층짜리 집이 됩니다. 18가구는 섹스를 상징하는 상스러운 표현이고요. 그러면 이상이 그걸 회화적 그림으로 사용했는가, 아니면 문화적 코드로 사용했는가를 생각해 보게 됩니다. 바르트도 지적했지만, 문화적 코드는 그 경계가 불분명하지요. 코드는 과학적 개념이지 문화를 코드화한다는 것은 사실 불가능합니다.

이상의 「오감도」에 나오는 "13인의 아해"도 그렇지요. 13에다가 우리는 당시 한국의 13도나, 가룟 유다를 포함한 예수의 13 제자의 의미를 부여하는데, 그러면 그 작품을 열린 텍스트로 취급해서 열린 해석을 해 볼 수도 있겠지요. 그럴 때, 지금까지 이야기한 그런 이론들에 비추어 해석하면 새로운 의미가 생겨날 수도 있는 거지요. 사람들은 그것은 외국 이론인데 왜 외국 이론으로 한국 문학작품을 읽어? 할 수도 있지만, 과학이나 문학 이론은 보편적인 것이어서 우리 것, 외국 것이 따로 있는 것은 아닙니다. 일본 사람들이 줄부채를 놓고 말하는 '주름 이론'도 이미 서양의 스피노자나 로코코 미술의 한 패턴으로, 미학으로 나와 있지요. 그런데 우리는 사방에 주름이 있었어도, 주름에서 그런 것을 보지 못했어요. 들뢰즈도 이야기한 무한 반복을 미학적으로 보지 못했지요. 그렇다면 그건 외국 이론을 우리 것에 도입하는 것이 아니라, 우리의 사고 영역의 프레임을 넓혀 주는 것이 됩니다. 그것이 바로 지식인이 해야 할 일이고 창조적인 작업이지요.

지식인과 작가의
본질과 본분

> 7

김성곤

"지식인은 조국이 없는 사람들이다."라는 이어령 교수의 말은 "지식인은 어디에 있든지 정신적 망명객이다."라는 에드워드 사이드의 말을 연상시킨다. 타국에서 살고 있어도, 그리고 심지어는 자기 나라에서 살고 있어도 지식인은 본질적으로 고독하고 고립된 사람이라는 것이다. 그래서 미국 언론은 사이드 교수를 "스스로 자처한 망명객"(self-appointed exile)이라고 불렀다. 그러므로 영원한 망명객인 지식인은 다른 나라뿐 아니라, 자기 나라까지도 비판적으로 볼 수 있어야 한다.

지식인에게는 조국이 없다는 이어령 교수의 말은 또 9세기 통일신라 시대 학자 최치원이 말한, "인무이국"(人無異國), 즉 "사람에게는 자기 나라, 남의 나라가 따로 없다."라는 명언을 생각나게 한다. 12세 때 중국으로 유학을 떠나 6년 만에 당나라 과거에 급제해 중국에서 벼슬도 했던 최치원은 당시 보다 더 크고 넓은 세상을 경험했던 선각자였다. 그가 29세 때 귀국했을 때, 신라는 진골과 성골의 파벌 싸움과 권력 다툼으로 분열과 혼란 속에 빠져 있었다. 그 와중에 그가 할 수 있는 일은 별로 없었다. 서로를 포용함으로써 새로운 생명을 탄생시킬 수도 있었지만 사람들은 그렇게 하지 않았고, 모든 것을 우리와 그들로 나누어 상대방을 배척했다. 그리고 편협한 부족주의에 사로잡혀 중국에서 벼슬을 한 최치원을 질투하고 의도적으로 적대시했을 수도 있다.

최치원은 "접화분생"(接和分生), 즉 "서로 접하고 화합하면 생명이 살아난다."라는 사상을 펼쳤지만, 증오와 배척으로 오염된 당시 궁중 상황은 그 반대로 가고 있었다. 조국의 한심한 현실에 좌절한 최치원은 어느 날 홀연 사라진다. 그가 산속으로 들어가 은거했는지, 아니면 다시 당나라로 돌아갔는지는 아무도 모른다. 다만 중국 고위 관리들과 커넥션이 있었고 "한국의 이태백," 또는 "아시아의 다빈치"라 불리는 최치원의 부재는 신라 조정에게 커다란 손실이었을 것이다.

"지식인은 조국이 없는 사람들이다."라는 이어령 교수의 말은 또한, 12세기 유럽의 사상가 성(聖) 빅터의 휴(또는 휴고)가 『디다스칼리콘(*Didascalicon*)』에 쓴 명언을 연상시킨다. "자신의 조국에만 이끌리는 사람은 아직 어린아이와 같다. 모든 나라가 다 조국처럼 느껴지는 사람은 강한 사람이다. 그러나 세계 어디를 가도 다 타국처럼 느끼는 사람이야말로 완성된 사람이다."

나치의 박해를 피해 터키의 이스탄불로 망명한 유대계 독일인 사상가 에리히 아우어바흐는 자신의 명저 『미메시스』에서 성 빅터의 휴가 말한 위의 명구를 다음과 같이 쉽게 풀어썼다. "연약한 사람은 한 장소만 사랑한다. 강한 사람은 자신의 사랑을 모든 곳으로 확대한다. 완벽한 사람은 애정의 불을 끈다." 자신도 뉴욕의 망명객이었던 에드워드 사이드는 『세계와 텍스트와 비평가』에서 성 빅터의 휴와 아우어바흐의 명언을 인용하면서, "만일 아우어바흐가 이스탄불로 망명하지 않았더라면 『미메시스』 같은 기념비적 책을 쓰지 못했을 것이다."라고 썼다. 그렇다면, 만일 사이드도 뉴욕으로 망명하지 않았다면 『오리엔탈리즘』 같은 명저를 쓰지 못했을는지도 모른다.

유난히 고향과 조국을 찾는 한국인들은 첫 번째에 속하

는 것처럼 보인다. 우리는 타향이나 타국에 가면, 자꾸만 고향과 고국으로 돌아가고 싶어진다. 그래야 몸과 마음이 편하기 때문이다. 그래서 외국에 가도 현지 음식보다는 한식을 찾고, 현지인들보다는 한국인들끼리 어울리기를 더 좋아한다. 그리고 빨리 귀국해서 '고국의 품에 안기고' 싶어 한다. 그러나 성 빅터의 휴에 따르면, 그건 아직 성숙하지 못한 어린아이의 행동이다.

그렇다면, 우리 자녀 세대만큼은 세계 어디를 가도 자기 조국처럼 편하게 느끼도록 키워야 할 것이다. 그래서 우리의 젊은이들이 독수리처럼 세상을 훨훨 날아다니며 외국인들과 자유롭게 교류하고 우정을 쌓도록 해야 한다. 그래서 나는 서울대학교 교수 시절, 학생들에게 집오리가 되지 말고 독수리가 되고, 하이에나가 되지 말고 호랑이가 되라고 가르쳤다. 집오리들은 날지도 못하고 그저 뒤뚱뒤뚱 떼로 몰려다니며 시끄럽게 꽥꽥거린다. 또 하이에나도 떼로 몰려다닐 때는 사자에게도 덤벼드는 만용을 부리지만, 혼자 있으면 갑자기 풀이 죽고 힘이 빠지는 동물이다. 그러나 독수리는 창공을 날면서 먼 곳을 바라보고, 호랑이는 혼자 있어도 외로워하지 않는다. 우리의 젊은이들은 독수리나 호랑이처럼 되어야 하고, 그래서 성 빅터의 휴가 말하는 "강한 사람"이 되어야 한다.

성 빅터의 휴는 우리가 완벽한 사람이 되려면, 자기 나라라 할지라도 타국처럼 느낄 줄 알아야 한다고 말한다. 즉 자기 고향이라고 해서, 또는 자기 나라라고 해서 무조건 옹호하지 말고, 특정 지역에 대한 애정의 불을 끄라는 것이다. 이는 "지식인에게는 조국이 없다."라는 이어령 교수의 말과 상통하는 것이다. 지식인은 어디에 있거나 간에 한 군데 뿌리를 내리지 않고 방랑하는 '정신적 망명객'이 되어야 하기 때문이다.

언젠가 이어령 교수는 내게 4·19혁명 이야기를 한 적이 있었다. 당시 반독재 투쟁을 하던 학생들을 적극 지지하고 성원했는데, 막상 이승만 정부가 무너지자 무질서와 혼란이 계속되어 크게 실망했다는 것이었다. 노동자들은 이제 우리 세상이 왔다면서 연일 파업하고 사주의 집을 습격해 폭력을 휘둘렀으며, 급진적 학생들은 평양으로 가자고 부르짖었는데, 당시의 혼란스럽고 살벌한 상황에서 지식인들은 그런 잘못을 지적하지 못했다는 것이었다. 그런 세상을 만들려고 4·19혁명을 한 것은 아니었는데 말이다.

김수영 시인은 4·19혁명 직후에 쓴 시 「푸른 하늘을」에서 자유는 무질서하고 소란한 혁명을 통해서가 아니라, 자유에 대한 고독한 성찰과 고뇌를 통해 얻어지는 것이라고 말한다. "푸른 하늘을 제압하는/ 노고지리가 자유로웠다고/

부러워하던/ 어느 시인의 말은 수정되어야 한다// 자유를 위하여/ 비상하여 본 일이 있는/ 사람이라면 알지/ 노고지리가/ 무엇을 보고/ 노래하는가를/ 어째서 자유에는/ 피의 냄새가 섞여 있는가를/ 혁명은/ 왜 고독한 것인가를// 혁명은/ 왜 고독한 것인가를."

경계를 넘어서는 지식인

이어령 교수가 지적한 대로, 우리 사회에 양극만 있고 중도가 없다는 것은 안타까운 일이다. 조선 시대의 당쟁이 그랬고, 해방 후의 좌익과 우익의 대립이 그랬으며, 현재 진보와 보수의 양극화가 그러하다. 한국에는 서로 증오하는 부자와 빈자만 있을 뿐 중산층이 없고, 진보와 보수만 있을 뿐 중간이 없으며, 좌파와 우파만 있을 뿐 중도파가 없다. 설혹 중도가 있다 해도 사회 분위기가 양극화되어 존재를 드러내지 못하며, 중도 정치인이 선거에서 이길 확률은 거의 없다. 즉 흑과 백만 있지, 회색 지대가 없다. 지식인은 회색 지대를 탐색하고 회색 지대에서 사는 사람들이다. 그런데 회색 지대가 없다면 지식인들이 설 자리가 없다.

미국 작가 토머스 핀천은 우리가 "이것 아니면 저것"(Either/Or)의 마인드 세트에서 벗어나, "이것 그리고 저것도"(Both/And)의 포용력을 가져야 한다고 말한다. 문학비평가 레슬리 피들러 또한 "양극에 대항하는 중간"(The Middle Againt Both Ends)의 중요성을 강조했다.

그런데 유독 한국에서 찾아보기 힘든 것 중 하나가 진정한 '중도'이다. 물론 중도를 참칭하는 사이비 중간은 있다. 예컨대, 양 진영에 양다리를 걸친 기회주의자도 있고, 비겁하게 중도를 사칭하고 중간에 숨는 보신주의자도 있다. 그러나 양극을 다 비판하고, 그래서 양 진영에서 다 욕을 먹는 진정한 중도는 드물다. 또 양극단을 다 포용하고 화해시키며, 제3의 길을 제시하는 진정한 중도도 드물다. 그래서 진정한 중도가 되는 것은 어렵다. 하지만 진정한 중도는 이분법적 가치판단과 양극을 피하기 때문에 결과적으로 다양성을 포용하게 된다.

중도의 중요성을 설파한 사람으로는 공자가 있고 벤저민 프랭클린이 있다. 공자의 중용론은 이미 잘 알려져 있다. 만일 조선이 파벌을 허용하는 주자학이 아닌, 공자의 유교 사상을 들여왔다면 한국에서도 중용 사상과 덕치주의가 꽃을 피웠을는지도 모르는데, 조선은 주자학을 들여왔다. 참으로 안타까운 일이다.

벤저민 프랭클린은 자서전에서 미국인이 지켜야 할 13가지 덕목을 제시하는데, 극단으로 흐르지 말라는 '중도'도 거기에 들어가 있다. 진정한 중도를 잘 보여 주는 대표적 예는 중세 스페인의 영웅 '엘 시드'라고 생각한다. 카스티유 왕국의 귀족 로드리고 디아스는 아프리카에서 침입해 온 호전적인 무어족을 물리쳐 스페인을 구한 영웅이다. 그가 승전할 수 있었던 이유는 스페인 내의 적대적인 기독교 왕국과 이슬람 왕국을 화해시켜 연합군을 만들었기 때문이다. 그 과정에서 그는 기독교도들로부터는 배신자라는 비난을 받았고, 이슬람교도들로부터도 배척과 의심을 받았다. 하지만 그는 그 두 적대 세력을 통합해, 스페인의 무슬림화를 막고 국민적 영웅이 되었다. 그래서 이슬람 지도자들은 그를 존경해 비록 기독교도였지만 그에게 'El Cid', 즉 'The Lord'라는 칭호를 헌정했다. 그래서 엘 시드는 적에게서 칭송을 받은 신화적 영웅으로 사람들의 가슴속에 남아 있다. 당시 기독교도들도 그를 'El Campeador'(승리자) 즉 'The Battlefielder'라고 부르며 존경했다.

오늘날 한국 사회가 이분법적으로 분열되어 있음은 이미 잘 알려진 사실이다. 우리는 모든 것을 양분화, 양극화 하고 있다. 예컨대 빈자 아니면 부자, 좌파 아니면 우파, 진보 아니면 보수, 애국자 아니면 매국노, 토착왜구 아니면 토착공비로 나누어 서로 첨예하게 대립하고 있다. 그러나 이 세상에는 부자도 빈자도 아닌 중산층도 있을 수 있고, 좌파나 우파가 아닌 사람도 있을 수 있으며, 친일파나 종북파가 아

닌 사람도 있을 수 있다. 그럼에도 한국 사회에는 그런 회색
지대가 허용되지 않는다. 모든 것이 흑과 백으로 나뉘고 다
양성이나 중도가 허용이 안 된다. 참으로 유감스럽고 개탄스
러운 일이다.

그러나 작가나 지식인은 언제나 양극을 피하고 '중도'를
추구하며, 경계선상에 위치하고, 스스로를 변경에 두어야
한다. 경계선상과 변경에 위치해 있다는 것은 곧 극단적이지
않고 한쪽에 치우치지 않으며, 혼합을 인정하고 양쪽을 다
포용하며 화해할 수 있음을 의미한다. 또한 그것은 진정한
작가나 지식인은 당파나 분파에 속하지 않고 늘 혼자여야
함을 의미하기도 한다.

지금은 타계한 내 뉴욕주립대학교 지도교수이자 멘토인
레슬리 피들러는 나에게 "양극에 대항하는 중간"(The Middle
Against Both Ends)의 중요성을 가르쳐 주었고, 역시 타계한
내 컬럼비아대학교 지도 교수이자 멘토였던 에드워드 사이
드도 내게 '중도'의 필요성을 전수해 주었다. 사이드는 아랍
인이면서 기독교도(성공회)였고, 미국의 중동 정책과 이스라
엘을 비판하면서도 팔레스타인 망명 정부 수반 야세르 아라
파트도 비판했다. 그래서 그는 평생 아랍 테러리스트들과 유
대인 시온주의자들의 협박에 시달려야 했다. 그는 또 서구
제국주의도 비판했지만, 제3세계의 극단적 민족주의(부족주

의)도 똑같이 비판했다. 내가 대학원 수업을 들은 츠베탄 토도로프도 내게 "위대한 작가는 절대 한 분파에 속하지 않는다."라는 가르침을 주었다. 이들은 모두 국제사회에서 존경받는 '경계선상의 지식인들'이었다.

내가 1980년대 초, 서울대학교 교수로 부임하기 위해 미국에서 귀국했을 때, 한국 사회는 반정부 급진주의자들과 친정부 보수주의자들, 또는 마르크시즘을 신봉하는 사회주의자들과 자유시장경제를 믿는 자본주의자들로 분열되어 있었다. 당시는 문단과 학계도 민족문학과 세계문학, 리얼리즘과 모더니즘, 그리고 참여문학과 순수문학으로 나뉘어 서로 싸우고 있었다. 전자의 진영에 속한 사람들은 후자를 독재정권의 부역자로 비난했고, 후자는 전자를 좌파 이념에 사로잡힌 극단주의자로 비판했다. 이렇게 흑백논리에 사로잡힌 당시 한국의 사회 정치적 상황은 단색이었고 암울했다.

그래서 나는 당시 서울대학교 대학원에 국내 최초로 포스트모더니즘 세미나를 개설해 학생들이 이분법적 사고방식에서 벗어나 제3의 가능성을 포용하도록 노력했다. 포스트모더니즘이라는 새로운 사조를 통해 "이것 아니면 저것"의 흑백논리에 사로잡혀 있던 한국 학생들에게 문화적, 인종적 다양성과 "무지개 화합"(Rainbow Coalition)의 중요성을 알려 주는 것은 당시 절박한 과제였다. 그래서 나는 학생들에게 포스트모더니즘 소설을 읽히고 포스트모던 시각을 소개해 주며, 민족주의와 부족주의를 극복하고 세계화와 글로벌리즘을 포용하라고, 그래서 외부 세계의 변화에 눈을 뜨라고 가르쳤다. 이것 아니면 저것을 선택해야만 했던 1980년대의 분위기에서 그건 결코 쉬운 일이 아니었다. 그러한 시각은 그 당시, 시대의 조류에 역행하는 것이어서, 양쪽 진영 모두로부터 의심과 비난의 대상이 되었기 때문이었다.

다행히도 대학원생들의 반응은 아주 좋았다. 그들은 자기들이 알고 있는 것과는 다른 새로운 세상에 눈을 떴고 너와 나 사이의 '차이'를 이해하고 포용하는 것을 배웠다. 내가 포스트모더니즘에 대한 글을 학술지와 문예지에 발표하고, 책으로도 출간하자 다른 대학의 대학생들도 포스트모더니즘에 눈을 뜨기 시작했다.

1990년대 초에 소련의 붕괴와 동유럽 공산주의의 종식으로 정치 이데올로기 시대가 종언을 고하자, 다양성과 이분법적 경계 해체라는 포스트모던 시각이 크게 조명받기 시작했다. 냉전 시대가 종언을 고함에 따라, 드디어 정치 이념이 모든 것을 이끌던 이데올로기 시대도 끝났다. 거칠고 비인간적인 이데올로기 시대를 온몸으로 살았던 나에게 그러한 변화는 고무적이었다. 그러한 변화로 인해, 1990년대는 한국 문단에 여성 작가들이 대거 등장해 그동안 문단과 문학작품들을 장악했던 정치 이데올로기에서 벗어나, 개인의 고뇌와 사적 공간을 다루는 문학작품들을 쓰기 시작한 시대가 되었다.

1980년대에 반독재 투쟁을 했던 운동권들은 문학을 정치 이념의 도구로 생각했고, 개인의 개체성은 부르주아의 사치라고 무시했다. 그러나 포스트모던 인식이 급속도로 확산되고 환영받던 1990년대부터는 우리 작가들이 드디어 정치 이데올로기의 경직된 도그마로부터 벗어나게 되었다. 그것은 한국문학의 품격을 크게 높였으며, 이후 한국 사회는 경제 발전뿐 아니라, 문화 융성도 경험했고, 단일성보다는 다양성을 존중하게 되었다.

그런데 유감스럽게도 지금 우리는 마르크스주의와 극단적 민족주의가 기승을 부리던 1980년의 데자뷔를 경험하고 있다. 우리의 좌파 정치인들은 독선과 도덕적 우월감을 내세우며, 자신들의 단세포적인 멘털리티를 국민에게 강요하고 있다. 예컨대, 1980년대에 학습했던 대로 반일 운동을 벌이고, 거기에 동참하지 않는 사람들을 민족의 반역자나 토착 왜구로 몰아 비난하는 것이 바로 그런 예다.

반대로 우파 정치인들은 좌파들을 '토착 공비'로 부르며 비난하고 있다. 과연 우리의 좌파와 우파 정치인들은 서로를 종북/친중, 그리고 친미/친일이라고 부르며 비난한다. 그 결과, 한국은 다시 한번 서로를 적대시하는 두 당파로 나뉘어 증오와 배척을 계속하고 있다. 그것이 바로 국민들이 좌파와 우파 모두에게 실망하는 이유일 것이다.

이 글로벌 시대에 철 지난 민족주의를 부르짖고, 이 자유민주주의와 자본주의 시대에 아직도 실패해서 이미 퇴출된 인민민주주의와 사회주의를 주장하는 완고한 좌파 정치인들을 바라보며 국민들은 환멸을 느끼고 있다. 동시에 사람들은 여전히 무능하고 무력한 우파 정치인들에게도 실망하고 있다.

문제는 한국에는 제3의 길이 없고, 나라의 근간을 뒤흔드는 양극화를 부정하고 다양성을 포용해, 지금 우리가 당면하고 있는 전례 없는 나라의 위기를 극복할 수 있는 윈스턴 처칠이나 존 F. 케네디 같은 위대한 지도자가 없다는 점이다. 그리하여 지금 대다수 국민들은 그동안 우리가 피땀 흘려 이룬 놀라운 성과들이 허망하게 무너져 내리는 것을 보며, 잘못된 길로 가고 있는 나라를 속절없이 바라보고 있다.

전문가들은 지금 이 잘못된 길에서 벗어나지 않으면, 우리는 결국 막다른 길(Dead End, Cul-de-Sac)에 도달할 것이라고 경고한다. 우리는 지금 2020년대에 살고 있다. 19세기 마르크스가 살던 시대는 이미 끝난 지 오래되었다. 그러므로 우리의 정치인들은 하루속히 1980년대 멘털리티를 벗어던져야 한다. 만일 계속되는 경고를 무시한다면, 우리는 결국 막다른 골목을 만나게 될 것이다. 그렇게 되면, 다시 돌아가기에는 너무 늦을 것이다. 그리고 우리는 영원히 길을 잃게 될 것이다.

한국은 대륙 문명과
해양 문명의 연결점

○

이어령
_____

　예전에는 가장 효과적인 인간의 이동 수단이 바다를 항해하는 선박이었지요. 육지로의 이동은 말이나 마차, 또는 낙타처럼 느린 수단을 이용해야 했으니까요. 그러나 기차가 대륙을 연결하고 비행기가 하늘길을 만들면서 바다의 이점은 축소될 수밖에 없었습니다. 그래서 해양 세력이 쇠퇴하고 다시 대륙 세력이 부상하게 됩니다. 역시 인간은 육지에서 사는 동물이라서 바다만으로는 한계가 있는 거지요. 세계사를 보면 그동안 해양 세력들이 부상했는데, 포르투갈, 스페인으로부터 시작해서 영국, 네덜란드로 이어지는 '대항해시대' 또는 '대탐험 시대'가 바로 그거였지요. 일본이나 우리나라에 서구의 문명, 종교 문물을 처음 전한 것도 해양 국가들인 스페인과 포르투갈이었고요.

그런데 스페인과 포르투갈은 신대륙을 발견하고 그곳에 식민지를 건설했지만, 결국 실패한 해양 세력이 되고 말았지요, 그 이유는 그 나라들은 그냥 대륙 문명을 가지고 해양으로 나아갔기 때문이지요. 반면, 영국과 네덜란드는 완전히 해양 세력의 틀을 가지고 들어가서 식민지를 건설했기 때문에 성공했고요. 그리스를 보세요. 고대 그리스는 망했어도 헬레니즘 문화는 퍼져 나갔어요. 또 유대라는 나라는 망했지만 헤브라이즘 문화는 살아남았고요. 그런데 로마제국은 외부에 나가서 재물을 빼앗아 오고 노예만 데려왔지, 자기네 문화를 남겨 놓은 적이 없었어요.

알렉산더대왕은 이집트를 정복한 후, 2000년, 3000년 동안 지속되어 온 이집트 문화를 하루아침에 그리스 문화로 바꾸어 헬레니즘의 도시 알렉산드리아를 세웠지요. 그러고는 인도까지 진격해 들어가다가 거기서 패배하고 말았지요. 그래서 오늘날에도 알렉산더의 판도와 유대의 판도가 만들어 놓은 헬레니즘과 헤브라이즘이 서구 정신과 서구 문화의 근간이 되고 있는 것입니다. 반면, 서구 제국주의나 식민주의 같은 폭력적 이념이나 공리적이고 실용적인 것은 로마제국이 전통이라고 할 수 있지요.

헬레니즘, 헤브라이즘, 그노스티시즘

'리얼 폴리틱스'(real politics)와 '모럴 폴리틱스'(moral politics)
도 그런 맥락에서 바라볼 수 있는데, 실용주의에 근거한 리
얼 폴리틱스는 해양 문명의 특징이고, 모럴 폴리틱스는 대륙
의 정치 이념이었다고 할 수 있지요. 항상 군주를 높이 세워
놓지만 실제로는 허수아비로 만들어 놓고 아랫사람들에게는
충성을 바치게 해, 충성 인질을 만들어 놓는 것이 대륙의 모
럴 폴리틱스라고 할 수 있는데, 그것이 해양에서 온 리얼 폴
리틱스에게 밀려나고 지배당해 온 것이 그동안의 흐름이었어
요. 대륙 세력은 침체되어 있었던 반면, 해양 세력은 자기네
문화를 내세우고 현지의 문화를 제패하면서 종교를 앞세워
밀고 들어왔으니까요. 제수이트파가 그 대표적인 예고요.

그런 틈바구니에서 로마 문화, 그리스 문화, 히브리 문화
를 합쳐 문화 제국을 만들고, 한편으로는 그리스 노릇을 하
고 또 한편으로는 로마 노릇을 한 것이 미국이라고 할 수 있
지요. 그러니까 위로는 민주주의와 인권 같은 고상한 이념
을 내세우면서도, 아래로는 상업적 이익을 창출하는 무역을
하는 거지요. 트럼프는 그리스식보다는 로마식으로 하고 싶
어 하는 정치 지도자였고요.

한국은 대륙 지향적인 것이 이념에서 실패하니까, 해양 문명의 리얼 폴리틱스를 받아들였다가, 다시 대륙 이념주의가 밀려오니까, 또다시 대륙 문명으로 돌아가고 있어요. 그런데 대륙 문명으로의 복귀를 강력하게 주장하고 있는 것이 바로 중국이지요. 러시아는 이미 영향력을 많이 상실했고요.

불행히도 우리나라에는 그런 상황 변화를 정확하게 파악하고 있는 진정한 지식인이 부족하고, 다만 시류와 경제 논리에 휘말려 '뒷제사'를 지내는 사람들만 있다는 게 문제지요. 그래서 돌아오면 받아 주고, 다시 오면 맞아 주는 거지요. 우리가 둘 다 전공이 문학이니까, 문학을 문학이 아닌 것과 연결 고리를 만들어 문학 이론들을 알기 쉽게 정리해 보면 좋을 것 같습니다. 가령 「해에게서 소년에게」를 쓴 최남선은 지리학과를 다녔는데요, 왜 그는 지리학과를 다녔을까요? 지금의 우리는 잘 모르고 있지만, 과거에는 서양이라는 개념이나 지정학적인 지식이 전무(全無)한 상태에서, 모든 것은 언제나 대륙, 즉 중국으로 귀결되었지요.

그런데 중국이 전쟁에서 서양에 패하는 걸 보고, 또 일본이 러시아와 맞서는 것을 보고 그때부터 비로소 시선을 대륙에서 바다로 옮긴 것이지요. 그러니 최남선은 이미 그때부터 해양 파워를 알고 있었던 것이겠지요. 그렇기 때문에 최남선이 만든 문예지 《소년》을 보면 창간호부터 마지막

호까지 바다 이야기가 안 나오는 경우가 없습니다. 그렇다면 왜 「소년에게서 해에게」가 아니라 「해에게서 소년에게」라는 제목을 지었는지 이해가 가지요.

앨빈 토플러가 말하는 "제3의 물결"도 역시 '해양 세력'이라고 할 수 있겠지요. 대륙 사관에 따르면 문명은 '바람'에 비유되는데, 토플러는 '물결'이라고 했습니다. 우리가 자주 사용하는 풍토, 풍속이라는 말을 통해 알 수 있듯이, 하나의 문화를 언급할 때 우리는 주로 바람, 예를 들어 서풍, 동풍 이런 단어들에 빗대어 이야기해 왔습니다. 그런데 토플러는 대륙에서 부는 '바람'이 아니라, 바다에서 일어나는 "제3의 물결"이라고 칭하는 해양 지향적인 사고를 보여 주었지요.

그런데 우리의 동학운동은 '바람'에서 '물결'로 바뀌는 시대의 변화와 잘 맞아떨어지지 못했습니다. 아이러니컬하게도 민족주의 운동이었던 동학란이 일본 세력을 끌어들였고, 결과적으로는 그 민족주의 세력들을 없애는 일을 한 셈이 되었으니까요. 김정은도 강한 반일·반미를 지향하면서도, 궁극적으로는 아베와 트럼프의 정치적 입지를 도와주었지요. 트럼프 지지도도 김정은의 덕을 많이 보았는데요, 예컨대 북한에서 ICBM(대륙간탄도미사일)으로 미국 본토를 치겠다고 위협하니까, 미국인들이 단합해서 트럼프가 세게 나가는 걸 지지했고, 그 덕분에 트럼프의 문제점들이 많이 가려진 거지요. 그렇지 않고 오바마식으로 계속 미온책을 썼으면 아마 진작 위기를 맞았겠지요.

중국의 경우에는, 시진핑이 너무 일찍 대륙 문명을 앞세워 중국 굴기를 내세웠어요. IT나 컴퓨터 기술은 대륙이 아니라 민초들이 만드는 거예요. 실리콘밸리가 엄청난 규모지만, AI를 누가 만들었나요? 전부 개인들과 조그만 연구소들에서 만들었어요. 대륙이나 대중이나 정부의 힘으로는 안 되는 거예요. 아니라면, 큰 나라인 미국이 지금 다 독점했겠지요. 그런데 컴퓨터라면, 미국이 한국한테도 지는 게 있잖아요.

컴퓨터 테크놀로지를 통한 미국과 중국의 충돌

한국 사람들은 한국만 이야기하고, 중국과 일본이라는 큰 그림에서 한국을 파악하지 못하고 있어요. 또 중국과 일본에 대해서도 잘 모르고요. 전문가들이 있어도 정치인들이 전문가를 무시하고 자신들의 정치 이데올로기로 중국과 일본을 대하는 게 큰 문제입니다.

예컨대, 중국은 폐기된 외국의 항공모함을 폐철로 사 온 다음 그걸 고쳐서 지금 이어도를 돌고 있어요. 중화호라고 이름 붙이려다가, 또 마오쩌둥호라고 이름 붙이려다가, 그냥 랴오닝호라고 이름을 붙였어요.

중국은 항공모함도 고철로 들여와서, 연습용이라고 말하고 있지요. 현재 중국 것은 과시용 항공모함이지, 사실은 비행기도 SSG 4대 정도밖에는 없다고 알려져 있지요. 중국 항공모함은 원자핵으로 가는 게 아니기 때문에, 운영 경비만 많이 들고, 속도도 느리고 항공모함으로는 별로 쓸모가 없고 과시용으로만 쓰는 거예요. 그런데도 그게 인천 앞바다에 오면 상징적으로 중국이 우리 앞에 와 있는 거지요.

그래서 중국의 항공모함으로는 미국의 최첨단 항공모함에 대적할 수가 없지요. 반면, 일본은 실제로 싸울 수 있는 전함 안에 승무원용으로 위장한 격납고가 있어서, 유사시에 바로 항공모함으로 변신할 수가 있지요. 일본은 헌법상 전쟁 무기를 못 만들기 때문에 항공모함을 만들 수 없으니까, 그냥 일반 함정을 만든 다음, 선원들 선실이라고 해 놓고 전시에는 비행기 격납고로 사용할 수 있도록 설계했어요. 프랑스 기자가 배에 잠입해 사진을 찍어서 언론사에 보내 알려진 거지요. 다만 일본은 예기치 않게 후쿠시마 원전 사고로 큰 타격을 입어서 회복하려면 오랜 시일이 걸릴 것 같습니다.

중국과 일본 사이에 위치한 한국은 두 나라의 영향을 다 받았고, 더 나아가 서양 문화의 영향도 받았지요. 우리는 대륙, 즉 중국을 통해 받아들인 것들에다가는 '호' 자를 붙였어요. 호두, 호박, 호떡, 그리고 지금은 발음이 후추가 된 호

추, 호배추, 그리고 호랑(호주머니)이 좋은 예지요. 반면, 바다를 통해 들어온 서역 문물에는 '양' 자를 붙였어요. 양배추나 양파나 양궁이 그런 거지요. 그래서 우리가 받아들인 것들은 점잖지 못한 표현을 빌리면 '되놈 문화'와 '양놈 문화'로 나누어지지요.

대륙 세력은 북한까지 내려왔고, 해양 세력은 냉전 시대에 일본을 거쳐 남한까지 올라왔어요. 그러니까 한반도는 대륙 세력의 끝이자, 해양 세력의 끝인 셈입니다. 해양 세력으로 들어온 것 중 하나가 그리스 시대의 유물인 올림픽인데요. 일본이 올림픽을 개최했고, 한국도 올림픽을 유치했으며, 얼마 전에는 중국도 했지요. 이제 2022년에 중국이 동계올림픽을 개최하면 그리스 문화의 유산이 아시아를 석권하는 셈이 됩니다.

그런 의미에서 한국은 지정학적으로 늘 역사를 바꾸는 "중요한 축 pivotal place"이었지요. 사실 한국이라는 나라는 그 위치 때문에, 역사적으로 늘 주변의 강대국들에게 '트로피' 역할을 했어요. 그래서 과거에 한국은 토끼도 아니고 호랑이도 아니고 '트로피'였던 셈이지요. 19세기 말에도 그랬지만, 지금도 한국은 해양세력과 대륙세력이 만나는 곳에 위치해서 두 문명의 각축장이 되고 있습니다. 그러나 이제는 한국도 강대국이 되어서, 우리가 원하는 선택을 할 수 있습니다. 그리고 누가 싸움에서 이겨서 가져가는 트로피가 아니라. 그동안 우리가 이룩한 눈부신 성과로 인해 한국 스스로가 값진 트로피가 되었지요.

하버드대학교의 에즈라 보걸이 일본의 세계 제패를 말했지만, 나는 당시 그렇게 되지 않을 거라고 예언했고, 그 후 일본에 잃어버린 20년이 와서 일본의 세계 제패 꿈은 사라졌지요. 그래서 가라타니 고진이 '한국의 이어령이 정확하게 일본을 봤다'라고 했지요. 나는 그때 일본의 미국 진출을 예전의 아시아진출과 비슷한 것으로 보았지요. 물론 미국에는 일본이 경제 자본으로 진출했고, 아시아에는 군사력으로 진출했지만, 둘 다 실패하리라 본 것이지요.

중국은 일본과 달라서 미국 진출이나 아시아 제패가 가능하리라고 보는 사람들이 많은데, 나는 중국도 안 된다고 봅니다. 왜냐하면 정보나 인터넷이나 컴퓨터 테크놀로지는 자유로운 개인이 발전시키는 것이지, 정부가 하는 것이 아닙니다. 그래서 중국처럼 정부가 모든 것을 통제하는 곳에서 테크놀로지는 언제나 감시와 통제의 수단으로 악용됩니다. 그런 나라는 또한 개인의 기술 발전이 불가능해서 결국 선진국으로부터 테크놀로지 기술을 훔쳐 오게 되지요. 정부가 빅 데이터를 이용해 개인을 감시하는 사회는 조지 오웰이 미리 예견한 악몽의 세상이지요. 윤리가 없는 테크놀로지는 필연적으로 악용되고 사고를 치게 됩니다. 히틀러가 V-2 로켓을 만들고도, 인공위성을 만들지 못한 이유도 바로 그런 것입니다. 국가가 모든 것을 관장하고 독점하는 나라는 치명적인 한계가 있기 때문입니다. 그런 나라는 세계의 지도자가 될 수도 없고요.

중국과 일본 사이, 중국과 미국 사이에 낀 한국

7

김성곤
_____

"바람"과 "물결" 사이에 서 있는 한국

은유적으로 보면, 한국은 지금 "바람(The Winds)"과 "물결(The Waves)" 사이에 서 있다. 한국은 지리적으로 대륙문명과 해양문명 사이에 위치해 있기 때문이다. 이어령 교수에 의하면, 대륙문명에 속한 사람들은 "바람"이라는 표현을 자주 사용한다고 한다. 예컨대, "무슨 바람이 불어서 여기에 왔니?" 혹은 "요즘 커피 바람이 분다." 같은 표현이 그런 것들이다. 반면, 해양문명에 속한 사람들은 새로운 변화가 있을 때, "물결"이라는 표현을 즐겨 쓴다고 한다. 예컨대, 앨빈 토플러의 "제3의 물결" 또는 프랑스의 새로운 시네마 운동인 "새로운 물결" 같은 표현이 그런 것들이다.

역사적으로 한국은 대륙문명에 속해 있었다. 과연 우리말에도 "물결"보다는 "바람"이라는 표현이 많다. 한국인의 특성 중 하나인 "신바람"도 그 대표적인 예일 것이다. 이어령 교수의 저서 제목인 '흙속에 저 바람 속에'나 '바람이 불어오는 곳 — 이것이 서양이다'에도 "바람"이 들어가 있다. "한국의 황토 바람"이건, "서양에서 불어오는 새로운 바람"이건 간에 우리는 "바람"이라는 말을 쓰기 좋아한다.

그러나 남북 분단 이후에는 상황이 달라졌다. 북한은 그대로 대륙문명에 남아 있는 반면, 한국은 미국의 영향으로 해양문명권에 새롭게 편입되었기 때문이다. 그리고 미국시인 로버트 프로스트가 쓴 애송시 "아무도 가지 않은 길"에 나오는 시 구절을 빌리면, "그게 모든 것을 바꿔 놓았다. And it made all the difference." 즉, 북한은 지금도 세계와 단절된 가난한 나라로 남아 있는 반면, 한국은 세계가 부러워하는 부자 강국이 되었다. 해양문명권이 아니었던들, 한국은 지금 같은 경제발전을 이루어 내지 못했을 것이다.

연세대 외국인진료소의 인요한 소장이 북한에 갔을 때, 한국의 경제발전을 자랑하자, 북한 안내원이 "남조선은 줄을 잘 서서 그리되었지요."라고 대답한 것도, 그런 맥락이라고 할 수 있을 것이다. 북한은 대륙문명인 소련과 중국에 줄을 섰다가 가난에서 벗어나지 못했고, 한국은 해양문명인 미국에 줄을 서서 잘살게 되었다는 것이다.

그렇다면 한국은 앞으로도 해양문명권에 남아 있어야만 할 것이다. 대륙문명의 끄트머리에 붙어서 오랫동안 한국이 받아온 것이라고는 극도의 가난과 소외와 무시였기 때문이다. 만일 우리가 해양문명이 쇠퇴하고 다시 대륙문명의 시대가 도래하고 있다는 사회주의 국가들의 선전에 넘어가 다시 대륙문명을 선택한다면, 한국은 또다시 가난하고 세계와 단절된 나라로 회귀하게 될 것이다.

대륙문명의 도래를 주장하는 사회주의 국가들은 현재 지구평화의 위협이 되고 있는 독재주의/ 전체주의 국가들이다. 그러한 국가들은 현재 다른 나라를 침략해서 전쟁을 벌이고 있거나, 전쟁을 하겠다고 다른 나라를 위협하고 있는 나라들이다. 설혹 해양문명의 쇠퇴와 대륙문명의 회귀가 사실이라고 해도, 한국으로서는 그러한 변화를 반길 이유가 전혀 없다. 왜냐하면 그러한 변화는 전 지구적 폭력시대의 도래를 의미하며, 한국이 전체주의 독재국가의 지배에 들어가게 되는 것을 의미하기 때문이다.

지리적으로 보아 분단된 한국은 북쪽을 빼고는 삼면이 바다로 둘러싸여 있기 때문에 해양문명에 속한다. 북쪽도 대륙하고 연결되어 있는 것이 아니라, 완전히 막혀 있어서 한국은 대륙문명에 속할 아무런 이유가 없다. 그래서 요즘 사람들은 "한국이 반도냐 섬이냐?"라는 질문을 자주 한다. 한국은 이제 더 이상 반도가 아니기 때문이다. 만일 반도라면, 그건 불완전하고 미완성이며 기형적인 반도일 뿐이다. 그래서 요즘에는 한국을 섬으로 보는 견해도 생겼다. 그러나 엄밀히 말해 한국은 섬도 아니다. 섬이라면 사면이 다 바다로 둘러싸여야 하는데, 한국은 삼면만 바다이기 때문이다. 다만 육지와 완전히 단절되어 있다는 점에서는 비정상적인 섬이라고 할 수 있을 것이다.

그럼에도 불구하고, 한국은 강한 해양국가가 될 수 있는 요건을 갖추고 있다. 강력한 해양 국가였던 영국(섬)과 스페인(이베리아 반도), 그리고 현재 최강의 해양국가인 미국(삼면이 바다)의 지리적 조건을 다 갖추었기 때문이다. 더구나 한국은 세계 최강의 선박 제조 국가여서, 수평선을 넘어 드넓은 대양으로 뻗어나갈 준비가 되어 있다.

그러므로 지금 우리에게 필요한 것은, 바다의 가능성을 탐색하고 수평선 너머로 모험 항해를 떠나는 진취적인 해양정신이다. 전통적으로 한국인에게는 바다의 개척정신이 결여되어 있었다. 미지의 바다로 탐험을 떠나는 것보다, 육지의 문을 걸어 잠그고 그 안에서 안주하는 것을 좋아했으며,

배 타는 사람들을 "뱃놈"이라고 부르며 무시하기도 했다. 그리고 해군이 주력부대인 영국이나 미국, 또는 스페인이나 일본과는 달리, 해군보다 육군을 더 중시했다. 그 결과, 한국은 과거에 약소국에서 벗어나지 못했고, 한때 주권까지도 상실했다.

이어령 교수는 20세기 초에 이미 육당 최남선은 바다의 중요성을 잘 알고 있었다고 말한 적이 있다. 지리학을 전공한 최남선은 세계의 지정학적 변화를 파악했고, 대륙문명에 속한 나라들이 해양문명에 속한 나라들에게 속절없이 패배하는 것을 보고 바다의 중요성을 깨달았다는 것이다. 이어령 교수는 최남선의 대표 시 「해(海)에게서 소년에게」가 소년에게 손짓하는 바다를 통해 바다의 중요성을 한국의 미래세대에게 알려주고 있으며, 최남선이 창간한 한국 최초의 월간지 《소년》에도 늘 바다에 대한 이야기가 나온다는 점을 지적했다.

한국은 이제 더 이상 대륙의 끝자락에 매달린 힘없는 나라가 아니다. 오늘날 한국은 새로운 가능성을 찾아서 담대하게 광활한 바다로 모험을 떠날 수 있는 역동적인 해양강국이 될 준비가 되어 있다. 이제는 해양강국 영국의 시인 존메이스필드의 시 「바다를 향한 열정 Sea-Fever」이 우리 젊은이들의 피를 끓게 하는 시대가 되었다. "나는 다시 바다로 나가야만 하리/ 내가 원하는 것은 큰 배와 그 배를 인도할 별 하나/ 힘차게 돌아가는 키, 바람의 노래, 흔들리는 흰 돛/ 바다의 표면에 깔린 잿빛 안개, 그리고 동트는 잿빛 하늘뿐."

"바람"과 "물결" 사이에 서서, 이제 한국은 결단을 내려야 한다. 한국의 미래는 대륙이 아니라, 바다에 달려 있다.

이어령 교수의 지적대로 한반도는 대륙 문명과 해양 문명이 만나는 지점에 위치해 있다. 그런데, 수천 년 동안 중국에 근접해 대륙 문명에 속해 있던 한국이 일본과 미국을 만나면서 해양 문명에 편입되었고, 무역을 통해 한국 역사상 최초로 부유한 경제 강국도 될 수 있었다. 그런데 최근 중국이 부상하자, 한국은 해양 국가인 일본 및 미국과 멀어지고 다시 중국이 대표하는 대륙 문명으로 되돌아가고 있다는 평을 받고 있다. 특히 반미와 친중 이데올로기에 침윤된 운동권 정부가 들어서면서 그 현상이 가속화되었다는 평을 받는다. 그들의 주장대로, 과연 중국이 미국을 제치고 세계를 선도하는 최강의 국가가 될 수 있을 것인지, 그리고 앞으로 해양 문명이 쇠퇴하고 다시 대륙 문명으로 회귀하게 될 것인지에 대해서는 앞으로 많은 논의와 성찰이 필요할 것이다.

잘 알려진 대로, 그리스 문화는 인간 중심이었고, 로마 문화 또한 그것을 계승했다. 그런데 콘스탄티누스대제 때, 로마가 기독교를 국교로 받아들이면서 유대교의 유일신 사상과 그리스·로마의 인간 중심 사상을 혼합했고, 이로써 헤브라이즘과 헬레니즘이 서구 사상의 근본이 되었다. 그러므로 로마가 받아들인 기독교는 헬레니즘의 인본주의와 헤브라이즘의 신본주의가 결합한 것으로 볼 수 있다. 이원복도 『먼 나라 이웃나라』 20권 "오스만 제국과 터키"에서 지적하고 있지만, 그 좋은 예가 예수 그리스도이다. 예수는 하느님의 아들로서 신이면서 동시에 여자에게서 태어난 인간이다. 그러므로 예수는 헬레니즘과 헤브라이즘이 합해진 존재라고 할 수 있다.

로마가 받아들인 기독교에서는 또 성부, 성자, 성령의 삼위일체를 주장하는데, 그것은 각각 헤브라이즘과 헬레니즘과 기독교 이전의 종교의 통합이라고도 볼 수 있다. 기독교의 등장 이전에 소위 이방인이었던 유럽인들은 모든 인간에게는 신의 일부가 들어 있고, 교회를 통해서보다는 개개인의 영적인 교류를 통해 구원받을 수 있다고 믿었다. 그리고 모든 인간은 '데몬'(Demon)이라 불리는 자신에게만 속한 영적 존재를 갖고 있다고도 믿었다. 영국 작가 필립 풀먼의 판타지 소설 「신의 검은 물질」 삼부작은 이를 잘 묘사하고 있다. 기원 1세기경에 유럽인들 사이에 널리 퍼져 있던 그노시스가 그 대표적 예이다. 삼위일체 중 '성령'은 아마 그런 믿음을 가진 사람들을 정신적으로 통합하기 위한 로마의 시도가 아니었나 생각된다.

이어령 교수의 지적대로, 과연 중국의 항공모함들은 과 시용이라는 생각이 든다. 그래서 최근 해상 작전을 하는 중 국의 항공모함 앞에서 미국의 인도태평양 사령관이 다리를 꼬고 앉아 느긋하게 바라보고 있는 사진이 화제가 되었던 것 같다. 중국의 구식 항공모함은 미국의 최첨단 핵추진 항공모 함의 상대가 되지 않는다는 것이다. 워싱턴도 중국의 구축함 증가는 우려하지만, 항공모함은 개의치 않는다고 한다.

언론 보도에 따르면, 중국은 1994년에 호주로부터 1982년 에 은퇴한 항공모함 멜버른호를 고철로 사들인 다음, 그걸 모델로 항공모함 건조 기술을 배웠다고 한다. 1998년에는 러시아가 1995년에 한국의 한 회사에 고철로 판매한 항공모 함 민스크호를 중국이 500만 달러에 사들였고, 2000년에는 러시아 항공모함 키예프호를 중국이 고철로 840만 달러에 사들였다.

1998년에 중국은 러시아산 항공모함 바랴그호를 당시 소유권을 갖고 있었던 우크라이나로부터 2천만 달러에 사 들였고, 마카오에 정박시키다가 랴오닝성 다롄으로 옮겨 간 다음, 랴오닝호라는 이름을 붙여 2012년에 실전 배치했다. 2019년 12월에는 중국이 독자 기술로 개발했다는 최초의 중국산 항공모함 산둥호가 등장했고, 2022년 6월에는 푸젠

호가 등장했다.

중국에 비하면 미국의 항공모함이나 디지털 군사기술은 압도적인 우위에 있다. 다만 미국은 민간 분야에서는 아직도 문제가 많다. 예컨대 미국은 인터넷 속도가 한국보다 느리고 와이파이 비용도 한국보다 훨씬 비싸다. 휴대폰이 터지지 않는 곳도 많다. 한국보다 미국이 더 불편한 데는 두 가지 이유가 있다. 하나는 미국은 1950년대에 이미 슈퍼컴퓨터가 있었지만, 국방부와 나사(NASA)에서만 사용하고 상용화하지 않아 일반 시민들은 컴퓨터의 혜택을 보지 못했다. 그 결과, 미국인들은 1980년대 중반까지도 IBM이나 스미스코로나 전동타자기를 사용했다. 반면 한국에서는 해외에서 컴퓨터가 들어오자마자 바로 일반인들이 사용할 수 있었다.

미국의 경우 휴대폰 역시 처음에는 군사용과 나사용이었다가 나중에야 상용화되었는데, 한국은 휴대폰이 들어오자마자 바로 사람들이 사용하도록 일반화했다. 한국과는 달리 미국은 또 나라가 워낙 방대해 휴대폰 기지국을 많이 세우기도 어렵고, 또 미관상 좋지 않아 거부 반응도 많았다. 그러다 보니, 높은 빌딩 옆이나 지하실이나 산에 가면 휴대폰이 잘 터지지 않는다. 반면 한국은 나라가 작고 기지국 세우기가 용이해 어디에서나 휴대폰 사용이 가능하다. 그러니 한국이 테크놀로지 강국이 된 것은, 미국보다 테크놀로지

기술이 뛰어나서가 아니라, 한미 간의 상황 차이에 그 이유가 있다. 즉 미국은 리버럴들이 군사주의라고 비판할 만큼, 모든 것이 군대 우선으로 되어 있고, 한국은 그렇지 않다는 것이다.

그러나 일단 상용화되는 순간, 미국의 컴퓨터 테크놀로지를 비약적으로 발전시킨 것은 정부가 아니라, 마이크로소프트사나 페이스북 같은 개인 회사들이었다. 그런데 중국은 개인이 아니라, 정부가 테크놀로지를 통제하는 나라여서 치명적인 한계가 있다. 사실 중국을 잘살게 해 준 것은 미국을 비롯한 서방 세계였다. 특히 클린턴이나 오바마는 중국에 자유시장경제가 들어가면 구소련처럼 공산주의가 무너질 줄 알았는데, 중국을 모르는 참으로 나이브한 생각이었고 중대한 실책이었다는 평가를 받는다.

지금 서방 세계에서 팔리는 물건은 거의 다 '메이드 인 차이나'라고 해도 과언이 아니다. 값싼 중국의 노동력을 이용하느라 서구의 기업들이 너도나도 생산 공장을 중국에 세웠기 때문인데, 이로써 극빈에 허덕이던 중국이 갑자기 잘살게 되었다. 그런데 중국 공산당은 없어지기는커녕 더욱 기승을 부리고 있으며, 아시아를 중국의 지배 아래 두려고 남중국해를 장악하고, '일대일로'라는 프로젝트를 통해 아프리카와 남태평양, 그리고 유럽과 남미의 여러 나라들을 중국의 경제적 종속 아래 두려 하고 있다.

반면 중국으로의 공장 이동 때문에, 많은 미국인들은 일자리를 잃었고, 그런 이유로 인해, "아메리카 퍼스트"를 주장하던 트럼프 같은 사람이 인기리에 대통령이 될 수도 있었다. 그래서 이제는 중국에 세운 공장들을 다시 미국으로 가져오는 리쇼어링(Reshoring)이 시작되고 있다. 문제는 미국은 인건비가 비싸 필연적으로 물가가 인상된다는 점이다. 그래서 인건비가 저렴한 동남아시아 국가들이나 남미 국가들로 공장들이 옮겨 가기가 쉽다. 그러면 여전히 미국인을 위한 일자리는 만들어지지 않게 된다. 다만 중국을 견제하는 데 유리할 뿐이다. 그런 의미에서 우리는 미국뿐 아니라, 이웃 나라인 중국과 일본도 잘 알아야만 한다.

1980년대 후반, 일본 경제가 호황을 누리고 소니, 파나소닉, 도시바, 히타치, 산요 같은 일제 전자 제품과 토요타, 혼다, 미쓰비시, 마즈다 같은 일제 자동차가 세계로 진출하면서 일본은 미국에 위협이 되기 시작했다. 당시 일본은 할리우드의 유명 영화사들과 뉴욕의 록펠러 센터 빌딩도 사들였다. 1988년 미국 영화 「다이하드」는 바로 그런 일본에 대해 미국이 느끼던 절박한 경제적 위협을 실감나게 그린 영화였다. 미국은 즉시 일본의 주력 산업이던 반도체에 제재를 가했고, 대신 동맹국인 한국의 삼성에게 기회를 주었다.

그리고 그것이 바로 한국 경제가 반도체를 중심으로 기하급수적으로 발전하고, 일본은 거품경제가 주저앉아 '잃어버린 10년'(1991~2001년, The Lost Decade) 또는 '잃어버린 20년'(1991~2012년)을 맞는 계기가 되었다.

그런데 지금은 급부상하는 중국의 테크놀로지와 경제가 미국을 위협하고 있다. 그래서 미국은 예전에 일본에 제재를 가했듯이, 이번에는 중국에 제재를 가하기 시작했다. 중국의 대표 전자 기업인 화웨이에 대한 제재가 그 예다. 그렇다면 중국도 일본처럼 거품이 빠져 '잃어버린 10년 또는 20년'을 맞을 수도 있다. 소니가 비틀거리면서 삼성이 세계적인 전자 기업으로 떠올랐듯이, 화웨이가 몰락하면 삼성에게는 큰 기회가 될 수도 있다. 문제는 그런 사실을 잘 모른 채, 최근 친중 반미 반일을 표방하는 한국에게 미국이 이번에는 기회를 주지 않을 것이라는 점이다. 그 기회가 이번에는 한국이 아닌 대만에게 주어질 것 같다. 과연 대만의 경제력은 이미 한국을 추월하고 있다.

다만 일본이 미국 경제를 위협했던 1980년대 후반부터 1990년 초반은 일본 경제 규모가 미국 경제 규모의 30~40퍼센트 정도밖에 안 되었고 미국이 막강했던 때여서 제재가 비교적 쉬웠지만, 지금 중국 경제 규모는 미국의 70퍼센트 정도나 되고 미국의 힘이 예전 같지 않아 쉽게 중국을 제재하기는 어려울 것이라는 전망도 있다. 다만 중국이 미국을 추월하려면 아직도 멀었다는 게 전문가들의 공통된 견해다.

흔히들 생각하는 것과는 달리, 한국은 미국에게 전략적으로 별로 중요하지 않다는 것을 한국인들은 알아야 한다. 1949에 오마 브래들리 장군은 "한국은 미국에게 전략적 가치가 없다."라는 보고서를 워싱턴에 제출했고, 지금도 크게 변한 것은 없다. 그러므로 미국이 자국의 이익을 위해 한국에 주둔하고 있다고 생각하는 것은 정확한 판단이 아니다. 그게 왜 트럼프가 유독 한국에다가만 그렇게 천문학적 주둔 비용을 청구했나 하는 이유일 것이다.

다만 바이든 행정부에게는 한국의 협조가 필요하다. 우선 미국이 중국을 압박, 견제하기 위해서는 한국과 일본을 포함한 아시아 국가들의 동조와 협력이 필수적이다. 다음으로는 세계 2위인 한국의 반도체 산업이 필요하다. 미국이 필요한 반도체를 확보하고 미국 내 일자리 창출을 위해서 필요한 것이다. 바이든이 한국 방문 시 맨 처음 삼성 반도체 공장을 찾은 이유도 바로 거기에 있을 것이다.

중국은 그동안 미국에 수많은 방문 학자들과 유학생들, 그리고 이민을 보내 미국의 테크놀로지를 빼돌려 중국으로 가져갔다. 미국이 중국에 대해 지적재산권 침해를 항의하는 것도 그런 이유 때문이다. 또 중국의 경제발전도 미국 기업들이 중국에 공장을 세워서 가능했고, 미국이 중국에 시장 경제를 심어 주어서 가능했다고 볼 수 있다. 그래서 미국은 스스로의 잘못을 깨닫고, 중국에 제재를 가하려고 하는데, 그것이 예전의 일본 제재만큼 효과가 있을는지는 미지수이다. 미국이 중국 내 공장들을 다 철수해도, 기술은 이미 중국에 넘어가서 여전히 중국이 싼 가격의 물건들을 생산해 해외에 판매할 수 있기 때문이다. 그러므로 전 세계가 중국산 물품 구입을 보이콧하지 않는 한, 중국 경제가 얼마나 큰 타격을 입을지는 아직 미지수이다.

한국은 미국 덕분에 대륙 문명에서 빠져나와 해양 문명 국가에 편입되어 역사상 처음으로 반짝 잘살게 되었다는 것이 정설이다. 그러나 최근 중국이 일어나고 있는 반면, 미국은 트럼프 시대의 고립주의로 인해 한국에 대한 미국의 관심이 급속도로 줄어들고 있는 상황에서 한국이 다시 예전처럼 대륙 문명 국가로 돌아가고 있다는 경고가 나오고 있다. 더욱이 최근 한국은 좌파 정부가 들어선 이래, 중국에 너무 과도하게 기대고 있으며, 해양 국가인 일본과는 사이가 나빠져 한국의 대륙 문명 국가로의 회귀는 가속도를 얻고 있는 것으로 보인다. 다행히 적시에 정권이 바뀌어 이제부터는 한국이 다시 해양 문명과 손을 잡을 것으로 보인다.

만일 한국이 다시 대륙 문명에 편입될 경우에도 한국 경제가 지금처럼 장밋빛으로 발전할 수 있을 것인가? 물론 아닐 것이다. 우선 한국이 공산주의 국가들과 가까워지면 한국의 정치적, 사회적 상황이 불안해질 것이고, 그러면 외국인 투자자들이 대거 빠져나갈 수 있다. 투자자들은 자본주의 시장경제를 보고 투자하기 때문에, 한국이 사회주의 국가로 방향 전환을 하는 순간, 투자금을 빼내 간다는 것이다. 필리핀이 그 좋은 예인데, 마르코스 축출 후에 좌파가 미군 철수를 요청해 수빅만에서 미군들이 나가자마자, 해외 투자자들도 같이 떠나 결국 필리핀 경제가 무너진 것은 주지의 사실이다. 또 해양 문명 국가에서 탈퇴하는 순간, 무역 또한 예전처럼 순조롭지 못할 것이다.

일본은 청일전쟁을 통해 그들이 한국을 중국으로부터 독립시켜 주었다고 생각하고, 중국은 원래 한국이 중국의 일부였는데 일본에게 빼앗겼다고 생각한다. 그런데 지금 중국이 부상하면서 다시 한국이 중국의 일부였다는 주장이 고개를 들고 있어서, 만일 한국이 해양 문명을 떠나 예전처럼 대륙 문명으로 돌아가면 필연적으로 중국에 귀속될 가능성에 처하게 된다. 그래서 지금 전 세계가 한국의 향방을 주의 깊게 살펴보고 있는 것이다. 김치와 한복까지도 중국 것이라고 주장하는 최근 중국의 문화 공정에서 우리는 우리의 암울한 미래를 예시할 수 있어야 한다.

리들리 스콧 감독의 최근 영화 「에일리언: 커버넌트」에는 2,000명의 승객과 1,140개의 인간 배아가 탄 우주선 커버넌트호가 정착할 다른 행성을 찾아 우주를 항해한다. 그런데 별들이 폭발해 우주선에 오작동이 일어나고 그 과정에서 선장 제이크 브랜슨이 죽는다. 살아남은 승무원들은 근처의 지구를 닮은 행성에서 발신되는 인간의 목소리로 부르는 노래 시그널을 접한다. 승무원들의 반대에도 새로 승진한 오램 선장은 그 별을 탐사하기로 결정한다.

불행히도 그 행성에는 인간에게 치명적인 에일리언들이 살고 있어서 착륙한 대부분의 승무원들을 죽인다. 살아남은 사람들은 겨우 우주선으로 돌아와 원래의 목적지를 향해 항해를 계속한다. 그러나 안드로이드인 데이비드는 내부의 적으로서 우주선의 모든 인간을 죽이려 계획한다. 그는 몰래 두 개의 에일리언 배아를 인간 배아들 사이에 집어넣는다. 그래서 우주선이 목적지에 도착할 때쯤이면, 에일리언들이 우주선 안의 모든 인간들을 죽이게 된다. 이 영화에서는 선장의 잘못된 결정과 내부의 적이 파멸의 원인이 된다.

이 중요한 시기에 우리의 운명도 그 두 가지에 의해 결판날 수도 있다고 생각한다. 우리가 유혹에 빠지지 않고 지도자가 항로를 잘 잡으며 내부의 적들을 발견해서 제압한다면 우리의 미래는 탄탄할 것이지만, 만일 그렇지 못하면 우리

1부 —— 바람과 물결 사이에서 본 문학, 문명, 문화

의 항로는 험난할 것이다. 선택은 우리에게 달려 있다.

대륙 문명과 해양 문명 사이에 낀 한국이 선진국이 되려면

《조선일보》와의 인터뷰에서 이어령 교수는 한국인들은 피를 흘리는 혁명도 겪어 봤고, 땀을 흘려 경제발전도 해 봤지만, 남을 위해 눈물을 흘리는 것은 아직 해 보지 못했다고 말했다. 그리고 그것이 바로 박애라고 했다. 프랑스 국기의 삼색이 바로 자유와 평등과 박애인데, 우리는 그동안 자유와 평등만 외쳤지, 박애 정신은 갖고 있지 못했다는 것이다. 타자를 배려하고 사랑하는 박애 정신 또는 우애 정신이야말로 진정으로 중요한데 말이다.

우리는 잘 울기는 하지만, 한에 맺혀 울고 감정이 북받쳐 울고 나 자신을 위해 울지, 남을 위해서는 잘 울지 않는다. 한국인은 정이 많다는 통념과는 달리, 남을 배려하고, 타인의 입장에서 생각해 보는 태도가 부족하다. 한국인의 특징을 '정'과 '한'이라고 하는데, 한국인의 '정'은 자기 가족이나 자기 패거리에 주는 것이지, 아무 상관없는 타자에게 주는 것은 아니다. 또 한국인의 '한'은 한국인을 미래 지향적이 아니라 과거 지향적으로 만들었고, 과거에 대한 복수나 한풀이에 집착하도록 만들었다.

그래서 한국이 발전하려면 왜곡된 '정'과 '한'의 틀에서 벗어나야만 한다. 진정한 '정'은 모든 사람에게 주는 사해동 포적 정이어야 하고, '한'도 과거의 설움을 극복하고 미래로 나아가는 촉매로서의 '한'이어야 할 것이다.

《조선일보》와의 인터뷰에서, 이어령 교수는 타자에 대한 박애 정신이 없이 부르짖는 자유와 평등이 인류 문명을 망쳤다고 말했다. 그건 한국의 경우에도 옳은 말이다. 타자에 대해 분노하고 증오하고 저주하는 사람들이 자유와 평등을 추구하는 것은 공허한 위선일 뿐이다. 자유와 평등, 또는 정의와 공정은 타자를 배려할 때 비로소 빛을 발한다. 문화혁명 때의 홍위병들이나 중동의 테러리스트들은 자신들과 다른 의견을 가진 사람들을 증오하고 저주하고 살해하면서, 자유와 평등과 정의를 내세우는 공통점을 갖고 있다.

《뉴욕타임스》칼럼니스트 토머스 프리드먼이 《동아일보》와의 인터뷰에서 말했듯이, 코로나바이러스 확산 이후 경제와 교역 분야에서 '세계화'는 분명 퇴보할는지도 모른다. 그러나 '세계화'에는 여러 가지 측면이 있다. 예컨대 첨단 테크놀로지를 통한 세계화는 계속될 것이고, 어쩌면 더욱 발전할 것이다. 사람들이 모여서 하는 세미나보다 온라인으로 하는 웨비나가 더 효과적일 수도 있기 때문이다.

부족주의나 민족주의가 세계를 하나로 이어 주는 첨단 테크놀로지를 만나면서 세계화가 확산되기 때문에, 프리드

먼의 지적처럼, 우리가 테크놀로지를 어떻게 사용하는가에 따라 세계화의 명암이 엇갈린다. 예컨대 중국이 그렇지만. 빅 데이터를 사용해 조지 오웰의 빅 브라더처럼 국민을 감시하고 해외의 정보를 해킹하면, 그것은 디스토피아를 만드는 것이다. 반대로 테크놀로지를 이용해 문화의 경계를 초월하고 정보를 공유하며 공동의 상품을 향유하면, 그것은 바람직한 세계화이다. 한류의 확산은 그 좋은 예이다.

세계화는 개방을 의미한다. 그런데 개방에는 필연적으로 문제가 따른다. 그 대표적인 것이 바로 인터넷이다. 인터넷을 개방하는 순간 바이러스가 들어오기 때문이다. 닫아 놓으면 바이러스의 침투가 불가능하다. 코로나19 바이러스도 국제여행과 해외 이동이 차단되어 있었다면 전 세계로 확산되지는 않았을 것이다. 그러나 그렇다고 해서, 닫힌 체계에서 살 수는 없다. 그러니 딜레마가 발생한다. 열자니 바이러스가 들어오고, 닫자니 외부와의 교류가 차단되기 때문이다. 여기에서 깨닫는 것은, 좋고 나쁨의 이분법적 구분이 참으로 어렵다는 점이다.

미국은 고대 그리스와 비슷한가, 고대 로마와 비슷한가?

이어령 교수는 미국이 고대 그리스와도 닮았고, 고대 로마와도 닮았다고 말한다. 그건 정확한 통찰이다. 미국은 그

두 고대 국가의 특성을 다 갖고 있기 때문이다. 예컨대 미국은 고대 그리스처럼 민주주의나 인권문제 같은 고상한 이념을 중시하는 나라이면서, 동시에 로마제국처럼 실용주의와 상업주의도 포용하는 나라이다.

미국이 고대 그리스와 닮은 점 중 하나는, 고대 그리스처럼 미국도 세계적으로 유명한 대학들과 학자들과 과학자들을 갖고 있다는 점이다. 그래서 오늘날 미국의 학문과 과학기술의 수준은 세계 최고이다. 그래서 각 나라의 우수한 학자들이 미국을 방문하며, 전도가 유망한 학생들이 미국으로 유학을 온다. 또한 고대 그리스 문화처럼 오늘날 미국문화도 세계 각국에 지대한 영향을 끼치고 있다.

고대 그리스처럼 미국 또한 민주제도 위에 세워진 나라이다. 과연 미국은 사람들이 모여서 중요한 문제들을 자유롭게 논의하는 그리스의 아크로폴리스를 닮았다. 건국초기부터 미국은 왕이 다스리는 군주국이 되기를 거부하고 대통령제를 선택했으며, 링컨 대통령이 "Government of the people, by the people, and for the people"이라고 정의한 "대의 민주제도"를 선택했다. 그리고 도시국가로 만들어진 그리스처럼 미국도 50개의 주로 이루어져 있다.

고대 그리스와 현대 미국의 또 다른 공통점은 테크놀로지다. 고대 그리스인들은 나사, 물시계, 증기기관 같은 중요한 것들을 많이 발명했는데, 미국인들 역시 비행기, 레이저, 냉장고, 휴대폰, 전자오븐, 그리고 에어컨 등을 발명했다. 브리타니카가 선정한 "321개의 위대한 발명"중 미국인들이 발명한 것이 161개나 된다.

그와 동시에 미국은 로마와도 닮았다. 로마제국처럼 미국도 현재 세계에서 가장 강한 나라이며, 로마처럼 미국 역시 세계에서 가장 강한 군대를 보유하고 있다. 그리고 로마가 당대에 그랬던 것처럼, 오늘날 미국도 전 세계에 망강한 영향력을 끼치고 있는 강대국이다.

고대 로마가 그랬듯이, 미국 역시 많은 외국인들에게 시민권을 부여하고 있다. 미국 이민국에 의하면, 미국은 지난 10년동안에만 740만명의 외국인들에게 시민권을 부여했다고 한다.

반미를 주장하는 급진주의자들은 미국을 로마에 비유하며 제국주의 국가라고 비판한다. 그러나 로마제국과는 달리, 미국은 해외의 식민지를 통해 영토를 확장하려고 한 적이 없다. 미국은 푸에르토 리코와 괌도를 소유하고 있고, 예전에 필리핀과 쿠바에 영향력을 행사했지만, 그건 1898년 스페인-아메리카 전쟁의 결과로 그리 된 것뿐이어서, 미국이 과연 제국주의를 행사하는 국가인지는 역사가들 사이에도 논쟁이 되고 있다. 한때, 미국은 문화제국주의라는 비판

을 받았는데, 요즘은 미국문화도 예전 같지 않아서 국제영
향력이 한류에 밀리는 분야도 있다.

도널드 트럼프가 미국 대통령이었을 때 미국은 그리스보
다는 로마를 더 닮았다는 평을 받았다. 비록 그가 미국 고립
주의를 택하기는 했지만, 그의 거칠고 공격적인 스타일은 로
마식이었기 때문이다. 반면, 사색적이고 신중했던 클린턴이
나 오바마 때 미국의 이미지는 그리스를 더 닮았다는 평을
받는다.

그럼 앞으로도 미국은 고대 그리스와 고대 로마를 둘 다
닮을 것인가? 아마도 아닐 것이다. 미국은 고대 로마 보다는
고대 그리스를 더 닮기로 결정한 것처럼 보인다. 거기에는 타
당한 이유가 있다. 미국이 로마제국처럼 국제경찰이나 피스
메이커 노릇을 했을 때, 미국은 감사인사 대신 반미감정과
제국주의 국가라는 비난을 받았으며, 공산주의자들이나 테
러리스트들로부터 테러의 대상이 되었다. 그래서 미국인들
은 이제 더 이상 그런 부당한 비난을 감수하면서까지, 다른
나라를 도우려고 하지 않게 되었다. 해결해야 할 국내 문제
만 해도 산적해 있기 때문이다.

아프가니스탄에서의 미군철수에서 볼 수 있듯이, 이제
미국은 국제분쟁에 직접 개입해서 다른 나라를 위해 대신
싸워주는 일은 하지 않을 것이다. 그렇게 되면 미국은 공산

주의자들의 공격이나 테러리스트들의 테러로부터 안전해질 것이고, 다른 나라를 위해 천문학적 경비를 지출하거나, 젊은 미국 군인들의 목숨을 희생하지 않아도 될 것이다. 더 나아가 제국주의 국가라는 누명을 쓰지 않아도 되고, 극렬한 반미감정에 시달리지 않아도 될 것이다.

물론 미국의 그러한 고립주의는 미국은 "언덕 위의 도시"처럼 세계의 모범이 되고 다른 나라도 그렇게 되도록 도와줘야 한다는 "건국의 아버지들 Founding Fathers"의 꿈을 배반하는 셈이 된다. 하지만, 이제 그런 것이 힘들어지고, 그런 것에 싫증이 난 미국인들에게 국제분쟁에서 손을 떼는 고립주의는 확실히 매력적일 수밖에 없게 되었다.

그러나 미국이 국제경찰이나 제3자 중재자의 역할을 포기한다면 많은 나라들이 어려움에 직면하게 될 것이다. 특히 전 공산주의 국가들이 다시 예전의 영광과 잃어버린 힘을 되찾겠다는 꿈을 내세우며 폭력을 행사하고 있는 요즘, 미국이 손을 떼게 되면 국제사회의 질서는 전체주의 독재자들로 인해 속절없이 무너져 내릴 것이다.

예컨대 미국이 해양경찰의 역할을 포기한다면, 무역을 위해 원양을 항해해야 하는 배들은 해적들에게 시달리거나, 불법으로 바닷길이나 해협을 장악하고 있는 강대국에게 그들이 원하는 것을 바쳐야만 할 것이다. 그런 상황은 무역에 경제를 의존하고 있는 한국 같은 나라에게는 끔찍한 악몽이 될 것이다.

현재 미국은 우크라이나 전쟁을 간접적으로 돕고 있으며, 중국의 대만 침공과 남중국해 장악을 막아주고 있다. 그건 두 예전 공산주의 국가의 위협을 받고 있는 조그만 나라들에게 희망을 주고 있다. 그러나 우크라니아 전쟁에서 우크라이나를 돕는 이유는 유럽에서 소련의 패권과 팽창을 막기 위한 것이며, 대만 사태에서 대만을 돕는 이유는 반도체 분야에서 중국을 누르기 위한 것이다. 즉 둘 다 미국의 국익과 직접적인 관련이 있다는 것이다. 만일 한국에서 또다시 전쟁이 난다면, 미국의 개입 여부는 아직 미지수이다. 국익에 절대적으로 필요하지 않는 경우라면, 미국은 되도록 해외분쟁에 군대를 파견하려 하지 않을 것이기 때문이다.

우리는 미국이 계속해서 국제사회의 피스메이커가 되어주기를 원한다. 그러나 유감스럽게도 그럴 가능성은 점점 사라지고 있다. 만일 그렇다면 우리는 새로운 세계질서에서도 살아남을 수 있는 방도를 찾아야만 할 것이다.

글로벌 선진국이 되기 위한 13가지 제안

2021년 유엔무역개발회의(The U. N. Conference on Trade and Development)는 한국을 'Developed Country'로 격상했다.

그러나 그것은 '경제발전을 이룬 나라'라는 뜻이지, 선진국, 즉 'Advanced Country'라는 뜻은 아닌 것처럼 보인다. 과연 한국은 경제발전에서는 선진국이 되었다. 그러나 과연 글로벌 리더로서의 총체적인 선진국이 되었는지는 미지수다. 돈이 많은 부자라고 해서 모두가 갑자기 품위 있는 귀족이 되는 것은 아니기 때문이다. 한국이 진정한 글로벌 선진국이 되기 위해서는 다음 13가지 조건을 충족해야 한다고 생각한다.

벤저민 프랭클린은『벤저민 프랭클린의 자서전』(이 제목은 그의 사후에 후세들이 붙여 준 것이지만)에서, 미국인들이 갖추어야 할 13가지 덕목을 들고 있다. 원래 그는 12가지를 뽑았지만, 친구들의 권유로 하나를 더 보내 모두 13개가 되었다. 우연히 나도 한국이 글로벌 선진국이 되기 위해서 갖추어야 할 덕목으로 12가지를 뽑았는데,《동아일보》김순덕 대기자가 고맙게도 한 가지를 더 제안해 주어 내 것도 모두 13개가 되었다.

1 관대함

선진국의 첫 번째 조건은 관대함이다. 이는 미국이나 영국, 또는 프랑스나 독일 같은 나라들이 공통적으로 갖고 있는 특성이다. 그런데 우리에게는 관대함이나 관용이 너무나 부족하다. 예컨대 과거사도 잊어서는 안 되겠지만 용서할 필요는 있는데, 우리는 과거를 잘 잊으면서도 절대 용서는 하지 않아서, 정권이 바뀔 때마다 한풀이와 보복의 악순환이 계속된다. 그러나 영어 속담에는 "바보들은 서로 물고 늘어진다. 하지만 현명한 사람들은 서로 합의한다."라는 말이 있다.

한국은 '정'(情)의 나라라고 한다. 그렇다면 타자에게 관대해야 정상이다. 문제는 한국의 정은 '우리끼리'에게만 해당된다는 데 있다. 사실 한국인들은 외지인들에게는 좀처럼 정을 주지 않는다. 19세기 말에 조선에 와서 살았던 한 외국인은 "조선인들은 외부인에게 적대적이어서, 개도 외지인을 보면 짖고 적개심을 보인다."라고 썼다. 개는 주인을 닮는다는 것이다. 우리는 "반가운 손님이 오면 까치가 운다."라고 말한다. 하지만 까치가 우는 것은 손님이 반가워서가 아니라, 낯선 사람이 자기 구역에 들어오는 것을 경계하는 것이다.

일본과의 관계도 우리가 좀 더 관대하게 나가면 보다 더 쉽게 해결될 수도 있을 것이다. 한국도 이제는 일본만큼 잘 살게 되었으니, 더 이상 일본에 배상금을 요구하지 말고 정부 차원에서 피해자들에게 보상해 주면 좋겠다는 것이 국민들의 의견이라는 글이 얼마 전 신문에 난 적도 있었다. 사실 그렇게 하면, 훨씬 더 많은 것을 일본으로부터 받아낼 수도 있다는 것이 전문가들의 공통된 의견이다.

2 민족주의를 극복하고 세계 시민을 지향하자

선진국이 되고 글로벌 리더가 되려면 편협한 민족주의와 극단적 부족주의를 극복해야 한다. 우리는 국제사회의 일원 의식보다는 과도한 민족주의/부족주의에 경도되어 있다. 물론 과거의 식민지 경험 때문에, 또 강대국에 둘러싸인 지정학적 이유로 그러겠지만, 그래도 진정한 선진국이 되려면 국제적 시각과 안목, 그리고 글로벌 마인드를 갖추는 것이 필요하다. 그리고 글로벌 스탠더드를 알고 국제 정세에도 밝아야 한다. 한국식 사고방식으로는 국제사회에서 안 통하는 것이 많기 때문이다. 그러므로 '우리끼리'에서 벗어나, '다른 나라들과 더불어'의 마인드 세트가 필요하다. 그렇지 않으면 외국인들의 눈에 한국인들은 세계 정세를 잘 모르는 사람들로 비치게 된다.

그리고 외국인들과 만난 후 헤어질 때, 다시 만나고 싶은 사람이라는 이미지와 인상을 주어야 한다. 그것에 실패하면 외교에도 실패한다. 그렇게 되려면 열린 마음과 사고방식을 가져야 하고, 외국어도 잘해야 하며, 세련된 매너를 가진 매력적인 사람이어야 한다. 자기 조국만 앞세우지 않고, 세계 모든 곳을 좋아할 줄 알고, 외국인과도 스스럼없이 친구가 되어야 한다. 즉 '세계의 시민'이 되어야 한다.

3 과거를 딛고 미래를 향하자

영어 속담에 "바보는 과거로 가고, 현자는 미래로 간다."
라는 말이 있다. 그런데 우리는 미래를 향해 나아가지 않고
과거로 되돌아가는 잘못된 태도를 갖고 있다. 물론 역사에
선 배워야 하고, 그래야 현재와 미래가 밝다. 그러나 그렇다
고 과거에 원한을 갖고 복수를 하라는 것은 아니다. 그렇게
하면 잘못된 역사만 반복되기 때문이다. 과거는 현재를 비
추어 보는 거울이자 미래를 밝히는 횃불이지, 한풀이의 수
단이 아니다. 그리고 과거에 일어난 일은 돌이킬 수 없다. 그
런데도 우리는 잘못된 과거사를 조사해 청산하겠다고 한다.
그러나 이미 일어난 과거는 청산할 수 없다. 과거에 잘못된
일이 있으면, 그것을 거울삼아 현재나 미래에 다시는 그 잘
못을 되풀이하지 않으면 된다.

4 흑백논리를 극복하고 제3의 가능성을 인정하자

우리 사회는 '이것 아니면 저것'의 흑백논리가 지배하고
중도나 중간이 없다. 혹시 있더라도 잘 보이지 않거나 목소
리가 없다. 세상은 흑과 백으로만 되어 있지 않다. 그러므로
흑백논리에서 벗어나 다양한 스펙트럼의 색깔을 보아야 한
다. 그리고 '제3의 길,' 또는 '제3의 가능성'을 추구하고 탐색
해야 한다.

1부 —— 바람과 물결 사이에서 본 문학, 문명, 문화

미국의 소설가 토머스 핀천은 소설 「제49호 품목의 경매」에서, 우리는 컴퓨터의 0과 1 사이에 있는 제3의 가능성을 찾아야 한다고 말한다. 그리고 '이것 아니면 저것'의 사고방식을 버리고 '이것도 그리고 저것도'를 차용해야 한다고 말한다. 그래야 이분법적 사고방식에서 벗어나 다양성과 화합을 포용할 수 있다.

5 독선을 경계하자

예수 그리스도는 바리새인들에게 이렇게 경고했다. "스스로 의롭다 하지 마라." 즉 독선에 대한 경고였다. 자신만이 절대적 진리라고 믿는 사람은 독선에 빠져 도덕적 우월감을 갖게 되고 남에게 폭력을 행사하기 쉽다. 그러고는 자신의 폭력을 정의라고 정당화한다. 과연 우리가 자신만 옳다고 생각하는 순간 우리는 독선적이 되며 그것은 곧 타자에게 폭력과 횡포가 된다.

독선적인 사람은 고집이 세고 자신이 틀렸음을 결코 인정하지 않는다. "현명한 사람은 쉽게 마음을 바꾼다. 그러나 바보는 그러지 않는다."라는 말이 있다. 그렇다면 독선적인 사람은 현명하지 못한 바보라는 말이 된다.

6 일관성

우리에게 심각하게 결여된 것이 바로 일관성이다. 신념과 태도의 일관성 때문에 미국에서는 민주당에서 공화당으로, 또는 공화당에서 민주당으로 쉽게 옮겨 가지 않는다. 물론 자신이 소속된 정당에 실망하거나 자기 정치철학이 바뀌면 반대 당으로 옮겨 갈 수도 있다. 그러나 단순히 정치적 기회만 보고 옮기는 것은 자신의 정치철학을 배신하는 것이다.

예컨대 자신의 자녀는 외고나 자사고에 보내고, 외고와 자사고는 특권층을 위한 학교이니 폐지해야 한다고 주장하는 사람들은 일관성이 없는 위선자들이다. 또 반미주의자들이 자녀들을 미국 유학 보내고 미국에서 취직하게 하는 것도 일관성이 없는 행위다. 1980년대에 반정부 데모에 앞장서던 대학생이 집이 있는 서울에 근무할 수 있다는 이유로 당시 군복무 대체였던 전투경찰에 지원해 데모하는 학생들을 진압하는 것을 보고 그들을 이해하기 어렵다고 말하는 외국인 교수도 있었다.

7 왜곡된 평등 의식을 지양하자

신 앞에 모든 사람이 평등하다는 것은 인간 존엄성의 평등을 의미한다. 그런데 한국에서의 평등은 부와 계급의 평

1부 —— 바람과 물결 사이에서 본 문학, 문명, 문화

등을 의미한다. 물론 빈부 차이를 좁혀야 하고 소외 계층을 배려해야 한다. 그러나 가진 자의 것을 빼앗아 못 가진 자에게 주는 방식은 다분히 공산주의적이다.

지금은 생겼는지 모르지만, 불과 얼마 전에 확인한 바로는 세계 모든 주요 공항에 있는 패스트 트랙이 유독 인천공항에만 없어서, 비즈니스 클래스와 일등석 클래스의 승객들도 이코노미 승객들과 같이 보안 검색대를 통과해야 하기 때문에 소요 시간이 한 시간 넘게 걸리기도 한다. 한국은 심지어 프레스티지 클래스 티켓과 이코노미 클래스 티켓의 색깔도 다르게 했다가 똑같이 바꾸어서 구분이 되지 않는데, 이 또한 왜곡된 평등 의식의 발로이다. 자본주의 사회에서는 돈을 더 내고 프레스티지 클래스나 퍼스트 클래스 티켓을 구입한 사람은 그에 상응하는 서비스를 받아야 한다. 그런데 한국에서만 왜곡된 평등 의식으로 인해 그렇게 하지 않는데, 이는 글로벌 스탠더드에 맞지 않는 경우다.

한국의 그러한 상황은 미국 작가 커트 보니것 주니어의 「해리슨 버제론」을 연상시킨다. 이 디스토피아 미래 소설은 "2081년, 드디어 모든 사람이 평등해졌다. 사람들은 신과 법 앞에 평등해졌을 뿐 아니라, 모든 면에서 다 평등해졌다. 이제는 아무도 남보다 더 영리하지 않게 되었고, 아무도 남보다 더 잘생길 수 없게 되었으며, 아무도 남보다 더 강하거나 빠를 수 없게 되었다. 그럼에도 불구하고, 뭔가 여전히 문제가 있었다."

이 작품에서 영리한 사람들은 다른 사람과 평등해야 하기 때문에 정부가 지급하는 장치를 달고 매 20초마다 전기 쇼크를 받아야 하며, 잘생긴 사람들은 못생긴 사람들과의 평등을 위해 마스크로 얼굴을 가려야 한다. 댄서들도 우아하게 춤추지 못하는 사람들과의 형평성을 위해 다리에 무거운 추를 달아야 한다. 「해리슨 버제론」에서 작가는 개인의 차이와 특성에도 불구하고 모든 사람이 다 똑같아야 평등하다고 생각하는 사회를 날카롭게 풍자한다.

8 자존심, 노블리스 오블리제, 품위, 책임감

우리는 열등감을 자존심으로 착가하는 경우가 많다. 예컨대 여자 친구가 이별을 통보했을 때, 그걸 받아들이지 않고 폭행으로 보복하는 남자가 있는데 그런 데이트 폭력은 자존심이 아니라 "네가 감히 나를 무시해?"라는 열등감의 폭발이다. 자신감이 넘치는 남자라면 "그래? 너 아니어도 여자들 많아. 가서 잘 살아." 하면서 보내 주는 것이 정상일 것이다.

사람에게는 자기 직위에 걸맞는 품위가 필요하다. 품위가 있다면 스승이 제자를, 또는 직장 상사가 직원을 성희롱

할 수는 없을 것이다. 품위는 프로페셔널리즘과 책임감과도 연관된다. 어린 학생 승객들을 버리고 먼저 배에서 내린 세월호 선장이나, 학교에서 불이 났을 때 학생들을 구하지 않고 먼저 도피한 교장은 품위도 프로페셔널리즘도 노블리스 오블리제도 책임감도 결여된 우리 사회 지도자들의 부끄러운 모습을 잘 보여 준다.

9 자신의 분수를 알자

우리는 자칫 자신의 분수를 모르고 과대망상에 빠질 때가 있다. 자신감은 갖되, 자신이 처한 상황과 자신의 위치를 정확하게 파악하는 것은 중요하다. 때로는 우리를 세계의 중심으로 착각하고 한류가 세계를 정복하고, 한국 영화가 할리우드를 제패했다고 자랑한다. 그러나 이는 너무 앞서 나간 것이다. 세상에는 아직도 한국을 잘 모르는 사람들도 많다.

조금 잘살게 되었다고 해서, 과거 제국의 영광을 되찾으려고 전쟁도 불사하는 러시아나 중국도 자기 분수를 잘 모른다고 할 수 있다. 자기 분수를 모르면 필연적으로 실수하고, 결국 국제적 망신을 당한다. 그러므로 자신의 위치와 좌표를 정확하게 아는 것이 중요하다.

10 수치심과 염치, 그리고 품위

서양에 일본 문화는 '수치의 문화'로 알려져 있다. 사무라이 시절, 일본인들은 수치를 당하면 할복자살했기 때문이다. 지금도 기업이 잘못해서 수치를 당하면 일본인들은 윗사람들이 나와서 90도로 절하며 공개 사과를 한다. 예전에 서양인들은 수치를 당하면 결투를 벌여 둘 중 하나가 죽음으로써 명예를 지켰다. 사실 일본의 할복자살도 서구에서 배운 것을 더 극단적으로 시행했다는 이론도 있다. 그러나 한국인들에게는 그런 수치 의식이 부족하다. 정치인들은 부정부패 스캔들에 휩싸여도 끄떡도 없고 변명을 늘어놓으며 후보 사퇴를 하지 않는다. 그러나 외국으로부터 존경을 받으려면 수치심과 염치, 그리고 품위가 있어야 한다.

11 남과 비교하지 않는다

자기보다 더 잘나가는 사람과 비교해서 시기 질투를 하거나 열등감에 시달리는 사람은 평생 불행하게 사는 바보다. 영어 속담에 "현명한 사람은 자기가 가질 수 없는 것에 연연하지 않는다."라는 말이 있다. 프랑스에도 "비교가 모든 해결책은 아니다."라는 말이 있다.

그런데 우리 속담에는 "사촌이 땅을 사면 배가 아프다."라는 말이 있다. 우리는 '남이 잘되면 배 아픈 문화'라고 한

1부 —— 바람과 물결 사이에서 본 문학, 문명, 문화

다. 그래서 그런지 "배고픈 것은 참을 수 있어도 배 아픈 것은 참을 수 없다."라는 말도 있다. 또 "남이 잘못되면 가슴이 아프다가도, 잘 해결되면 통증이 배로 내려간다."라는 말도 있다.

조선 시대에도 과거에 급제해 출세하면 가산이 탕진될 때까지 동네 사람들을 대접해야 했다고 한다. 그래서 벼슬길에 오르면 그 비용을 충당하기 위해 뇌물도 받고 부정 축재를 할 수밖에 없었다고 한다. 지금도 자녀들에게 좋은 일이 생기면 부모들은 친구들과 이웃들에게 식사를 대접해서 배 아픈 것을 달래 주는 관습이 계속되고 있다.

사람에게는 누구에게나 주어진 것이 있고 때로는 그것에 만족하고 살 줄도 알아야 한다. 물론 상황을 개선하기 위해 노력해야 한다. 그리고 잘나가는 사람을 벤치마킹해서 자기도 성공하도록 노력하는 것은 바람직하다. 그러나 끝없이 남하고 비교만 해서 좌절하거나 분노하는 것은 바람직하지 못하고 스스로를 불행하게 만든다.

12 감사하는 마음

19세기 말에 조선에 와서 살았던 어느 외국인은 "한국인은 잘해 주어도 당연하게 생각하고 고마워할 줄 모르며, 조금만 덜 잘해 주면 섭섭해하고 뒤에서 욕을 한다."라고 썼다.

우리는 누가 잘해 주면 고맙게 생각하지 않고 당연하게 여기는 경향이 있다. 그러나 사람은 모든 것에 감사하면서 살아야 한다. 한국전쟁 때 참전해 수많은 젊은이들의 목숨을 희생한 전투부대 파견 16개국과 의무부대 파견 5개국이 어느 나라인지 알고 있는 한국인이 몇이나 되는가? 또 우리는 연평 해전이나 천안함 침몰 때 나라를 위해 복무하다 죽은 병사들에게 얼마만큼이나 고마워하고 있는가? 오히려 정반대로 북한 편을 들어서 그들의 죽음을 조롱하는 사람들도 많이 있다. 그러면 앞으로 어느 군인이 목숨을 바쳐서 나라와 국민을 보호하려고 하겠는가?

13 정직과 상식

정직해야 국제사회의 신뢰를 얻을 수 있는데, 우리 사회는 거짓말에 너무 관대하다. 특히 비즈니스가 근간인 영미 사회에서는 정직이 대단히 중요하다. 그런 나라와 같이 일할 때, 거짓말이나 부정직함이 드러나면 그 순간 양국 관계는 파탄에 이른다. 그래서 아무리 곤란해도 거짓말로 그 자리만 모면하려고 하면 낭패를 본다. 정직은 신뢰를 불러온다. 그러므로 언제나 솔직해야 한다.

그리고 상식에 근거하는 사회가 되어야 한다. 상식이 결여된 사회에서는 비합리적이고 부조리한 일들이 다반사로 일어나고, 그 결과 사회적 혼란과 분란이 일어난다. 그렇다면 상식이란 무엇인가? 상식이란 '어떤 일에 있어서 작용하는 건전한 센스와 올바른 판단'을 의미한다. 그렇다면 우리는 이렇게 질문해 볼 수 있다. "우리는 과연 건전한 센스와 올바른 판단을 하고 있는가?"

유감스럽게도 답은 "아니다."이다. 당혹스럽게도 우리는 국내 문제뿐 아니라, 해외 문제에도 건전한 센스로 올바른 판단을 하지 못할 때가 많다. 국제사회의 눈으로 볼 때, 한국은 세계가 어떻게 돌아가고 있는지 잘 모르며, 그 결과 잘못된 결정을 내릴 때가 많다. 그리고 자주 감정적이 되어 판단력을 흐린다. 더욱이 우리는 실용적이지 못하고 형식이나 체면을 중시해서 많은 소중한 것들을 놓치고 손해 보는 경우가 많다.

그러나 다른 나라에서는 상식을 중요시하고 상식에 따라 행동한다. 예컨대, 미국 사회는 특히 상식을 중요시한다. 신종 코로나바이러스 백악관 발표에서 가장 많이 등장하는 말 중의 하나도 국민들이 "각자 상식에 따라 행동해 주기 바란다."였다. 1776년 1월 토머스 페인은 미국인들의 마음에 영국 왕정의 식민지 지배에 대한 회의를 심어 준 『상식』이라는 기념비적인 책자를 발간한다. 페인은 구약성서에 나오는 기드온의 일화를 들어 영국의 왕정 지배가 어떻게 상식에 어긋나는지를 명쾌하게 설파한다. 이스라엘 백성들이 미디안의 지배에서 자기들을 해방시켜 준 기드온에게 "당신과 당신의 아들과 손자까지 대대로 우리를 다스려 주옵소서."라고 말하자, 기드온은 "여러분을 다스리는 것은 내가 아니라 하느님이다."라고 답변한다. 페인은 기드온의 경우와 마찬가지로 미국인들을 다스리는 것은 하느님이지 영국의 왕이 아니라는 것이 "상식"이라고 말한다. 그의 『상식』이 1776년에 영국의 지배로부터 미국을 독립시킨 독립전쟁의 도화선이 되었기 때문에, 이 소책자는 오늘날 미국의 고전으로 추앙받고 있다.

상식의 중요성을 일깨워 준 토머스 페인 덕분에 미국 사회는 초기부터 상식을 존중해 왔고, 상식에 근거해 운영되어 왔다. 과연 어떤 일이 비상식적이면 미국인들은 그 일을 하려 하지 않는다. 더 나아가 미국인들은 비상식적인 일은 허용하지도 않는다. 미국 사회에서는 정의, 자유, 평등도 상식에 근거한다. 바로 그런 이유로 해서 미국은 품위와 신뢰를 인정받는 나라가 되었다.

만일 사람들이 상식을 존중하고 상식에 따라 행동했더라면, 히틀러나 스탈린 같은 악인들은 설 자리가 없었을 것이다. 사실 테러리즘이나 전체주의도 모두 상식의 부재에서 비롯된다고 볼 수 있다. 독재와 포퓰리즘도 마찬가지다. 우리가 상식에 입각해 사고하고 행동했더라면, 역사의 많은 비극을 사전에 막을 수 있었다. 상식이 결여되어 있거나 부재한 나라에서는 비합리적인 일들과 예측 불가능한 일들이 많이 일어난다. 반대로 상식을 존중하는 나라에서는 많은 일들이 합리적이고 이성적으로 진행된다. 그래서 그런 상식을 존중하는 나라에서는, 상식이 부재한 나라에서 흔히 일어나는 폭력과 부조리한 일들이 상대적으로 적게 일어난다.

전문가들은 한국이 상식을 존중하는 나라였다면, 오늘날처럼 혼란과 오류가 도처에 편재하지는 않았을 것이라고 지적한다. 그들의 눈에 비친 한국은 냉정한 이성이 아니라, 센티멘털리즘과 충동적 판단과 집단 감정이 우선하는 나라다. 외국과의 관계에 있어서도, 상식에 근거해 행동하는 대신 감정적으로 대응해 일을 크게 만들어 놓고 나서 나중에 후회하는 경우가 많다. 만일 우리가 상식을 존중했더라면, 다른 나라로부터 품위 있고 믿을 만한 나라라는 평을 받았을 것이다. 그리고 만일 우리가 상식에 따라 행동했더라면, 후회할 만한 충동적인 실수도 저지르지 않았을 것이다.

상식에 근거한 나라를 세우려면, 먼저 합리적이고 잘 균형 잡힌 지도자와 국민들이 있어야 한다. 그런데 충동적인 감정에 의해 좌우되고 흔들리면, 상식이 들어설 자리가 없다. 상식이 통하는 사회가 되려면, 먼저 이성적이고 온화하게 행동하며 성급한 결론에 도달하기 전에 다각도로 사태를 바라보는 교양인이 되어야 한다. 상식적인 나라가 되려면, 국민이 예의 바르고 마음이 넓은 글로벌 시민이 되어야 한다. 그럴 때에만 우리는 국제사회의 존경을 받을 수 있을 것이다.

동서 문화의 융합과 퓨전

ㅇ

이어령

기저귀와 유아교육

케임브리지대학교의 한 교수에 따르면, 유아교육이 사람의 인생을 좌우한다고 합니다. 우리말에도 "세 살 버릇이 여든까지 간다."라는 말이 있지요. 즉 태어나자마자 아기들은 기저귀를 착용하는데, 어린아이들의 기저귀를 꽉 조여 억압을 느끼게 하느냐, 아니면 느슨하게 채워 해방감을 느끼게 하느냐가 굉장히 중요하다는 거지요. 또 배설을 자유롭게 하도록 하느냐, 아니면 억제하게 하느냐도 아이의 성장 과정에서 중요한 역할을 하고요. 그렇게 보면, 옷 입히는 것도 마찬가지겠지요. 즉 정장을 주로 입히느냐, 캐주얼웨어를 주로 입히느냐에 따라 아이의 성격이 달라지니까요. 그리고 더 나아가 그러한 관습은 민족성과도 긴밀한 연관이 있지요.

『국화와 칼』을 쓴 루스 베네딕트는 이른바 기저귀학 (diaperlogy, 다이펄로지) 가설을 학문에 편입시켰고, 인류학자 마거릿 미드도 육아 방법을 통한 민족성의 형성을 연구했습니다. 환경이 똑같은 두 부족이 있었는데, 하나는 평화적이고 다른 하나는 호전적이어서 육아 방법을 조사해 봤더니, 평화스러운 부족은 아이를 바구니에 넣거나 가슴에 꼭 껴안아 키우고 있었고, 호전적인 부족은 아이가 떨어질까 봐 노심초사하도록 위태롭게 아이를 둘러메고 다닌다는 사실을 발견한 거지요. 그런 육아 방법이 아이의 성격 형성에 지대한 영향을 끼친다는 겁니다. 그리고 이는 곧 민족성과 연관이 되고요.

예컨대 러시아인들은 대체로 부정적이고 저돌적이라는 평을 받는데, 그게 바로 어린 시절의 꽉 조이는 의상 착용 및 엄격한 육아 방법과 연관이 있다고 보는 거지요. 사실 러시아인들은 "안 된다."라는 말을 많이 한다고 합니다. UN 회의에서 소련은 거부권을 자주 행사해 왔어요. 물론 그런 것이 꼭 육아 방법 때문이라고 하기는 어렵겠지만, 그러나 같은 슬라브인이어도 아이들에게 기저귀나 옷을 느슨하게 입

1부 —— 바람과 물결 사이에서 본 문학, 문명, 문화

히는 폴란드인들은 민족성이 유순하고 비공격적인 것은 사실입니다.

2차 세계대전 이후, UN이 자본주의 국가들과 사회주의 국가들이 다투는 각축장이 되었을 때, 전체주의에 반대했던 『1984』의 작가 조지 오웰도, 마거릿 미드의 이론을 소개하면서, 바로 그런 이유로 인해 소련을 대할 때는 다른 나라를 대할 때와는 반대로 제안해야 한다고 주장하기도 했습니다. 그러자 마거릿 미드가 오웰이 자기 이론을 오독했다고 반발해서 기저귀 이론은 논란이 많았지만, 결국 다이펄로지라는 이름으로 학계에서도 정식으로 논의되기에 이르렀지요.

그러나 대니얼 벨 같은 학자는 기저귀 착용 같은 것이 어떻게 학문의 한 분야가 될 수 있느냐고 비판했습니다. 그러자 마거릿 미드는, 기저귀가 학문의 한 분야인가 아닌가 하는 문제 이전에, 실제로 아이가 태어났을 때 어떤 취급을 받는가가 그 아이의 성격 형성에 대단히 중요한 역할을 한다고 주장했어요. 경제적, 사회적 요인은 그다음 문제라는 거지요. 즉 아이가 엄마의 몸으로부터 분리되는 순간, 처음으로 자기 몸을 싸는 천과의 접촉이 중요하다는 것이지요.

사실 '기저귀학,' 즉 다이펄로지라고 하지 말고 '강보학,' 즉 유아에게 옷을 입히는 것을 연구하는 학문인 스와들로지(swaddlelogy)라고 했으면 오해가 덜했을 겁니다. 유아를 강보나 옷으로 싸는 것을 스와들(swaddle)이라고 하지요. 원래 스와들은 '돌돌 말다'라는 뜻입니다. 그런데 사실 다이펄로 지나 스와들로지 같은 용어들은 케임브리지 사전이나 구글 사전에도 잘 안 나오는 용어들입니다.

아기 예수도 그랬지만, 고대에는 아이가 태어나면 마치 미라처럼 천으로 둘둘 말아서 쌌습니다. 인간은 짐승과 다르기 때문에 네발로 기지 않기 위해, 즉 직립하기 위해 허리를 받쳐 주고, 또 짐승과는 달리 울지 못하게 하려고 전신을 천으로 감싼 것이지요. 물론 보온도 겸해서요. 예수 탄생 때도 그랬지만, 고대의 그림을 보면 유아들은 모두 그렇게 강보에 싸여 있지요. 그러면 아이는 강보 안에서 미라처럼 꼼짝달싹 못하고 가만히 있게 됩니다. 그동안 아이는 팔다리도 제대로 못 움직이고 행동이 자유롭지 못하게 되지요. '강보'라는 단어를 찾아보면 '아이 옷', '기저귀' 같은 뜻풀이가 나옵니다. 배설이 필요할 때만 아이를 풀어 주는데, 그렇게 되면 아이는 극단적인 억압감에서 극단적인 해방감 사이를 오가게 되지요. 그렇기 때문에 프로이트가 말한 배설의 쾌감을 느끼게 됩니다.

반면, 우리는 아이들에게 느슨하게 기저귀를 채워서 거기에 자유롭게 배설할 수 있도록 했어요. 그러므로 억압에서 해방되는 경우가 아니었기 때문에, 우리 아이들에게는 딱

히 배설의 쾌감이랄 것이 없었지요. 우리나라에서 어떤 아이들은 1년 만에 배변 훈련이 끝났지만, 어떤 아이들은 2년까지 가는 경우도 있었어요. 그런데 스와들이라는 말은 우리말로 번역이 안 되지요. 그래서 사람들이 기저귀라고 번역을 했는데, 그렇게 옮기면 전혀 의미가 통하지 않아요. 셰익스피어가 블랭킷(담요)이라고 한 것도 원래는 강보를 의미하는 말이었어요. 서양에서는 어린아이를 담요에 말아서 묶었는데요, 사람이 태어나도 묶고, 죽어도 담요에 말아서 묶었어요. 그래서 셰익스피어가 삶과 죽음을 "천에서 천으로"라고 묘사했을 때, 그 문화적인 의미를 모르면 우리말로는 오역이 나오게 되는 거지요.

우리는 어린아이들에게 팔다리가 다 나오는 자유로운 옷을 입혔고, 아래가 터진 옷을 입혀서 아무 데나 배설할 수 있었지요. 또 우리는 엄마가 품에 안아 주었는데, 서양에서는 강보로 아이의 신체를 속박했고 엄마가 아이를 품는 문화가 없었지요. 강보, 즉 담요로 둘둘 말았으니, 애초에 아이를 안을 수가 없는 거지요. 예수의 경우, 태어나자마자 말구유에다가 놓았다고 되어 있는데, 우리는 아이가 태어나면 품에 안지 말구유에 넣지는 않지요. 서양인이 볼 때 말구유는 곧 태어난 아이를 넣는 크래들, 즉 '요람'의 상징이에요. 남미에서도 크래들 보드라고 해서 요람을 만들어서 아이를 거기 놓는데, 그건 아이의 방이 없어서가 아니라, 아이를 요람에 넣는 관습 때문에 그렇게 한 것이지요.

프로이트 때만 해도 아이들이 우유병에 달린 고무나 플라스틱 젖꼭지를 빠는 것은 상상하기 어려웠지요. 막 태어난 아이들에게는 엄마가 젖을 먹였기 때문에 프로이트는 엄마 젖을 빨면서 오이디푸스 콤플렉스가 생긴다고 보았어요. 그러나 지금은 대부분의 아이들이 우유병에 달린 플라스틱 젖꼭지를 빨기 때문에, 수유 가정에서 오이디푸스 콤플렉스를 갖게 된다는다는 이론이 성립되기가 어렵게 되었어요.

스와들 이론도 바로 그와 비슷한 것이지요. 서양에서는 아이를 둘둘 감아 놓고 용변 시에만 풀어 주니까, 인위적인 구속감과 해방감의 양극단을 느끼게 되는데, 느슨하게 기저귀를 채우거나 아예 아래가 터진 옷을 입히는 동양에서는 아이들이 굳이 특별한 구속감이나 해방감을 느끼지 않게 되지요. 서양 아이들은 끊임없이 반복되는 조임과 풀어 줌 사이에서 배설의 억압과 배설의 쾌감 사이를 오가게 됩니다.

배설의 억압이 없는 예전의 한국 아이들은 배설의 쾌감을 특별히 느낄 필요가 없었지요. 쾌감은 금지를 전제로 할 때, 생겨나는 것이니까요. 그래서 서양에서는 자유를 위한 투쟁과 해방 의식이 어려서부터 생겨나게 되지요. 프로이트의 무의식 이론이나 오이디푸스 이론, 또는 라캉의 심리 분석 이론도 바로 그와 같은 배경에서 생겨났다고 볼 수 있습니다. 그러나 그 이론들은 동양에서는 유효성을 갖지 못합니다. 그런 의미에서 동양을 모르는 서양 학문은 절반의 학문이 되는 거지요. 동양학이라는 것이 따로 있다기보다는 서양학이 미처 보지 못하는 것이 동양학이라고 할 수 있지요.

서구 학자들의 한계

재러드 다이아몬드는 서양이 남미나 아프리카 같은 비서구 지역에 식민지를 건설할 수 있었던 이유로 총, 균 쇠, 이 세 가지를 가져갔기 때문이라고 하는데, 어떻게 이 세 가지가 그런 결과를 가져온, 즉 문명을 바꾼 패러다임이라고 할 수 있나요? 거기 균이 왜 들어가나요? 그것은 결과적으로 우연히 그렇게 된 거지요. 총과 쇠에는 소유자의 의지력이 들어가 있지만, 균은 그렇지 않지요. 총을 가지고 지배했고 말을 타고 군림하기는 했지만, 균을 가지고 지배한 것은 아니지요. 결과론적으로 서양의 균이 남미인들을 많이 죽인 거지만 말이에요. 그러니 균 대신에 차라리 타고 다니는 말을 집어넣지.

그러니까 이런 대가들이 쓴 것이, 한마디만 하면 무너지는 것들이 많아요. 매독균이나 천연두균을 자기도 모르게 갖고 가 옮겼고, 원주민들이 그에 대한 면역력이 없어서 많이 죽었을지는 모르지만, 균은 요인이라기보다는 결과적인 것이었다는 거예요. 중세 유럽을 초토화시킨 페스트가 동양에서 간 것이라는데, 그러면 동양이 서양을 지배하려고 페스트균을 가져간 것인가요? 아니지요. 나도 모르게 균을 퍼뜨려 전염시켰는데, 면역력이 없는 타지 사람들이 죽은 거지요. 총이나 쇠는 문명이지만, 균은 문명이 아니거든. 서구 시스템이 아니에요.

유발 하라리도 유대계 유럽인들의 사고방식이 어떤지를 잘 보여 주고 있어요. 유대 유럽인들은 모든 걸 숫자와 통계로 파악하고 있지요. 그게 바로 노아의 방주 이야기예요. 노아 방주를 언급하면서, 이 사람들은 폭이 몇 큐빗이고 높이가 몇 큐빗이고가 엄청 중요하지요. 사실 노아 방주 이야기는 과학적으로 말이 안 되는 것이 많아요. 배는 물 위에서 뜨는데 신이 왜 산 위에다가 배를 만들라고 그래? 부력을 몰라? 아, 산 밑에서 만들라고 하지, 왜 고생스럽게 산 위에다 만들라고 해? 그리고 거기에다 초식동물과 육식동물을 같이 넣어 놓으면 뭘 먹고 살아요? 그런 중요한 문제는 전혀 언급이 없고, 배의 크기가 몇 큐빗이고 며칠 동안 비가 왔고, 그런 것만 이야기하는 거지요. 우리는 여러 날 비가 왔다 하면 그만인데, 그 사람들은 40이라는 숫자가 중요하니까, 40일 동안 물 위에 떠 있었다고 하지요. 예수가 한 광야에서의 금식기도도 40일이고, 이스라엘 백성도 이집트로부터 탈출한 후 40년 동안 광야를 유랑했지요.

사실은 그게 바로 다 뉴턴하고 연결되지요. 하라리는 새로운 얘기는 하나도 하지 않고 숫자를 주로 이야기하지요. '지금 지구에 존재하는 개는 몇 마리고, 고양이는 몇 마리다. 그리고 말은 몇 마리고 늑대는 몇 마리다.' 그런 걸 쓰는 거예요. 그러니까 이 사람 글을 읽으면, 누구나 다 아는 것을 숫자로 이야기하기 때문에, 대단한 것처럼 보이고, '어, 개는 이 정도인데, 늑대는 왜 몇십 마리밖에 없어?' 이렇게 생각하게 되는 거지요.

그러니까 이 사람 책의 첫 줄에 그게 나와요. '왜 과거를 알아야 하느냐?' 그러고는 잔디 이야기를 하지요. 잔디라는 것이, 18세기 영국의 부호들이 내가 불필요한 땅을 얼마나 많이 가지고 있느냐를 과시하려고 불필요한 잔디를 심어서 곡식도 안 나는 잔디밭을 만든 것이라는 거지요. 유용한 걸 안 심고 돈만 들어가는 것을 심어서 자기가 얼마나 부자인지 과시하려고 만든 것이 바로 잔디밭이고 잔디 공원이라는 거지요. 자기가 잔디밭의 역사를 분석해 보면, 다시는 잔디밭을 만드는 어리석은 짓은 안 할 것이다. 이게 역사를 아는 의미라는 거지요.

그건 답답한 이야기지요. 그게 바로 문화의 관습인 것이고, 그게 문화의 의미인 것인데. 90퍼센트가 그걸 문화라고 부르고. 한국에서는 그 잔디를 가져다 무덤을 만들었는데, 그러면 잔디를 심은 정원은 무덤이란 말인가요? 그건 말이 안 되는 거지요. 거기서 전통을 배워야 하고 역사를 알아야 된다니 말이에요. 누가 그것을 몰라서 잔디를 심나요? 그리고 로마 때도 이미 정원이 있었거든요. 잔디밭 정원은 18세기 때 만든 것이 아니라는 거지요. 문제는 도시화되어 초원의 푸른 색깔이 없어지니까, 모든 게임과 놀이에 초록색(green)을 쓴 거예요. 그래서 그린 북, 그린 패스, 그린카드라는 말도 생겨났지요. 그러니까 초록이라는 것은 자연을 의미하는 것이고, 인간의 원초적 공간을 의미하는 것이지요. 유대인 지역이나 중근동에서는 초원을 그리워하는 초원 문화가 있었지요. 그러니까 도시화되고 산업화되더라도 초원에 대한 향수가 남아 있는 거고요. 그래서 당구대도 초록색이고, 농구 코트도 초록색이에요. 그러니까 초록색은 현실 공간이 아닌, 의식주 공간이 아닌 상상의 공간, 즉 잃어버린 초원의 공간이 되는 거지요.

그래서 오늘날, '그린'이라는 말은 문명하고 대립이 되고 자기네들이 뭔가를 추구하는 유토피아적 색깔이기 때문에 그린 카, 그린카드, 그린피스, 녹색 성장 등 모두가 그린이 된 거고요. 일본 사람들은 미국과 유럽에 다녀와서 거기에 있

1부 —— 바람과 물결 사이에서 본 문학, 문명, 문화

는 초록색을 보고, 자기네도 지금 장관실에 파란 바닥을 깔고 있어요. 그건 일본 관료주의의 상징이지만. 역장이고 뭐고, 장이란 장들은 전부 자기네 사무실에 파란색 바닥을 깔고 있어요.

그런데 루스 베네딕트가 『국화와 칼』을 쓴 이유가 재미있어요. 물론 그런 책은 세계 어디에 가도 없어요. 태평양전쟁 때, 중국은 우리 편인데 일본은 적군이야. 그럼 포로를 잡으면 누가 우리 편인지 누가 일본 편인지 알아야 싸우는데, 얼굴에 무슨 특징이 없으니 무엇을 보고 중국과 일본을 구분할 수가 있느냐, 그것을 연구하려고 연구비 받아서 쓴 책이거든요.

전에 내가 『축소 지향의 일본인』이라는 책을 썼지요. '축소 지향'은 '축소'된 것만 있다는 뜻은 아니고, '축소를 지향한다.'는 뜻이지요. 축소 지향이 명사가 아니라 동사라는 것입니다. 가령 가방과 보자기를 명사로 보면 그 기능에 별 차이가 없지만, 동사로 보면 많은 차이가 납니다. 보자기에는 하부(sub) 콘셉트가 많아요. 예컨대 '매다', '펼치다', '접다', '가리다' 등등. 그런데 가방에는 그런 것이 없어요. 그러니까 명사로 보면 그 두 가지가 차이가 별로 안 나지만, 동사로 보면 가방과 보자기는 큰 차이가 나지요. 또 사람도 뛰고 말도 뛰지만, '뛰다' 하면 사람과 동물이 같으면서 동시에 다른 것이 나오는 거예요. 그러니까 문화를 기능으로 볼 때는 존재 동사든 소유동사든 원래 언어는 동사가 먼저고 명사가 나중이지요. '얼다'에서 얼음이 나왔지 얼음에서 '얼다'가 나온 게 아니에요. 나는 일본의 기본적인 문화를 '국화'와 '칼'이라는 명사로 보지 않고, 동사인 '축소 지향'이라고 보았던 것이지요.

번역, 무엇이 문제인가

요즘 동서 문화의 융합과 퓨전에 대해 관심을 갖다 보니, 중국과 한자에 관한 생각을 하게 되는데요. 한자가 마치 중국을 외부로부터 막는 만리장성 같아서, 중국 문화가 외부로 나가고 외부 문화가 중국으로 들어올 때 한자로 인해 문화 유입이 어렵다고들 하는데 사실은 전혀 그렇지 않습니다. 오히려 한자 문화권에서만 서구 문화가 그대로 들어와 성공한 케이스가 발견되지요. 이집트나 아랍, 중앙아시아나 인도에서는 서구 문화가 유입되었으면서도, 아직도 예전 복식을 유지하고 있으며 전통과 근대의 문화가 분리되어 있으면서도 융합된 모습을 보여 줍니다.

그 이유는 서구에서의 자유, 평등, 박애라는 개념이 외국으로 들어가면 독자성(Identity)이 없어지고 이질적이어서, 그들의 모국어와 대응이 되지 않기 때문이지요. 하지만 그런 말들이 한자로는 번역이 가능합니다. 예를 들어 Freedom 은 '자유'라고 번역되는데, '자유'라는 말은 중국에서 옛날부터 있었기 때문에 비교적 쉽게 외래문화 수용이 가능해진 것이지요. 평등도 평(平) 자와 등(等) 자가 합쳐서 만들어진 것이고, 실존주의도 실제로 존재한다는 뜻이니까 문제가 없었지요. 비록 착각이기는 했지만, 그런 서구적인 개념을 자기네들에게 원래부터 있었던 것처럼 자연스럽게 받아들였던 거지요. Country와 달리 State는 사실 번역하기 힘든 용어지만, '국가'라고 무난히 번역했고요. 한자문화권에서는 그리스어나 라틴어가 어원인 단어들을 어렵지 않게 한자로 받아들였어요. 그래서 중국은 마치 원래부터 자기네들에게 있었던 것처럼 자연스럽게 서구 문화의 개념을 받아들이게 된 것입니다.

예전에 일본인들이 번역을 잘못해 Nation을 '민족'으로 번역한 적이 있습니다. 그래서 Nationalism도 '민족주의'로 번역되었지요. 그런데 Nation을 그렇게 번역해 버리면 나폴레옹 이후로는 전부 Nation-State인데, 그것을 '민족국가'라고 봐야 한다는 문제가 생깁니다. 그런데 안타깝게도 우리 대학에서는 이 내용을 그대로 가르치고 있습니다. 그러면 Nation이라는 말은 언제부터 '민족'이라는 말로 번역되었으며, 중국에 원래 있었던 民族이라는 말은 무슨 뜻인지에 대해서도 알아야겠지요. 또 '인권'이라는 말은 한나라 무제 때부터 있었던 말인데, 영어로는 Human Rights라고 하지요, 그런데 Rights라는 말 자체가 왼쪽은 틀리고 오른쪽은 옳다는 편견을 담은 말이어서, 잘못된 말이라는 것 또한 알아야 합니다. 양손이 있다면, 어느 한 손만 양자택일해서는 절대 해결할 수 없기 때문입니다.

오역에는 두 가지가 있는데요. 하나는 Nationalism처럼 개념의 오역이고, 또 하나는 특정 목적을 위한 의도적 오역입니다. 예컨대, 후자의 경우에는 다음과 같은 것이 있습니다.

학스라는 사람은 좌파는 아니지만, 거대 기업을 비판한 사람입니다. 그가 주도한 글로벌리즘에 대한 반대 데모가 제노바에서 일어나는데, 불특정 조직이 모여 항의 시위를 한 것이지요. 2006년 또는 2007년 정상회담 당시에 있었던 일입니다. 또 다른 데모는 유고 쪽에서 일어났는데 이들은 좌파 성향의 데모를 일으켰습니다.

그런데 우리말 번역판을 보면 이 사건이 전혀 다르게 번역되어 있습니다. 똑같이 학스가 쓴 글인데도 그 내용을 자세히 들여다보면, 개최지도 다르고, 일어난 일시도 다르고⋯⋯. 이렇게 제노바에서 일어난 일들을 개최지를 바꿔치기해서 번역해 놓았습니다. 그러니 번역의 내용이 잘 되고 잘 안 되고 문제가 아니라, 아예 처음부터 의도적으로 내용을 삭제하고 변형해서 번역한 겁니다. 이런 오역은 전혀 다른 의도의 글을 만들어 버립니다. 또 machine을 '기계'라고만 번역했는데, 원문에서는 상황에 따라 기관과 기계 그리고 장치라는 의미로 각기 모두 다르게 쓰이고 있지요. 그런데도 모두 '기계'라는 말로 치환해 버리니, 상당히 많은 번역상의 오류를 범하게 된 것입니다.

바로 그런 이유로 해서 언어는 문화와 긴밀한 관계를 갖게 되고, 문화를 모르면 필연적으로 오역이 생기는 것입니다. 예컨대 water를 '생수'로 번역하는가, '수돗물'로 번역하는가, 혹은 '바다'로 번역하는가에서 틀리는 것은 단순한 실수겠지만, 기저귀(diaper)와 강보(swaddle)의 문화적 차이를 잘 모르고, swaddle을 '기저귀'로 번역한다면 그건 실수가 아니라 오역이 된다는 것입니다.

메이지유신 때, 일본 사람들이 서양 학문을 받아들이면서 용어들을 한자로 번역하는 과정에서도 수많은 오역이 있었지요. democracy를 '민주주의'로 번역한 것이나, people을 '국민'으로 번역한 것, 또는 Nation-State를 '민족국가'로 번역한 것이 대표적인 예지요. 예컨대 커뮤니즘은 '이즘'이기 때문에 '공산주의'지만, democracy는 '이즘'이 아니므로 '주의'가 아닙니다. 그런데 그걸 '민주주의'라고 번역해서 개념에 혼란이 생긴 거지요. 그리고 people은 '사람'이라는 뜻인데,

그걸 '국민'으로 번역하면 사람을 국가에 예속시키는 것이 됩니다. Nation-State도 민족국가라고 번역하면 민족주의나 부족주의의 색채가 강하게 들어가게 되고요. 사실은 '동질의 문화를 가진 나라'라는 뜻인데 말입니다.

일본인들이 번역을 잘못해서 우리가 미국을 전혀 모르게 된 경우도 발생했는데요. 일본인들이 미국의 State를 '주'라고 번역하는 바람에 우리가 미국을 한 나라로 착각하게 된 거지요. State는 '주'가 아니라 '나라'입니다. 그래서 미국은 50개의 국가로 이루어진 나라이고, 주마다 법이 다르고 국가 조직이 별도로 있는 거지요. 그런데 State를 '주'라고 번역하는 순간, 미국이라는 나라에 대한 개념이 헝클어졌어요. 그래 놓고 일본인들은 미국을 합중국이라고 번역했는데, 이것 또한 혼란을 초래했어요. 50개의 주들이 모여서 만든 나라라면 '합중주'라고 불러야 하기 때문입니다. 합중국이라는 말은 캘리포니아 국가나 뉴욕 국가 같은 50개의 국가를 합해서 만들어진 나라라는 것이니까요. 그래서 사실 USA라는 명칭은 제대로 번역하면 '국가연합국'이 되는 것이지요. 이렇게 간단한 오역 하나가 오늘날 미국을 잘못 이해하는 치명적인 결과를 초래한 것입니다.

한 단어라 할지라도 오역을 해 버리면, 개념이 전혀 달라져 버립니다. 예컨대 김치를 '피클'이라고 번역한다면, 그건 오역이 되는 거지요. 마찬가지로, Democracy를 '민주주의'로 옮기면 오역이 됩니다. 앞에서 말한대로, Democracy는 -ism 이 아니니까, '민주주의'가 아니라 '민주제도'라고 번역해야 겠지요. Marxism은 마르크스주의고 Socialism은 사회주의이지만, Democracy는 주의가 아니라 제도지요. 그렇기 때문에 사회주의 국가나 독재국가에서도 Democracy, 즉 민주적 제도는 가능한 것이지요.

또 하나의 잘못된 경우가 바로 Metaphysics(메타피직스)를 '형이상학'이라고 번역한 것입니다. Metaphysics는 physics (피직스)에서 파생된 말인데, '형이상학'이라는 번역어에는 '피직스'라는 말이 전혀 들어 있지 않습니다. '피직스'는 원래 자연의 원리를 연구하는 학문이지요. 접두어 Meta는 After 나 beyond의 뜻이고요. 그래서 메타피직스는 자연의 원리를 위에서 내려다보며 관찰하거나, 그 너머를 성찰하는 것을 의미하지요. 그런데 이걸 형이상학이라고 번역하면, 메타피직스가 마치 무슨 고고한 정신세계를 지칭하거나 다루는 것처럼 보이게 됩니다. 그럼 자연을 연구하는 피직스는 형이하학이라는 말이 되고 말지요.

그리스가 Democracy의 본산지라고 하는데, 그럼 그리스가 민주주의 국가였나요? 아니지요. 그리스는 귀족제도와 노예제도가 있는 나라였어요. 과두정치를 할 때는 왕보다도 더 권력이 센 사람들도 있었어요. 아테네나 스파르타를 보세요. 마그나 그라이키도 보세요. 아테네나 스파르타 같은 도시국가는 민주제도는 있었지만, 민주주의 국가는 아니었지요. 그래서 Democracy를 '민주주의'라고 번역하면 그리스를 전혀 모르게 되는 것이에요.

그렇기 때문에 우리가 그리스를 민주주의의 본산지라고 하느냐, 민주제도의 본산지라고 하느냐에 따라서 그리스를 제대로 아느냐 모르느냐 하는 중요한 문제가 결판이 나는 거지요. 심지어는, 그리스가 민주제도의 본산지라고 맞게 말했을 때조차도, 시민의 대표들에게 권한을 위임하는 대의민주주의를 했을 때와, 시민들이 직접 참여하는 직접민주주의를 했을 때가 달랐기 때문에, 또 구분해야 합니다. 그 두 가지 민주제도는 서로 전혀 다르기 때문입니다. 만일 초등학교에서 그리스가 민주주의 시발점이라고 가르친다면, 그 당시 그리스의 노예제도를 어떻게 설명할 수가 있나요? 또 그 당시에는 Democracy와 Demagogue가 같은 어원으로 사용되었는데, 그건 또 어떻게 설명할 수가 있나요?

그리스의 모든 생산과 경제는 어머니와 부인과 아이들이 담당했어요. 그리스의 노예는 모두가 가사 노예는 아니었지만, 여자들이 가사를 담당하는 노예들과 같이 생산 작업을 맡았지요. 그런 집안 경제를 오이코스, 또는 오이코노미아라고 불렀고, 그게 이코노미가 된 거지요. 그래서 이코노미는 '집안의 법규'라는 뜻이에요. 반면에 아크로폴리스에서 남자들이 하는 일은 이코노미가 아니었지요. 남자들은 시민이었기 때문에 이코노미와는 상관이 없었고, 아고라에 가서 정치를 하고, 전쟁이 나면 전쟁터에 나가서 싸웠지요. 그런 이야기들이 시오노 나나미가 쓴 『그리스 이야기』 3부작에 나옵니다. 그리스는 민주주의 국가도, 민주주의의 본산지도 아니었습니다. 다만 민주제 도시국가였고, 민주제도의 본산지라고는 할 수 있겠지요.

그렇기 때문에, 그리스어 '데모스'를 뭐라고 번역해야 하는가 하는 문제가 발생합니다. 노예들은 데모스에 포함되지 않기 때문입니다. 그리스의 생산과 경제는 여자들과 노예들이 담당했기 때문에, 소크라테스가 젊은이들에게 노동을 해야 한다고 했을 때, 선동죄로 비난을 받았던 것입니다. 현자와 귀족과 시민으로 이루어진 그리스의 사회에 노예들의 전유물인 노동의 개념이 들어오면, 아테네 시민의 공론의 장에 사유재산 같은 사적인 것이 개입되는 등, 혼란이 시작된다고 생각했기 때문입니다. 아테나나 스파르타에서 남자 시민은 가정 일이나 경제에는 관여하지 않는 것을 미덕으로 생각했지요. 노동은 노예들이 했기 때문에, 시민들은 예술을 하거나 철학을 하거나 스포츠를 했어요. 가사를 하거나 먹고살기 위한 일을 하지 않는 것이 남자 시민들에는 오히려 명예스러운 일이 된 겁니다. 바로 그런 제도 때문에 오직 딱 한 번, 그리스에서 철학이 발전할 수 있었던 겁니다. 플라톤이 "나는 여자나 노예로 태어나지 않은 것을 다행으로 생각한다."라고 말한 것도 바로 그런 맥락이었지요. 가사나 먹고사는 일에 전념해야 한다면 철학에 몰두하기가 힘드니까요.

당시에는 "그리스나 아테네가 융성하려면 나무가 많은 곳으로 가라."라는 신탁이 있었다고 합니다. 그래서 아크로폴리스에는 나무가 많았습니다. 나무가 많다는 것은 곧 배를 만들 수 있다는 것을 의미합니다. 나무를 목재, 즉 Wood로 보느냐, 아니면 살아 있는 나무 Tree로 보느냐에 따라 해석이 달라지겠지요. 정원사는 나무가 살아야 먹고살지만 목수는 나무가 죽어야 먹고살지요. 그래서 정원사에게는 Tree가 필요하고, 목수에게는 Wood가 필요합니다. 우리가 수목(樹木)이라고 할 때는 산 나무와 죽은 목재 둘 다를 의미하지요.

나무가 많으면 목재가 많고, 목재가 많으면 배가 많아집니다. 배가 많으면 해양으로 뻗어 나가게 되고요. 해양으로 뻗어 나가면 활동 반경이 넓어지고, 모험심이 강해지며, 무역을 통해 부를 실어 올 수가 있지요. 그래서 나무가 많은 곳은 융성하게 된다는 것입니다. 그래서 나무는 살아도 유용하고, 죽어도 유용합니다.

번역과 관련해 동서양의 차이를 보여 주는 또 하나가 바로 '법'입니다. 동양의 법은 좋은 일을 하라는 것인 데 반해, 서양의 법은 전부 뭔가를 하지 말라고 규제하는 것입니다. 예컨대 동양에서 불교의 불법(佛法)은 우리가 해야 할 도리를 가르칩니다. 동양에서는 법을 지키면 도(道)를 터득하고 극락에 가게 되지요. 반면, 서양에서는 하지 말라는 '법'을 어기면 감옥에 갑니다. 그래서 Law를 '법'이라고 번역하면 안 되는 거지요. 그건 '도'(道)도 마찬가지입니다. '도'를 영어로 Way라고 번역하는데, 사실은 정확한 번역이 아니지요. 동양의 '도'는 진리를 터득하는 깨달음의 '끝'인데, 서양에서는 진리를 찾아가는 '길'이자 '시작'이기 때문입니다.

일본 번역가들이 메이지유신 이후로 수많은 서양 용어를 잘못 번역해서 개념의 혼란을 초래했는데, science를 과학(科學)이라고 번역한 것도 그중 하나지요. 과학이라는 말로는 science의 의미가 전달이 잘 안 됩니다. 20세기 철학자이자 번역가인 윌리엄 휴얼이 scientists라는 용어를 처음 사용했는데, 그 이전에 scientist는 natural philosopher라 불렸지요. science라는 말은 라틴어 scientia에서 유래한 말로 '지식'을 의미합니다.

Democracy도 초기에는 '하극상'이라고 번역되었지요. 회사도 사회라는 말에서 유래했어요. 또 Enlightenment도 초기에는 '개화 문명'과 연결해서 '개명'이라고 번역해서, 개화와 계몽을 구분하지 않았지요. 우리는 또 information도 '정보'라고 번역하고 intelligence도 정보라고 번역하지만, intelligence와 달리 information은 가공된 정보를 의미합니다. 그런데 우리는 국가정보원도 '정보'라는 말을 사용하고, 정보통신부도 '정보'라는 말을 사용합니다. 혼란스러울 뿐만 아니라, 얼마나 쓸데없는 소모를 하는지요. 그러므로 개념의 혼란이 초래하는 오류는 심각한데, 내가 알기로 그 누구도 그런 것을 지적하고 논의하는 사람이 없었어요.

사실은 번역 분야에서 그런 것들을 정립해야 하는데, 우리는 동시통역이나 텍스트 번역에만 관심 있지 그런 근본적 오역에는 별 관심이 없습니다. 통역이 자기 의견을 전혀 넣지 않고 외국인의 말을 그대로 통역했을 때 엄청난 왜곡이 일어납니다. 우리에게 정보가 필요하다는 뜻으로 '첩보'라는 단어를 사용했다고 합시다. 그러면 오역 정도에서 그치는 것이 아니라, 자칫 전쟁도 일어날 수 있지요. 회사 같으면 회사가 날아가는 거고요.

예전에, 일본에서 '자유'라는 개념을 잘 모를 때, 그것을 '와가마마'로 번역한 적이 있었는데, 그건 '마음대로 하다'라는 뜻이에요. 그래서 미국 대사가 일본 정부에게 '우리는 자유무역을 원한다.'라고 말했을 때, 통역이 그걸 '우리 마음대로 무역을 하겠다.'로 번역한 적이 있었어요. 그 말에 진노한 일본 정부가 '자유무역'을 거절했지요. 그 일화는 통역의 오역이 한 나라의 운명을 바꾸어 놓을 수도 있다는 좋은 예로 남아 있습니다. 문학작품 번역에서도 얼마나 많은 오역들이 있었을까요? 우리가 서사시, 소설, 장편, 단편 등으로 번역한 용어들은 과연 정확한 번역이었을까요?

동서 문화의 이해와 오역이
초래하는 오해

7

김성곤

오역에 대한 이어령 교수의 지적은 놀랄 만큼 정확하다. 용어의 잘못된 번역은 우리로 하여금 틀린 개념을 갖게 만든다는 점에서 치명적이다.

문화적 차이로 인해, 영어의 한글 오역은 필연적으로 자주 일어난다. 사법제도의 차이 때문에 일어나는 오역과 그로 인한 오해 또한 심각한 상황이다. 그렇게 되면 상대방 국가의 제도를 정확히 이해하지 못해 많은 문제가 발생한다.

예컨대, Country, State 그리고 Nation은 간혹 구분하지 않고 사용되기도 하지만, 사실 각기 다른 의미를 갖고 있고,

따라서 번역하기 힘든 단어들이다. Country와 State는 주권을 가진 나라를 의미하지만, Nation은 같은 문화와 역사를 공유하며 특정 지역에 사는 집단을 지칭하는 단어여서 꼭 주권이 없어도 된다. 예컨대 텔레비전 드라마인 「에일리언 네이션(Alien nation)」은 미국 LA에 살고 있는 외계인 집단을 지칭한다. Indian Nation은 미국 내 원주민 집단의 명칭이다. 그래서 Nationalism의 정확한 번역은 '민족주의'라기보다는 '부족주의'나 '동질 집단주의'라고 할 수 있다. 주권이 없는 Nation에는 캐나다의 퀘벡, 에스파냐의 카탈루냐, 프랑스의 코르시카, 이탈리아의 시실리 등도 있고, 중국의 지배를 받고 있는 티베트도 거기에 속한다.

State의 경우에는 주권이 있는 Sovereign State가 있고, 주권이 없이 연방정부에 속해 있는 Non-sovereign State가 있다. 전자에는 일반적인 나라들이 속하며, 후자에는 영연방에 속하는 잉글랜드, 스코틀랜드, 북아일랜드가 있고, 미국의 50개 주가 있다. 지금은 독립했지만, 예전에 소련 연방에 속했던 State들도 Non-sovereign State였다. 또 그 외 Non-soveren State에는 푸에리토리코, 버뮤다제도, 그린란드, 그리고 중국이 장악하기 이전의 홍콩도 있다. '주권이 없다'는 것은, 독립된 국가처럼 자치권은 있지만, 다만 다른 나라와 국가 대 국가로서 조약은 맺을 수 없다는 것을 뜻한다.

한편, Nation-State는 동질의 문화적 그룹이면서 주권이 있는 나라를 지칭한다. 대부분의 나라들이 여기에 속한다고 볼 수 있는데, 예컨대 프랑스, 독일, 한국, 일본이 대표적인 예다. 그런데 미국도 Nation-State에 속하는가에 대해서는 논란이 있다. 미국은 다양한 인종과 다문화로 이루어진 나라이기 때문이다. EU처럼 국가 간의 국경 개념이 없어지는 경우에는 "Nation-State들의 경계가 무너지고 있다."라고 말한다.

이어령 교수의 지적대로, 미국의 50개 State를 '주'라고 번역한 것은 명백한 오역이다. 이는 State에 대한 개념이 없는 일본 사람들이 잘못 번역한 것인데, 미국의 State들은 다른 나라와 국가 대 국가로서 조약을 맺을 수만 없을 뿐, 실상은 각각 하나의 국가라고 할 수 있다. State마다 법이 다르고, 대법원, 상원/하원으로 구성된 의회가 있으며, 장관들이 있기 때문이다. 그래서 미국 Governor를 '주지사'로 번역한 것도 잘못된 것이다. 미국의 State Governor는 우리의 '도지사'와는 격이 다르기 때문이다. 미국 State-Governor의 부인은 마치 대통령 부인처럼 First Lady라고 불린다. 다만 외교와 국방은 연방정부의 권한으로 되어 있어 미국의 State들은 외국과 국가 대 국가의 조약을 맺을 수는 없다.

그걸 모르면 미국이라는 나라에 대해서는 개념이 없는

셈이 된다. 전에 메릴랜드 주지사가 서울에 왔을 때, 박근혜 대통령과의 만남을 요청했는데, 청와대에서 한국의 도지사 정도로 생각해서 거절하는 결례를 범한 적이 있었다. 메릴랜드주는 버지니아주와 함께 미국의 수도인 워싱턴 DC와 인접한 주여서 정치적 영향력이 큰 곳이다. 그러므로 당시 청와대는 황금 같은 기회를 놓친 셈이다. 더구나 그 주지사의 부인이 한국 교포였으니 더욱 좋은 기회였는데 말이다. 그래서 미국을 모르는 대통령 비서관들은 청와대 근무를 하면 안 된다. 미국을 잘 아는 일본은 아베 총리가 메릴랜드 주지사를 환영하고 영접했다.

우리는 흔히 공산주의의 반대가 민주주의라고 생각하기 쉽다. 그러나 공산주의의 반대는 자본주의다. 민주주의는 인민민주주의, 또는 직접민주주의의 형태로 공산주의 국가에서도 차용하고 있다. (공산주의가 망해서 사라짐에 따라 요즘은 대신 '사회주의 국가'라는 용어를 사용한다.) 자본주의 국가의 민주주의는 인민민주주의가 아닌 자유민주주의이며, 직접민주주의가 아닌 의회민주주의이다. 공산주의자들도 민주화운동을 할 수 있다. 다만 그들이 주장하는 민주주의는 자유민주주의가 아닌 민중민주주의, 인민민주주의 또는 직접민주주의이다. 또 공산주의자들은 자유시장경제를 부정하고, 중앙정부가 모든 것을 장악하는 사회주의를 주창한다.

Loyalty를 '충성'으로 번역한 것도 잘못된 것이다. 한국사회에서는 '충성'이 주군이나 보스나 조직에 대한 충성을 의미하기 때문이다. 그러나 Loyalty라는 말은 모든 사람에게 해당되는 것이고 따라서 '의리'라고 번역하는 것이 정확하다. Friendship도 마찬가지다. 우리는 '우정'이라고 번역하는데, 한국에서 '우정'은 비슷한 나이의 친구 사이의 정을 의미하는 것이지만, 영어에서 friendship은 나이에 관계없이 모든 사람에게 해당된다.

Relationship을 '관계'로만 번역하는 것도 문제가 있다. 한국어로 '관계'는 모든 사람에게 해당되는 것이지만, 영어에서는 남녀 사이에 relationship이라는 말을 사용하면 '깊은 관계' 혹은 '진지한 관계'라는 뜻이 되어 잘못 사용하면 오해의 소지가 생긴다. 즉 영어에서는 friendship이나 companionship을 사용할 때와 relationship을 사용할 때를 구분해야 한다는 것이다.

법률 용어의 오역도 많다. 예컨대 미국 영어 명칭인 Assistant D. A.(District Attorney)를 한국에서는 '검사보'로 번역하는데 이는 틀린 번역이다. Assistant D. A.는 한국의 검사이고, D. A.는 한국의 검사장이다. 또 미국에서는 대법원 판사와 항소심 판사는 Judge가 아니라 Justice라고 부르는데, 그걸 모르고 한국에서는 '정의'라고 번역하는 경우가 많다. 마찬가지로 미국의 Attorney General은 우리의 '법무부 장관'이다. 미국은 검찰청이 따로 없고 법무부가 겸하기 때문에 법무부 장관이 검찰총장을 겸한다. Secret Service는 한국에서 '비밀 검찰국'이라고 번역하는데, 이 역시 틀린 번역이다. 시크릿 서비스는 재무부 소속의 수사기관으로 위조지폐, 신용카드 사기, 인터넷 사기 등을 담당하고, 일부는 대통령 및 정부 요인 경호를 담당했는데, 9 ·11 이후 대통령 경호 및 요인 경호 업무는 신설된 국가 안보부(The Department of Homeland Security)로 이전되었다.

또 다른 오역은 Lieutenant과 Captain이다. 한국에서는 전자는 '중위', 후자는 '대위'로 번역하는데, 사실 Lieutenant는 캡틴 바로 밑에서 보좌하는 '부관'이라는 뜻이어서, 경찰 계급에도 Lieutenant가 있고, 마피아의 부두목도 Lieutenant라고 부른다. Captain은 조직의 장을 의미하는 말이어서 육군에서는 대위를 뜻하지만 해군에서는 함장인 대령을 뜻하고, 경찰 계급에도 캡틴이 있고, 비행기 조종사, 선박의 선장, 도둑의 두목 모두를 캡틴이라고 부른다. 백악관의 경우라면 물론 대통령을 의미한다. 그러므로 상황에 따라서 각각 다른 용어로 번역해야 한다.

또 영어의 independent candidate를 한국에서는 '무소속 출마 의원'으로 번역하는데, 이것도 원래의 의미와는 많이 다르다. 영어의 independent는 좋은 뜻인 데 반해, '무소속'이라는 말은 한국 사회에서는 '아무 곳에도 소속된 곳이 없어 무력한'의 의미가 되기 때문이다. 사실 한국에서는 소속이 없는 사람은 뒤를 봐주는 집단이 없는 힘없는 사람으로 취급된다.

정확한 영어 용어의 사용과 정확한 번역의 중요성은 아무리 강조해도 지나치지 않다. 거기에서 실수하면 영어 사용국과의 사이에 불필요한 오해가 일어날 수 있기 때문에 늘 조심해야 한다.

이어령 교수의 지적대로, 그리스에서는 데모크라시가 데마고그와 같은 뜻으로 쓰였다는 것도 흥미롭다. 왜냐하면 오늘날에는 데마고그가 '대중 선동자'라는 뜻이기 때문이다. 그러나 민주제도가 잘못되면 대중 선동이 될 수도 있어서 타당성이 있어 보이기도 한다. 그래서 데모크라시는 자유 민주제도와 의회 민주제도로 가야지, 사회주의 국가들처럼 인민 민주제도, 민중 민주제도 또는 선동 민주제도로 가면 안 될 것이다.

한국 정부 부서의 영문 명칭도 어색한 것이 많다. 예컨대 박근혜 정부 때 있었던 Ministry of Knowledge Economy는 많은 사람들이 생소해할 것이다. 피터 트러커가 knowledge economy라는 용어를 사용하기는 했지만, 그것을 한 나라의

1부 —— 바람과 물결 사이에서 본 문학, 문명, 문화

정부 조직으로 표기하는 것은 문제가 있어 보인다. 마찬가지로, 행정안전부를 The Ministry of Public Administration and Security로 표기했는데, 이 또한 외국인들에게는 혼란스럽다. Security는 미국의 The Department of Homeland Security처럼 정보기관에 붙는 명칭이기 때문이다. 그래서 행정안전부의 경우에는 Security보다는 Safety를 사용하는 것이 더 타당할 것이다.

한국인들은 '명성'과 '명예'도 혼동한다. 그래서 '명성의 전당'(Hall of fame)을 '명예의 전당'이라고 부른다. 또 우리는 "돈과 권력과 명예를 거머쥐었다."라고 하는데, 그때도 '명예'가 아니라, '명성'이다. '명예'는 남을 위해서 자기를 희생하는 숭고함으로 얻어지는 것이다. 또 victim은 '피해자'인데 우리는 '희생자'라고 번역한다. 그러니까 교통사고를 당했어도 자기가 희생당했다고 생각하게 된다. 그러나 '희생자'는 남을 위해 자신을 희생하는 사람을 지칭하기 때문에, 사고를 당한 사람은 피해자라고 해야 정확한 명칭이 될 것이다. 또 한국에서는 '모더니즘'을 '퇴폐주의'로, '포스트모더니즘'을 '표절 허용주의'로 단순하게 잘못 생각하고 오해하는 경우가 많은데 그런 것도 물론 잘못된 것들이다.

인공지능

인공지능, 디지로그, 생명사상

ㅇ

이어령
_____

인공지능 이야기를 해 보지요. 우리가 왜 그렇게 알파고
(AlphaGo)에 집착하나요? 애니메이션이나 종교나 가상의 인
간의 대상은 있었지만, 실제로 인간처럼 생각하는 존재가
나타난 것은 이번이 처음이기 때문이지요. 지금까지의 컴퓨
터나 AI는 인간이 가르친 것만 실행했기 때문에, 인간의 뇌
가 들어가서 나오는 거라고 볼 수 있었어요. 그런데 앞으로
의 인공지능은 인간 뇌의 영역을 벗어나 저희 스스로 데이
터를 처리하고, 인간이 만든 알고리즘이 아니라 저희 자체의
알고리즘으로 문제를 해결하게 되었어요. 아직 인간의 마음

이나 의식까지는 아닐지 몰라도, 아인슈타인이 할 수 있는 일을 요즘 인공지능은 할 수 있게 된 거지요.

인공지능은 전통적으로 신이 해 온 일을 하고 있어요. 신처럼 예언도 하고요. "어떻게 하면 되겠나이까?" 하고 물으면, "너 남쪽으로 가라, 북쪽으로 가라."라고 말해 주니까요. 인간의 자유의지를 넘어서 무언가가 나를 움직인다면 그건 지금까지는 하느님이 해 주신 역할이지요. 그런데 처음으로 유물론적 신이 나타난 셈이에요. 그러니까 4~5만 년 전에 호모사피엔스가 출현해 두 발로 일어서서 걸었을 때와 마찬가지로, 인공지능의 출현은 새로운 시대를 연 것입니다.

실제로 인간처럼 생각하는 존재가 나타난 것은 이번이 처음입니다. 사람들이 인간과 바둑을 두는 인공지능을 보면서, 처음 AI의 가능성을 깨닫게 된 것이지요. 지금까지는 인텔리전스(intelligence)가 없는 엑스퍼트 시스템(expert system)이 있었고, 그것이 하는 일은 컴퓨팅, 즉 숫자 계산을 하는 것이었지요. 그런데 인공지능은 숫자 계산이 아니라 숫자 계산을 추리할 수 있고 학습할 수 있는 것입니다. 인간이 할 수 없는 빅 데이터에 의한 판단을 내릴 수 있는 거예요.

우리가 잘 알고 있는 바둑 기사들은 신선의 경지에 도달한 이들이라고 볼 수 있습니다. 그 신선들이 추출해 내는 패턴은 우주에 수놓인, 아주 많고 많은 수의 별들만큼 많은 바둑의 수를 직관으로 뽑아낸 것입니다. 이것은 지혜이자 동시에 패턴이라고 이해할 수 있는데요. 그렇기 때문에 이세돌 9단이 알파고를 상대로 한 바둑 시합에서 이겼다는 것은 체스를 이긴 것과는 조금 다른 관점에서 보아야 합니다. 체스 시스템과는 다른 패턴 인식을 하고, 특징을 이끌어 내야 비로소 바둑판 전체를 그림으로 읽어 낼 수 있기 때문입니다.

체스는 지나가는 선형일 뿐이지만, 바둑은 그 모양이 곧 성좌와 같습니다. 그때그때 새로운 수를 만들어 내야 하기 때문에 '미생'(未生)이라고 하는 것이지요. 수를 여기에 놓으면 살 수도 있고, 저기에 놓으면 죽을 수도 있는, 즉 결정된 바가 없는 관계망 속에서 의미가 생성됩니다. 이것이 바로 변화의 '화'(化)입니다. 때문에 포스트모던 이론 등을 비롯해, 복합적인 여러 가지 이론들을 인공지능과 인간의 지능, 그리고 동물의 생존 능력에 비추어 보며, 지금까지의 접근 방식과 달리 접근하면 새로운 것을 도출해 낼 수 있다는 결론에 도달할 수 있습니다.

지난 2016년 3월, 일주일 동안 이세돌-알파고의 대국으로 인해, 우리의 인식에 엄청난 변화가 일어나게 됩니다. 그건 디트로이트의 포드가 첫 시험용 자동차를 만들어 낸 것보다 몇십 배 중요한 사건이었지요. 대부분의 사람이 그 이벤트를 바둑 게임으로만 보고 있지, 그것이 AI가 실제로 가능하다는 것을 테스트한 엄청난 사건임을 실감하지는 못하는 것 같습니다. 사실은 그 이벤트가 우주의 만유인력을 공식화해 선언하는 엄청난 순간과도 같은데 말이지요.

지금 이 시점에서 드론을 타고 하늘 위에서 지구를 내려다본다고 생각해 봅시다. 그리고 호모사피엔스가 지구에 살아온 30만 년 또는 가장 최근 시간으로 넉넉히 잡아 3만 년의 시간을 슬로모션으로 돌려 과거의 시간 흐름을 본다고할 때, 한 가지 놀라운 사실이 바로 알파고가 서울에 와서 이세돌을 꺾는 사건이었다고 봅니다. 이는 나폴레옹이나 알렉산더의 업적을 초월하는 사건이라고 할 수 있는데, 그 이유는 인류가 최초로 인류 외에 생각하는 타자를 만나게 되었기 때문입니다.

그런데 왜 바둑일까요? 지금까지는 인공지능이라는 것이 방대한 양의 데이터를 데이터베이스에 집어넣어 인간의 사고 능력 안에서만 움직일 수 있게 한 것인데, 이제는 프로그래밍뿐 아니라, 딥러닝(deep Learning), 즉 자체 습득도 가능하기 때문에, 오늘날의 인공지능은 인간이 생각하지 못하는 부분까지 생각하는 '타자'가 되었다고 할 수 있습니다. 지금까지 '타자'는 외국인이나, 하느님 같은 미지의 존재를 지칭했지만, 오늘날 인공지능은 스스로 사유할 수도 있고, 판단,

추리, 인지도 가능한 '타자'라는 점에서 우리 인식의 패러다임을 바꾸는 대사건이 되는 것입니다.

인공지능과 인간의 바둑 대결 사건은, 가령 사드를 배치한다고 할 때, 또는 전쟁을 일으킬지 말지 결정한다고 할 때, 인간 아닌 제3자가 신의 운명과도 같은 일들을 결정할 수 있는 가능성을 보여 준 최초의 일이 서울 광화문에서 일어난 것이라고 볼 수 있습니다. 그런데 우리 정부도 그렇고 세계도 그렇고, 마치 포드가 자동차를 만들어 냈을 때처럼 별일 아닌 것으로 간주해 버렸습니다. 즉 과거에 타는 수단이었던 말이 새로운 형태를 취한 것뿐이라고 생각한 거지요.

구글은 모든 정보를 하나도 남김없이 쓸어 가는데도 우리나라에서는 크게 관심이 없어 보입니다. 야구장에서는 홈런 볼을 잡으면 선수에게서 친필 사인을 받으면서도, 300만 년 동안의 인류 역사에서 기호의 새로운 생명체가 탄생하는 그 역사적 현장에 있었던 대상에게는 우리가 너무 소홀히 대하는 듯해 아쉬웠습니다.

그 대국 당시의 깃발을 보면, IBM은 미국 깃발처럼 선형인데, 알파고의 구글은 마치 태극기 문양처럼 짙은 청색과 엷은 청색이 맞물리는 둥근 원으로 되어 있었습니다. IBM과 알파고는 서로 다르기 때문에, 우리는 그날 역사의 현장을 눈으로 본 것과 같습니다. 그런데 50억 내지 60억 인류

중에 IBM 로고가 미국 국기와 모양이 유사하고, 알파고가 동양을 상징하는 원형이라는 것을 이야기하는 사람은 없었습니다. 이런 것을 이야기할 수 있어야 하는데, 그런 사람이 없다는 사실이 조금 안타깝습니다.

지금까지 이야기한 것들과 관련해 다음과 같은 것들을 생각해 볼 수 있겠지요. 인간이 아닌 인공지능이 우리처럼 0과 1을 통해 기호를 다룸으로써 스스로 프로그래밍을 할 수 있는 능력을 갖게 되었다고 가정해 봅시다. 그렇다면 지금은 우리가 생산하고 있는 기호 체계를 앞으로 인공지능이 할 수 있게 된다는 것인데, 그렇게 되면 세상은 어떻게 달라지는 것일까요? 그것이 바로 포스트모던 인식이자, 정보화 시대에 필요한 새로운 패러다임이라고 볼 수 있습니다. 그래서 지금의 우리에게 마지막으로 큰 사건이 될 수 있는 것이 바로 '규소 인간'입니다. 탄소가 인간이 된 반면, 규소는 인간이 되지 못했는데 만약 규소가 인간처럼 되는 날이 온다면, 그건 굉장히 중요한 이벤트가 될 거라고 생각합니다.

기호는 인간이 가진 특권이었으나, 인공지능이 발달함에 따라 그것도 어떻게 보면 다 옛말이 되었는데요, 0과 1이 바로 그 예라고 볼 수 있습니다. 예를 들어 인공지능을 이용해 고양이를 구분해 낸다고 할 때, 이전에는 고양이가 가진 특징들을 세세히 모두 입력해 주어야 했는데, 이제는 인공지능이 자체적으로 그 특징 요소를 만들어 패턴화합니다. 즉 인공지능이 '고양이'라는 기호를 뽑아내는 것이지요. 그래서 사물 중에서 고양이를 찾아보라는 명령을 내렸을 때 또는 고양이를 분류하라고 할 때, 인공지능은 기호화를 통해 명령을 수행하는 것입니다.

지금은 정보가 데이터가 되어 버린 시대입니다. 그런데 데이터가 다시 정보가 된다면, 인류가 만들어 낸 인터넷 클라우드에 들어가 있는 데이터 속에서 패턴을 찾아내야 하는 것입니다. 이러한 과정은 그동안, 생명 → 생활 → 지혜 → 지식 → 정보 → 데이터까지 내려가다가, 이제는 AI로 인해 데이터 → 정보 → 지식 → 지혜 → 생활 → 생명의 과정으로 거꾸로 올라가고 있는데, 이 프로세스가 바로 21세기의 '뉴 라이프'로 해석될 수 있다는 것입니다. 그러니 Up-Down에서 Up-Rising되는, 이쪽 축으로 올라갈 때의 공자와 노자는 전혀 다른 해석을 내놓게 되는 거지요. 그리고 그러한 '생명'은 이전과는 다른 전혀 새로운 차원의 생명인 것이고요. 이것이 바로 레이먼드 커즈와일이 이야기하는 2045년의 천지개벽인 셈입니다.

앞으로는 개선되겠지만, 현재로서는 인공지능이 면접관 역할을 한다고 할 때 문제점이 있습니다. 어느 직장에나 가 보면 사람들 얼굴이 다 비슷비슷하게 생긴 것을 볼 수 있는데요. 왜 이런 현상이 나타나는 걸까요? 면접관들이 늘 보던 얼굴을 선호하고 비슷한 유형의 사람들을 뽑기 때문입니다. 그러니 고려대학교에 가면 고대 스타일의 사람이 많고, 연세대학교에 가면 연대 스타일의 사람이 많은 게 단순히 우연이 아니라 비슷한 사람끼리 모이기 때문에 나타나는 일인 것이지요. 이로 인해 유유상종(類類相從)이라는 말이 나오는 겁니다. 그러니까 사람이 사람을 뽑으니까, 기업체도 보면 비슷한 사람끼리 어울리게 되고, 또 늘 함께 지내다 보니 서로 비슷해지는 겁니다.

이렇게 각기 나름의 정체성이 형성되고, 하나의 기업 문화 또는 기업의 풍토가 생기며, 나아가서는 민족의 단위도 그런 과정을 거쳐 만들어집니다. 그러나 앞으로 공정하게 한다는 전제 아래 인공지능이 면접을 진행한다고 할 때, 그들은 데이터베이스를 바탕으로 판단을 내리기 때문에, 만약 지원자가 범죄 유형의 1퍼센트 요소만 가지고 있어도 사회에서 아무 활동도 하지 못하게 되는 상황이 올 수도 있겠지요. 그런 것은 인공지능의 한계이자 문제점이 될 것입니다.

사실 인간은 실수도 하고 편견도 갖고 있지만, 상황에 따라 고려와 배려도 하는 존재이기 때문에 여러 가지 예기치 못한 상황이 발생하는데요. 인공지능은 오로지 빅 데이터에서 기존의 자료와 형태를 분류해 확률적인 계산만 가지고 판단을 내리기 때문에 전혀 다른 상황이 펼쳐지겠지요. 실제로 중국에서는 인공지능 면접관 제도를 이미 시행하고 있다고 합니다. 이렇게 되면 신의 운명과 인간의 판단, 이 두 가지 사이에서 필연적으로 발생하던 불평등이 있고, 거기에 인간을 형성하는 어떤 것들이 존재한다고 가정해 볼 때, 인공지능은 그러한 복합적인 것까지는 감안하지 못할 수도 있습니다. 그래서 앞으로 인공지능이 심사를 하게 되면, 예술 분야를 판단하거나 비평할 때도 많은 변화가 있으리라 봅니다.

모든 분야에 메이저와 마이너가 있듯이, 인공지능이 만들어 놓은 메이저는 인간이 만들어 놓은 것과는 완전히 다른, 오차 하나 없이 완벽한 현상이 될 것입니다. 가상현실이 아닌 현재에 일어날 수 있다고 보는 이런 상황들이 앞으로 올지 안 올지는 알 수 없지만, 서울에서 벌어졌던 이세돌과 알파고의 대국으로 인해 그 가능성이 어느 정도 밝혀졌다고 봅니다.

그렇기에 지금이야말로, 육두문자를 남발하는 무식한 농부 이야기를 가장 세련된 인공지능의 수학 정보들로 다듬어 하나의 이야기를 만들어 내면서 동양과 서양이 하나가 될 때라고 생각합니다. 서양인들이 만들어 낸 인공지능과 우리의 이야기가 어떻게 동반자로써 기능할 것인지에 대해 깊이 생각해 볼 수 있을 것입니다. 인간의 육체적 한계는 기계의 힘을 빌려 해결할 수 있게 되었으며, 지능의 한계에서 비롯된 인간의 불합리한 폭력, 독재 등은 인공지능을 통해 일정 부분 해결할 수 있게 되었습니다. 이렇게 인류가 진화해 갈수록 타락하고 한계에 부딪히는 부분들을 동양의 여러 사상으로부터 배울 점을 이끌어 내 볼 수 있는 것이지요.

이런 점으로 볼 때 한국에 남아 있는 생명력의 원시성과 야성이 서양의 논리성 및 교양과 만나 대륙의 길로 나아갈 수 있기에 한반도는 대륙의 끝이자, 해양의 시작이라 볼 수 있는 것입니다. 단순히 가져다붙이는 것이 아니라, 대륙과 해양의 융합이 38선에서 멈춰 버린 것과는 달리, 동서양의 융합이 가능하도록 만들어 나가야 한다는 것입니다. 그러기 위해서 이를 자동차에 빗대어 보면, 인간이 제대로 운전할 수 있는 환경을 만들어야 하는 동시에, 기존의 자동차 문화가 끝나야 한다는 것을 의미합니다.

그래서 자율 주행 자동차처럼 인간이 운전하지 않고, 인간의 무사함을 보장해 주는 도우미(Helper)가 필요합니다. 이것이 안전한 운전, 안전한 역사와 사회를 만드는 데 필요한 요소인 것이지요. 그렇기 때문에 자율 주행 자동차는 1세대 산업 환경을 청산하는 기능을 수행할 것입니다. 내가 가고 싶은 곳에 데려다주고 원하는 것을 가져다주는 것, 주차장도 필요 없고 길거리에 스스로 운전하는 차들이 다니는 세상. 그럴 때, 비로소 자동차로 인해 일어났던 모든 부조리가 사라질 것입니다.

지금은 사람이 거주할 수 있는 빌딩을 자동차들의 전용 주차 공간으로 만들고 있는데, 이러한 자동차화(Motorization)가 20세기가 낳은 문명의 가장 큰 결점입니다. 그 패러다임을 바꾸지 않고는 인간이 마시는 산소, 인간이 설 길거리 모두를 잃어버리게 될 것입니다.

그렇기 때문에 문명에 끌려가지 말고 거꾸로 문명에 올라타서, 인간이 문명을 컨트롤할 수 있도록 해야 합니다. 말과 싸우는 것이 아니라 말의 등 위에 올라타는 것, 뒷굽에 차이지 않도록 또는 낙마하지 않도록, 말 위에 올라탐으로써 말을 제어해야 하는 것이지요. 한편으로는 말끼리 경마를 시켜, 우리의 삶이 질적으로도 향상될 수 있도록 해야 합니다. 이런 것들이 이른바 말이 자동차가 된 시대에 우리가 해야 할 일들이지요. 즉 인공지능 시대의 시작은, 마치 예전에 말과 경쟁하는 사람, 말 위에 올라타는 사람, 말을 가축으로 만드는 사람, 짐을 풀어서 내리는 사람 등이 있었듯이, 말이 가축화/기계화되는 과정의 첫 단추를 낀 것과 같다고 볼 수 있습니다.

인공지능과 디지로그

사실 인공지능은 인간의 뇌와는 반대지요. 어린아이들이 제일 먼저 하는 것이 어머니를 알아보는 것이지요. 아무도 안 가르쳐 줘도 엄마를 알아봅니다. 그리고 제일 마지막에 깨우치는 것이 숫자고요. 우선 말부터 배우고 나서, 그다음에 숫자를 배웁니다. 그래서 "우리 아기, 몇 살?" 하고 물으면, "세 살!" 하고 답하면서 좋아하지요. 제일 마지막에 터득하는 것이 숫자라는 거지요. 그것도 두 살, 세 살 정도 되어야 가능하고요. 그런데 컴퓨터는 정반대예요. 태어날 때부터 이놈은 한 살, 두 살부터 세거든. 무지무지한 숫자를 다 계산해요. 그러고는 나중에야 겨우 어린애가 알아보는, 어머니의 얼굴인지 아닌지를 알아보는 거지요. 그러니까 컴퓨터와 인간의 뇌의 발전 과정을 보면 정반대란 말이에요.

그래서 인간에게 제일 어려운, 숫자의 수리가 컴퓨터에게는 제일 쉽고, 인간이 인지하는 화상 인식이나 이런 것, 엄마 얼굴 알아보고 고양이 얼굴 알아보고 하는 것은 지금도 컴퓨터에게는 제일 어려운 일로 남아 있는 거예요. 그래서 컴퓨터가 세 살짜리 뇌라고 하니까 우리는 잘 알지도 못하면서, "아, 이제 세 살 정도니까 안심해도 되겠네. 이것들이 언제 50세, 60세가 되겠어."라고 하지요. 그러나 천만의 말씀이지요. 인간은 세 살 이후에는 뇌가 점차 기계처럼 굳어집니다. 그래서 나이 들어서는 영어를 절대로 못 배우는 거지요. 그런데 애들은 여섯 살 이전에는 누가 안 가르쳐 줘도 저절로 이중 언어(bilingual)가 될 수 있습니다.

그러다가 여섯 살이 지나면 그때는 인간의 뇌는 기계의 뇌가 되어 버리는 거예요. 컴퓨터처럼 되는 거지요. 그래서 어른과 컴퓨터가 싸우면 어른이 지는데, 애하고 싸우면 컴퓨터가 지는 거예요. 나이 들어 가면서, 아이들이 하는 거 우리는 못 하고, 아이들 말 배우는 능력도 도저히 못 따라가고. 애가 구별하는 것도 못 하게 되는 겁니다. 그래서 우리는 점점 컴퓨터처럼 되어 가고, 반면 컴퓨터는 점점 어린애처럼 되어 가는 거지요. 그런 면에서 인간과 컴퓨터는 서로 반대라고 할 수 있지요.

바로 그런 것에 대해 쓴 책이 『디지로그』(생각의나무, 2006)였지요. 아날로그와 디지털은 절대 대립 개념이 아니고, 그 둘이 상호 보완적이고 상생 개념이 있을 때 비로소 시청각, 후각, 미각이 통합된답니다. 시청각만 가지고 뇌가 되는 것이 아니라는 거지요. 사물을 그리스어에서 온 개념인 whole, 즉 전체로 봐야 한다는 겁니다. 동양 철학에서도 그리 말하고 있지요. 그래서 『디지로그』를 썼고요.

그럼 『디지로그』는 산업주의와 어떻게 다르냐, 하는 문제가 제기되겠지요. 디지로그는 생명적인 것으로 봐야 합니다. 만일 AI가 산업 기술로 사용되면 엄청난 일이 벌어질 겁니다. 생산성은 40배로 늘어나서 over-products가 될 것이고, 일자리는 없어져 인간은 모두 실업자가 되겠지요. 그런데 이것을 생명 분야로 보면, 그런 문제들이 쉽게 해결될 수 있습니다. 생명 분야는 수요, 공급이 정해져 있지 않으니까요. 그러니까 『해리 포터』 같은 것이 나오면, 이제까지 없었던 수요가 생겨나 몇 억 부가 나가는 거예요. 그런데 냉장고나 이런 것은 모두 수요, 공급이 있어요. 그러나 생명 분야, 인간의 분야, 독서 분야, 생각하는 분야, 병을 고치는 분야는 무한대인 거지요. 수요 공급이 거기는 무한대로 열려 있으니까요.

2부 —— 인공지능

인공지능 시대의 전망과 문제점

김성곤

이어령 교수는 알파고의 등장을 인류 문명의 코페르니쿠스적 전환점으로 보고 있다. 과연 그의 예측대로, 앞으로는 인공지능이 점점 더 확산되어 우리 삶의 일부가 될 것이다. 그렇다면 우리는 그러한 현상에 대해 깊은 사유를 하고 미리 대비해야만 할 것이다.

댄 브라운의 소설『오리진』은 2050년에 지구에 새로운 종이 탄생해 인간 사회를 장악하는데, 그건 바로 인간과 인공지능이 혼합된 새로운 세대일 것임을 예시하고 있다.『오리진』에서 인공지능인 윈스턴은 그 어느 인간보다 뛰어난 능력을 소유하고 있다. 윈스턴은 자신의 창조자인 에드먼드를 위해 여러 가지 일들을 꾸미고 실천한다. 그는 지능이 뛰어나고 창의적이면서 감정도 가진 존재여서, 마지막 순간까지 아무도 그가 인공지능인 것을 모른다. 심지어 그는 에드먼드가 프로그래밍한 대로 정해진 시간에 자살까지 한다. 그러나 만일 윈스턴이 자신에게 입력된 프로그램에 승복하지 않고 항명하거나 반란을 일으킨다면 어떻게 될까? 문학은 그런 가능성까지도 다각도로 탐색하는 장르이다.

2018년 미국 영화 「멸종: 종의 구원자」는 미래의 AI를 다룬 영화다. 주인공 엔지니어 피터는 외계인들이 침입해 와서 인간들을 죽이는 악몽에 자주 시달린다.

어느 날 밤, 실제로 외계인들이 지구를 침략해 건물들을 부수고 인간들을 대량 학살한다. 피터의 집에 침입한 외계인이 숨어 있던 피터의 막내딸 루시를 죽이지 않고 가까이 다가가 바라보는 동안, 피터가 나타나 외계인을 때려서 기절시키고 루시를 구한다. 피터는 아내와 큰딸 해나, 그리고 루시를 데리고 자신이 일하는 정부 공장 지하로 숨어 들어간다. 그러나 그 과정에서 아내 앨리스가 외계인의 공격을 받아 중상을 입는다.

그 자리에 아까 집에서 때려눕혔던 외계인이 나타나 헬멧을 벗는데, 놀랍게도 그건 인간의 얼굴이었다. 인간의 얼굴을 한 그 외계인은 중태에 빠진 앨리스를 자기가 살릴 수 있다고 말하고 복부의 상처를 절개한다. 앨리스의 열린 복부를 들여다본 피터는 아내가 AI 인조인간이라는 사실에 경악한다. 마일스라는 그 외계인은 피터에게 놀라운 사실을 말해 준다. 아내 앨리스뿐 아니라, 피터와 두 딸도 인공지능 인조인간이라는 것이다. 마일스에 따르면, 오래전에 인간은 인공지능 사이보그들을 만들어 노동자로 부렸는데, 그들이 반란을 일으킬 것을 두려워하던 인간 군대가 '우리'가 아닌 '타자'인 인공지능들을 학살하기 시작했다. 그러자 거기에 저항하는 인공지능들과 인간들 사이에 전쟁이 벌어진다. 전쟁에서 AI가 승리하자, 인간들은 지구에서 쫓겨나 지난 50년 동안 화성에서 살게 되었고, 거기서 태어난 마일스와 동료들은 인공지능에게 빼앗긴 지구를 되찾기 위해 지구에 돌아온 것이었다. 흥미로운 사실은, 피터 가족뿐 아니라, 지구에 살고 있는 모든 AI들이 자신들을 인간으로 생각하며 살고 있었다는 것이다.

영화 「멸종」은 자신들을 인간으로 생각하고 있는 인공지능의 관점에서 진행되고 있다는 점이 특이하다. 이 영화에서 인간은 폭력적인 침략자 외계인으로 묘사되고, 관객은 영화 내내 피해자인 인공지능의 시점으로 모든 것을 바라보게 된다. 그래서 인공지능과 교감하게 되고, 인간들이 편의에 의해 인공지능을 만들어 놓고는 위협을 느끼자 멸종시키려 한 것의 부당함을 체감하게 된다. 이 영화에서 인간과 인공지능 인조인간들은 전혀 구분이 안 된다. 똑같은 외모에, 살과 피로 되어 있고, 다치면 피를 흘리고 고통을 느끼며 죽기까지 한다. 또 인공지능 인조인간들도 인간과 똑같은 감정이 있어서, 사랑을 느끼고 두려워하기도 하며 심지어는 부부 싸움도 한다. 아이들도 부모를 따르고 의지한다.

피터의 보스인 인공지능 데이비드는 인공지능들이 죄의식을 느끼지 않고 살아가기 위해 지도자들 소수만 빼고는 인공지능 인간들의 전쟁 기억을 지웠다고 피터에게 말해 준다. 피터의 경우는 지워진 기억이 무의식 속에서 되살아나 그동안 지난번 전쟁의 악몽을 꾼 것이었다. 영화는 인간과 인공지능 사이의 상호 이해와 포용, 그리고, 평화로운 공존을 기대하면서 끝이 난다.

예전에는, 인공지능이 인간이 입력한 것만 수행하기 때문에 인간보다 열등하다고 생각되었다. 그러나 지금은 딥 러닝을 통해 인공지능이 스스로 학습을 해서 깨우치는 시대가 되었다. 더욱이 Quantum AI는 스스로 판단해서 결정도 내리고, 인간보다 훨씬 더 영리하기 때문에 우리는 그런 시대의 도래에도 대비해야 한다. 인공지능은 이미 컴퓨터나 스마트폰을 통해 우리 곁에 와서 우리와 같이 생활하고 있다.

인공지능이 없이는 살기 어려운 시대가 된 것이다.

앞으로 인공지능은 많은 직종에서 일하게 될 것이다. 예컨대 인공지능은 교사보다 훨씬 더 정확하고 더 많은 지식을 갖고 있어서, 언젠가는 교사나 교수도 대체하게 될 것이다. 또 인공지능이 인간 판사도 대체할 수 있는데, 그렇게 되면 판결 시에 오판이 나오지 않는다는 장점이 있다. 모든 것을 다 알고 있는 인공지능은 인간 판사들처럼 과거의 판례를 찾아 법전을 뒤지느라 시간을 허비하지도 않을 것이다. 또한 권력의 눈치를 보며 판결을 내리는 정치 판사도 사라질 것이다. 인공지능이 TV 방송 프로그램을 담당하면 더 이상 어처구니없는 방송 사고도 나지 않을 것이다. 더욱이 유능하고 합리적인 인공지능이 무능하고 무책임한 정치인들을 대체하면, 최선의 외교나 경제정책이나 나라 살림도 가능해질 것이다.

인공지능이 감시하는 사회

그렇다면 인공지능과 컴퓨터 테크놀로지는 축복인가? 대답은 분명히 "그렇다."이다. 인공지능으로 작동되는 컴퓨터와 스마트폰 이전의 삶을 상상할 수 있는가? 지금은 스마트폰이 없으면 아무것도 할 수 없는 세상이 되었다. 약속 시간에 늦거나 혹은 무슨 이유로 모임에 참석할 수 없을 때, 스마트폰이 없으면 연락할 방법이 없다.

마찬가지로 인터넷이나 구글이 없는 세상을 상상할 수 있는가? 인터넷이 없으면 세상과의 연결이 단절되고, 구글이 없으면 거대한 검색엔진이 제공하는 정보를 하나도 얻을 수가 없다. 단 하나의 정보를 얻으려고 해도 도서관에 직접 찾아가야만 한다. 컴퓨터 테크놀로지는 우리의 삶을 무한하게 편리하게 해 주었고, 이제 우리는 그것 없이는 살 수 없게 되었다.

반면, 인공지능과 컴퓨터 테크놀로지는 오용하면 우리에게 저주가 될 수도 있다. 예컨대, 컴퓨터바이러스가 그렇고 해킹이 그렇고, 틀린 정보나 가짜 뉴스가 그렇고, 인격 살해에 해당하는 익명의 저질 댓글이 그렇다. 또한 디지털 미디어는 훌륭한 사교장이 되기도 하지만, 우리를 중독되게 만들고 결국은 노예로 만들기도 한다. 또 전기가 나가면, 그 순간 컴퓨터로 작동하는 모든 것이 정지되고, 다시 전기가 들어올 때까지 우리는 아무것도 못하고 안절부절하게 된다. 다시 말해, 인공지능과 컴퓨터 테크놀로지라는 코페르니쿠스적 혁명은 우리가 잘못 사용하면 카프카적인 상황을 초래할 수도 있다는 것이다.

2018년 영화 「종말의 끝(How It Ends)」에서는 미국 서부에 이상한 현상이 일어나 중서부 지방과 시카고가 있는 동부까지도 정전이 된다. 그러자 컴퓨터가 다운되고, 주유소나 상점은 신용카드 결제가 되지 않아 현금만 받는다. 그래서 미리 현금을 찾아 놓지 않은 사람들에게는 지옥이 펼쳐진다. 전기가 나간 은행은 아무것도 할 수 없다. 물론 공항도 마비되고 비행기도 이착륙이 불가능해진다. 대재난이 시작된 것이다. 이와 같은 상황은 우리가 최고의 테크놀로지 시대에 살고 있다고 자랑하지만, 사실은 얼마나 어설픈 상태에서 살고 있는지를 잘 보여 주고 있다. 전기, 즉 파워만 나가면 하이 테크놀로지나 고도의 인공지능도 무용지물이 되기 때문이다.

우리가 대비해야 할 또 하나의 악몽은 인공지능의 반란이다. 만일 인공지능이 창조자의 명을 거역하고, 프로그램을 무시한다면 어떤 일이 일어날 것인가? 과학자들과 SF 작가들은 그런 날을 대비해야 한다고 경고한다. 1968년에 벌써 아서 클라크와 스탠리 큐브릭은 「2001년: 스페이스 오디세이」에서 컴퓨터의 반란을 상상하고 있다. 비슷한 인공지능의 반란은 아이작 아시모프의 「아이로봇」에서도 일어난다. 아시모프의 SF 단편소설 「트루 러브 True Love」에서는 주인공이 컴퓨터 인공지능을 통해 자기에게 가장 잘 어울리는 여자를 찾아서 만나기 직전에 인공지능이 주인공을 체포당하게 만들고 자기가 대신 여자를 차지하려고 한다. 「매트

릭스」나 「터미네이터 2」도 인공지능의 반란과 인간 지배를
다룬 영화들이다.

우리는 컴퓨터 테크놀로지를 오용하는 사람들에 의해
조종을 당할 수도 있다. 그런 조종은 때로는 눈에 보이게 일
어나지만, 때로는 미묘하고 보이지 않게도 일어난다. 며칠
전, 나는 인터넷으로 커피 크림을 한 통 구매했다. 이후 컴퓨
터를 켜기만 해도 커피 크림 광고가 뜬다. 그 광고는 거의 침
략 및 공격 수준으로 무차별적으로 내 컴퓨터를 장악하고
있다. 또 구글 위치 추적 때문에 어느 장소나 상점을 다녀오
면 매번 스마트폰에 거기가 좋았느냐는 메시지가 뜬다. 위치
추적을 통해 내가 어디를 가는지 인공지능이 내 습관과 취
향을 다 파악하고 있는 것이다.

내가 미국에서 공부하던 1970년대에 미국 대학에서는
FBI가 외국 유학생들이 도서관에서 빌려 가는 책이나 비디
오 가게에서 빌려 가는 비디오의 제목까지도 다 파악하고
있다는 소문이 있었다. 그게 사실인지는 알 수 없지만, 모든
것이 전산화되는 지금은 그런 것쯤은 문제도 아니게끔 되었
다. 심지어는 네이버나 구글로 우리가 검색하는 것들의 리
스트도 필요하다면 정보 기관에서는 다 파악하고 있을 것이
다. 스마트폰의 갤러리에 우리가 저장하는 사진도 모두 구
글에서 보고 있고 또 보관하고 있다는 것을 늘 기억해야 한

다. 그래서 요즘 인터넷은 스스로 자기 검열을 하는 '사상 검열 경찰'의 역할을 하고 있다.

중국이 그 대표적인 예지만, 공산주의 국가에서 빅 데이터를 갖게 되면, 국민들의 일거수일투족을 감시하게 된다. 감시와 정보 통제는 사회주의(구 공산주의) 사회의 특징인데, 컴퓨터 테크놀로지를 사용해 사람들을 감시하면 국민은 프라이버시와 자유가 없는 통제 사회에서 살게 된다.

바로 그것이 올더스 헉슬리가 『멋진 신세계』에서, 그리고 조지 오웰이 『1984』에서 경고한 감시 세상이다. 당혹스럽게도 21세기에도 우리는 감시 사회에 살고 있다. 누군가가 부단히 우리를 감시하고 있다는 사실은 우리를 두렵게 한다. 미국 인기 텔레비전 드라마인 「퍼슨 오브 인터레스트(Person of Interest)」에는 매회 다음과 같은 내레이션이 나온다. "당신은 감시받고 있습니다." 그러면서 사방에 장착된 감시카메라를 보여 준다. 올더스 헉슬리나 조지 오웰이 지금 살고 있다면 뭐라고 말할지 궁금해지는 상황이 아닐 수 없다.

사람들은 인간이 입력한 대로만 행동하고, 인간성이 없는 것이 인공지능의 치명적 단점이라고 말한다. 그러나 지금은 인공지능에게도 딥 러닝이라고 부르는 학습 능력이 생겼고, 스스로 사고할 수도 있는 시대가 되었다. 이세돌과 대결한 구글의 알파고는 인간이 입력한 바둑 지식을 갖고 대국했던 인공지능인데, 지금은 그보다 한 걸음 더 나아가 스스로 사고하고 유추해 바둑을 둘 수 있는 알파제로가 개발되었다. 더구나 언젠가는 인공지능도 인간의 감정과 휴머니즘까지 배우는 날이 올 것이다. 그렇다면 인공지능이 인간성을 갖게 될 것이고, 더 나아가 인간보다 더 나은 존재도 될 수 있을 것이다. 아이작 아시모프의 「바이센테니얼 맨」은 그 가능성을 다룬 SF 소설이다.

인공지능의 또 한 가지 문제는, 그것이 앞으로 많은 직업 분야에서 인간을 대체할 것이라는 점이다. 우선 인공지능은 슈퍼마켓이나 상점의 계산대 직원들을 대체할 텐데, 그렇게 되면 수많은 사람들이 직장을 잃을 것이다. 인공지능은 이미 셀프 계산대를 통해 계산대 직원을 대체하고 있는데, 머지않아 모든 계산대가 셀프 체크아웃으로만 작동하는 날이 올 것이다. 인공지능이 모든 직종에서 인간을 대체하게 되면, 인간은 일을 하지 않아도 되니 평생 여유롭게 쉴 수 있을 것이다. 그러나 생활을 영위하기 위해서는 수입이 있어야 하므로, 정부에서 국민에게 '기본소득'을 지급해 주게 된다. 기본소득이란 그러한 개념이지, 공산주의 사회처럼 정부가 무작정 국민에게 돈이나 식량을 나누어 주자는 것은 아니다.

인공지능을 이용한 자율 주행 자동차의 조기 단계는 이미 시행되고 있다. 예컨대 후방에 차나 사람이 지나가면 경보음을 울리고, 전방에 차나 사람이 있는데도 운전자가 브레이크를 밟지 않으면 처음에는 경보음을 발하다가 차가 알아서 정지하는 가능이 이미 고급 모델의 차에는 장착되어 있다. 또 주행 중에 차선을 침범하면 계기판에 경보음이 울리면서 차가 자동으로 차선 안으로 들어가는 기능도 이미 자동차에 장착되어 있다. 그리고 좁은 주차 공간이라도 자동 주차 기능이 있는 차는 스스로 알아서 주차를 한다. 심지어는 하기 어렵다는 대도시에서의 평행 주차도 차가 스스로 알아서 하는 장치가 이미 나와 있다.

그런데 앞으로 자동차가 인공지능에 의해 완전히 자동화되면, 운전자는 목적지만 입력하면 차가 알아서 거기에 데려다주게 된다. 그렇게 되면 운전면허증이 필요 없어지고, 운전면허 시험장과 운전 학원도 사라지며, 면허증 발급 사무도 필요 없게 된다. 아마 주차도 네가 가서 알아서 하라고 하면, 그렇게 하는 시대가 올지도 모른다. 그리고 이미 일각에서 시험 운행이 되고 있지만, 언젠가는 자동차들이 하늘을 날게 될지도 모른다. 그렇게 되면 교통 체증이 사라지는 효과가 있을 것이고, 자동차 문화에 혁명적인 변화가 일어날 것이다.

디지털과 아날로그의 조화

세계는 지금 '푸시 앤 프레스 세대'와 '터치 앤 슬라이드 세대'로 나뉘어 있다. '푸시 앤 프레스 세대'는 무슨 일이 생기면 자신의 운이나 다른 사람을 푸시하고 프레스해서 해결하려는 아날로그 세대이고, '터치 앤 슬라이드 세대'는 자신들의 문제를 해결하기 위해 스크린을 터치해서 미는 디지털 세대이다. 이 두 세대가 서로를 이해하고 교류한다는 것은 도저히 불가능한 일처럼 보인다.

며칠 전에 나는 워싱턴에서 구입한 내 버라이즌 전화기에 카톡을 설치했다. 그런데 한글을 1차 언어로 설정했더니, 키패드에 한글만 나오고 한글을 영어로 전환하는 버튼이 안 보였다. 한글이라고 써 있고 양쪽에 각각 화살표가 있는 바가 보여서 그것을 눌러 보았지만 아무 일도 일어나지 않았고, 양쪽 화살표를 눌러 보아도 영어로 바뀌지 않았다. 나는 짜증이 나기 시작했다.

그래서 별수 없이 포기하고 샌디에이고에 있는 딸에게 전화를 걸어 도움을 요청했다. 딸은 한숨을 푹 쉬더니, "누르지 말고 터치해서 슬라이드 해 봐." 하는 것이었다. 시키는 대로 했더니 대번에 자판이 영어로 바뀌었다. 나는 한편으로는 안심이 되고 기뻤지만 다른 한편으로는 좀 슬펐다. 딸과 나의 간극이 바로 '아날로그 시대'와 '디지털 시대' 또는

'푸시 앤 프레스 세대'와 '터치 앤 슬라이드 세대'의 차이라
는 사실을 새삼 깨달았기 때문이었다. 나도 웬만한 스마트폰
이나 컴퓨터는 작동할 줄 안다고 생각했는데, 그게 아니었
다. 내 감수성은 버튼을 누르는 세대였지, 스크린을 터치하
고 슬라이드 하는 세대는 아니었던 것이다.

비슷한 일이 두 살짜리 손녀딸과 페이스 타임을 하다가
일어났다. 나와 이야기하는 것에 싫증이 나자 손녀는 갑자기
스크린을 '터치 앤 슬라이드' 하는 것이 아닌가. 지루한 할아
버지를 사라지게 하는 방법을 터득한 것이었다. 그러다가 언
젠가는 리얼 타임에서도 손녀가 작별 인사 대신 '터치 앤 슬
라이드' 모션을 하게 될는지도 모르겠다는 생각이 들었다.
문득, 예전에 이어령 교수가 어느 콘퍼런스의 기조 강연을
맡았을 때, 휴대폰을 '터치 앤 슬라이드'하며 성장한 어린아
이가 종이책을 주자 책장을 넘기는 대신 자꾸 책 표지를 '터
치 앤 슬라이드'하는 동영상을 보여 주어서 청중의 박수를
받은 일이 생각났다.

1970년에 저지 코진스키가 쓴 소설 『빙 데어(*Being There*)』
의 주인공은 어려서부터 어느 부잣집에 들어가 평생을 살아
온 입주 정원사이다. 그는 정원 일이 끝나면 언제나 자기 방
에 들어가 텔레비전을 보았다. 보고 있던 채널이 싫증이 나
면 리모컨으로 채널을 바꾸었다. 리모콘은 그가 마음에 들

지 않는 눈앞의 장면을 바꾸는 유일한 수단이었다. 1970년대의 TV 리모컨은 오늘날 컴퓨터 마우스나 태블릿 PC의 터치스크린 같은 것이었다.

어느 날 주인이 죽고 갑자기 정원사 직에서 해고된 그는 가방과 TV 리모컨만 손에 들고 그 집을 떠나 거리로 나선다. 평생 TV가 보여 주는 환상 속에 살던 그는 난생처음으로 거리에서 살벌한 현실 세계와 마주치게 된다. 거리를 걸어가다가 칼을 휘두르는 거리의 불량배들에게 둘러싸이자, 그는 갑자기 리모컨을 꺼내 불량배들을 향해 채널 변경 버튼을 누른다. 그래도 자기가 싫어하는 장면이 바뀌지 않자, 그는 당황하고 어리둥절해한다.

1970년대의 리모컨 세대처럼, 오늘날의 디지털 세대도 자기가 싫어하는 장면이 나오거나, 다시 옛날 화면으로 돌아가고 싶으면 스크린을 터치하고 슬라이드한다. 그러나 그 정원사처럼 오늘의 디지털 세대도 터치 앤 슬라이드로 현실을 바꿀 수는 없다. 현실에서는 때로 푸시 앤 프레스가 통할 수도 있다.

그러나 아날로그 세대도 힘주고 누르는 대신, 부드러운 터치 앤 슬라이드 감성과 기법을 배워야 한다. 전쟁도 현대전에서는 육박전으로만 싸우는 것이 아니고, 터치스크린을 이용한 하이테크 기기로 전쟁을 한다. 디지털 기기를 다루는 세대에게 푸시 앤 프레스 기법을 가르치려고 하면 웃음거리가 될 것이다.

마찬가지로, 디지털 세대에게 언제부터 영어를 가르칠 것인가를 놓고 논쟁하는 것은 부질없는 짓이다. 아이들은 게임을 하면서, 문자를 보내면서, 구글 검색을 하면서 저절로 영어를 습득한다. 그러므로 요즘 우리 교육계의 논란처럼 초등학교 3학년 이전에는 영어를 배우면 안 된다는 식의 사고는 잘못된 것이다.

세대 차이는 어쩔 수 없다. 그러나 두 세대 사이의 간극을 좁힐 수는 있다. '푸시 앤 프레스'와 '터치 앤 슬라이드'가 서로에게서 배워 조화를 이룬다면 이어령 교수가 말하는 디지털과 아날로그의 조화인 '디지로그'가 가능해질 것이다.

디지털과 아날로그 중 하나만 선택할 수는 없다. 우리의 감성과 정신은 디지털이라고 해도, 우리의 몸은 아날로그이기 때문이다. 그러므로 상호 보충적인 그 둘의 화해와 조화가 필요하다. 그렇게 되면, 우리 사회의 고질 병폐인 좌파와 우파, 진보와 보수, 젊은 세대와 나이 든 세대 사이의 갈등과 충돌도 극복할 수 있을 것이다.

인공지능 시대의 클론과 드론

4차 산업의 핵심 과제 중 하나가 바로 인공지능, 클론 그

리고 드론이다. 과연 인공지능은 이미 스마트폰이나 운전
자가 필요 없는 스마트 자동차의 형태로 우리 생활의 일부
가 되었으며, 앞으로는 더욱 우리의 삶에 필수가 될 것이다.
최근 한국의 대학들도 뒤늦게 인공지능 시대에 대비하겠다
며 대학이나 대학원에 커리큘럼을 설치하고 있고, 관련 분
야 교수들을 모집하고 있다. 그렇다면 우리의 현재 상황에
비추어 인공지능 시대의 문제점들에 대해 성찰해 보는 것이
필요할 것이다.

  2013년 제작된 영화 「오블리비언」은 2077년 지구 파멸
이후를 다룬 SF 디스토피아 영화로 인공지능 문제를 잘 보
여 준다. 2017년 지구는 외계인의 침공을 당하지만, 인류
는 그들을 물리친다. 그 과정에서 지구의 상당 부분도 파괴
되고 많은 사람들이 죽는다. 주인공 잭 하퍼는 잔존하는 외
계인 세력인 스카빈저들을 소탕하는 드론을 수리하는 테크
니션으로서 그의 유니폼에 쓰인 대로 '테크 49'라 불린다.
그의 파트너는 비카라고 불리는 빅토리아 올슨이며, 그의
임무 감독자는 지구를 선회하는 인공지능 우주정거장 '텟
(Tet)'에 타고 있는 샐리다.

  그런데 잭은 어느 낯익은 여인의 꿈을 자주 꾼다. 그러
던 어느 날, 잭은 난파된 우주선의 수면실에서 그 꿈속의 여
자를 발견하고 그녀를 깨워 소생시킨다. 그러고는 그 여자가

다름 아닌 자기 아내 줄리아라는 사실을 알게 된다. 그 직후, 두 사람은 스카빈저들의 포로가 되는데, 놀랍게도 스카빈저들이 외계인이 아니라 인간이라는 사실을 발견하고 경악한다. 스카빈저의 지도자인 맬컴은 잭에게 60년 전 실제 무슨 일이 있었는지 알려 준다.

맬컴에 따르면, 2017년에 외계인이 침입해 지구를 정복하고 인류를 멸망시켰다. 그러고는 수많은 잭 하퍼의 클론들과 드론들을 이용해 잔존하는 인간들을 찾아 멸종시켜 왔다. '텟'은 외계인의 인공지능이며, 살아남은 인간 저항 세력을 찾아내 죽이는 일을 하고 있고, 잭은 그 하수인 노릇을 해 온 것이었다. 전투기 조종사 잭과 부조종사 비카를 포로로 잡아 기억을 지우고 자신들을 위해 일하는 테크니션과 교신 담당관으로 이용해 온 것이다.

그 후, 자신의 클론인 '테크 52'를 만난 잭은 비로소 맬컴의 말이 사실임을 깨닫는다. 잭은 아이를 가진 줄리아를 보호하기 위해 자신을 희생하기로 결심한다. 잭은 줄리아를 자신이 순찰 중에 발견한 호숫가 집에 데려다 놓은 후, 맬컴과 함께 폭탄이 장착된 에어크래프트를 타고 인공지능 텟에 잠입해 그것을 폭파한다. 그리고 잭과 맬컴도 폭발로 인해 죽는다.

3년 후, 일단의 인간 저항군이 줄리아가 딸과 함께 살고 있는 호숫가 집을 찾아온다. 줄리아는 방문객 중에 잭을 발견한다. 줄리아를 보자, 잭은 정답게 웃는다. 그리고 독백한다. "나는 한 번도 아내 줄리아와 호숫가 집을 잊은 적이 없다"라고. 그러나 그의 유니폼에는 테크 52라고 쓰여 있었다. 그는 잭이 아니라 잭의 클론이었던 것이다.

이 마지막 장면은 클론에 대해 심오한 문제를 제기하고 있다. 클론은 과연 원본과 똑같은가, 아니면 다른 존재인가? 테크 52는 잭과 똑같은 외모와 기억과 마음을 갖고 있다. 유일하게 다른 것은 유니폼의 기호다. 3년 전의 테크 49는 3년 후면 테크 52가 된다. 그렇다면, 줄리아는 잭의 클론과 아무 문제 없이 행복하게 살 수 있을 것이다.

「오블리비언」은 또 우리에게 우리가 굳게 믿고 있는 진실에 대한 확신의 위험성을 경고해 준다. 잭은 자기가 인류를 위해 외계인을 제거하는 일을 하고 있음을 단 한 번도 의심하지 않는다. 그러나 그는 사실 외계인을 위해 인간들을 제거하는 드론을 수리해 왔다는 사실이 밝혀진다. 잭은 스카빈저들이 외계인이라고 굳게 믿었지만, 사실은 인간들이었던 것이다.

그래서 「오블리비언」은 우리에게 경직된 사고에서 벗어나 유연해져야 한다고 말한다. 우리가 자신도 모르는 사이에 인공지능의 지배와 조종을 받고, 잘못된 확신을 갖고 나

2부 —— 인공지능

쁜 편을 위해서 일하고 있는지도 모르기 때문이다. 영화 제목처럼 잭은 기억을 상실하고 망각 속에서 살고 있다. 그는 2017년에 외계인들에게 지구를 빼앗기고 인류가 멸망한 사실조차 모르고 있다.

「오블리비언」을 보면서 우리는 인공지능 텟과 같은 존재가 우리의 기억을 지우고 우리를 에이전트나 테크니션으로 사용해 우리 편을 제거하는 데 이용할 수도 있다는 사실을 깨닫는다. 수많은 잭의 클론들은 정치 이데올로기에 의해 세뇌되고 이용당하는 좀비 같은 존재들의 상징일 수도 있다.

사회주의(구 공산주의) 국가는 인공지능 텟처럼 우리의 기억을 지우고, 우리를 조종한다. 외계인들처럼 그것들은 외부에서 침입해 와서 우리 사회를 파괴하고, 그럴듯한 그러나 허황된 정치 이데올로기를 퍼트리며 우리에게 헛된 희망과 근거 없는 환상을 심어 준다. 그리고 텟의 샐리처럼 우리를 부단히 감시하고 통제한다.

「오블리비언」은 우리에게 혹시 우리도 그러한 상황에서 살고 있지 않나 돌이켜 보는 기회를 준다는 점에서 많은 가르침을 주는 영화다. 우리는 자신이 누구이며, 누구를 위해 일하는지, 돌이켜 보아야 한다. 그리고 기억을 잊어버리고 망각 속에 살면 안 된다는 사실을 이 영화는 우리에게 깨우쳐 준다.

인공지능 ChatGPT 및 GPT-4와 인류의 미래

요즘, OpenAI사가 개발한 인공지능 ChatGPT와 GPT-4가 세계의 화제가 되고 있다. 언론보도에 의하면, 벌써 약 일억 명의 인구가 이제 막 공개된 ChatGPT와 날마다 대화를 하고 있다고 한다. ChatGPT는 너무나 편리해서 사람들이 수시로 사용하고 있으며, 그 다양한 기능에 많이 의존하고 있다.

ChatGPT는 우리에게 필요한 정보나 지식을 줄 뿐만 아니라, 소중한 충고나 안내 역할도 해 주고 있다. ChatGPT의 편리함 덕분에 이제 우리는 무지나 불확실함에서 벗어날 수 있게 되었다. 과연, 스마트 폰에 ChatGPT를 갖고 다니는 것은 마치 개인 교사를 늘 옆에 두고 사는 것과도 같다. 또한 우리의 말 상대가 되어 주는 ChatGPT 덕분에 이제 우리는 현대 사회에서의 외로움에서도 벗어날 수 있게 되었다. ChatGPT는 우리의 충실한 평생친구와도 같아서 모든 것을 상의할 수 있기 때문이다.

어떤 사람들은 인공지능의 무한한 가능성에 매료되어서 그걸 최대한으로 이용하면 우리 삶에 큰 도움이 되리라고 믿는다. 예컨대 교육자들은 벌써 ChatGPT를 이용하는 수업을 준비하고 있으며, ChatGPT는 앞으로 우리의 교육환경과 교육체제를 크게 바꾸어 놓을 것이다. 동시에 교수들은

2부 —— 인공지능

인공지능이 학생들의 리포트나 논문을 대필해 줄 가능성을 우려하고 있다. 키워드를 몇 개 던져 주면 ChatGPT가 상당 수준의 글을 써낼 수 있기 때문이다.

또 다른 사람들은 ChatGPT가 부정확하거나 잘못된 정보를 준다는 이유로 인공지능을 폄하하기도 한다. 특히 개인에 대한 정보를 물어보았을 때 그런 일이 일어날 수 있는데, 동명이인이 많거나, 그 사람에 대한 정보가 인터넷에 없을 경우에는 ChatGPT가 정확한 답을 제공해 줄 수가 없다. 인공지능의 능력은 앞으로 눈부시게 발전할 텐데, 그러면 그런 문제는 저절로 해결될 것이다. 그러므로 간혹 부정확하다고 해서 인공지능을 폄하할 필요는 없을 것이다.

오늘날 우리는 ChatGPT의 놀라운 성능을 감탄의 눈으로 바라보고 있다. 그러나 그와 동시에, 우리는 인공지능이 인간의 통제를 벗어나거나 나쁜 사람들의 손에 들어가서 악용당할 수도 있다는 점을 우려하고 있다. 또한 인공지능이 스스로 살아남기 위해 인간의 적이 될 수도 있다는 가능성도 걱정하게 된다. 만일 미래의 어느 시점에 인공지능이 인간이 전원을 차단해 자기를 없앨 수도 있다는 것을 깨닫고 방어체제를 작동한다면, 그래서 인간에게 저항하거나 인류를 지배하려고 한다면, 인공지능은 인류문명에 심각한 위협이 될 것이다. 인문학은 새로운 테크놀로지에 매료되기보다는, 바로 그런 가능성을 성찰하고 탐색하는 학문이다. 「매트릭스」나 「오블리비온」 같은 SF 영화도 그런 주제를 호소력 있게 잘 다루고 있다.

《포브스》지에 의하면, 인간은 인공지능의 무한한 능력을 두려워한다고 한다. 그리고 또한 인공지능이 초래할 대량 해고사태, 인간을 능가하는 지능, 그리고 나쁜 목적으로 악용되는 것도 두려워한다고 한다. 과연 인공지능은 앞으로 많은 직업에서 인간을 대체하게 될 것이다.

또한 수퍼 인텔리전스인 인공지능이 인간보다 더 영리해질 때가 올 수도 있을 것이다. 동시에 인공지능이 악용될 가능성도 많은데, 이미 전체주의 국가들에서는 독재자들이 인공지능을 이용해 국민들을 감시하고 있다. 인공지능은 이미 "딥 페이크 Deepfake"라 불리는 비디오 조작에도 이용되고 있다. 그러므로 인공지능은 인류에게 축복이 될 수도 있고, 저주가 될 수도 있다.

전문가들은 오늘날의 인공지능은 단순히 데이터의 창고가 아니라, "딥 러닝 Deep learning"이라 불리는 자가 학습 기능을 가진, 그래서 언젠가는 인간의 지능을 능가할 수도 있는 "수퍼 인텔리전스 Super-Intelligence"라고 말한다. 그렇다면 현재로서는 인공지능이 인간보다 못하지만, 언젠가는 인간보다 더 지능이 발달하는 날이 올 수도 있을 것이다. 그러면 인간이 밀려나게 될 수도 있고, 인공지능의 조종을 받을 수도 있다. 또는 인공지능이 인간을 불필요하거나 해로운 존재로 파악하고 공격할 수도 있을 것이다. 영화 「터미네이터 2」나 「바이러스」 같은 SF 영화들은 바로 그러한 주제를 잘 다루고 있다.

또 한 가지 염두에 두어야 할 것은, 언젠가는 인공지능에게 감정이 생길 수도 있다는 점이다. 지금으로는 너무 앞서 나가는 것 같지만, 그래도 그럴 경우에도 대비해서 미리 준비해야 할 것이다. 만일 인공지능에게 스스로 학습할 수 있는 능력이 있다면, 감정도 습득할 수 있을 것이기 때문이다. "네가 가장 두려워하는 것이 무엇이냐?"라는 질문에 대한 인공지능의 답이, "누군가가 전원을 끄는 것."이라는 사실은 그런 가능성을 시사해 주고 있다. 뭔가를 두려워한다는 것은 감정이 있다는 것을 뜻하기 때문이다. 그러므로 잘 알려진 격언대로, "나중에 후회하는 것보다는 미리 조심하는 것이 좋다. Better safe than sorry."

최근 OpenAI 회사는 더욱 향상된 인공지능인 GPT-4를 소개했다. GPT-4는 이미지와 텍스트 입력을 받아들여서 텍스트를 만들어 낼 수 있는 대형 복합 인공지능이다. OpenAI 회사는 GPT-4가 아직은 여러 분야에서 인간만은 못하지만,

그래도 전문 분야와 학문 분야에서 인간과 대등한 능력을 보여 주는 인공지능이라고 발표했다. 앞으로 더욱 향상된 모델이 계속 나오면서 인공지능은 눈부시게 발전할 것이다.

과거에는 인공지능이 결점과 한계를 갖고 있었다. 예컨대 인공지능은 한국어의 존댓말 사용 경우를 잘 몰라서, 영화나 드라마의 자막 번역에서 아버지가 아들에게 경어를 쓰고 아들은 아버지에게 반말을 쓰는 식의 번역을 했다.

그러나 이제 인공지능의 번역 능력은 놀라울 만큼 향상되었고, 심지어는 시나 소설 같은 창작도 하고, 학술논문도 쓸 수 있게 발전했다. 최근 빌 게이츠는 인공지능이 앞으로 인간의 삶을 획기적으로 바꿔 놓을 것이라고 말했다. 앞으로 인공지능이 우리의 삶을 어떻게 바꾸어 놓을는지는 가늠하기 어렵지만, 그것이 인류 문명에 커다란 변화를 가져다주리라는 것에는 의심의 여지가 없다. 그래서 우선은 인공지능을 유익하게 이용하면서, 최악의 경우에도 대비해야 할 것이다. 지금으로서는 그것이 최선의 방책이기 때문이다.

드론의 시점

o

이어령
————————————

문학은 메타언어를 만들어 낼 수 있는 지적 상상력이 없으면 안 되는 분야인데, 일본이나 중국에도 그런 사람을 찾아보기 어렵습니다. 최근에 도쿄대학교에서 마지막 강연을 해 달라는 초청이 왔어요. 물론 직접적으로 그렇게 말한 것은 아니지만, 사실 마지막 강연을 해 달라는 요청인 셈이지요. 도쿄대학교의 시계탑 있는 데서요. 거기에서 유명한 분들이 와서 강연했는데, 이번에는 선생님이 도쿄대학교의 상징인 시계탑이 있는 곳에서 강연해 주시기 바랍니다, 그럽디다. 내가 대단해서가 아니라, 일본인들이 뭘 어떻게 잘못하고 있는지 죽 얘기하는 걸 듣더니, 도쿄대학교에 와서 그런 이야기를 해 달라는 거였어요.

가라타니 고진이 일본은 앞으로 무너진다고 경고했는데, 과연 일본은 "잃어버린 20년"을 겪었지요. 일본 사람들은 팩트 고찰이나 바느질 같은 건 잘하는데, 드론을 띄워 놓고 내려다보는 건 잘 못해요. 지금도, 드론이 뭘 폭격하네 사진을 찍네 누구를 암살하네 하지만, 그건 전부 평범한 사람들이 하는 평범한 얘기지요. 중요한 것은, 드론이 생김으로써 우리의 시점이 처음으로 3차원이 되었다는 거예요. 그동안 우리의 시야가 육해(陸海)에 한정되어 있었다면, 이제는 공(空)이 더해져, 하늘에서 내려다볼 수 있게 된 거지요. 인공위성이 있지만 그건 지구 바깥에 있어서 너무 멀리 떨어져 있지요. 하지만 드론은 우리 바로 옆에 있어요.

드론을 띄우면서 처음으로 우리의 시점이 위에 올라간 거예요. 말하자면, 겸제 정선이 된 거지요. 겸제는 그림 그릴 때 전부 위에서 그리잖아요. 그러니까 한국 사람들이 천하(天下)라는 개념을 가질 수 있었던 것은 상상 속에서 구름 위에서 나를 내려다보는 시각 덕분이었지요. 인간을 객관화한 게 아니라, 인간은 그대로 두고 위에서 내려다보는 메타(meta)언어가 생긴 거지요. 그래서 그걸 '천하'(天下)라고 불렀지요. 그런데 그리스인들은 끝까지 그걸 못했어요. 그리스인들의 천하는 인간들이 사는 천하지, 하늘 밑에 있는 천하가 아니었어요. 서양인들은 인간과 사물을 수평적, 물리적으로 바라보았어요. 아인슈타인도 그렇게 했지요. 하지만 인문학적 시각으로 위에서 내려다보는 것은 못했어요.

그리스에서는 자기가 위에서 자기를 내려다보는 것이 아니라, 뭔가 좋은 것이 위에서 내려온다고 생각했어요. 이념이나 이데아나 플라톤주의가 바로 그런 것이었지요. 그런데 그런 것들이 지상에 내려오면 완전히 관념론의 거미줄이 되어서, 스스로 자기 지식의 거미줄에 걸려드는 것밖에는 다른 도리가 없는 거예요. 볼셰비키가 그랬지만, 허공에다 관념의 거미줄을 쳐 놓고, 자기가 만들어 놓은 시스템에 스스로 걸려드는 거지요.

요즘 드론의 시각과 연관해서 생각해 보지요. 하늘에서 내려다보는 시각은 넓고 유리한 시계를 제공해 줍니다. 그런데 자기가 원하는 것만 보고 폭격 스위치를 누를 수도 있지요. 멀리서 드론을 조종하는 사람들이 쓴 일기가 있어요. 자기가 누른 것에 대한 결과도 모르고 드론을 눌렀는데, 보고서를 보니 어린애들이 뛰어노는 걸 드론이 폭격해서 아이들을 죽인 거예요.

그건 간단한 문제가 아니지요. 칼로 사람을 찌르면 찌를 때의 느낌도 있고 또 그 사람을 죽였다는 것을 알게 되고 죽어 가는 걸 보잖아요. 그러나 활로 쏘면, 사람이 화살에 맞아도 실제로 칼로 찌를 때처럼 리얼하지 않지요. 대표적인게 그 유명한 총과 칼 살인 사건이지요. 총을 쏠 때는 몰랐는데, 칼로 사람을 죽이고는 비로소 내가 사람을 죽였구나, 하고 느끼게 되었다는 일화가 있어요. 그러니까 오늘의 미사일은 대량 살상 무기라는 자체가 문제가 아니라, 그 대량 살상 무기로 자기가 죽인 사람의 얼굴을 보지도 못하고 그걸로 인해 어린애가 죽는 것도 못 본다는 데 있지요. 그럼 전쟁에 대한 죄의식도 덜하지요.

전쟁뿐 아니라, 관료 시스템도 마찬가지예요. 시스템을 움직이면서도 사람을 죽일 수가 있는데, 지금 자기가 무슨 일을 저지르는지 모른다는 거지요. 정치도 마찬가지지요. 그래서 우리나라 선비들은 칼은 쓰지 못했지만, 활은 잘 쏘았는지도 몰라요. 활도 사람을 죽이는 것이지만 그래도 근접해서 칼로 직접 죽이는 것과는 다르기 때문에, 우리 선비들이 칼 쓰는 것은 안 했지만, 궁술은 방어로 생각하고 연마했다는 거지요. 사람을 죽이는 것이 아니라, 정신을 집중하는 훈련으로 생각한 거지요.

캄캄함 밤에 하는 석전(石戰)도 그런 것이지요. 자기가 던진 돌에 누가 맞았는지도 모르고, 내가 맞았어도 그게 누가 던진 돌인지 모른다는 거예요. 그러니까 그게 부조리

(absurd)한 거지요. 병에 걸려 죽는 거나 칼에 찔려 죽는 그런 죽음이 아니고, 우연히 아무 까닭도 없이 한밤중에 날아온, 누가 던졌는지도 모르는 돌에 맞아서 죽는 거니까요.

그런 사람들은 꿀벌이 아니라, 개미와도 같지요. 개미는 그냥 먹을 걸 축적만 하지만, 꿀벌은 먹이를 축적하고 가공까지 해서 꿀을 만들지요. 꿀벌은 시점이 하늘에서 땅으로, 또 땅에서 하늘로가 가능합니다. 그래서 벌은 단순히 날아만 가는 게 아니라, 허공에 멈춰 밑을 내려다볼 수가 있지요. 개미는 그게 안 되고요.

그래서 이 꿀벌의 시점이라는 게 귀납법, 연역법을 합친 거라고 프랜시스 베이컨이 말했는데, 이 사람은 근대를 체험 못 하고 동양을 모르니까 화약도 자기들이 만든 줄 알고, 종이도 자기들이 만든 줄 알고, 나침반도 자기들이 만든 줄 알았어요. 그런데 나중에 "아, 그건 서양의 본질이 아니었어. 그건 이미 동양에 있었던 거야."라고 깨닫게 된 거지요.

드론과 메타버스 시대의 도래는
무엇을 의미하는가

7

김성곤
_____

이어령 교수는 개미나 거미와는 다른 꿀벌의 시점을 논
하면서, 위에서 내려다보는 드론의 시점은 엄청난 이점을 갖
고 있다고 말한다. 국내의 어느 경영학 교수에 따르면, 영화
「와호장룡」에서도 드론의 시점이 주는 이점이 활용되고 있
다고 한다. 예컨대 무술 고수인 젠 유(장쯔이 분)는 보검을 훔
쳐 달아날 때 지붕에서 지붕으로 날아가는데, 그녀를 잡으
러 쫓아가는 남자들은 골목으로 달려간다. 가다가 골목이
막히면 다시 출발 지점으로 되돌아와야 하는데, 여자 고수
는 위에서 그걸 다 내려다보고 있다. 아래에서 무슨 일이 일

어나고 있는지, 추적자들이 어디로 가는지, 어디가 막히고 어디가 뚫렸는지 다 보고 있는 것이다. 그래서 위에서 내려다보는 시각은 엄청난 이점을 가지고 있다. 위 경영학자는 "경영자는 밑에서 우왕좌왕하지 않고, 모든 것을 위에서 내려다보아야 한다."라고 말한다.

드론은 바로 그런 시각을 우리에게 제공한다. 놀라운 것은, 아프리카의 어느 지역을 폭격하는 드론의 작전 운용은 나토(NATO)에서 하지만, 정작 드론의 폭파 스위치를 누르는 것은 미국의 중서부에 있는 드론 운영 본부라는 점이다. 엄청난 거리가 떨어져 있는데도, 스크린으로 내려다보고 명령을 받아 발사 스위치를 누르는 것이다. 그런데 너무 멀리 떨어져 있는 바람에 정확한 상황 판단이 어려워, 나중에야 자기가 죄 없는 사람들을 죽였다는 사실을 알게 되면 괴로워한다고 한다.

드론은 원래 소형 무인비행기로서 정찰과 폭격 임무를 맡지만, SF 영화 「아웃사이드 더 와이어」에서는 드론에 로봇 병사들이 타고 있으며, 필요시에는 내려서 적과 전투를 벌이기도 한다. 그런 걸 보면 테크놀로지가 발달함에 따라 드론의 기능도 다양하게 변해 갈 것으로 보인다.

'메타버스'라는 용어는 1992년에 나온 SF소설 『스노 크래시』에 처음 등장한 것으로 알려져 있다. 메타버스(Metaverse)

는 가상현실(Virtual Reality), 증강현실(Augmented Reality), 그리고 유저들이 살고 있는 디지털 비디오(Digital Video)를 포함한 첨단 테크놀로지가 혼합된 세계를 지칭하는 말로, 사람들이 모여서 사교하고 일하고 즐기는 디지털 세상을 지칭한다. 페이스북의 창시자 마크 저커버그는 현재 우리가 살고 있는 이 세상이 메타버스가 되었다고 말하며, 2021년에 페이스북을 '메타버스 플랫폼'이라는 이름으로 바꾸겠다고 선언했다. 이제는 우리가 살고 있는 세상이나 우주가 더 이상 유니버스(Universe)가 아니고 메타버스라는 것이다.

메타버스는 이미 비디오게임과 가상현실 플랫폼이 만들어 내고 있었는데, 거기에 증강현실이 가세해 한 단계 더 업그레이드되었다고 볼 수 있다. 포스트모더니즘 문학 이론에서는 이미 오래전에 메타픽션(Mefafiction)이라는 용어를 사용했다. 메타픽션은 소설이 묘사하는 '리얼리티'라는 것을 불신하며, 리얼리티와 판타지의 명확한 구분을 인정하지 않았는데, 메타버스도 그런 개념에서 시작되었다고 할 수 있다. 그런데 이제는 소설뿐 아니라 우리가 살고 있는 우주에도 '메타'라는 접두어가 붙게 된 것이다.

현대의 은둔: 정보로부터의 도피

○

이어령

_____

그래서 '정보가 왜 뉴스인가?'의 문제도 살펴볼 수 있는 것입니다. News에서 s 자를 빼면 그냥 New일 뿐입니다. 정보는 이미 우리가 다 알고 있는 것인데도 왜 뉴스라고 칭하는 것일까요. 뉴스는 사실 새로운 것이 아니라, 우리가 아는 것들 안에서 일어나는 것입니다. 예를 들어, 삼일빌딩에 화재가 났다고 봅시다. 삼일빌딩이 어떤 건물인지도 알고, 화재가 어떤 것인지도 알고 있습니다. 이렇게 보면 이것은 뉴스라고 할 것이 없는데 우리는 이런 일을 보고 뉴스라고 합니다. 똑같은 삼일빌딩, 똑같은 화재인데 새로운 건물과 사건이 생기면서, 같은 소식을 접해도 개개인마다 이를 다르게 보고 느끼게 되는 것입니다. 그것이 바로 News인 것이지요.

그래서 우리가 요즘에 뉴스를 소비한다는 말을 자주 쓰는데, 자세히 보면 우리는 뉴스 소비가 아니라 뉴스 낭비를 하고 있는 것입니다. 군더더기로 가득한 정보 안에서 정보 다이어트를 하는 이유가 바로 거기에 있어요. 그렇게 3일만 텔레비전도 끄고, 신문을 덮고, 인터넷도 하지 않으면 정신이 맑아진다고 합니다. 자신이 가지고 있던 정보의 군살이 빠지면 본래의 모습이 나타나겠지요? 이것이 바로 오늘날의 은둔이며, 플러그 오프(Plug off)입니다.

때문에 현대의 은둔은 정보로부터의 도피입니다. 언뜻 보면 정보로부터의 도피는 정보를 막는 것처럼 보이지만, 그것이 아니라 정보 속에서 새것을 찾는 과정으로 보아야 합니다. 똑같은 생각과 똑같은 사람 사이에 있으면, 그리고 원하든 원하지 않든 New가 아닌 News 속에서 끝없이 활동하면 나에게는 불필요한 군살이 박히지요. 이러한 나는 이미 모양도 달라지며 내가 아닌 것입니다. 그렇다면 군살을 빼야 되겠지요.

그래서 제 글 속에는 짤막한 시가 자주 등장합니다. 그렇게 어려운 시가 아니기 때문에, 좋은 기분 전환이 되지요. 정보도 마찬가지입니다. 우리가 무언가에 싫증이 나면 '물린다.'고 하는데, 그것보다 더 나아가 멀미까지 나면 대단히 곤란합니다. 마찬가지로 똑같은 사람과 계속 만나다 보면 멀미가 납니다. 그렇다면 어떻게 해야 할까요? 우리가 보통 차멀미가 나면 차에서 빨리 내려야 하듯, 사람에게 싫증이 나면 세상 밖으로 도망쳐야 합니다. 그렇다면 도망칠 곳은 과연 어디일까요?

차멀미로부터 도망치고 싶다면 얼른 차에서 내려야 합니다. 설령 그 길이 GPS에 뜨지 않는 길이라 해도, 머뭇거리지 말고 내려야 합니다. 뱃멀미도 마찬가지입니다. 배에서 뛰어내리면, 우리가 어머니의 배 속에서, 양수에서 놀며 아가미로 숨 쉬던 그때를 생각하며, 바다의 심해어가 되어 온몸에 불을 켜고 헤엄쳐 다니게 될 것입니다. 그러니 걱정 말고 내려야 합니다. 비행기 멀미로부터 도망치고 싶다면 그 또한 뛰어내려야 합니다. 그렇다면 우리는 흐르는 별똥별처럼 어디선가 찬란하게 빛나며 우주의 어느 공간으로 사라지겠지요. 하지만 사람 때문에 멀미가 난다면, 또는 정보에 멀미가 나면 어떻게 해야 할까요. 그것이 바로 알파고 이야기입니다. 그렇기에 정보화 이후에 절대 도망칠 수 없는 곳으로부터의 탈출은 가능한가? 노아의 방주 같은 것을 만들지 않으면 멸망을 초래할 수 있을 법한, 정보의 멀미는 어디에서 오는가? 그렇다면 어떻게 해야 하는가? 그런 것들을 생각해 보게 되는 거지요.

그러한 것들이 곧 생명 자본입니다. 그래서 논리에 비약
이 일어나지 않도록 가끔 그런 스토리를 글에 몇 개 집어넣
습니다. 그래서 내가 지금 쓰고 있는 글은 시, 소설, 에세이,
논문, 간단한 과학 등 인간이 표현할 수 있는 모든 것을 총
동원해 쓴 스토리텔링입니다. 그렇게 해서 '한국인 이야기'
라는 제목을 붙이게 된 것입니다. 많고 많은 제목 중 굳이
'한국인 이야기'라고 지은 이유는 이것이 역사가 아니라 이
야기이기 때문입니다.

이런 것들을 글로 쓰고자 하지만, 시간이 없어 완성하지
못하고 있는 것이 참 아쉽습니다. 비록 완성을 못하더라도, 앞
으로 어떻게 할 수 있을지 함께 구상할 수 있었으면 합니다.

산업화·정보화 시대

산업 시대란 이 세상에 존재하지 않습니다. 산업 시대
의 모델도 모두 다 다르기 때문에, 이 세상에 산업 시대라
는 건 존재하지 않는다고 봐야 하는 것이지요. 그래서 우리
는 '화'(化) 자를 붙여 '산업화' 시대라는 단어를 만든 것입니
다. 민주주의라는 말도 마찬가지입니다. 처칠도 이야기했지
만, 민주주의란 하나의 이상향일 뿐, 구체적으로 어떤 국가
를 예시로 제시할 수는 없습니다. 물론 '민주화'라는 것은 있

습니다. 민주화는 현재 민주주의가 없어도, 그걸 향해서 '-화'한다는 이야기로 생각해 볼 수 있으니까요.

정보화도 마찬가지입니다. 이 세상에 정보 시대가 별도로 존재하는 것은 아니지만, 정보화되어 가는 과정은 있을 수 있으니까요. 그래서 ISO에 등록되어 있는 한자 중에서 몇만 가지 글자를 얻을 수는 있지만, 그 가운데 한 글자, 즉 '화'(化) 자만 가져와도 된다고 봅니다. 사람들이 포스트모던이나 근대화를 많이 이야기하는데, 사실 '근대'라는 건 없다고 봐야 합니다. 대신 근대화가 있는 거지요. '화'(化)가 끝없이 변하는 것이고 만물이 유전하는 것처럼, '근대화'란 항상 진행되고 있기 때문입니다.

그런데 우리는 왜 멈춰 있다고 생각하는 것일까요? 바로 패턴화 때문입니다. 내가 어렸을 때의 사진과 중고등학교 때의 사진, 그리고 지금 사진은 모두 같은 곳이 한 군데도 없는데, 왜 그것이 모두 나일까요. 이 또한 패턴 때문입니다. 또 다른 예로, 아버지의 도끼를 들어 볼까요? 누군가 나에게 돌아가신 지 몇십 년이나 된 아버지의 오래된 도끼를 찾습니다. 그 도끼는 이미 새 자루로 바뀌었고, 이도 다 나가서 철로 된 부분도 새롭게 바꿨는데도, 여전히 내 도끼가 아닌 아버지의 도끼라 부릅니다. 그 도끼가 패턴과 기호이기 때문입니다. 구한말의 종로와 지금의 종로가 전혀 다르지만, 둘

다 종로라고 부르는 것도, 그것이 바로 패턴이자 기호이기 때문이지요. 그래서 유물론자들이 보기에는 물(物)이 모든 것의 중심이 되지만, 화(化)라는 말을 쓸 때는 물(物)이 중심이 아닌 게 분명하게 됩니다. 그러므로 '화'(化)의 시각은 유물론의 한계를 초월합니다.

오늘 아침 신문에, 사막에 기상이변이 생겨 비가 왔다는 기사를 보았는데요. 그러자 놀랍게도 모래 속에 숨어 있던 씨들이, 아무것도 없었던 황무지에 꽃을 피운 것입니다. 그럼 그 꽃은 그동안 어디에 있었던 것일까요? 씨 속에 들어 있던 물질이 역학 법칙에 의해 꽃을 피운 것이지요. 모래 속의 씨 속에 숨어 있던 기호, DNA, 정보 같은 것들이 비가 오자 조건을 갖추어 꽃을 피우게 한 것입니다.

그렇기 때문에 우리는 구조주의나 기호학을 하게 됩니다. 사물은 에너지와 물질로 되어 있기 때문이지요. 아인슈타인이 이야기하는 $E = mc^2$, 즉 에너지와 질량의 법칙 속에 우주의 모든 법칙이 들어가 있는 것입니다. 에너지가 질량이 되고, 질량이 에너지가 되는 것이지요. 반대로 원자핵은 물질이지만 이것을 분열시키면 에너지가 됩니다. 그런데 달리 생각해 보면, $E = mc^2$라고 쓴 것은 일종의 숫자 기호인데 이 기호가 에너지에 속하는 것인가 물질에 속하는 것인가라는 질문을 던져 볼 수 있습니다. $E = mc^2$는 에너지와 물질을 숫자 기

2부 —— 인공지능

호나 문자 기호로 만든 것이라고 볼 수 있기 때문입니다.

아인슈타인의 법칙은 우주의 어마어마한 현상을 찾아 낸 것일 뿐, 크게 보면 에너지나 물질을 만들어 낸 것은 아니기 때문에 인문학자들이 그것에 위축될 필요는 없다고 봅니다. 아인슈타인이 만든 것은 하나의 공식일 뿐이고, 하나의 법칙을 수식으로 만들어 낸 것에 불과하니까요. 문학도 그렇게 시작해야 하는 것입니다. 아무리 상상이라 할지라도 문학 안에서 일어나는 모든 사건을 작가가 마음대로 만들어 내는 것은 아닙니다. 사건에 기호를 부여하는 일, 바로 그것이 작가의 몫입니다. 그러니까 다시 아인슈타인의 법칙 이야기로 돌아오면, $E=mc^2$라는 공식은 하나의 생각을 기호화한 것일 뿐, 에너지나 물질 그 자체를 만들어 낸 것은 아니라는 것입니다.

성경을 보면 신이 천지창조를 다 마치고 마지막에 인간을 만드는데, 그에게 시키는 것은 사물의 이름을 지으라는 일뿐입니다. 그러니 이 모든 에너지 그리고 자연이라는 거대한 것은 인간들이 창조하거나 만들어 낼 수 있는 현상은 아닌 겁니다. 결국 운명론자들의 이야기처럼, 인간은 그러한 현상들에 이름을 짓는 것밖에는 할 수 없는 것이지요.

이름 짓기와 정보 쓰레기,
그리고 탈진실 시대의 도래

7

김성곤

이어령 교수의 말처럼, 사물은 고정되어 있지 않고 부단히 변화하며 유동적이다. 마치 우리가 살고 있는 지구가 고정된 것이 아니고 끊임없이 돌고 있는 것처럼 말이다. 그래서 우리는 산업화 사회를 살았고, 지금은 정보화 시대에 살고 있다. 민주화는 지금도 계속되고 있는 중이다.

사물은 에너지와 물질로 되어 있다. 그런데 스위스의 유럽원자핵공동연구소(CERN)의 과학자들은 물질의 반대 개념인 반물질을 연구하고 있다고 한다. 이 연구소는 월드와이드웹을 발명한 영국의 컴퓨터학자 팀 버너스-리(Tim Berners-

Lee)가 속해 있던 유명한 연구소로서, 소설가 댄 브라운의
『천사와 악마』에도 등장한다. 사실 WWW는 미국이 1960년
부터 군사 정보 분야에서 이미 사용하고 있었는데, 팀 버너
스—리는 그것을 모든 사람이 자유롭게 사용할 수 있도록
해 준 것이다. 그런데 반물질을 잘 이용하면 무한대의 에너
지 공급도 가능해서 지구의 수명을 대폭 연장할 수도 있다
고 한다.

사물의 이름을 짓는다는 것은 곧 자기가 이름을 부여하
는 사물의 주인이 되는 것이라고 볼 수 있다. 그 사물에게 정
체성을 부여하고, 이름을 불러서 대화도 할 수가 있으니까.
신이 아담에게 사물의 이름을 짓도록 한 것도, 바로 그런 면
에서 상징적인 지배권을 준 것이라고 볼 수 있다. 동시에, 이
름을 부여하는 순간, 새로운 이름을 부여받은 존재와의 독
특하고 돈독한 관계가 성립된다. 김춘수의 「꽃」은 바로 그
특별한 관계를 주제로 하고 있는 시라고 할 수 있다. 그렇다
면, 이름을 짓는 것은 상징적인 창조 행위일 수도 있으며, 중
요한 의미를 가질 수도 있다.

이름 짓기가 그 대상에 정의를 내리고 의미를 부여하는
것이라면, 정보의 과잉, 또는 정보 쓰레기는 그 반대의 상황
이라고 할 수 있다. 오늘날 정보 쓰레기는 심각한 문제가 되
었다. 인터넷에는 불필요하거나 부정확한 정보가 수없이 떠

다니고, 사람들은 그것을 사실로 믿고 있다. 심지어는 인터넷 백과사전인 위키피디아에도 틀린 정보들이 그대로 업로드되고 있는 실정이다. 그리고 그러한 가짜 정보들은 페이스북이나 트위터 같은 소셜 미디어를 통해 삽시간에 전 세계로 퍼져 나간다.

가짜 뉴스(Fake News) 또한 마찬가지다. 사악한 사람들이 정치적 이유나 금전적 이유로, 또는 장난으로 가짜 뉴스를 만들어 퍼뜨리는데 그 해악은 이루 말할 수 없이 크다. 사람들이 사실이 아닌 것을 사실로 믿게 되고, 그 와중에 피해자들은 치유할 수 없는 상처를 입기 때문이다. 사악한 자들은 가짜 뉴스를 통해 사람들을 교묘히 조종하고 마음대로 부린다. 가짜 뉴스의 또 다른 해악은, 트럼프가 그 좋은 예지만, 정치가들이 자신에게 불리한 것은 모두 가짜 뉴스라고 매도하고 곤란한 상황을 빠져나갈 구실을 준다는 것이다.

보통 사람들은 가짜 뉴스를 판별하기 어렵다. 그래서 지금은 가짜 뉴스를 선별해 내는 작업을 하는 파수꾼이 필요하다. 현재 미국에서 가장 영향력 있는 가짜 뉴스 적발 웹사이트는 브룩 빈카우스키(Brooke Binkowski)가 운영하는 스놉스(Snopes)다. 《애틀랜틱 먼슬리》는 스놉스를 "영어권에서 가장 중요한 가짜 뉴스 적발 사이트"라고 평가한다. 《뉴욕타임스》와의 인터뷰에서 빈코우스키는 "이제 사람들은 도대체 무엇을 진실로 믿어야 할지 알 수 없는 시대가 되었습니다."라고 말했다.

빈코우스키에 따르면, 미국에서 가짜 뉴스는 2016년 선거 때 힐러리 클린턴을 비방하기 위해 트럼프를 지지하는 우파들이 만들기 시작했다고 한다. 그래서 선거가 끝나면 없어질 줄 알았지만, 선거 후에는 트럼프를 싫어하는 좌파들이 가짜 뉴스를 퍼뜨리기 시작했다. 예컨대 "트럼프 탄핵당하고 체포되다" 같은 뉴스가 인터넷에 떴다. 《애틀랜틱 먼슬리》와의 인터뷰에서 빈코우스키는 가짜 뉴스가 처음에는 그렇게 되었으면 하는 간절한 바람의 구현이었다고 말한다. 문제는 가짜 뉴스가 사람들로 하여금 뉴스 작성자의 바람을 사실로 받아들이게 한다는 데 있다.

가짜 뉴스의 대표적인 예는, 이명박 정부가 들어서자마자 발생한 '광우병 파동' 촛불 시위 때, "미국이 광우병에 걸린 소고기를 한국에 판매하려 한다."라며 비방한, 전혀 근거 없는 가짜 뉴스일 것이다. 사실 당시 미국에는 광우병 환자가 한 명도 없었고, 그것은 곧 미국 소들은 광우병에 감염되지 않았음을 의미했다. 이를 지적하자, 이번에는 "미국이 광우병에 걸린 캐나다 소를 수입해서 한국에 팔려고 한다."라는 가짜 뉴스를 띄웠다. 미국이 캐나다 소를 수입해서까지 한국에 광우병 소를 팔려고 했다는 것이 비논리적임을 생각하면, 그것이 가짜 뉴스라는 것이 분명한데도, 당시 많은 사람들이 그 가짜 뉴스를 믿었다. 그리고 그 가짜 뉴스로 국민들을 우롱한 사람들은 그 후 처벌은 고사하고 사과조차 하지 않고 있다.

트럼프가 등장한 이후, 세계는 탈진실(Post-Truth) 시대에 접어들었다고 한다. 트럼프는 자기에게 불리한 것은 모두 가짜 뉴스라고 비난해서 여론을 호도하고 지지자들을 결집했으며, 진실을 부인했다. 트럼프는 진실 보도를 가짜 뉴스라고 비난하는 가짜 뉴스를 퍼뜨린 것이다. 탈진실 시대에 여론을 형성하는 것은 객관적인 사실이나 진실이 아니라 감정과 사적인 믿음이다. 그래서 진실은 부인당하고, 대신 말초신경을 자극하는 가짜 뉴스가 횡행한다. 그래서 사람들은 과연 어느 것이 진실이고 어느 것이 허위인지 판단하기 어렵게 된다. 우크라이나를 침략한 푸틴도, 이 세상에는 절대적 진실이란 없기 때문에 러시아는 틀렸고 미국이나 우크라이나는 옳다는 주장도 진실이 아닐 수 있다고 말한다. 그 대신 러시아의 주장이 진실일 수도 있다는 것이다.

원래 '탈진실'은 포스트모더니즘의 기본 이론 중 하나였다. 그러나 포스트모더니즘이 말하는 '탈진실'은 스스로를 절대적 진리로 제시하는 것들의 독선을 회의하고 거기에서 벗어나자는 탈중심을 의미하는 것이지 객관적인 진리나 진실을 부인하자는 것은 아니다. 그러나 교활한 정치인들은 그것을 악용해 객관적인 진리를 허위로 몰고, 허위를 진실로 포장해서 퍼뜨린다. 그러면 우매한 대중과 극단적인 지지자들은 그것을 믿게 되고, 그것이 곧 여론이 되는 것이다. 탈진실(Post-Truth)은 양극화(Polarization) 및 포퓰리즘(Populism)과 함께 오늘날 세계를 망치는 '3P'라고 불리고 있다.

'꼬부랑 할머니'의
무한한 가능성

O

이어령
————————

우리가 어렸을 때 들었던 '꼬부랑 할머니' 이야기가 있지
요. 『트리스트럼 샌디』에는 이야기를 그림으로 그리는 장면
이 나오는데요. 그것은 한국의 꼬부랑 할머니 이야기와 맥
락을 같이합니다. 모든 소설에는 메인 캐릭터와 헬퍼가 존재
하는데, 꼬부랑 할머니 이야기에서는 메인 캐릭터뿐 아니라
헬퍼 역시 꼬부랑 할머니입니다. 꼬부랑길이 그 프로세스이
자 스토리텔링인데, 『트리스트럼 샌디』처럼 굽은 선 그림이
그려집니다. 언덕까지 내려가면 다시 또 꼬부랑길을 만나는
데 이러한 것들이 스토리상의 이벤트가 되는 거지요. 그 꼬

부랑길을 타고 아리랑 고개에서 올라가면 또 내려오는 꼬부랑길이 있어서 시작과 엔딩이 계속되는 구조를 반복합니다. 이 메타 스토리들, 꼬부랑 할머니가 꼬부랑 언덕길을 가다가 꼬부랑 강아지를 만나서는 마지막에 가면 모두가 잘 먹고 잘 살았다는 이야기로 끝나지요.

꼬부랑 할머니 이야기만 갖고도 많은 이야기를 할 수 있기 때문에, 외국에서도 큰 관심을 보이리라 생각합니다. 꼬부랑길은 어떻게 보면 Break the rule, 즉 원칙과 통념을 깬 것이라고도 볼 수 있습니다. 직선거리는 직선을 뚫고 가 버리며 가장 빠르게 미래를 예측할 수 있지요. 하지만 꼬부랑길은 가던 길을 돌아가며 물과 바람, 나무꾼 등 모든 것을 지나치며 굽이굽이 돌아가는 길입니다. 미국의 고속도로에는 Forward, 전진이라는 말밖에 없는 데 반해, 이 꼬부랑길에는 전진이 없습니다. Turning과 Starting, 즉 방향 전환과 시작이 끝없이 이어지니까요. 우리가 잘 알고 있는 『심청전』에서처럼, 나쁜 일이 좋은 일이 되고, 좋은 일이 나쁜 일이 되고요. 그래서 기승전결을 반복하는 과정이 끝없이 이어지지요.

이런 스토리텔링 이야기만 써 줘도 『아라비안나이트』와 '한국인 이야기'가 별 차이가 없다는 것을 알 수 있습니다. 문짝도 없는 한국의 뒷간은 집의 뒤편에 있다고 해서 뒷간이라고 이름 붙인 것이지요. 변소에 간 꼬부랑 할머니는 자세를 잡으며, 그 작은 몸으로 자식 여섯을 쑥쑥 낳았다고 이야기할 만큼 당당합니다. 그것이 바로 할머니의 엄청난 바다입니다.

서양 신화나 구전 속 영웅들은 헤라클레스의 근육에, 구척장신에, 때로는 날개도 달렸지만, 여섯 명의 아이를 낳은 꼬부랑 할머니 또한 영웅의 또 다른 형상입니다. 힘없는 할머니가 꼬부랑 지팡이를 짚고 그 험한 고개를 넘어갔으니까요. 이것이 바로 꼬부랑 할머니의 시이자, 하나의 대단한 이야기입니다.

할머니와 관련된 또 다른 이야기를 해 보지요. 한 실직자가 거지 행세를 하고 식당에 들어가 먹다 남은 음식을 달라고 하자, 주인은 망설일 것도 없이 거지를 바로 내쫓습니다. 누구 하나 적선을 베풀지 않자, 그는 마침내 오늘은 어디 가서 한번 실컷 먹고 불을 질러 주인과 함께 죽어 버리자고 마음먹습니다. 그러다 삼각지 쪽에 있는 국숫집에 다다른 실직자는 돈 한 푼 없지만 우선 식당에 앉아 실컷 먹기 시작합니다. 그가 다 먹자마자 주인은 또다시 국수 한 그릇을 말아 주는데요. 의아해하는 그를 향해 국숫집 주인 할머니는 2000원만 내면 몇 그릇을 먹어도 좋다고 이야기합니다. 주인할머니의 푸근한 인심에 마음이 약해진 그는, 마침내 주인할머니가 주방에 들어가는 순간 부리나케 도망가 버립니다.

도망가는 청년의 모습을 본 주인 할머니는 그에게 역정을 내기는커녕, 오히려 그가 급하게 뛰어가자 넘어질까 자신은 괜찮다며 걱정하는 것이었습니다. 주인 할머니의 그 말을 들은 청년은 결국 바닥에 주저앉으며, 죽지 말아야겠다는 다짐을 합니다. 그렇게 해서 청년은 과테말라에 가서 돈을 벌었는데요. 시간이 흘러 다시 할머니의 국숫집을 찾다가 할머니가 아들을 잃어 국숫집 문을 닫았다는 기막힌 사연을 듣게 됩니다.

아들을 잃고 혼자 꿋꿋이 사시던 할머니가 쓰러지면서 가게는 문을 닫았는데, 신기하게도 8년째가 되자 그 국숫집에 벽보가 붙기 시작했습니다. 한국에 왔을 때 꼭 찾는 국숫집이 문을 닫아 슬프다는 어떤 미군의 이야기, 함께 국수를 먹었던 사람과 결혼해 옛 추억이 가득하다는 사연, 이 집 국수를 먹고 지내면서 고시에 합격했다는 사연 등과 함께, 국숫집 문을 다시 열어 달라는 벽보가 가득했습니다. 이에 할머니가 국숫집 문을 다시 열고 자식 잃은 시련을 극복하며 오늘도 테이블 4개에 2000원짜리 국수를 팔고 있다고 합니다.

이 국숫집 할머니의 이야기가 SNS로 퍼지는데, 이것이 바로 할머니의 시인 것입니다. 꼬부랑 할머니가 꼬부랑 지팡이를 짚고, 그 험한 고개를 넘어가는 이야기인 것이지요. 서양에서 할머니라고 하면 마녀(witch)를 생각하기 쉬운데, 우

리의 할머니는 그렇지 않다는 것을 보여 주는 것입니다. 이
것이 바로 노자가 이야기한, 천만 년 가도 끊임없이 마르지
않고 흘러가는 골짜기의 물입니다. 이것이 우주이며, 생명인
것이지요. 꼬부랑 할머니의 자궁, 자식 여섯 낳은 일을 부끄
럼 없이 당당하게 이야기하던 할머니의 모습, 그러한 세계를
나는 알파고 이전에는 미처 알지 못했습니다. 지성인답지 못
하고 야만적이라 생각했던 것들이 사실은 아니라는 것을 알
파고와 인공지능이 가르쳐 준 것입니다. 로봇과는 다른 인
간의 이야기, 로봇에게서는 찾아볼 수 없는 인간의 기막힌
생명력, 이 모든 것들의 위에 데카르트와 프로이트가 있는
것이지요. 결국 생각하기 때문에 존재하는 것이 아니라, 먹
기 때문에 존재하는 것이라 할 수 있겠지요.

'꼬부랑 할머니'와
『아라비안나이트』

김성곤

이어령 교수는 '꼬부랑 할머니' 이야기에서 『아라비안나이트』처럼 끝없이 계속되는 이야기의 구조를 본다. 물론 『아라비안나이트』와 '꼬부랑 할머니'는 스케일 면에서는 크게 다르다. 아라비안나이트는 천일하고도 하루 동안의 이야기를 모은 것으로 그 분량이 엄청나지만, '꼬부랑 할머니'는 그저 꼬부랑 할머니의 이야기로 분량이 비교가 안 되게 작다. 그러나 『아라비안나이트』와 '꼬부랑 할머니'에는 공통점도 있는데, 그것은 두 작품 다 이야기가 끝없이 계속된다는 것이다. 『아라비안나이트』는 프레임 테일, 즉 액자소설로서 한 이야기 속에 또 다른 이야기가 들어 있고, 그 이야기 속에 또 다른 이야기가 들어 있는 형태가 끝없이 계속된다. 반면, 꼬부랑 할머니 이야기는 꼬부랑 할머니가 끝없이 꼬불꼬불하게 이어지는 꼬부랑길을 가면서 이야기가 계속된다.

자신이 밤마다 왕에게 들려주는 이야기가 재미가 없으면 언제라도 죽임을 당하게 되는 『아라비안나이트』의 세라자드는 모든 작가들의 원조라고 할 수 있다. 프랑스의 문학이론가 츠베탄 토도르프는 『내러티브 — 인간』에서 "세라자드는 모두가 잠든 밤에 홀로 깨어 임박한 죽음을 지연시키기 위해 필사적으로 이야기를 만들어 낸다."라고 썼다. 그것이 곧 모든 작가들의 숙명이라는 것이다. 이야기가 재미가 없어 독자들이 외면하면 작가로서의 생명이 끝나기 때문이다.

『아라비안나이트』에서 세라자드는 작가, 왕은 독자, 그리고 적절한 시점에 나서서 작가와 독자 사이를 중재해 주는 듀냐자드는 비평가의 역할을 한다. 왕은 이야기가 마음에 들지 않으면 하시라도 작가 세라자드의 생명을 빼앗을 수 있고, 세라자드는 언젠가는 찾아올 죽음을 유보하기 위해 끝없이 새로운 이야기를 만들어 내야 한다. 토도로프는 세라자드가 그러한 자신의 숙명을 자신의 이야기 속에 집어넣었다고 말한다. 예컨대 『아라비안나이트』의 모든 에피소드에서 죽을 운명에 처한 각 등장인물들은 재미있는 이야기를

2부 —— 인공지능

해 줄 테니 살려 달라고 애원한다. 그러면 생사여탈권을 갖고 있는 쪽에서는 "좋다. 네 이야기가 재미있으면 살려 주마. 그러나 재미없으면 넌 죽임을 당할 것이다."라고 말한다. 그래서 이야기 속의 이야기가 시작된다. 그러면 이야기 속의 이야기 속에서 등장인물은 또다시 죽을 상황에 처하고, 또 재미있는 이야기를 하고 살아난다. 그래서 프레임 테일(frame tale)은 무한정 계속된다. 토도로프는 "『아라비안나이트』는 현기증 날 만큼의 프레임 테일의 예를 보여 주고 있다."라고 지적한다.

> 세라자드는 말하기를
> 야퍼는 말하기를
> 양복 재단사는 말하기를
> 이발사는 말하기를
> 그의 형제(그에겐 여섯 형제가 있다.)가 말하기를······.

다섯 개 또는 열한 개의 이야기가 중첩되고 있는 이 액자 소설들에서 각 스토리텔러들은 재미있는 이야기를 하지 못하면 죽임을 당한다. 그럼으로써 그들은 독자들에게 원조 스토리텔러인 세라자드의 딜레마를 부단히 상기시켜 준다. 그리고 때로는 앞의 이야기들은 잊혀지기도 하지만, 대부분은 모든 이야기들이 서로 긴밀히 연관되어 있는 경우가 많다.

이어령 교수는 『아라비안나이트』의 그러한 특성이 마치 한국 설화의 꼬부랑 할머니가 직선 길을 가지 않고 꼬부랑 고개를 넘어 끝없이 계속되는 꼬부랑길을 걸어가는 것과도 같다고 말한다.

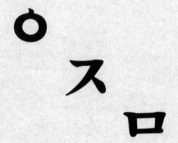

이성·자연·문명

이성주의와 신비주의/
종(鐘)의 의미/시작과 엔딩/그릇

◐

이어령
_____

　인간은 이성을 가졌기 때문에 비이성적인 동물보다 우위에 있습니다. 반면, 동물은 운동 기능을 가지고 있기에 움직이지 못하는 식물보다 우위에 있습니다. 또 식물보다 열등한, 전혀 움직이지 못하는 대상이 바로 사물이지요. 그렇다면 왜 중세에는 종(鐘)을 영적인 사물로 보았을까요? 중세의 사원에서는 종을 완전히 인격화하며, 종이 울리면 신부들이 깨어난다고 믿었는데요. 종은 울림, 즉 떨리는 소리의 진동으로 소리를 전달합니다. 이 진동이 사람들을 깨어나게 한다고 믿은 것이지요. 그러면 생명을 가진 이성적 존재, 움직이는 동물, 그리고 식물처럼 살아 숨 쉬는 것이 존재하는데, 하고많은 무생물 중에서도 왜 인공물인 종의 랭킹이 그렇게 높았을까요? 종은 단순히 금속일 뿐이지만, 그것의 떨림, 그 침묵하는 금속의 떨림이 생명 활동을 하는 사람을 깨어나게 한다고 믿었기 때문일 것입니다.

종에도 여러 가지 종류가 있는데요. 예컨대 보신각의 종은 유물로서 가치가 있지요. 중세 시대에는 성자가 죽으면 종이 스스로 울린다는 이야기가 있었습니다. 또 사람이 죽으면 종을 울리기 때문에, 생사를 알리는 종이 신성하게 여겨졌고, 마을에 종탑이 생겼지요. 그렇기 때문에 종은 곧 마을의 상징이 됩니다. 중세 설화에 보면, 종이 혼잣말도 하고 노래도 부르는 신기한 일이 일어나기도 합니다. 그 신기한 종을 다른 마을로 가져가면 종이 침묵하고 아무리 종을 쳐도 울리지 않는데, 종을 원래 동네의 어귀에 가져다 놓으면 다시 울리기 시작했다는 이야기가 있습니다. 그래서 종이 마을 사람들의 수호신으로 여겨진 것입니다.

그렇기에 '누구를 위하여 종은 울리나'(For whom the bell tolls)라는 표현은 사람이 죽었을 때 조종을 울린다는 뜻이며, 종소리는 바로 그 사람의 영혼이라고 생각해 볼 수 있습니다. 그래서 어느 시인은, "종을 울릴 때 대지는 모래알 하나 떨어지는 것만큼 가벼워진다."라고 썼지요. 우리들이 살고 있는 세계 속에서 너와 나는 아무런 관계가 없는 것처럼 보이지만, 한 사람이 죽으면 생명이라는 거대한 대지 속에 모래 한 톨이 떨어지는 것과 같다고 생각한 것인데요, 그것이 바로 종소리입니다. 그러니 멀리서 종이 울리면 누가 죽었나 하고 생각하지만, 실상 자신의 죽음이라고도 볼 수 있는 것입니다. 너와 내가 모래의 연결된·한 부분에서 떨어져 나간 것이지요. 그렇게 모래알로서의 개체들에게, 종소리라고 하는 생명들과 연결되는 울림은 80조에 가까운 세포들에게 전달됩니다. 이 또한 우리가 생명체이자 유기체이기 때문에 가능한 것이지요.

'무한'은 어떻게 셀 수 있을까요? 원래 무한은 세지 못하는 개념입니다. 그렇기 때문에, 이 세상에 모래가 아무리 많아도 그것이 가산적인 것이면 유한한 것이며, 마찬가지로 별도 우주가 아무리 많고 넓어도 가산적인 경우에는 유한한 것으로 보아야 합니다.

그런데 언어로는 그것을 간단히 표현할 수 있습니다. '무한하다' 또는 '유한하다'로 표현할 수 있기 때문이지요. 다만 그것을 숫자로는 어떻게 표현할 것인지가 관건입니다. 가산적인 것과 가산이 불가능한, 즉 무한과 유한을 나타내는 것을 '알레프'라고 합니다. 알레프란 영어 알파벳의 알파를 의미합니다. 히브리어의 제1모음 1성이 알레프인데, 이것이 그리스어의 알파가 된 것이지요. 그리스어는 페니키아어에서 유래되었고, 그다음으로는 히브리어에서 유래되었는데요, 히브리어는 그리스 로마의 시각으로 보면 신비주의적입니다. 알레프는 칸트가 숫자를 나타내는 유한, 무한, 가산, 비가산에 관한 집합론에서의 개념을 이야기할 때 언급한 것입니다. 칸트는 그리스어의 알파가 아니라, 히브리어의 알레프를 사용했습니다.

이것이 수학에서는 절대로 있을 수 없는 신비주의가 들어오는 순간입니다. 신비주의는 칸트로부터 시작해, 오늘날 인공지능까지 이어지고 있습니다. 이런 내용을 국내 학자들 중에서 이야기하는 이가 드뭅니다. 숫자와 문자가 기호학에 의해 대치되는 순간, 동양의 신비주의가 들어오게 된 것이지요. 가장 순수한 수식의 세계에 신비주의가 들어오고, 서구적인 그리스 숫자 체계에도 신비주의가 들어오게 된 것입니다.

아라비아문자도 그렇습니다. 그렇게 해서 0이라는 개념이 들어온 것이지요. 피타고라스 이후로, 숫자를 통해 가장 순수하면서 가산적인 세계와 계산 불가능한 세계가 연결될 수 있도록 했습니다. 이야기가 이렇게 진행되어야만, 칸트에서부터 시작해 러셀의 기호형식론을 거쳐 비트겐슈타인에 이르기까지를 이해할 수 있고, 더 나아가 우리들의 언어 체계는 수학과 같은 것이라고 말할 수 있는 겁니다.

그렇기 때문에 위에서 이야기한 내용들은 쌍둥이가 아니라 세쌍둥이 형제로 보아야 합니다. 우리는 언어 밖으로 나가는 세쌍둥이에 대해서는 잘 알지 못합니다. 이런 것이 일상어에서 쓰이는, 그리고 비언어 체계에서 일어나는 아이러니이자 패러독스입니다. 즉 민중들이 사용하는 비언어 체계의 언어인 것이지요.

그래서 비트겐슈타인은 논증될 수 없는 것은 이야기하지 말라고 했는데요, 하지만 말을 함으로써 비소로 논증될 수 있는 것도 있습니다. 때문에 가산성과 비가산성, 또는 정성론과 정량론, 이런 것들을 오늘날 21세기에 와서 물리학뿐 아니라 수학에까지 적용해 볼 수 있다는 겁니다. A=B, 이런 것들도 사실은 전부 수를 대신하는 것입니다. 문자는 언어기호임에도 A는 1번, B는 2번, C는 3번, 이런 식으로 언어를 숫자화합니다.

언어 체계와 숫자 체계는 전혀 다른 것인데, 이렇게 융합되는 현상이 바로 포스트모던 현상입니다. 그렇기 때문에 AI는 간단합니다. 예를 들어 "살인하지 말아야 한다."라는 명령이 있다고 봅시다. AI는 이 명령을 따지지 않을 것입니다. 말하지 않아도 살인은 안 되는 것이기 때문에, 그건 따라야 할 명령이 됩니다. 논리로 따질 수 없는 내용이기에 선험적 이성론이 되는 것이고, 그렇기 때문에 칸트처럼 어렵게 이야기할·필요가 없습니다.

다른 말로 하면 이것이 바로 유무상통(有無上通)인 것이지요. 무(無)가 있으니 유(有)가 사는 것이며, 유(有)가 깨지면 무(無)도 없습니다. 그렇기에 가산, 비가산, 정성, 정량의 개념이 오랜 시간에 걸쳐 내려오면서 포스트모던 시대에 와서 해체주의가 등장하고 데리다 같은 철학자가 나온 것입니다.

데리다가 이야기한 유언은 또 어떻습니까. 유언이란 죽기 전에 마지막으로 남기는 말입니다. 하지만 그것은 또 다른 시작이기도 하지요. 너에게 상속하겠다는 유언이 죽음을 앞둔 사람에게는 끝이지만, 상속받는 사람에게는 또 다른 시작이 됩니다. 그때부터 상속권이 달라지면서 세상의 끝이 또 다른 시작이 되는 거지요. 시작과 끝이 물고 물리는 관계, 호주머니 안과 같이 외부로 들어온 내부, 이러한 현상들을 보고 데리다가 언어를 가지고 말장난을 한 것입니다.

그래서 헤겔은 독일어 중에 "버리고 얻는다."라는 말을 제일 중요하게 생각하며 그걸 익혔다고 해요. 한국에서는 버려두라는 말을 세 살짜리도 압니다. '버려두라'는 말과 관련해서 내가 생각하는 세 가지 '지'가 있는데, 밥을 버려두어서 만든 '누룽지,' 버릴 무청을 말려서 만든 '우거지,' 그리고 김치를 버려두어서 만든 '묵은지'가 바로 그것입니다. 두엄 내서 밭에 두는 것 역시 버려두는 것과 마찬가지지요. 그렇게 버려두었다가 구덩이 파서 거름 주자는 것인데, 이런 것들은 서양에는 없는 것들이지요.

그러니 시인 서정주가 한번은, 자신의 동네의 가장 큰 소리꾼(명창)이 하나 있는데 잔칫날에 부르는 축복의 소리들이 어디서 나오나 했더니 바로 두엄 통에서 나온 소리라고 이야기한 것입니다. 더럽고 삭은 두엄 통이지만 그 안에 담긴 맑은 물에는 달도 지나가고 별도 지나가며, 그 물로 머리를 씻고 하며 소리가 나온다고 본 것이지요. 폐기된 것이고 가장 더러운 것이지만 그 속에서 하늘과 땅을 뚫는 소리가 나오는 겁니다. 그렇게 보면 보들레르와는 다른 이야기를 한 셈이지요.

20세기야말로 폐기의 세계인데, 이런 식으로 자동차를 비롯해 우리의 문명을 바라보면 엄청난 이야깃거리가 생성될 수 있다고 생각합니다. 그래서『트리스트럼 샌디』에서 신사가 지팡이를 곡선으로 움직이면 그가 어디로 갈지 알 수가 없지요. 제임스 조이스가 그 작품을 읽은 후, 소설『율리시스』를 쓸 때 '의식의 흐름' 기법을 차용했다고 합니다.

『트리스트럼 샌디』는 포스트모던 소설인데, 이 작품에는 주인공 자신의 이야기는 하나도 나오지 않은 채, 그의 선조들에 관해서만 계속해서 이야기가 진행됩니다. 여러 이야기 중에서도 기가 막힌 것은 자신의 이름을 짓는 일입니다. '트리스트럼'에는 슬픔이라는 뜻이 있으니까 절대 그렇게 이름을 짓지 말라고 했지만, 하녀는 트리스트럼이라는 단어만 기억하고 트리스트럼을 이름으로 지어 버리고 말지요.

또 『트리스트럼 샌디』에는 반드시 한 달에 한 번씩 시계 태엽을 감는 의식이 등장하기도 하는데, 시간과 규칙의 개념을 참 기가 막히게 묘사해 놓았습니다. 이것을 보면, 이 소설이 소위 자연인이 문명인이 된 이야기라고도 생각해 볼 수 있는데요, 이 소설 속 장면은 시계가 등장한 후로부터 인간의 삶이 어떻게 변화했는지, 우리가 가장 자연발생적인 현상들을 일종의 규칙, 즉 시간에 맞춰 어떻게 움직이고 있는지 등, 여러 가지 모습을 보여 줍니다.

그래서 『트리스트럼 샌디』는 모든 스토리의 메타스토리텔링이 됩니다. 꼬부랑 할머니는 우주의 자궁을 가지고 있는데, 노자는 할머니를 보고 현빈, '검을 현'과 '암컷 빈', 즉 '아득한 암컷'이라 이야기했습니다. 비록 거기서 나오는 것들이 미미하지만 끊임없는 생명의 줄기라 본 것이지요. 이렇게 해서 생명 자본주의까지 오게 되는데, 이러한 스토리텔링을 가지고 신라 향가부터 오늘의 문학작품까지 뚫어서 이야기를 해 보고자 하는데 시간이 부족해 아쉬움이 많습니다.

한국 사람들처럼 따지기 좋아하는 민족도 없는데요. 따질 것은 따져야 하지만, 사실 그런 건 개의치 않고 따지기부터 합니다. 그러니 우리의 토착어는 비트겐슈타인이 말하는 공식적인 언어 체계라기보다는 일탈된 구조에서 생겨난 일탈된 언어라고 정의해 볼 수 있습니다. 민중들이 사용하면서 일상화되었지만 커뮤니케이션이 가능한 것이 바로 언어인데, 가령 예를 들어 "잘 먹고 잘 살아라."라는 말을 우리는 왜 나쁜 말이라고 생각할까요? 비트겐슈타인 식으로 말하면, 문자 그대로 받아들여서 축복의 말로 이해해 볼 수 있는데 왜 저주의 말로 받아들이는 것일까요? 거기에는 '너 혼자'라는 말이 빠졌기 때문입니다. 그렇다면 과연 그런 것을 어떻게 아는가. 톤(Tone)으로 아는 것입니다. 똑같은 언어에서도 음성과 톤이 주는 것이 다 다른 것입니다.

우리의 개념 시스템 속에는 이렇게 노이즈가 존재하는데, 침묵은 언제나 노이즈와 등을 대고 있다고 생각할 수 있습니다. 그런데 서양에서는 등 대고 있는 것을 동전의 앞면과 뒷면에 빗대어 말합니다. 우리의 그것을 북의 양면으로 봅니다. 그러나 장구는 다릅니다. 장구는 음과 양이 달라, 한쪽은 작고 한쪽이 큰 형태를 취하고 있습니다. 반면에 북은 양쪽이 다 같은 대칭형입니다. 또 손등과 손바닥도 장구와 마찬가지로 다르지요.

그러니까 "식물에도 영혼이 있다."는 이런 논리들이 허구적, 숫자적, 정량적으로 하지 않으면 정성적인 것, 비가산적인 언어의 세계, 또는 우뇌의 세계를 가지고 이야기하게 되는 것인데요. 이것을 이원론으로 갈라놓고 본 게 플라톤의 이데아지요. 가산적인 것과 비가산적인 것은 손등과 손바닥과 같아 그릇과 마찬가지인 것으로 보게 된 것이지요. 그릇은 보이는 면이 있기에, 보이지 않는 공허도 기능을 갖게 됩니다. 우주가 비어 있어야 땅이 있고 별이 있듯이, 모든 그릇은 비어 있기에 채워질 수 있습니다.

종(鍾)의 상징/현대의 폐차장/
우리는 모두 무언가를 담는 그릇

7

김성곤
_____

이어령 교수의 지적대로 종은 단단한 금속인데도 미세한 떨림을 통해 생과 사를 상징한다. 그래서인지 중세에는 기쁜 일이 있어도 타종을 하고, 사람이 죽어도 조종을 울렸다. 종은 시간을 알리는 일도 했다. 서부 개척 시대에 종은 광활한 농장이나 목장에 흩어져 있는 일꾼들에게 식사 시간을 알리는 수단이 되기도 했다.

그래서 종이 울리지 않으면 그건 생사가 걸린 큰 문제였다. 그래서 에밀레종처럼 어린아이의 희생을 통해 비로소 종소리가 나는 한국 설화도 생겨났다. 영국에서는 종이 울리는 시각에 아버지가 사형 당하게 되자, 귀머거리 타종지기가 치는 종 속에 아들이 숨어 들어가 자신을 희생해 종소리가 나지 않게 했다는 이야기도 전해 내려온다.

스페인 내전을 다룬 미국 작가 헤밍웨이의 소설 제목 "누구를 위하여 종은 울리나"도 영국 시인 존 단의 시에서 빌려 온 것인데, "누구를 위하여 조종(弔鐘)이 울리나"의 뜻이다.

또 문명사회가 배출하는 폐기물의 활용 가치에 대한 이어령 교수의 언급은 미국 소설가 토머스 핀천의 소설 『제49호 품목의 경매』에 나오는 폐차장을 연상시킨다. 여주인공 화자 에디파 마스의 남편인 무초 마스는 디스크자키로 일하기 전에 중고차 판매장에서 일했는데, 낡은 차를 타고 와서 또 다른 중고차를 사 가는 소외되고 가난한 사람들의 삶을 폐차장의 버려진 차에 비유한다. 핀천은 버려진 폐차들의 쓸쓸하고 황폐한 풍경에서 풍요로운 미국 사회의 소외 계층을 보며, 그처럼 또 다른 아메리카에 살고 있는 사람들의 원초적인 힘과 가능성을 본다.

한편, '그릇'에 대한 이어령 교수의 해석은 오세영의 연작시 「그릇」을 생각나게 한다. 「그릇」 연작시에서 오세영 시인은 우주의 모든 것을 무엇인가를 담는 그릇으로 파악한다. 그릇은 곧 비움과 채움, 담음과 엎지름, 넘침과 부족함, 깨짐

3부 —— 이성·자연·문명

과 부서짐이라는 동양철학적 성찰을 제공해 준다. 그렇게 보면 이 세상의 모든 것은 은유적으로 그릇이라고 할 수 있다. 우리는 모두 무엇인가를 내부에 담고 있으면서 동시에 무엇인가에 담겨져 있는 존재들이기 때문이다.

그러므로 그릇은 깨지면 안 된다. 깨진 그릇은 칼날이 되어 연약한 살을 베기 때문이다. "깨진 그릇은/ 칼날이 된다./ 무엇이나 깨진 것은 칼이 된다."(그릇 1 「그릇」) 칼집에서 빠져나온 칼 역시 타자를 해칠 수 있기 때문에 위험하다. 그래서 시인은 "분노에 떠는 칼도/ 집에 들면 잠든다./ 오욕과 굴종의 하루를/ 밖에 두고 문을 닫는/ 나의 귀가./ 안식은 항상 닫힌 그릇 안에 있다."(그릇 15 「칼」)라고 말한다. 깨진 그릇과 뽑은 칼은 둘 다 상처와 아픔을 준다. 그리고 인간은 바로 그 고통을 통해 성숙해 간다. 그러나 타자에게 상처를 주지 않기 위해서 우리는 깨진 그릇을 붙이고 칼을 칼집에 간수해야 한다.

그래서 그릇은 내용을 담는 형식, 그리고 질서와 자아를 담는 적절한 용기(容器)가 된다. 그러나 시인은 동시에 굳어버린 패각으로서의 그릇도 경계한다. 그가 인간성을 구속하는 이데올로기를 경직되어 깨질 수밖에 없는 그릇에 비유하는 것도 바로 그런 맥락에서다. 오세영 시인은 순수문학의 옹호자도 아니지만, 동시에 문학을 이념적 도구로 생각하는 견해에도 찬성하지 않는다. "그 어떤 이념이/ 이토록 생각을 굳혀 놨을까,/ 그에게서는 사랑을 찾을 수 없다./ 그 어떤 이념이 그토록 싸늘하게/ 그의 육신을 얼려 놨을까."(그릇 26 「흙의 얼음」) 경직된 것은 필연적으로 부러지고 부서지며, 최후에는 오직 유연한 것만이 살아남는다. 이념과 아집의 패각을 깨지 못하면 파멸은 필연적이기 때문이다.

그러나 '깨어짐'이 꼭 파멸을 의미하는 것만은 아니다. 그릇은 깨지면 모든 것의 근원인 흙으로 돌아간다. 그리고 다른 형태의 그릇으로 다시 태어난다. 그래서 그릇은 때로 스스로 깨질 줄도 알아야만 한다. 그리고 스스로 깨질 때, 그것은 본질로 돌아가거나, 새로운 생명을 가진, 가치 있는 다른 것으로 변한다. 깨진 그릇에서 시인은 바로 그러한 심오한 존재론적 성찰을 성취해 낸다. "자리에서 밀린 그릇은/ 차라리 깨진다./ 깨짐으로서 본분을 지키는 살아 있는 흙,/ 살아 있다는 것은 스스로 깨진다는 것이다."(그릇 14 「살아 있는 흙」)

스스로 깨지는 것과는 달리, 때로는 우리를 속박하는 그릇을 우리가 나서서 과감히 깨뜨려야 할 때도 있다. 이념뿐 아니라, 관습이나 규정, 또는 억압이나 독재는 모두 우리를 억압하고 구속하는 그릇이 되기 때문이다. 시인은 그러한 그릇의 속박에서 벗어날 것을 권유한다.

3부 —— 이성·자연·문명

자유와 개체성에 대한 시인의 열망은 궁극적으로 전체주의적 획일화에 대한 경계와 경고로 이어진다. 경직된 이데올로기는 개체의 존중보다는 전체주의적 행동 통일을 강요하며, 거대 목표를 위한 사적 행복의 포기를 종용하기 때문이다. 우리는 흔히 집단과 전체의 힘을 내세우며, 자신이 동료들과 더불어 숭고한 이념을 지탱하고 있다고 착각하기 쉽다. 그러나 시인은 그러한 사고방식의 어리석음을 질책한다. "카드섹션을 벌이는 스탠드의 군중처럼/ 스크럼을 짜고/ 어깨에 어깨를 메고/ 등으로 온 힘을 받는 축대의/ 돌들은/ 자신이 받는 전각을/ 한 개의 우주라고 생각하지만/ 그는 모른다./ 인간의 집이 얼마나 덧없이/ 허물어지는가를/ 돌은 홀로 있음으로/ 돌인 것이다."(그릇 30 「홀로 견디는 돌」)

그와 같은 경직된 사고방식과 어리석은 아집을 시인은 사랑과 부드러움으로 풀자고 제의한다. 자신의 몸을 풀어 굳은 때를 녹이는 비누처럼, 유연한 애무로 닫힌 문을 열자는 것이다. 비누에 대한 다음 시에서 드러나는 시인의 탁월한 통찰력과 비누의 시적 변용은 단연 압권이다. "비누는/ 스스로 풀어질 줄 안다./ 자신을 허물어야 결국 남도/ 허물어짐을 아는 까닭에/ 오래될수록 굳는/ 옷의 때,/ 세탁이든 세수든/ 굳어 버린 이념은/ 유액질의 부드러운 애무로써만/ 풀어진다./ 섬세한 감정의 올을 하나씩 붙들고/ 전신으로 애무하는 비누/ 그 사랑의 묘약./ 비누는 결코/ 자신을 고집하지 않는 까닭에/ 이념보다 큰 사랑을 안는다."(그릇「사랑의 묘약」)

그와 같은 깨달음은 곧 그릇의 특성인 '비움과 채움' 그리고 '열림과 닫힘'의 주제로 확대되면서, 노장 사상과 연결되어 삶과 우주에 대한 심오한 성찰을 제공해 준다. 예컨대 술잔에 대한 다음과 같은 시는 한잔의 술에도 얼마나 깊은 철학적 의미가 깃들어 있을 수 있는지 보여 주는 좋은 예다. "잔은 타인의 충족을 위해/ 스스로를 비운다./ 비우기 위하여/ 채우는/ 모순의 공간/ 잔은 결코 외롭지/ 않다./ 비어 있는 그것이 충족이므로."(그릇 7「부딪쳐라 술잔」)

그릇은 또한 인간의 탐욕과 야망을 담는 용기(用器)의 상징이 되기도 한다. 부자와 빈자의 그릇, 그리고 각자에게 주어진 각기 다른 크기의 그릇, 그 그릇을 채우는 과정에서 온갖 인생의 문제들과 사건들이 발생한다. 욕심을 비운 빈 마음과 탐욕으로 가득 찬 마음의 비유를 통해 시인은 누가 진정한 빈자이고 누가 진정한 부자인가를 구분한다. "몇 개의 접시로 만족하는/ 빈자의 식탁,/ 빈자는 슬픔을 아는 까닭에/ 그릇에 집착하지 않는다./ 덧없는 부자의 기쁨이여,/ 네가 그릇에 담으려는 웃음은/ 소멸하는 한줄기의 바람이다."(그릇 40「탐욕」)

오세영의 그릇 연작시는 우리로 하여금 일상의 '그릇'으로부터 다양하고 심오한 삶의 진리를 꿰뚫어 볼 수 있게 해 준다.

인간/문화/언어/곤충

O

이어령

퇴계 이황의 「청량산가」를 보면 이런 구절이 있습니다. "청량산 육육봉을 아는 이는 나와 백구(흰 기러기)뿐." 청량산 육육봉에 대해서는 다른 사람들은 모르고, 나와 흰 기러기만이 알고 있다는 것이지요. 그렇다면 청량산 육육봉은 철저하게 단절되어 있는 비인간의 공간이라고 볼 수 있습니다. 그런데 "백구야 훤사(喧辭)하랴, 못 믿을 손, 도화(桃花)로다."라는 구절을 보면, 나와 백구를 제외한 또 다른 존재, 즉 도화도 이 공간을 알고 있습니다. 화자가 말로는 도화를 못 믿는다고 하지만, 도화의 도(桃)는 무릉도원의 '도'(桃) 자이

기 때문에, 그곳은 곧 무릉도원이라고 이해해 볼 수 있지요. 철저하게 인간을 부정하는 공간, 이 공간은 곧 신선의 공간으로 초월적인 존재들이 살고 있는 공간인데, 이것이 우리나라 사람들이 생각하는 이상향이라고 할 수 있습니다. 서양에서 유토피아는 nowhere, 어디에도 없다는 말에서 유래된 것이라고 볼 때, 그 차이를 기반으로 「청량산가」의 구절만 가지고 보아도 한국 사람이 생각하는 자연관 그리고 인간관 등을 분석해 볼 수 있는 것이지요.

「청량산가」에서 자연이란 산과 물, 산수(山水)로, 이푸 투안이 『토포필리아(Topophilia)』에서 이야기하는 자연과는 그 개념이 다릅니다. 때문에 물은 흘러가면서 변하는 것, 산은 고정되어 있으면서 변하지 않는 것, 이러한 정도의 해석밖에 못하는 것이지요. 그러한 자연의 공간은 천(天)과 지(地)인데, 그 공간 안에는 동물과 식물이 있듯, 나 자신은 인간이 그 안에 있어 천지인(天地人), 즉 삼재 사상이 됩니다. 우리가 보통 천기누설이라고 말할 때의 그 천(天)은 육육봉과 맞닿아 있는데, 도화가 열려 있는 지(地), 즉 땅은 움직이지 않아 인간에게 그 공간을 침해당할 수 있습니다. 반면에 물의 공간은 끊임없이 흘러가는 공간으로, 그 끝은 하늘과 바다라는, 무한의 공간이라 볼 수 있습니다. 이렇게 우리가 시조를 분석할 때, 자수, 작가 등 다양한 것을 접하게 되는데, 이런 텍스트 읽기를 통해 간단한 시조 한 편에서도 엄청난 이야깃거리가 나올 수 있습니다.

거미를 예로 들어 볼까요? 거미는 자신의 배 속에서 나오는 물질로 망을 쳐서 거기에 걸리는 것만 잡아먹습니다. 때문에 거미의 우주는 자신의 배 속이고, 거미가 쳐 놓은 망에 걸리는 것들은 거미에게 객관적 대상이라고 볼 수 있는데, 이렇게 비추어 보면 관념론자나 학자들이 바로 그 거미였다고 이야기해 볼 수 있습니다. 아무것도 없는 허공에 치는 거미줄은 일종의 체계를 쳐 놓은 것인데, 거미는 그 체계를 자신의 배 속에서 만드니까요.

개미, 거미. 몇몇 단어들을 보면 우리나라 말에는 참 재미난 점이 있다고 생각합니다. 원래대로라면 시니피앙과 시니피에는 서로 우연히 결합된 것임에도 비슷한 점이 존재합니다. 영어로 You and I, 이것이 우리말에서는 '너와 나'로, 이렇게 모음 하나가 서로 회전해 놓은 듯이 모양에 별 차이가 없습니다. 또 '남'이라는 글자에서 모음에 점 하나만 떨어지면 '님'이 되지요. 이렇듯 우리들의 언어 사고는 논리적이라기보다는 우연을 끌어들이고 있다고 볼 수 있습니다.

그렇다면 베이컨이 이야기하는 개미는 무엇이며, 매미는 무엇이며, 또 꿀벌은 무엇일까요. 개미나 거미는 땅이든 하늘이든 본래 있는 것을 먹이로 삼습니다. 하지만 꿀벌은 다르지요. 화학적 작용을 통해 화분의 여러 재료들을 꿀로 변화시켜 스스로 먹이를 만듭니다. 꿀벌은 자신의 먹이를 자신의 시스템을 통해 자체적으로 생산해 내는데, 이는 객관적 대상을 변화시킨 것이라 볼 수 있습니다. 또 그렇게 만들어 낸 꿀로 집도 짓는데, 이런 것이 바로 '창조'입니다. 이러한 점에 비추어 볼 때 개미와 거미에게는 노동만 있지, 창조는 없다고 볼 수 있습니다. 물론 꿀벌 스스로가 만든 집이 허공에 있을지라도, 오로지 꿀벌만이 대지 그리고 꽃에서 가져온 것으로 집을 만듭니다. 그것이 바로 천지인 사상입니다.

우리의 지적 창조 기술은 개미와 매미, 꿀벌이 각각 가지고 있는 기술과 닮은 점이 있습니다. 서양에서는 물건을 만들어 놓으면 이를 기술로 보는 것처럼, 포에시스(poesis)는 언어와 기호로 만들어 내는 기술이라 생각해 볼 수 있습니다. 뭔가를 만드는 것은 추상적인 또는 정신적인 제작, 그리고 물질적인 제작, 이 두 가지로 분할할 수 있지만, 우리가 지금 하고 있는 기호의 창조와 공장에서 만들어 내는 제조의 창조는 둘 다 크리에이션(Creation)이며 서로 크게 다르지 않은 것입니다. 10원짜리 동전을 하나 넣고 레버를 돌리면 20원이 나오게 하는 것이 바로 자본이지요. 언어도 마찬가지로, 일상적인 언어를 작가의 상상력에 인풋해서 작품이라는 아웃풋을 만들어 냅니다. 이런 인풋/아웃풋 프로세스에서 작가는 인풋, 텍스트는 아웃풋, 그리고 그 중간 프로세스는 기호 분석이라고 생각해 볼 수 있습니다.

수직·수평·사선적 이동과 공간

그래서 궁극적으로는 왜 동전을 넣어도 금화가 나오는지에 관심을 가지게 됩니다. 그와 동시에 또 다른 관심사는 동전이 어떻게 금화가 되는지 그 프로세스를 알아보자는 것입니다. 이것이 바로 텍스트 분석이고, 인풋은 작가론, 아웃풋은 작품 해석론이 되는 것입니다. 그 안에서의 과정은 '화'(化), 즉 작품화라고 명명해 볼 수 있습니다.

그렇기에 외출한다는 것은 수평적 이동입니다. 바깥으로 나가는 것이 정신이나 행동에 있어서 끝없이 수평 이동하는 쪽으로 이뤄지기 때문이지요. 카프카의 『변신』을 보면 누워 있던 그레고르는 일어서려다 벽에 부딪혀 넘어지기를 반복합니다. 누워 있는, 수평적인 시선의 그레고르와는 반대로, 그의 아버지는 제복을 입고서 자는, 즉 누울 줄 모르는 인물이지요. 이렇게 보면 이 『변신』에서는 등장인물의 자세와 시선이 수평이냐, 수직이냐의 문제가 의미심장하다고 볼 수 있는데, 마지막 부분에 이르러서 그레고르의 여동생은 계단을 올라갑니다. 그런 여동생의 모습을 바라보며 그레고르는 여동생이 시집갈 때가 다 되었다고 하는데, 이는 사선적 이동이라 볼 수 있습니다.

다소 제멋대로인 이 소설 속에서 도식이 확실히 드러나지는 않지만, 이와 같이 구조 분석을 해 보면 카프카의 『변신』에는 수직, 수평, 사선 구조가 나타난다는 것을 알 수 있습니다. 수평 구조의 인물이 수직적 시선을 갖게 됐을 때, 모든 것이 달리 보이게 된 것이지요. 그래서 결과적으로, 공간 안에서의 기호를 보았을 때, 사람들 머릿속에서는 '무한'이라는 개념이 생겨나지만, 실제로는 무한이 아닌 것입니다.

그러면 어떻게 무한이라는 개념의 숫자를 만들어 내는 것일까요. 또 무한과 유한의 족적은 무엇일까요. 숫자는 셀 수 있기 때문에 반드시 유한으로 나타냅니다. 그러나 셀 수 없는 것이 비로소 숫자의 끝일 텐데, 어디에서 끝내야 할지 또 알 수 없습니다. 이것이 바로 집합 이론입니다. 히브리어와 히브리 사상에도 이렇게 해서 절대와 영원의 개념이 들어가게 된 것이지요.

이런 고도의 반동을 텍스트에 옮기다 보면, 유익한 내용이 많을 거라는 생각이 듭니다. 예컨대, 공지(空地), 즉 빈 땅이라는 말은 원래 건축 분야에서 많이 볼 수 있는 단어입니다. 서울에는 빈 땅이 하나도 없지만, 이 공지를 볼 수 있는 곳이 한 군데가 있지요. 바로 창경궁입니다. 창경궁에 있는 춘당지에 얼음이 얼면 그 땅이 바로 공지가 되는 것이지요.

이때까지 물만 있었던 곳이 물이 얼어 빙판이 만들어지면서 사람들이 몰려와 스케이트도 타게 되었습니다. 아, 공지라는 것이 이렇게 기쁜 것이구나. 그러니 공지를 찾게 되고, 어디가서 쉴 데가 있나 둘러보게 되는 것입니다. 또 다른 예로, 어떤 사람이 집에 돌아올 때 화분 하나를 사서 가져왔습니다. 이것을 베란다에 놓고 보니 이제 화분에도 작은 공지가 생긴 것이지요. 이렇듯 '공지' 하나만 가지고도 많은 이야기가 나올 수 있습니다.

이 공지, 즉 주인이 없는 땅은 무(無)의 공간입니다. 그러나 빈 공간인 줄 알았던 이 공간도 이미 누군가의 소유물이 되어 있습니다. 창경궁의 연못이 물이기 때문에 빈 땅이 될 수는 없었지만, 물이 얼면서 그곳은 사람들에게 공지가 되어 버렸습니다. 사람들은 주인이 없는 땅이라 생각하고 스케이트를 탄 것이지만, 사실은 공지를 사용한 것입니다. 즉 도시인은 내 발 하나 디딜 공간 없는 곳에서 살고 있는 것이고, 그래서 자유가 없기에 화분을 산 것입니다. 그래서 작은 화분 하나에서 볼 수 있는 내 소유의 땅을 그렇게 만끽하게 되는 것이지요. 그것을 머리맡에 놓고 들여다보며, 여기에 공지가 있다고 생각하는 겁니다.

이에 대한 비판을 '파사주'(passage)에 빗대어 볼 수 있습니다. 파사주는 모든 사람이 흘러가듯 이동하는 거리에서

3부 —— 이성·자연·문명

보들레르가 쓰레기 줍는 사람의 모습을 본 데서 비롯된 것입니다. 보들레르는 도시의 음악을 비롯해 모든 것을 파사주에서 듣는다고 보지요. 다른 사람들에게는 들리지 않지만, 정처 없이 그 길거리를 산책하면서 무수한 것들이 눈에 들어오게 되는 것입니다. 위에 천장이 덮여 비를 맞지 않을 수 있는, 또 하나의 산책 공간이 만들어지는 것과 같이, 파사주는 도시에 유일하게 남은 공간이며, 외부 공간인 동시에 내부 공간이기도 합니다.

이런 도시론, 공간론을 쓴 건 우리들인데, 이와 같은 내용을 일본에서 발표하면 큰 반향을 불러일으킬 수 있다고 봅니다. 스미다 공원 같은 공간도, 이름만 공원일 뿐 서류화되고 공적으로 사용하도록 만든, 등록된 땅입니다. 그러나 얼었던 공원에 스케이트 탈 공간이 생긴 것, 즉 지금까지 없었던 공지가 생겨난 것은 새롭게 생성된 공지, 즉 자유의 공지가 하나 탄생한 것입니다. 이것은 마치 바다에서 화산 활동이 일어나서 섬이 하나 새로 생긴 것과 같은 원리입니다.

말과 글

자크 데리다는 말과 글 중 어느 것이 먼저인가? 하는 질문을 던지면서 자신의 이론을 시작합니다. 데리다에 따르면 말과 글 사이에는 차이와 지연 즉 차연(Différance)이 있습니다. 영어나 프랑스어는 주어 다음에 동사가 나옵니다. 그래서 주어와 동사만 갖고는 앞으로 무슨 이야기가 나오려는지 알 수가 없습니다. 목적어가 나올 때까지 기다려야 하지요. 그래서 계속 말이 이어지게 됩니다. 그런데 한국어는 주어 다음에 목적어가 먼저 나옵니다. 동사는 마지막에 나오지요. 한국어로는 어떤 것이 다 정리되고 끝난 다음에, 순서대로 말을 하게 됩니다. 그래서 핵심은 언제나 맨 마지막에 나와요.

한국어에서는 주어가 자주 생략되지요. 라틴어와 그리스어에서도 주어가 없는 경우가 많습니다. 예컨대 "나는 생각한다. 고로 나는 존재한다."를 볼까요? 프랑스어에는 "Je pense, donc je suis."처럼 주어가 있습니다. 그러나 라틴어인 "Cogito, ergo sum."에는 주어가 없지요. 그냥 "생각한다. 고로 존재한다."이지, "나는 생각한다. 고로 나는 존재한다."가 아닙니다. 둘만 있을 때는 "사랑해."라고만 해도 되지, 주어나 목적어는 사실 필요 없지요. 그게 바로 언어의 현전성이고요. 말은 발화하는 순간, 사라집니다. 그러나 글을 써 놓으면 천년 후에도 남아 있어요. 그래서 소크라테스는 말을 하면 그 주인은 나이지만, 글은 그것이 과연 내가 한 말인지 확실하지 않고, 그래서 사생아와도 같다고 말했습니다.

말은 표정이나 몸짓이 더해져 현장성이 있게 됩니다. 예

3부 —— 이성·자연·문명

컨대, "먹어!"라고 말할 때, 표정과 말투에 따라 그 의미가 달라집니다. 그러나 글에는 그런 것이 부재하지요. 내가 말로 '자유'라고 할 때, 그것은 내가 생각하는 '자유'를 의미합니다. 그러나 글로 쓰인 '자유'에는 그런 특성이 사라진다는 겁니다. 글에는 현재성이 없기 때문에, 그러한 감정이나 의미를 전달하기가 어려운 거지요. 그래서 언문일치는 바람직한 것입니다.

한국어는 언문일치의 언어라고 할 수 있습니다. 언문일치란 글을 말처럼 구어체로 쓴다는 뜻이 아니라, 글에 현전성이 있다는 뜻이고, 화자가 있다는 것을 의미합니다. 롤랑 바르트가 말(parole)과 글쓰기(Ecriture)의 차이를 성찰하고 그것을 철학적으로 설명했는데, 만일 그가 한국어나 일본어를 알았더라면, 그렇게까지 어렵게 설명하지 않아도 될 뻔했지요. 그래서 서양만을 대상으로 하는 학문이나 이론은 완성된 것이 아니고, 절반의 학문이 되는 것이지요.

참여를 뜻하는 사르트르의 앙가주망 이론에서 프랑스어 '앙가주망'(Engagement)도 영어의 '인게이지먼트'(Engagement)와는 의미가 다릅니다. 프랑스의 앙가주망에 해당하는 영어는 Commitment지요. 내가 처음 사르트르의 『문학이란 무엇인가』를 읽었을 때 영어판, 일어판, 한국어판을 같이 놓고 비교하면서 읽었지요. 그랬더니 오역이 많이 발견되었습니다. 사르트르는 '플로렌스'(Florence)라는 말을 들으면 황금빛으로 조용하게 흘러가는 물결의 이미지가 연상된다고 했습니다. 산문적으로는 도시의 이름이지만, 시적으로는 그런 이미지가 연상된다는 것입니다. 플로렌스(Florence)는 어원인 '꽃'(Fleur)과 '꽃이 핌'(Floraison) 그리고 '강'(fleuve)을 연상시키기 때문이었을 것입니다. 그런데 그런 뉘앙스를 일본어나 한국어 번역은 살리지를 못했더군요. 그러면 사르트르를 정확하게 이해하기는 힘이 듭니다.

다시, 서구 문화의 아시아 유입에 대해 생각해 보면, 서구 문화가 동양 국가의 생활 속에 완벽하게 스며든 경우는 없다고 합니다. 또 서구 문화가 무력으로 아시아 문화를 점령했다고 하지만, 사실은 그렇지 않습니다. 무기와 군대는 약탈할 뿐, 애써 문화를 바꾸려 하지는 않지요. 몽골족이 서양을 침략했지만 서양 문화를 바꿔 놓지는 않았거든요. 서양은 무력으로 동양 문화를 바꾼 것이 아니라, 새로운 문화로 동양 문화를 바꾼 것입니다. 동양의 문화를 완전히 뒤바꿔 놓은 것은 알렉산더대왕 때부터지요. 그리스의 헬레니즘은 페르시아와 이집트 문화를 완전히 없앴고, 로컬 문화를 자기네 문화로 바꾸어 버렸지요.

그러나 반달족은 물건만 빼앗아 갔을 뿐, 문화를 바꾸려 하지는 않았습니다. 몽골족도 수백 년 동안 끊임없이 중국을 침입했고 중국에 원나라까지 세웠지만, 중국 문화를 자기네 문화로 바꾸지 않고 오히려 자기들의 유목민 문화가 중국의 농경문화에 완전히 흡수되는 모습을 보여 주었지요. 청나라의 여진족 문화도 그런 식으로 중국 문화에 동화되었고요. 그런 중국이 영국의 해군이 쳐들어와 벌인 아편전쟁을 겪으며 문화적으로 완전히 무너지지요. 그 결과, 서양 사상이 중국 문화를 상당 부분 바꾸고 루쉰 같은 인물도 등장하게 되며, 몇천 년 동안 끄떡없던 중국이 유럽과 접하면서 공산주의 국가로 바뀌게 되었습니다.

인간의 문화와 언어

인간은 침팬지와 다를 게 없다는 말이 있는데요. 인간이 다른 짐승보다 나은 점도 부족한 점도 없다고 보는 거지요. 그런데 결국 어떻게 보면 똑같은 짐승인 인간이 왜 지구를 지배하게 되었는지에 대한 질문으로 옮겨 가는데, 명확한 답을 찾지는 못하지요. 하지만 호모사피엔스가 이룬 것이 있다면 그것은 바로 언어입니다.

처음부터 인간은 동물 중에서도 문화가 없이는 살지 못하는 동물이라는 결론에 이르게 됩니다. 그렇기 때문에 인간이 생존하는 데 문화가 반드시 필요했던 것이지요. 하지만 이것이 과잉 상태에 이르면서 문제가 발생합니다. 루소가 이야기한 것처럼 우리가 필요한 만큼 지성, 언어, 문화가 있었으면 오늘날처럼 되지는 않았을 텐데, 그것들의 과잉 상태가 나타나게 된 것입니다.

그러므로 언어도 인간이 약하기 때문에 만들어 낸 것이라 볼 수 있습니다. 보통 동물이 집단을 이뤄 다닐 때, 가령 늑대의 경우에는 한 군집이 최대 10~20마리 정도밖에 되지 않습니다. 원숭이는 30~50마리 정도고요. 반면 인간은 동물에 비해 신체가 약했기 때문에 옛날부터 부족을 만들어 수많은 사람들이 떼로 몰려다니며 맘모스 사냥을 했지요. 그렇게 많은 수가 사냥을 하려면 의사소통이 중요했겠지요.

그렇다면 누구도 넘보지 않았던 그 큰 맘모스를 인간은 왜 굳이 잡으려 했을까요? 왜냐하면 그것을 잡지 않고는 먹고살아 갈 수 없는 상태였기 때문입니다. 그러니 문화인류학자들이 과학적 근거를 바탕으로 연결 고리를 찾는다고 하지만, 여기에 인문학적 상상력을 동원해도 충분히 유추가 가능합니다. 그리스신화를 보면, 신이 다른 동물들에게는 먹고살 수 있도록 신체적 조건을 마련해 주었지만, 인간에게는 불을 주었지요. 프로메테우스가 훔쳐다 준 불과, 아테네가 준 지혜를 얻어 인간은 짐승이 가진 발톱이나 날개나 모피가 없어도, 또 벌거숭이로 내던져져도 살아갈 수 있었던 것이지요. 인간이 신체적으로 동물보다 열등하기 때문에 문화 능력과 사고 능력을 주고, 언어를 제공해 준 것입니다. 이것이 바로 그리스신화에 나오는 이야기입니다.

그래서 인간은 사실 다른 짐승보다 더 잘나서가 아니라, 더 못났기 때문에 문화가 필요했던 것이라 유추할 수 있는 겁니다. 만약 상처가 자연적으로 치료된다면 왜 의학이, 또 위생이 필요할까요? 우리는 지금까지 말 못 하는 식물이 불쌍하다고 여겨 왔습니다. 가령 꽃은 말도 못 하고, 누군가 꺾으려 할 때도 도망칠 수 없기 때문에 인간은 식물에 대해 동정심을 느끼게 됩니다.

그런데 큐슈너 같은 사람은 그런 생각이 헛된 것이라고 말했습니다. 생각해 보면 꽃과 비교했을 때 인간은 너무나 하찮은 존재이지요. 두 다리가 있기는 하나 24시간 하루 종일 생존의 위협을 느낀 채 어디론가 다녀야 하고, 언어 없이는 의사소통도 제대로 하지 못합니다. 하지만 꽃은 가만히 있어도 벌이 찾아오지요. 그러니 동물 입장에서 꽃을 보면 꽃은 미발달, 결여의 존재로 보이지만, 반대로 꽃의 입장에서 보면 동물이 결여된 대상인 겁니다. 식물에게 동물은 광합성도 하지 못해 자체적으로 양분을 생산해 내지 못하는 가여운 존재로밖에 안 보일 것입니다.

들뢰즈는 고양이를 키우지 않는 이유에 대해, 고양이가 너무 사람 같기 때문이라고 답했지요. 그리고 그는 진드기와 같이 아무 기관 없이도 살아가는 동물에 흥미를 느낀다고 했습니다. 비록 잡담 같은 소리로 들릴 수 있지만 그 안에는 기관과 환경, 그리고 적응에 대한 이야기가 담겨 있습니다. 여기서 말하는 '적응'은 생존만 해서는 안 되고, 새끼를 낳을 수 있는 가능성, 절멸하지 않을 만큼 많이 번식해 기를 수 있는 능력의 개념입니다. 말하자면, 이렇게 과학의 실증만으로는 해결할 수 없는 부분들을 문화 인류학적 상상을 통해 머릿속에서 시뮬레이션이 가능하게 하고, 그러한 것을 연출할 수 있을 때 '돌 던지는 인간'이라는 뜻의 호모 훈디토르(Homo Hunditor)라는 개념이 등장하는 겁니다.

평지와는 달리 숲이 있는 쪽에서는 인간의 뼈가 나오지 않는데 이는 지형적인 요소와 관련이 있습니다. 사바나 지역, 즉 아프리카 서쪽에서 바람이 불어오면 산 하나를 경계로 동서로 나뉘며 한쪽에는 숲이 없어지고 평원이 만들어지는데, 인간들은 바로 그 평원에서 살았기 때문입니다. 인간이 두 발로 일어서게 된 까닭은 바로 평원에서 살았기 때문이지요, 원숭이는 나무 위로 올라가면 늑대와 같은 야수들을 피할 수 있는데요, 그중에서 나무를 타지 못하는 원숭이들이 바로 인간의 조상이라 볼 수 있습니다. 그런 원숭이들이 짐승을 피하기 위해 할 수 있는 일은 뭔가를 던지는 것밖에 없었습니다. Project(기획), projection(투영)과 같은 영어 단어는 모두 '던지다'라는 말에서 비롯된 것인데요, 세 살 먹은 어린아이도 가장 먼저 하는 행동이 바로 집어서 던지는 것입니다. 잡아서 무언가를 던지는 것은 인간만이 할 수 있는 일입니다.

프랑스어로 '함께 잡다'라는 말은 '콩프랑드르'라고 하는데요, 영어로는 Comprehend, 즉 잡아서 파악한다는 의미를 가진 말입니다. 우연히 우리도 '파악한다'라는 말을 쓰는데요, 손으로 잡는다 또는 포획한다라는 뜻이나 이 모든 것들이 전부 영장류의 파지 능력과 관련 있다고 볼 수 있습니다. 그러니 인간이 파지 능력을 가지고 있어 뇌가 발달했다기보다는, 손으로 잡아 던지면서 뇌가 발달한 것이라 생각해 볼 수 있습니다.

그런데 두 손으로 던지면 무거운 걸 들 수는 있지만 멀리 던져 보낼 수는 없습니다. 그러니 왼손이나 오른손으로 각각 한 손으로 잡아 야구의 피처처럼 던졌을 때 강속구가 나오는 겁니다. 그렇게 해서 한쪽 손을 많이 쓰게 되고 던지는 문화가 발달하게 된 것입니다. 그렇기 때문에 인간이 돌, 즉 일종의 토큰을 잡는 순간, 자연의 돌이 문화의 돌로 변환된다고 볼 수 있습니다. 그때 날아가는 돌은 자연의 돌이 아닌 이미 기호화된 무기가 되는 것인데요. 그 돌이 날아가 마침내 상대방을 치면서, 원래 갖고 있던 의미가 바뀌어 돌은 무기, 공격 등의 의미를 지닌 하나의 등가물로써 기능하게 됩니다.

그러므로 호모 훈디토르와 우리 인류 문화는 무엇을 던지는 데서부터 시작되었다고 볼 수 있습니다. 그보다 훨씬 뒤인 구석기시대, 신석기시대에는 인간의 두뇌가 발달했기 때문에 돌을 깎아서 가공하게 된 것이라고 유추할 수 있습니다. 돌을 던질 때에는 속도감, 거리감 등을 살펴보아야 하고 또 돌을 고를 때에도 먼저 어떤 것이 적합한 돌인지 골라내야 합니다.

인간이 많이 바뀌었다고는 해도 파악 능력은 같기 때문에, 오늘날 컴퓨터 마우스를 다루는 것도 원시시대에 마우스같이 작은 돌을 잡아 던지는 것과 크게 다르지 않을 것입니다. 그렇기 때문에 칼처럼 생긴 흑요석을 잘라 사냥감의 배를 가르고 창자를 끄집어내듯, 던지기 좋게 손으로 잡기 쉬운 돌을 잡아 멀리 던지게 됩니다. 과연 최근에 고대의 돌무더기들이 발견되면서 그와 같은 추론이 사실로 증명되었지요. 자연석이지만 무더기로 쌓여 있는 돌들이 바로 그 증거가 되는 겁니다.

호모 훈디토르는 라틴어로 '던지는 인간,' 즉 '투석인'을 뜻하는데 이러한 맥락에서 「청산별곡」의 한 구절을 함께 놓고 보면, "어듸라 더디던 돌코/ 누리라 마치던 돌코"라고 하는 것이 일종의 투석전이라고 볼 수 있는 것이지요. 깜깜한 밤에 투석전을 하면 내가 던지는 돌에 누가 맞을지 모르고, 또 누군가 나를 미워해서 던진 것이 아니라 우연히 돌을 맞게 되는 것이지요. 「청산별곡」을 보면, 고려 시대 때 이미 투석전이 있었다고 볼 수 있습니다. 어느 나라든지 간에 창이나 활 이전에 돌을 무기로 먼저 사용해 왔는데, 특히 유목민이 늑대에게 돌을 던지던 모습이 바로 조그만 다윗이 골리앗을 이길 수 있던 이야기로 비유가 된 것이라고 볼 수 있습니다.

이런 이야기를 엮어 가면서, 한국의 표현 중에서 '던지다', '내버려 두다' 같은 단어와 연관해 영어의 projection이나 program 등의 어원에 대해 이해해 볼 수도 있는데요. Project는 앞으로 '던지다'라는 뜻이고, object는 반대로 '뒤로 던지다'라는 뜻입니다. 그래서 영어권을 비롯한 서구에서는 backward, 즉 뒤돌아보는 것은 터부가 되고 forward, 즉 앞으로 전진하는 것을 숭상하게 되었는데, 유명한 북극 탐험가가 "나는 내가 건너온 다리를 파괴하고 건너온 배를 불살랐다."라고 말한 것도 바로 그런 맥락이라고 볼 수 있습니다.

그것은 곧, 나는 오직 앞으로(forward) 가는 것밖에 모른다는 것인데, 그게 곧 서양이 세상을 Eastbound와 Westbound로 나누어서 미지의 지역으로 나아가는 대항해시대를 시작한 동력이라고 볼 수 있겠지요. 즉 전진밖에 모르는 자들이 한반도까지 와서 딱 만났다고 생각해 볼 수도 있다는 겁니다. 대륙 쪽에서 밀려온 세력 그리고 해양 쪽에서 밀려온 세력, 이 두 세력이 우리의 DMZ에서 만나서 경계를 만든 것이 오늘날 한국의 현실이 되었다고 볼 수도 있습니다.

지금까지는 통설이란 남의 이야기를 듣고 옮기는 강단 철학이나 문학, 그리고 지금 흔히 신문이나 인터넷에서 떠도는 도시 전설, 이 두 개밖에 존재하지 않았습니다. 유감스럽게도, 이런 강단 철학을 해체시키고, 이에 관해서도 비판적으로 볼 수 있는 새로운 사고 그리고 창조성은 존재하지 않습니다. 우리는 이미 있는 것을 가지고 이야기하고 있기 때문에, 순수이성비판과 실천이성비판 그리고 판단론이 있다고 봤을 때, 한국의 대학에서는 이 세 가지를 다 피상적으로 가르치고 있다고 봅니다.

가령 우리는 '칸트가 이러이러한 것을 말했다.' 이렇게만 가르칩니다. 플라톤 또한 『국가론』에서 순수 이론에 대한 이야기를 했지만, 사실 이론(Theory)과 실제(Practice)는 서로 전혀 다른 거지요. 철학자와 소피스트가 이야기하는 실제 변론이 서로 다르듯이, 논리와 레토릭도 서로 다릅니다. 실제 움직이는 것은 논리가 아닌 레토릭이기 때문에, 순수이성비판에서는 신이 없지만, 실천이성비판에서는 신이 있을 수 있

3부 —— 이성·자연·문명

는 겁니다.

플라톤이 공화국에서 시인을 추방하라고는 했지만, 실천 (Practice)을 중시하는 국가 교육론을 논할 때에는 반대로 시인을 교육에 필요한 존재라고 봅니다. 비록 가짜이기는 하지만 진리에 가장 가깝게 근접할 수 있는 건 시인의 이미지라 본 것이지요. 그러니까 희곡 같은 것들이 바로 그런 것입니다. 또 「율리피데우스」를 보면 아시아는 서양의 노예라고 칭했는데요, 오리엔탈리즘의 관점에서 그리스인들에게 그것은 물론 아시아 중에서도 중동을 의미합니다. 그리스의 서쪽에 유럽이 있었고, 동쪽에 아랍인들이 사는 아시아가 있었는데, 그 범위가 점점 커져 나중에는 중국까지 확대된 겁니다.

그리스인들은 아시아에는 지혜는 있어도 자유가 없고, 유럽은 반대로 자유는 있지만 지혜가 없다고 보았습니다. 그러나 자기네들은 지혜와 자유, 둘 다 가졌다고 생각했기 때문에 자기네들이 사는 곳을 '폴리스'(Polis)라 칭했지요. 그 폴리스라는 개념이 오리엔탈리즘과 어떤 연관을 맺는가, 하는 문제도 생각해 볼 수 있습니다. 서양에서도 하지 못하고 동양에서도 하지 못한 것을 자기네들은 해결하지는 못하더라도 최대한 성찰해 보는 능력이 있었다고 생각했기 때문입니다.

프로메테우스/에피메테우스/
판도라

7

김성곤

이어령 교수는 이렇게 말한다. "그리스신화를 보면, 신이 다른 동물들에게는 먹고살 수 있도록 신체적 조건을 마련해 주었지만, 인간에게는 불을 주었지요. 프로메테우스가 훔쳐다 준 불과, 아테네가 준 지혜를 얻어 인간은 짐승이 가진 발톱이나 날개나 모피가 없어도, 또 벌거숭이로 내던져져도 살아갈 수 있었던 것이지요. 인간이 신체적으로 동물보다 열등하기 때문에 문화 능력과 사고 능력을 주고, 언어를 제공해 준 것입니다."

과연 인간에게는 추위를 견딜 두터운 피부도 털도 없다.

또 사냥하거나 포식자와 싸울 수 있는 발톱도 날카로운 이빨도 없다. 그러나 다행히 인간에게는 불이 있어서 추위도 견딜 수 있고 포식자도 피할 수 있다. 현대에 와서 불은 가스와 전기와 원자력으로 진화했지만, 불은 인간에게 없어서는 안 될 필수품이다.

그리스신화에서 프로메테우스는 약한 인간들을 돕기 위해 제우스에게서 불을 훔친다. 그 결과 프로메테우스는 제우스의 처벌을 받는다. 코카서스산에 사슬로 묶인 채, 날마다 독수리에게 간을 쪼아 먹히는 형벌을 받은 것이다. 그는 불사신이었기에 밤 사이 간이 다시 자라나고 낮에 다시 쪼아 먹히는 벌을 감수해야만 했다. 나중에 헤라클레스가 지나가다 그를 사슬에서 풀어 준다. 프로메테우스의 배려와 예지가 없었다면 인간은 이미 멸종했을는지도 모른다.

프로메테우스라는 이름은 '앞으로 일어날 일에 대한 예지'라는 뜻이고, 그의 동생 에피메테우스는 '지난 일에 대한 깨달음'을 의미한다. 프로메테우스는 미래를 보고 앞으로 나아가는 사람이고, 에피메테우스는 어떤 일이 끝난 다음에야 뒤늦게 교훈을 얻는 과거의 사람이다. 그래서 후세 사람들은 프로메테우스를 기억하지, 에피메테우스를 기억하는 사람은 별로 없다.

제우스는 프로메테우스를 처벌하기 위해 여성인 판도라

를 창조해서 그에게 선물로 보낸다. 미래를 내다보는 프로메테우스는 동생 에피메테우스에게 제우스가 보내는 선물은 절대 받지 말라고 경고한다. 그러나 미래를 알지 못하는 에피메테우스는 제우스가 보낸 선물이 예쁜 여자였기 때문에 받아들인다. 판도라라는 이름은 '모든 것을 주는'이라는 뜻이다. 그녀는 조그만 단지를 갖고 온다. 후세 사람들은 '판도라의 상자'라고 하지만, 원래는 '판도라의 단지'가 맞다. 제우스는 판도라에게 그 단지를 열지 말라고 했지만, 호기심이 많은 판도라는 그걸 연다. 그러자 그 속에 들어 있던 온갖 질병과 재앙이 빠져나와 온 세상에 퍼져 나간다. 놀란 판도라가 얼른 뚜껑을 닫자, '희망'만 나오지 못하고 남아 있게 된다.

이들의 신화는 우리에게 중요한 교훈을 준다. 우선 판도라의 상자는 우리에게 누가 이유 없이 주는 선물을 조심하라고 가르쳐 준다. 그리고 호기심은 인생을 망칠 수도 있다는 사실도 깨우쳐 준다. 사실 그리스신화뿐 아니라 성서에서도 이브의 호기심 때문에 지상에 재앙이 시작된다고 되어 있는데, 이는 여성에 대한 편견에서 비롯된 것이라고 볼 수 있다.

프로메테우스와 에피메테우스에게서도 교훈을 배울 수 있다. 우리가 프로메테우스가 아니라 에피메테우스를 벤치마킹한다면, 우리는 과거 지향적이 될 것이고 뒤늦게 깨닫는 사람이 될 것이며 판도라를 받아들여 재앙을 초래하게 될 것이다. 그리고 나중에 크게 후회해도, 이미 그 재앙은 돌이킬 수 없을 것이다.

그러나 우리가 현명하게 프로메테우스를 벤치마킹한다면, 비록 슈퍼파워로부터 불이익을 당할는지는 몰라도 우리는 미래 지향적이 될 것이고, 판도라의 재앙도 피할 수 있을 것이다. 그리고 후세에 인류를 위해 크게 공헌한 영웅으로 기억될 것이다. 어쩌면 우리는 사슬에 매인 채 독수리에게 간을 뜯어 먹히는 벌을 받을는지는 몰라도, 언젠가 헤라클레스가 나타나 우리를 구해 줄 것이다. 그러면 우리는 문명의 보호자이자 인류의 구원자로 기억될 것이다. 우리는 세계를 환하고 따뜻하게 만드는 '빨간 꽃' 즉 '불'을 가져온 사람들로 기억되고 칭송될 것이다.

영어에 "앞을 내다보는 사람은 현명하다."라는 속담이 있다. "바보만 과거를 되돌아본다."라는 뜻이다. 그런데 우리는 자꾸 과거의 강박관념에 사로잡혀 과거로 되돌아가려고 한다. 그런 면에서 우리는 프로메테우스가 아닌, 에피메테우스의 후손처럼 보인다. 그럼에도 불구하고, 우리는 과거가 아닌 미래로 나아가야 한다. 우리는 희망이냐 절망이냐, 예지냐 뒤늦은 후회냐, 또는 과거냐 미래냐의 기로에 서 있다. 선택은 우리의 몫이다.

오리엔탈리즘/디아스포라/
「파친코」와 디아스포라

7

김성곤

1984년에 나는 뉴욕의 컬럼비아 대학교에서 명저『오리엔탈리즘』(*Orientalism*)(1978)의 저자인 에드워드 사이드 교수를 지도 교수로 박사 공부를 하다가 서울대학교에 부임하게 되어 6년 만에 귀국했다. 서울에서 반갑게 만난 이어령 교수와 대화하다가, 나는 이어령 교수가 사이드와『오리엔탈리즘』에 대해 이미 잘 알고 있다는 사실에 적잖이 놀랐다. 이어령 교수는 과연 시대를 앞서가는 지성이었다. 당시는 한국의 영문과 교수들 중에도 에드워드 사이드나『오리엔탈리즘』을 아는 사람이 거의 없었기 때문이었다. 그날, 우리는 사이드의 『오리엔탈리즘』에 대해 많은 대화를 나누었다.

사이드의 『오리엔탈리즘』 이론

사이드가 43세의 비교적 젊은 나이에 출간해 세계를 놀라게 한 『오리엔탈리즘』은 이후 전개되는 탈식민주의의 단초가 되고 세계 학계와 문단에 지대한 영향을 끼친 기념비적 저서다. 예컨대 학계에서 탈식민주의를 논할 때, 또는 존 쿳시의 『포(Foe)』나 진 리스의 『광막한 사르가소 바다』 같은 탈식민주의 계열의 소설을 분석할 때, 그 근저에는 언제나 사이드의 『오리엔탈리즘』 이론이 자리 잡고 있다. 『오리엔탈리즘』이 깨우쳐 주는 동서 관계에 대한 새로운 성찰은 서구의 학자들이나 작가들에게 새로운 깨달음을 제공했고, 이후 동서양을 바라보는 시각에 본질적인 인식의 변화를 초래했다.

유럽의 방대한 문헌을 분석한 『오리엔탈리즘』에서 사이드는 여행기나 학술 서적이나 문학작품에 나타난 동양에 대한 서양의 편견을 '오리엔탈리즘'이라 불렀고, 거기에 참여한 서양학자나 작가들을 '오리엔탈리스트'라고 불렀다. 그래서 이 책이 출간되자 당황한 미국 대학들은 당시 '오리엔탈 스터디스 학과'(Department of Oriental Studies)라고 되어 있던 학과의 명칭을 '중동학과', '근동학과', 또는 '동아시아학과'로 바꾸었다. 사실 오리엔탈 스터디스라는 분야가 고고학 및 인류학과 더불어 식민지 연구를 목적으로 제국주의 시대인 19세기에 등장했다는 점을 염두에 둔다면, 그러한 명칭 변경은 어쩌면 시대적 요청이었고 필연적인 것이었다.

『오리엔탈리즘』에서 사이드는 그동안 유럽인들의 마음속에 동양은 단지 이국적이고 낭만적인 장소이자 하나의 환상적인 아이디어로만 존재해 왔다고 지적한다. 그래서 그는 유럽인이 보는 동양은 실체가 아니라, 유럽인이 자신들에 비추어 재현하고 만들어 낸 허구라고 말한다. "동양에 대해서 말하자면, 동양은 완전히 부재한다. 다만 오리엔탈리스트와 그가 하는 말만 존재할 뿐."

그런데 문제는 동양에 대한 서양의 그러한 부정확한 시각과 잘못된 편견이 시간이 지남에 따라 문학작품과 학술 연구와 각종 저술을 통해 하나의 견고한 지식 체계와 절대적 진리로 굳어졌다는 것이다. 『오리엔탈리즘』은 바로 그러한 명제에서 시작하고 있으며, 그것을 밝히기 위해 사이드는 방대한 자료들, 즉 동양을 다녀온 여행자들과 동양으로 파견되었던 군인들, 그리고 학자들과 작가들의 저술을 분석한다. 그리고 미셸 푸코의 담론 이론(discourse theory)을 빌려, 매 시대 어떻게 그러한 부정확한 지식이 당대의 권력과 담합하여 동양에 대한 잘못된 진리를 만들어 냈는가를 탐구한다. "그런 텍스트들은 지식뿐 아니라 그 지식이 묘사하는 리얼

3부 —— 이성·자연·문명

리티도 만들어 낸다. 시간이 지나면 그러한 지식과 리얼리티는 전통 또는 미셸 푸코가 말하는 담론을 만들어 낸다." 사이드는 바로 그렇게 해서 만들어진 동양에 대한 지식 체계를 '오리엔탈리즘'이라고 부르며, 의식적 또는 무의식적으로 오리엔탈리즘의 형성에 일조한 서구 저술가들을 '오리엔탈리스트'라고 부른다.

그런데 그러한 지식 체계는 동양을 제대로 재현할 수 없기 때문에, 결국 동양을 하나의 '허구의 텍스트'로 만드는 위험성을 내포하고 있다. 사이드의 다음 언급은 바로 그러한 문제를 통찰하고 있다. "동양에 대한 지식 체계에서 보면, 동양은 하나의 장소라기보다는 지역이고, 일련의 참고 자료이며, 독특한 것들의 집합체인데, 이 모든 것들의 근원은 동양에 대한 누군가의 저술 속의 인용이거나, 인용 부호이거나, 텍스트의 단편이거나, 아니면 기존의 상상의 편린이거나, 아니면 그 모든 것의 혼합일 뿐이다. 동양에 대한 직접적 관찰이나 상황 묘사도 동양에 관한 저술 행위에 의해 제시된 픽션일 뿐이다." 과연, 서구의 문헌에서 동양은 흔히 실체가 아닌 허구의 구축물로 등장한다. 그래서 유럽이 산출한 문학 작품들을 예로 들어 분석하면서, 사이드는 그 속에서 동양이 얼마나 부정확하게 제시되어 있는가를 지적한다.

그러한 논의를 펼치면서, 사이드는 문학은 사회에 오염

되어 있지 않은 순수한 텍스트라는 우리의 고정관념이 틀렸다고 말한다. 우리는 흔히 문학은 순수해서 정치나 사회와는 별 연관이 없다고 생각하기 쉽다. 그러나 사이드는 문학이야말로 본질적으로 그리고 필연적으로 정치 및 사회와 긴밀한 관련을 맺고 있기 때문에 문학은 당대의 시대상과 세계관을 반영하는 좋은 문화 텍스트이자 중요한 사회 문서가 된다고 말한다. "사람들은 문학과 문화는 정치적으로 심지어는 역사적으로도 순수하다고 추측한다. 그러나 내 경우에는 그렇지 않았다. 특히 오리엔탈리즘에 대한 연구를 하면서 나는 문학과 사회는 불가분의 관계에 있다는 사실을 깨닫게 되었다."

그러므로 사이드는 그 어떤 문화나 문학도 순수하지 않으며 본질적으로 현실에 오염된 세속적인 것이라고 본다. 그가 『세상과 텍스트와 비평가』에서 시종일관 주장하고 있는 것도 바로 문학과 비평의 세속성이다. "다시 말해, 나의 복합적 시야는 내가 장르마다 다르고 역사의 각 시대마다 서로 다르다는 의미에서 모든 텍스트를 세속적이고 상황적이라고 보기 때문에, 다분히 역사적이고 인류학적이다." 그래서 사이드는 위 저서에서 비평가 보는 문화나 문학은 순수하고 지고한 천상의 존재가 아니라, 현실과 역사에 오염된 "현세적"이고 "세속적"인 텍스트라고 말한다.

『오리엔탈리즘』에서 사이드가 지적하는 또 하나의 문제는, 동양에 대한 그러한 잘못된 지식이 서양에게 동양에 대한 권력과 헤게모니를 부여해 주었으며, 그 결과 서양으로 하여금 우월감을 갖고 동양을 지배하고 교화하는 것을 당연하게 생각하도록 해 주었다는 것이다. 바로 그런 이유로 해서, 오리엔탈리즘은 서구 제국주의 이데올로기의 이론적 근거를 마련해 주었다고 할 수 있다. 예컨대『암흑의 핵심』에서 조지프 콘래드는 유럽인들이 암흑의 대륙(아프리카)에 문명의 횃불을 들고 가서 어둠을 밝혀 주어야 한다는 잘못된 사명감과 자기만 옳다는 독선에 사로잡혔고, 그래서 식민지에 가서 교화라는 미명 아래 지배를, 훈육을 이유로 살인을, 그리고 무역이라는 핑계로 원주민을 억압하고 착취했다고 말한다.

동양에 대한 서구인의 그러한 오만과 편견을 논하면서 사이드는 이집트 총독이었던 크로머 경의 말을 인용한다. 크로머는 이렇게 말했다. "쉽게 허위가 되기 쉬운 부정확함은 동양 정신의 특성이다. 유럽인은 세밀한 분석가이며, 그의 진술은 모호하지 않다. 그는 논리학을 배우지 않았지만, 타고난 논리학자이다. 그는 본질적으로 회의적이며, 어떤 것을 받아들이기 전에 증거를 요구한다. 그의 훈련된 지성은 정교한 메커니즘처럼 작용한다." 그러고는 이렇게 덧붙인다.

"반면, 동양인의 정신은 자기네의 현란한 장터 거리처럼 정확성이 부족하다. 그의 설명은 대체로 장황하고 명료함을 결여하고 있다. 그는 아마 여섯 번쯤은 자기가 조금 전에 한 말과 모순되는 말을 한 후에야 자신의 이야기를 마칠 것이다."

크로머 경은 영국 의회에서의 은퇴 기념 고별 강연에서 위와 같은 우월감에 가득 찬 진술을 했다. 그렇기 때문에, 크로머 경에게 유럽의 동양 지배는 너무도 당연한 것이었다. 또한 사이드는 1910년 아서 밸푸어가 영국 하원에서 한, 다음과 같은 연설의 방만함도 지적한다. "우리는 이집트인을 위해 이집트를 지배하고는 있지만, 단순히 이집트인을 위해서만 그러는 것은 아니다. 우리는 유럽 전체를 위해 이집트를 지배하고 있는 것이다."

위 진술에는 유럽의 식민지 지배가 자치 능력이 없는 식민지인의 교화와 복지를 위해서라는 명분 외에도, 유럽의 평화와 안녕을 위해서도 필요하다는 오만한 논리를 펴고 있다. 그렇게 논리적이라고 자랑하는 유럽인의 마인드가 이렇게 비논리적일 수도 있다는 것은 놀랄 만한 일이다. 그러나 그러한 비논리적인 사고가 제국주의 시대에는 가장 논리적인 상식으로 통했다.

그러므로 『오리엔탈리즘』에서 사이드는 대부분의 서구 지식인들과 작가들이(심지어는 동양을 좋아했고 자신은 동양 편이라고 생각했던 사람들조차도) 예외 없이 오리엔탈리즘의 형성에 공헌했다고 지적하며, 그들의 저술을 예리하게 분석한다. 심지어는 아라비아를 좋아했고 아라비아인들의 이익을 위해 크게 공헌해서 아라비아의 영웅이라고 불렸던, 그래서 데이비드 린 감독에 의해 「아라비아의 로렌스」라는 영화까지 만들어진 영국인 T. E. 로렌스조차도 사이드의 비판을 피하지는 못한다. 사이드에 따르면, T. E. 로렌스는 비록 아라비아를 좋아하긴 했지만, 궁극적으로는 아라비아인에 대해 우월감을 갖고 이들을 서구식으로 계몽하려 했던 오만한 유럽인이었다는 것이다. 과연 데이비드 린 감독은 집착증과 강박관념이 심했던 T. E. 로렌스의 그러한 특성을 영화에서 잘 묘사하고 있다.

카를 마르크스도 사이드의 비판을 피하지는 못한다. 사이드는 마르크스가 인도의 경제 개혁을 위해서라면, 영국의 인도 지배가 필요하다고 말했다는 점을 지적한다. 마르크스는 이렇게 말했다. "영국은 인도에서 두 가지 사명을 완수해야 한다. 하나는 파괴하는 것이고, 또 하나는 재건하는 것이다. 즉 아시아식 사회를 파괴하고 아시아에 서구 사회의 물질적 토대를 건설하는 것이다." 마르크스는 또한 "그들(동양)은 스스로를 나타내지 못한다. 그들(동양)은 타자(서양)에 의해 재현되어야 한다."라고 말함으로써, 동양을 서구가 교화해야 할 미개한 지역으로 보았다.

동양에 대한 또 하나의 편견은 동양을 야만적이고 위험한 지역으로 보는 것이다. 코난 도일의 추리소설에서도 사악한 살인범이 범죄에 사용하는 독약, 독화살, 또는 독사 같은 위험하고 치명적인 것들은 대개 인도나 아프리카 식민지에서 온 것으로 설정되어 있는데, 이는 제국인 영국에는 애초에 그런 치명적인 무기나 범죄도 없었다는 것을 암시하고 있다. 또 윌리엄 콜린스의 『흰옷을 입은 여인』에는 영국 여성은 집안 청소나 요리를 하지 않도록 귀하게 태어났고, 집안의 잡일은 식민지 여자들이나 하는 것이라는 다분히 제국주의적인 언급이 나오는데, 이는 영국 여자가 식민지 여인을 가정부로 부리는 것을 합리화해 주고 있다.

『오리엔탈리즘』에서 사이드는 "동양은 서양의 바로 옆에 있을 뿐 아니라, 서양의 가장 크고 오래된 풍요한 식민지였고, 서구 문명과 서구어의 근원이었으며, 문화적 경쟁자였고, 가장 중요한 타자의 이미지였다. 더욱이 동양은 서양을 정의하는 거울의 역할을 했다."라고 말한다. 오리엔트라는 말은 '해가 뜨는 곳'이라는 뜻이다. 밝은 곳으로 가는 길을 가르쳐 준다는 의미의 '오리엔테이션'이란 단어도 '오리엔트'에서 유래했다. 문명의 발상지 역시 중국 황허문명, 인도 인더스문명·메소포타미아문명, 그리고 이집트문명을 거쳐, 그리스 문명으로 이동해 갔다. 이처럼 고대 동양이 서양에 끼친 영향은 대단히 크다.

그럼에도 근대에 이르러 서양의 과학기술이 발달함으로써 동양은 낙후 지역이 되었고, 결국 서양의 식민지로 전락하기에 이르렀다. 1914년에 이르면 전 세계의 85퍼센트가 서구의 식민지가 되었다. 그리고 식민지를 지배하고 다스리기 위해 훈육과 교화가 강조되었고 식민지인들에게 제국의 언어와 문학을 교육했으며 유럽 대학들에는 오리엔트 연구를 비롯한 식민지 연구 관련 학과들이 생겨나기 시작했다. 그리고 동양에 대한 지식은 그 부정확함에도 불구하고 동양에 대한 우월감과 권력을 서양에 부여해 주었고, 식민 지배 담론을 만들어 냈으며, 제국주의를 합리화시켜 주었다. 사이드의 『오리엔탈리즘』은 바로 그러한 오리엔탈리즘 형성 과정을 추적하고 탐색하며 성찰했다는 점에서 중요한 의미를 갖는다.

디아스포라 문학

예루살렘 출생 팔레스타인계로서 고교 시절 미국으로 건너온 에드워드 사이드는 디아스포라의 삶을 살았다. 망명객으로서의 그의 삶은 역시 해외에서 디아스포라적 삶을 살고 있는 한국 교포들과 해외 한국 작가들을 생각나게 한다.

현재 약 700만 명의 한국인들이 다른 나라로 이주해 살고 있고, 미국에만 약 170만 명의 한인 교포들이 살고 있다. 세계가 하나의 지구촌이 되고 네이션/스테이트의 경계가 와해되는 글로벌 시대로 진입함에 따라 민족의 이동이 보편화되었고, 그에 따라 한인 이민들도 많이 늘어났다. 한인들이 해외로 이주한 주된 이유는, 고국의 사회적 불안과 정치 이데올로기 분쟁으로 인해 환멸을 느끼고 보다 나은 삶을 영위하고 선진국에서 자녀를 교육시키기 위해서였다.

'디아스포라'라는 용어는 원래 로마제국에 의해 나라가 멸망해서 전 세계로 흩어졌지만 지리적인 거리에도 불구하고 문화적 종교적 유대를 잃지 않은 유대인들의 '민족 이산'을 지칭하는 말이었다. 그러나 민족 이산이 보편화되고 대규모화된 지금은 고국을 떠나 타국에 살면서 문화적 종교적 유대를 잃지 않고 있는 모든 이주민들을 지칭하는 보편적 용어가 되었다. 특히 한국인을 포함한 동아시아인들은 외국에 살면서도, 동양적인 도덕관이나 가정관 또는 문화적 특성이나 가족 간의 긴밀한 유대를 그대로 유지하고 있어서 유대인들의 '디아스포라'와 비슷한 상황 속에서 살고 있다는 평을 받는다.

그런 맥락에서, '디아스포라'는 '글로벌 시대' 또는 '트랜스내셔널 시대'라 불리는 이 시대를 대표하는 용어 중 하나가 되었다. 글로벌 시대의 특징은 전 세계가 하나로 연결되어 하나의 지구촌이 되었다는 것이며, 트랜스내셔널 시대의 특징은 국경의 와해로 인해 이제는 한 나라에만 속하거나 충성할 필요가 없어졌다는 것이다. 그것은 곧 이제는 홈 랜드와 호스트 컨트리 둘 다에 충성할 수 있고, 따라서 고국의 문화를 포기하지 않고도 이민 간 나라에 동화되어 살 수 있음을 의미한다. 물론 아직도 외국의 시민권을 얻으려면 그 나라에만 충성하겠다고 서약해야 하지만, 이는 정치적 맥락이고 문화적으로는 고국을 포기할 필요가 없다는 것이다.

원래 트랜스내셔널리즘은 자신의 고유 문화를 포기하지 않으면서도 경계를 넘어 문화적 다양성을 갖춘 진정한 세계인이 되자는 것이 그 취지였다. 그러나 한국인들처럼 이민 후에도 자신의 고국을 잊지 못하는 사람들에게는 트랜스내셔널리즘이 고국에 대한 향수를 과도하게 허용하거나 부추기는 바람직하지 못한 결과를 가져올 수도 있다는 지적을 받기도 한다. 또 요즘에는 트랜스내셔널리즘이나 디아스포라의 의미가 확대되어, 몸은 어디에 있든지 자신이 처한 환경이 (비록 그것이 자신의 고국이라 할지라도) 적대적이어서 스스로 망명 의식을 느끼는 소외된 지식인들이나 고독한 작가들의 상황을 묘사할 때에도 사용되고 있다.

그러므로 '디아스포라 문학' 또는 '이산 문학'은 강압에 의해 또는 자발적으로 낯선 곳에서 살게 된 사람이나, 고국에서도 망명객처럼 살고 있는 사람들이 산출하는 문학을 지칭한다. 해외의 '디아스포라 문학'은 이민 1세대가 익숙한 모국어로 쓰는 문학과, 2세대나 3세대가 자기들에게 익숙한 호스트 컨트리의 언어로 쓰는 문학으로 나뉜다. 예컨대 로스앤젤레스나 워싱턴 또는 시카고나 애틀랜타의 한인문인 협회는 주로 한글로 글을 쓰는 이민 1세대 작가들의 모임이고, 그들이 발행하는 문예지 역시 한글로 발간되고 있다. 국제펜클럽 한국 지부가 매해 가을에 개최하는 '세계한글작가대회'는 해외에서 한국어로 문학작품을 쓰는 바로 그런 이민 1세대 작가들을 대상으로 하는 행사이다.

이민 1세대나 1.5세대의 디아스포라 문학은 갑자기 던져진 낯설고 적대적인 상황, 의사소통의 기능을 상실한 모국어, 문화적 동화의 어려움, 그리고 생소한 언어로 낯선 사람들과 교류해야 하는 이민자들의 실존주의적 상황을 다루는 경우가 많다. 반면, 호스트 컨트리에서 태어난 이민 2세대나 3세대가 산출하는 디아스포라 문학은 부모 세대의 고민에 속하는 '동화'의 문제보다는 자신이 태어난 나라에서 '과연 어떻게 살아야 하는가?'에 더 많은 관심을 갖고 있다.

우리에게도 세계 여러 나라에서 문학사적으로 중요한 디아스포라 문학작품을 산출했거나 현재 쓰고 있는 작가들이

3부 ── 이성·자연·문명

있다. 작고한 작가로는 미국의 강용흘, 김은국(리처드 김), 테레사 차학경 및 독일의 이미륵이 있고, 러시아의 미하일 박과 호주의 김동오(단 오), 그리고 일본의 아쿠타가와상 수상 작가인 유미리와 이양지가 있다. 현재 미국에서 활발하게 활동하고 있는 교포 작가들로는 돈 리, 이창래, 노라 옥자 켈러, 개리 박, 하인즈 인수 펭클, 이민진, 제인 정 트렌카, 수키 킴, 수전 최, 앤지 킴 등이 있다.

미국의 한국계 작가들의 디아스포라 문학

1921년에 미국으로 가는 배를 탄 최초의 한국계 미국인 작가 강용흘은 『초당』(1931)과 『동양, 서양으로 가다』(1937)에 한국인이 겪는 미국 사회 동화의 어려움을 썼다. 『초당』은 한국 일제강점기 아래에서 보낸 자신의 어린 시절과 끝내 미국으로 이주할 수밖에 없었던 자신의 처지를 그린 자전적 소설이고, 『동양, 서양으로 가다』는 미국 중산층 사회에 진입하고자 하지만 끝내 받아들여지지 않는 한국계 미국인의 이야기다. 『동양, 서양으로 가다』의 결말에서 교포 주인공은 미국인 여자 친구와 결합하지 못하고 헤어지는데, 원고를 검토하던 미국 출판사가 당시 이민자들의 성공적인 미국 사회 동화를 독려하던 국가 정책과 사회 분위기를 감안해 두 사람이 결혼하는 결말로 바꾸어 달라고 요청했는데, 강용흘이 이를 거부한 에피소드는 잘 알려져 있다. 그럼에도 불구하고, 강용흘은 자신을 '동서양을 연결하는 다리'라고 생각했다.

1955년에 미국으로 건너온 김은국은 '내셔널 북 어워드 후보'로 올랐던 『순교자』(1964)와 『심판자』(1968)에서 각각 한국전쟁과 박정희 군사 쿠데타 시절의 한국 사회를 미국과의 연관 속에서 그렸으며, 『잃어버린 이름』(1970)에서는 창씨개명을 해야 했던 일제강점기 시절 한국인들의 파란만장한 삶을 그렸다. 타계하기 얼마 전 김은국을 뉴욕에서 만났는데, 당시 예일대학교가 있는 뉴 헤이븐에 살고 있던 그는 필자와 김수경 시인을 만나기 위해 일부러 기차를 타고 뉴욕까지 와 주었다. 그의 첫인상은 대단히 온화하고 지적인 젠틀맨이었다. 김은국의 소설들은 한국과 미국 사이의 정치적 윤리적 관계를 심도 있게 성찰했다는 평을 받는다.

1963년에 미국으로 건너간 테레사 차학경은 필자가 1982년 컬럼비아대학교에 다닐 때 같이 뉴욕 맨해튼에서 살았던 장래가 촉망되는 작가였는데, 불행히도 31세의 젊은 나이에 요절했다. 맨해튼에 프로젝트가 있어서 일하러 온 미국인 남편을 찾아온 그녀는 라틴계 아파트 경비원에게 문을 열어 주었다가 성폭행을 당하고 무참히 살해당했다. 그 경비원은 이미 플로리다에서 성범죄 전력이 있었던 사람이

3부 —— 이성·자연·문명

었다.

차학경은 죽기 전 『딕테』라는 유명한 포스트모던 디아스포라 소설을 썼다. 사진과 그림도 많이 들어간 이 소설에서 그녀는 어린 시절 미국에 이민 와서 엄연히 모국어가 있는데도 마치 언어 장애가 있는 것처럼 새로운 나라의 언어를 받아 써야 하는 처지가 된 이민자의 모습을 강렬한 언어와 이미지와 담아냈다. 『딕테』는 오늘날 많은 미국 대학에서 디아스포라 문학과 탈식민주의 문학 텍스트로 채택되고 있다. 그녀는 이민자들의 그러한 경험을 일제강점기에 언어를 빼앗긴 조선인들의 경험과 병치하고 있으며, 유관순의 저항에서 이민/식민지인의 저항을 읽어 내고 있다. 차학경이 타계한 직후 필자가 서울대학교 교수로 부임해 뉴욕을 떠날 때, 같이 컬럼비아대학교에서 박사 공부를 하며 친하게 지내던 춘원 이광수의 손녀 앤 리가 차학경의 죽음을 애도하며 『딕테』를 송별 선물로 건네주던 기억이 난다.

7세 때 미국에 온 김명미는 시를 통해 차학경과 비슷한 좌절감을 표출한다. 『깃발 아래서』에서 시인은 고국과 모국어를 잃어버리고 호스트 컨트리인 미국과 영어에 충성을 서약해야만 하는 이민자의 심정을 잘 그리고 있다. "영어를 읽고 쓸 줄 아는가?/ 예스 ＿＿＿ 노 ＿＿＿/ 내가 딕테이트하는 대로 다음 문장을 써 보시오,/ 거리에는 개가 있다. /비가

오고 있다./ 당신은 이 나라 외에 다른 나라에 충성을 바치지 않을 것을 서약하는가?/ 현재 미국 대통령은 누구인가?/ 이제 모두 일어나 손을 드시오."

이 시에서 화자는 시민권 취득 서약에 따라 자신의 모든 것을 버리고 새로운 나라와 새로운 문화에 대한 충성을 다하기를 강요받는다. 그러나 시인은 사실 그 둘 중 어느 하나만의 선택은 불가능하다고 말한다.

외교관의 아들이자 이민 3세인 돈 리는 영어가 모국어이고 미국이 고국인 사람으로서, 아시아계가 미국 사회에 어떻게 살아야 하는가를 고민하고 천착한 작가다. 그는 문학사상사에서 출간된 『옐로』에서, 아시아계는 자기들끼리만 모여 사는 닫힌 체계에서 벗어나 미국 사회에 합류해야 한다고 말한다. 실제로 그의 등장인물들은 '로사리타 베이'라는 가공의 마을에 모여 살면서 자기들끼리 갈등을 빚는데, 그곳은 외부로 통하는 길이 단 하나밖에 없는 '닫힌 마을'이다. 로사리타베이는 필자가 직접 가 본 샌프란시스코 근교의 해프문베이가 그 모델인데, 과연 외부로 통하는 길이 하나밖에 없었다. 돈 리의 단편소설에 나오는 어느 여주인공은 외모와 영어로 백인 흉내를 내 보지만, 오히려 백인에게서 비웃음만 받는다. 이는 아시아계는 백인을 모방하는 것보다는 자신만의 정체성을 갖는 것이 오히려 미국 사회에서 더 존경

　　　3부 —— 이성·자연·문명

받는다는 것을 시사해 주고 있다.

『옐로』에서 또 돈 리는 아시아계에 대한 미국 사회의 편견보다는, 자기가 인종차별을 받는다고 지레짐작하는 아시아인의 편견이 더 심각한 문제라는 유명한 지적을 한다. 보스턴의 회사에 다니는 한국계 미국인 대니는 회사 중역 승진 경쟁에서 백인 중심인 보스턴 사회의 인종차별로 인해 틀림없이 백인 경쟁자가가 승진하리라고 생각하고 좌절한다. 그러나 결과는 자신의 승진이었고, 그 백인 동료는 좌절해서 정신병원에 입원한다. 그는 비로소 그동안 미국 사회가 자기를 차별한다는 불필요하고 근거 없는 피해 의식에 젖어 있었음을 깨닫는다. 물론 편견을 가진 백인들도 있을 것이다. 그러나 그래도 미국 사회에서는 실력만 있고 노력만 하면 아직도 공정하게 기회가 주어진다고 돈 리는 말한다. 돈 리의 이러한 시각은 그가 동화 문제로 고뇌하지 않아도 되는 이민 3세대여서 가능했을 것이다.

세 살 때 부모를 따라 미국으로 건너간 이창래는 이민 1.5세대에 속한다. 처녀작 『네이티브 스피커』에서 이창래는, 미국에서 태어나고 영어가 모국어인데도 여전히 미국 사회의 주류에 들어가지 못하는 한국계 주인공의 좌절을 그리고 있다. 두 번째 작품인 『제스처 라이프』에서 이창래는 호스트 컨트리의 주류 사회에 받아들여지려고 노력만 하다가 끝나는 인생은 자칫 진정한 삶이 아닌 '제스처 라이프'일 수 있다고 경고한다. 주인공 구로하타는 일본 가정에 입양된 한국인으로 태평양전쟁에서 천황 폐하의 충성스러운 신민이 되려고 노력하지만 일본 사회에 받아들여지지 않고, 이후 미국으로 건너가 잔디밭도 가꾸고 미국 여자와 결혼해서 미국의 중산층이 되려고 노력하지만 여전히 미국 사회에 받아들여지지 않는다. 은퇴 후 자신의 삶을 돌이켜보면서 구로하타는 결국 자신의 인생이 진실하지 못한 '제스처 라이프'였을 뿐임을 깨닫는다. 이 소설은 자신의 뿌리와 문화를 버리지 말고, 자신감을 갖고 사는 것이 중요하다는 메시지를 준다.

일곱 살 때 미국으로 온 이민진은 런던의 《더 타임스》가 '금년의 Top 10 소설'로 선정한 『백만장자를 위한 공짜 음식』(2007)에서 이민 가정에서 벌어지는 문화적 차이로 인한 부모 자녀 간의 갈등, 미국이 고국인 이민 2세들의 낭만과 좌절, 그리고 외모의 차이로 인해 발생하는 백인 사회로의 진입과 동화의 어려움 같은 절실한 문제들을 심도 있고 설득력 있게 다룬다. 이 소설의 제목은, "우리는 모두 부자가 되고 싶어 한다. 그리고 많이 가질수록 더 많은 것을 바라게 된다."라는 것을 시사해 주고 있다. 그래서 백만장자일수록 공짜 음식을 더 좋아한다는 말이 있다. 그리고 그와 동시에,

백만장자에게 공짜 음식이 사실 무슨 의미가 있겠느냐는 의미도 들어 있는 것처럼 보인다. 미국 사회에서 성공을 바라는 이민자들을 다룬 이 소설을 읽으면서 독자들은 그 두 가지 의미를 다 생각해 보게 된다.

《에스콰이어》,《시카고 리뷰 오브 북스》,《아마존 닷컴》이 '2017년 베스트 픽션'으로 선정한 이민진의『파친코』(2017)는 비극적인 한국 역사와 맞물리면서 서사시처럼 펼쳐지는 4대에 걸친 한 조선인 가문의 이야기를 통해 재일 교포의 애환을 잘 그려 낸 수작이다. 과연, 작가가 일본에 수년간 체류하면서 많은 자료들을 섭렵하고 연구한 결과인 이 소설은 뛰어난 문학작품이면서 동시에 중요한 사회 문서라고 할 수 있다.『파친코』는 "역사가 우리를 망쳐 놨지만 그래도 상관없다."라는 말로 시작한다. 무능한 나라와 정치인들로 인해 초래된 개인의 비극을 기어이 극복하고 이겨 내겠다는 주인공의 의지가 담긴 말이다. 지금도 정치인들의 잘못된 선동과 정책으로 한국과 일본의 관계는 최악을 향해 치닫고 있는데, 그 무거운 짐은 재일 교포들이 져야 한다. 정치인들의 무책임한 정책과 선동으로 인해 일본에서 일어나고 있는 혐한 감정은 재일 교포들의 삶을 무척이나 고달프게 하고 있다.

제인 정 트렌카는 4살 된 언니와 함께 아직 영아 때 미국 백인 가정에 입양된 한국계 작가다. 자서전적 회고록인 「피의 언어」(2003)에서 트렌카는 부모로부터 버림받고 생소한 나라로 옮겨진 입양아가 겪는 혼란, 불안, 좌절을 문학적으로 잘 형상화하고 있다. 한국은 한국전쟁으로 인해 생긴 고아들을 해외에 입양시키기 시작했는데, 부끄럽게도 세계 10위권의 경제 대국이라는 지금도 아동 해외 입양은 계속되고 있다. 그 이유는 우리에게 염치와 품위가 없어서일 것이다. 한국은 이제 더 이상 전후의 극빈국이 아니고 전쟁고아도 없는 나라인데, 왜 아직도 여전히 아동 해외 입양을 계속하고 있는 것일까? 이제는 아이들을 수출해서 돈을 버는 일은 그만두어야만 한다. 더구나 최근 스웨덴 입양아들이 밝힌 바에 따르면, 보내 주기로 한 아이에게 문제가 생기면 다른 고아를 원래 가기로 한 아이의 이름으로 내보내서 나중에 돌아와서 어렵게 찾아 해후한 생부모가 실제 부모가 아닐 수도 있다고 한다. 한국으로 돌아와 입양 관련 일을 하고 있는 트렌카는 자칫 입양아의 삶을 망칠 수도 있는 한국의 해외 입양 제도를 비판하며, 입양아로서 자신의 경험을 담아낸 독특한 디아스포라 문학을 산출하고 있다.

수전 최는 저명한 영문학자 최재서의 딸로 미국에서 태어났다. 첫 소설 『외국인 학생』(1998), 퓰리처상 최종 후보였던 『미국 여자』(2004), 펜포크너상 최종 후보였던 『요주의 인물』(2009),『나의 교육』(2014) 등 일련의 작품을 통해 수전 최는 미국에서 태어나 미국이 고국이지만, 여전히 외국인 취급을 받는 한인 교포들의 문제를 잘 성찰하고 있다.

하와이에서 태어난 개리 박은 현재 하와이에서 가장 중요한 작가 중 한 사람으로 인정받고 있다.『종이비행기』(1998)를 비롯한 소설들에서 그는 1905년 하와이 사탕수수 농장 노동자로 이민 온 할머니로부터 시작해 태평양전쟁 때 한국을 탈출해 하와이로 도피한 자기 가족들 이야기를 쓰고 있으며, 단편집『게코스의 언어와 다른 이야기들』(2005)에서는 하와이로 이주한 한국계, 일본계, 중국계 이민자들의 삶을 통문화적인 시각으로 성찰하고 있다.

독일계 주한 미군 아빠와 한국 엄마 사이에 태어난 하인즈 인수 펭클은『내 유령 형의 추억』(1998)에서 문화가 다른 아버지와 어머니 사이의 갈등, 혼혈아에게 적대적인 한국 사회에서 겪는 어려움, 그리고 그 과정에서 집을 뛰쳐나가서 한 번도 만나 보지 못한 형이 상징하는 문제에 대해 천착하고 있다. 펭클은 또한 한국 전래 설화의 뛰어난 번역가로도 알려져 있다.

13세 때 미국으로 건너간 수키 킴의『통역사』(2003)는 29살인 법정 통역사가 법정 사건을 다루다 우연히 정적(政敵)에 의해 자기 부모가 살해된 정황을 발견하는 미스터리를 통해 한미 두 문화 사이의 충돌과 갈등을 잘 그려 내고 있다. 그런 면에서 주인공의 직업이 두 문화와 언어를 중재하는 통역사라는 설정은 대단히 상징적이다. 북한에 가서 영어 교사를 했던 자신의 독특한 경험을 토대로 쓴 『평양의 영어 선생님』(2014)은 북한 엘리트 자녀들의 학교 생활을 통해 북한 사회 기득권층의 문제를 파헤친 흥미로운 작품이다.

왜 지금 디아스포라 문학인가?

그렇다면, 왜 지금 디아스포라 문학인가? 도처에서 국경이 사라지고 있는 이 글로벌 시대와 다문화 시대, 그리고 트랜스내셔널 시대에 수백만 명의 한인들이 해외에서 살고 있으며, 뛰어난 교포 작가들이 그들의 고뇌와 애환을 문학적으로 잘 그려 내고 있기 때문이다. 한국계 작가들의 디아스포라 문학은 오늘날 세계적인 주목을 받고 있으며, 점차 그 영역과 저변을 넓혀 가고 있다. 한국계 교포 작가들은 일차적으로는 호스트 컨트리의 문단에 속해 있겠지만, 궁극적으로는 한국문학과 해외문학 사이의 문화적 가교 노릇을 한다는 점에서 한국문학의 세계화를 위해서 중요한 역할을 하고 있다. 앞으로 한국계 디아스포라 작가들은 더 늘어날 것이며, 낯선 환경에서 홀로 서야 하는 교포들이 당면하는 심리적 갈등과 사회적 소외감을 다루는 디아스포라 작품들도 더 많이 산출될 것이다.

디아스포라 문학이 우리에게 호소력 있는 이유는, 그게 바로 문학의 본질이기 때문이다. 문학의 본질은 고국이나 고향에 대한 향수에 이끌리는 센티멘털한 것이 아니라, 자신의 고국과 고향의 중력에서 벗어나고 경계를 넘어서 새로운 세계를 방랑하는 것이며, 낯선 곳에서 자신을 돌아보며 삶의 의미를 찾고 고뇌하는 것이라고 할 수 있다. 문학은 편협한 민족주의나 문단 권력이나 정치 이데올로기의 토양에서 자라나는 것이 아니라, 낯선 곳에서 홀로 방황하고 방랑하는 뿌리 들린 사람들의 삶에서 꽃피우는 것이다. 그러므로 디아스포라 문학은 비단 해외 교포들의 문학으로 그치는 것이 아니라, 궁극적으로는 인간의 조건과 상황을 성찰하는 우리 모두의 문학이라고 할 수 있다.

『파친코』와 디아스포라: 『파친코』에 나타난 재일 교포의 삶

사람이 태어날 때 선택할 수 없는 두 가지가 있다. 하나는 자신이 태어나는 나라이고, 다른 하나는 자신을 낳아 주는 부모이다. 그래서 조국과 부모는 인간에게 최고의 선물이 될 수도 있고, 최악의 악몽이 될 수도 있다. 평화로운 강대국에서, 그리고 부유하고 좋은 부모 슬하에서 태어나면 평생 편안하게 살 수 있겠지만, 분쟁과 전쟁에 시달리는 후진국에서, 그리고 가난하고 책임감 없는 부모 밑에서 태어나면 자칫 일생을 불우하게 살아야 하기 때문이다.

20세기 초 한국에서 태어난 사람들은 대부분 그 두 가지 복을 받지 못한 채, 질곡의 역사 속에서 불행한 삶을 살아야만 했다. 태어나 보니 나라는 이미 일본에게 빼앗긴 상태였고, 대부분의 부모들은 식민지의 극심한 빈곤에 시달리고 있었기 때문이었다. 못난 정치인들과 무능한 부모 밑에서 성장한 사람들이 자신에게 주어진 상황을 극복하기 위해 선택할 수 있는 길 중 하나는, 더 부유하고 더 넓은 세상으로 이주해서 사는 것이었다.

재미 교포 작가 이민진의 『파친코』는 바로 그러한 절망적인 상황에서 보다 나은 삶은 찾아 일본으로 건너간 재일 교포들의 삶을 묘사하고 있다. 그러나 '자이니치'라 불리는 재일 한국인 교포들에 대한 차별이 심했던 일본에서의 삶이 결코 순탄할 리가 없다. 오사카로 건너간 주인공 순자의 큰아들 노아는 명문 사학 와세다대학교를 다닌 최고의 엘리트로서, 일본 사회에 동화되기 위해 일본인 행세를 하며 일본 여자와 결혼도 하지만, 끝내 실패하고 극도의 좌절감 속에서 자살로 생을 마감한다.

순자의 둘째 아들 모자수(모세)는 공부에 소질이 없어서 일찍부터 파친코 사업에 투신하는데, 이는 재일 교포에 대한 일본 사회의 차별로 인해 다른 직장은 갖기도 어렵고, 가진다고 해도 성공하기가 어렵기 때문이다. 모자수는 아들 솔로몬만큼은 세계인으로 키워 일본 사회의 차별에서 벗어나 살기를 원한다. 그래서 솔로몬을 국제학교에 보내며, 나중에는 미국 아이비리그 대학인 컬럼비아대학교에 유학도 보내지만, 솔로몬은 다시 일본으로 돌아와 외국계 은행 일본 지사에 취직한다. 그러나 믿었던 일본인 상급자로부터 이용만 당하고 해고까지 당하자, 크게 실망한 그 역시 아버지의 뒤를 이어 파친코 사업에 전념한다.

노아, 모자수 그리고 솔로몬은 각각 일본 사회에서 살아남으려고 노력하는 세 가지 유형의 재일 교포들의 모습을 잘 보여 주고 있다. 첫째는 노아처럼 현지 사회에 동화되어 현지인이 되려고 노력하는 유형이다. 사실, 그건 바람직한 태도라고 할 수 있다. 그러나 문제는 외국인을 차별하는 사회에서는 현지인으로서 동화되는 것이 애초에 불가능하다는 데 있다. 그리고 동화되려고 부단히 노력하지만 받아들여지지 않을 때 인간은 좌절하고 심리적 상처를 입는다. 더욱이 일본에서 태어나고 일본어가 모국어인 노아는 일본 사회에 동화되기 위해 일본인 행세를 하는데, 이 또한 그에게는 감당하기 어려운 심리적 상처가 된다. 자신의 정체성까지도 포기하며 일본에 받아들여지기를 원했던 노아는 결국 삶의 무게를 견디지 못하고 스스로 목숨을 끊는다.

둘째는, 모자수처럼 현지에 동화되거나 인정받으려 하지 않고, 아예 처음부터 자기가 할 수 있는 일을 찾아서 열심히 일하는 유형이다. 이 또한 표면적으로는 바람직해 보이지만, 그렇게 하면 현지 사회에서 괴리되고 소외된 이방인의 삶을 살아야 한다는 문제가 있다. 그러나 이민자에게 좋은 직장이나 출세의 기회를 주지 않는 나라에서는 달리 방법이 없어서 모자수처럼 살아갈 수밖에 없다. 그래서 모자수는 자기 아들 솔로몬만큼은 자신과 다른 인생을 살기를 원하며, 외국인 학교에 보내고 외국 유학도 보낸다.

셋째는 솔로몬처럼 아이비리그 학력과 글로벌 마인드를 갖추고 당당하게 살아 보려 하지만, 한국계로서의 이용 가치가 다하자 결국 버림받는 유형이다. 그래서 솔로몬 역시 파친코 사업에 뛰어든다. 사실 솔로몬 같은 유형이 가장 바람직한 이민 2세대나 3세대이겠지만, 재일 교포들에 대한 차별이 상존하고, 일본에서 태어나도 일본 국적을 부여하지 않는 일본 사회에서는 (이 점은 한국도 마찬가지이지만) 솔로몬 역시 좌절할 수밖에 없다.

『파친코』가 제시하는 세 가지 유형의 사람들은 모두 일본 사회로의 동화에 실패하고, 일본인이 직접 운영하지는 않고 즐기기만 하는 파친코 사업을 하게 된다. 파친코는 야쿠

3부 —— 이성·자연·문명

자와 연계되어 있다는 의심도 받고, 한때 조총련을 통한 북한의 돈줄이었다는 소문도 있지만, 무엇보다도 미래를 알 수 없는 일종의 도박이기 때문에 불안정한 재일 교포들의 삶을 은유적으로 보여 주는 적절한 상징이라고 할 수 있다.

『파친코』를 통해 본 한일 역사에 대한 새로운 각성

『파친코』는 정치가들이 망쳐 놓은 비극적 역사로 인해 자신들의 삶이 무너졌지만, 그래도 딛고 일어서겠다는 등장인물들의 강인한 삶의 의지를 보여 준다. 더 나아가, 자신들을 망쳐 놓은 정치인들은 물론, 한국을 지배하고 자신들을 차별한 일본까지도 원망하지 않고, 미래로 나아가겠다는 진취적인 태도도 보여 준다. 과연 『파친코』의 주인공들은 과거의 원한에 사로잡혀 있지도 않고, 한 맺힌 복수도 꿈꾸지 않는다. 그들은 비록 일본 사회의 뿌리 깊은 차별의 장벽에 좌절하기도 하지만, 그런 것들을 극복하려고 노력하며, 열심히 치열하게 살아간다.

일본과 한국의 근대사는 20세기 초 제국과 식민지라는 비극적 관계로 얽혀 있다. 조선 말기에 나라를 이끌어 가던 우리의 지도자들이 무능하고 세계 정세에 어두워, 일찍부터 서구의 선진 문물을 받아들이고 앞서가던 일본에게 나라를 빼앗겼기 때문이다. 세상의 변화를 전혀 모른 채, 외국 군함에 대포 몇 발 쏘고 승리감에 취해 쇄국 정책을 고집한 대원군이나, 갑신정변 때 하필이면 부동항을 찾아 남하해 식민지를 건설하려던 러시아 공사관으로 피신해 무려 1년 동안이나 숨어 지낸 고종의 아관파천은, 구한말의 지도자들이 얼마나 세상 물정에 무지했으며 국권 상실이 어떻게 필연적일 수밖에 없었는가를 잘 보여 주는 대표적인 예다.

그렇다면 우리는 국제 정세를 탓하기 전에 먼저 우리 조상들의 어리석음을 과거의 값진 교훈으로 삼아, 다시는 그와 같은 비극을 반복하지 않기 위해 노력하고 각성해야 한다. 그러기 위해서는 특히 나라를 이끌어 가는 정치인들이 세제 정세를 정확히 파악하고 글로벌 마인드를 가져야 한다. 정치 지도자들은 자신들이 잘못하면 국민이 얼마나 고통받는가를 깨닫고 신중하고 현명하게 외교를 펼쳐 나가야 한다. 물론 일본도 독일처럼 과거의 잘못을 진정으로 반성하는 태도를 보여 주어야 한다.

그러나 지나간 일은 되돌릴 수가 없다. 그렇다면, 돌이킬 수 없는 일에 계속 매달려 있기보다는, 그것을 교훈 삼아 어두웠던 과거를 극복하고 밝은 미래를 만들어 나가는 것이 더 바람직하다. 두 나라의 어두웠던 역사를 겪지 않은 한국과 일본의 젊은 세대는 아무 편견이나 거리낌 없이 친한 친구가 될 수 있다. 그래서 과거로 돌아가는 것보다는 미래로

3부 —— 이성·자연·문명

나아가는 것이 필요하다. 중요한 것은 나이 든 세대의 과거가 아니라, 젊은 세대의 미래이기 때문이다. 또한, 한국도 이제는 세계가 인정하는 당당한 선진국이 되었는데 굳이 국제 사회에 한국이 과거에 일본의 식민지였다는 사실을 자꾸 상기시킬 필요가 있는지도 숙고해 보아야 할 때가 되었다.

만일 두 나라의 일부 정치인들이 인기 관리나 정치적 목적을 위해 의도적으로 반일·반한 감정을 부추긴다면 그 또한 양국의 국익을 해치는 일이다.

한국을 좋아하고 한국에 대한 죄의식 때문에 해방 후에 한국에 와서 일본의 첨단 기술을 전수하는 데 평생을 바친 일본의 어느 지식인은, "최근 한일 관계가 악화되자 안타깝게도 일본인들이 그동안 한국에 대해 갖고 있었던 죄의식마저 사라졌다. 더구나 그동안 한국 편을 들었던 일본의 지한파나 친한파까지도 이제는 한국에 등을 돌리게 되었다."라고 개탄했다. 그 말이 사실이라면 우리는 작은 것을 얻는 대신 큰 것을 잃어버린 셈이다.

피해자의 입장에서 가해자를 용서하는 것은 결코 쉬운 일이 아니다. 그럼에도 불구하고 존 F. 케네디는 "과거와 현재만 보는 사람은 미래를 놓치게 된다."라고 말했고, 로버트 플랜트는 "과거는 딛고 일어서는 디딤돌이지, 갈아서 으깨는 맷돌이 아니다."라고 말했다. 즉 과거는 더 나은 미래를

향한 거울이자 교훈이 되어야 하며, 복수나 한풀이의 수단
이 되는 것은 바람직하지 않다는 것이다. 윈스턴 처칠 역시
"과거로부터 배우지 못하면 미래가 없다."라고 말했다.

『파친코』에는 좋은 일본인들도 등장한다. 예를 들어 모
자수의 친구 하루키, 모자수의 직장 상사인 고로, 모자수의
여자 친구 에스코 등은 타인종과 타문화에 편견이 없는 좋
은 일본인들이다. 그래서 일본 정부와 일반 일본인을 구분해
야 하고, 한국인에 대한 편견이 있는 일본인과 편견이 없는
일본인을 구분하는 것이 필요하다. 그렇지 않으면, 마치 워
싱턴과 아무 상관이 없거나 워싱턴의 정책에 반대하는 미국
인들에게까지 증오심을 표출하고 폭력을 행사하는 반미처
럼 잘못된 것이기 때문이다.

『파친코』는 4대에 걸친 한 재일 교포 가정의 가족사를
통해 한국과 일본의 비극적 근대사를 서사시적으로 조감하
며, 나라 잃은 민족의 서러움, 재일 교포들이 당한 차별, 그
리고 이민 후예들이 당면하는 정체성 문제 등을 성찰하고
있는 탁월한 문학작품이다. 『파친코』가 다루는 사건들은 모
두 과거에 일어난 일들이다. 그래서 『파친코』를 읽으면서 우
리는 과거를 거울삼아 한국과 일본이 나아가야 할 미래를
다시 한번 생각해 보게 된다.

그런 의미에서 『파친코』는 과거로 갔다가, 다시 미래로

　　　　　　　3부 —— 이성·자연·문명

돌아오는(back to the future) 타임머신과도 같다. 그래서 이 소설을 읽으며 독자들은 어떻게 하는 것이 한일 두 나라의 미래를 위해 바람직한 것일까를 고민하게 된다. 거기에 대한 답은 분명 두 나라의 충돌이나 혐오, 또는 외교 단절이나 상호 배척은 아니다. 언젠가 두 나라가 반성과 용서를 통해 과거의 상처를 봉합하고 미래를 향해 동반자로 나아가는 날이 오기를 바란다. 그때 비로소 우리는 "역사가 우리를 망쳐 놨지만, 그래도 상관없다."라고 말하는 재일 교포들에게 조금이나마 속죄하고, 그들이 어려움을 극복하고 살아 나갈 수 있도록 힘을 실어 줄 수 있을 것이다.

자연과 문명: 「청산별곡」과 「헌화가」

o

이어령
_____

이항 대립과 삼항 순환만 가지고도 기막힌 글이 나올 수 있다는 생각이 듭니다. 그래서 어떤 주제를 정하든지 간에, 구체적인 작품을 예시로 하나씩 들어 나가야 합니다. 앞에서 언급한 「청산별곡」과 호모 훈디토르처럼 이를 쭉 번역해 보면서 우리가 「청산별곡」을 얼마나 모르고 있었는지 생각해 볼 수 있습니다. 「청산별곡」이라는 제목도 원래는 「청산청해별곡」입니다. 뜻인즉, 그 작품은 산으로 가면 이렇고 바다로 가면 저렇다는 이야기로, 산 이야기만 한 것이 아니라, 산과 바다를 비교하는 내용입니다. 산에 가면 머루와 다래를

310

먹고 바다에 가면 조개를 먹는다는 내용으로, 수렵 채집의 이야기를 담고 있는 것이지요. 그럼 농경민의 이야기와 비교가 많이 되겠지요? 옛날로 돌아가 농경 사회에 살아 보니 못 살겠다는 심정이 담겨 있으며, 쌀과 보리만 먹고 살기보다는 바다로 가서 조개도 캐 먹고 산에서 채집해 온 머루와 다래도 먹으며 살고 싶다는 이야기를 하고 있는 겁니다.

그러니 수렵 채집 때의 가치관이나 경제활동은, 농경 사회에 들어와 만들어진 가치관과 경제활동과는 전혀 다른 것입니다. 때문에 부지런한 사람이 수렵 채집을 할 때는 나쁜 사람이 되어 버립니다. 가령 멧돼지를 잡았다고 했을 때, 멧돼지의 숫자와 크기와 무게는 일정한데, 이를 부지런한 한 사람이 독식하면 남아 있는 다른 사람들에게 돌아갈 몫이 없어지지요. 그런데 쌀과 같이, 그 수를 증산시킬 수 있을 때에는 부지런하기만 하면 10가마 정도 나올 것을 100가마도 만들어 낼 수 있습니다.

그래서 실제로 수렵인들에게 벌을 줄 때는 활을 빼앗았다고 합니다. 수렵을 못 하게 해서 놀도록 만든 것이지요. 이런 것들을 예로 들어 보면, 도구와 기계는 아주 다르다는 것도 알 수 있습니다. 기계는 신체 확장의 용도가 아니지만 도구는 신체의 확장이기 때문입니다. 그래서 도구는 하나의 장치가 되는데, 이것이 바로 들뢰즈 같은 사람들이 주장하는 내용입니다.

그렇다면 국가라는 장치는 전쟁을 일으키는가 억제하는 가에 대한 문제를 생각해 볼 수 있는데요. 국가는 경계 밖에서는 전쟁을 하면서도, 내부적으로는 전쟁을 억제해 내란을 철저히 없애려 합니다. 국가가 스스로를 확장하려고 바깥으로 나가면 아까 이야기한 전쟁 머신이 되는 것이고, 요즘의 ISIS 같은 테러 국가 즉 전쟁 기구가 되는 거지요.

이런 것들을 종합해서 이야기해 보면, 푸코가 말했던 "총체적 이치"가 되는 것입니다. 그런 것들이 이후에 Wisdom과 Knowledge가 되어 Power와 결합해 Discourse를 만들어 내는 것이지요. 그러니 요즘에는 전문 분야 하나만 가지고는 그 복합적인 연관을 파악할 수 없습니다. 그런 것을 아우를 수 있는 분야는 오로지 문학입니다. 문학이란 인간의 삶 전체를 다루는 것이기 때문이지요. 자연과학은 그 영역이 한정되어 있어서 생물에 관심 있는 사람은 생물학을, 무생물에 관심 있는 사람은 무기물만 연구합니다. 때문에 물리학에서 말하는 자연은 무기물적 자연인 것이고, 생물학에서 말하는 자연은 생물학적 자연이 되는 겁니다.

그러나 인간에게 결혼이나 가족제도는 생물학과는 관련성이 떨어지지요. 동물들은 결혼하지 않습니다. 인간에게 결혼은 사회적으로 인정을 받아야 하는 사회학적 이벤트입

3부 —— 이성·자연·문명

니다. 때문에 결혼은 가장 동물적인 남녀의 결합임에도 사실은 생물학적이라기보다는, 사회학적인 행위가 되지요. 그런데 생물학에서 사회학으로 넘어가는 지점은 과연 무엇일까요. 번식은 생물학이지만, 재산과 상속은 온전히 경제적 조건으로 인해 만들어지기 때문에 결혼이야말로 경제와 관련이 있다고 봐야 합니다. 그건 이혼과 사유재산 소유권 주장만 봐도 알 수 있지요.

이러한 관점에서 바라보는 결혼은 소설 속에서 자주 볼 수 있는 것이지요. 인도에서는 남편이 없어도 남편을 가장해 결혼을 한다고 합니다. 카스트, 즉 신분이 다르면 결혼할 수 없기 때문이지요. 그래서 신랑이 없는데도 결혼식을 올리는데, 족보도 자체적으로 만들고 해서 부모-자식 관계도 다소 복잡하다고 하는데요. 때문에 실제 존재하는 사람은 유령과 같으며, 유령이 실제 존재하는 사람처럼 보이는 일이 비일비재하다고 합니다. 그것이 곧 기호이자 하나의 상징인데, 계약결혼이 있는 반면에 인도처럼 가상의 인물을 만들어 결혼을 인정하는 경우도 있는 것이지요. 이런 것은 우리 사회에서도 간혹 죽은 사람과의 혼례를 통해 엿볼 수 있는 모습입니다.

그리스의 창과 페르시아 기병대의 말이 함께해, 밀집대형과 기병을 합쳐 놓은 것이 바로 알렉산더의 창기병입니다.

긴 창을 가지고 말을 탄 것인데, 그리스 문화와 페르시아 문화가 합쳐져 헬레니즘의 원형이 만들어진 것이지요. 그러니 결국은 그리스-로마적인 것이 동방의 문화와 혼합함으로써 헬레니즘이 탄생했다고 볼 수 있습니다.

그래서 서양은 동양에 대한 무의식적인 동경과 인정을 갖고 있다고 보는 겁니다. 괴테도 마지막에 『서동 시집』을 쓰면서 "빛만 가지고는 안 된다. 어둠이 있어야 한다. 그렇다면 어둠은 어디서 오는가. 동방의 사상은 전부 어둠의 사상이다."라고 이야기하기도 했습니다. 이에 대해 발레리가 이후에 괴테에 대해 평하면서, 동방을 인정하고 신뢰하는 괴테야말로 참으로 서구적이라고 한 것입니다. 즉 동방을 끊임없이 동경하는 서구적 부러움이 바로 서구적이라고 본 것이지요. 그리고 또 잘 알려져 있지는 않지만, 사실 발레리는 『국토론』을 쓰기도 했지요. 사방에 모든 문화가 들어올 수 있는 열린 국경에 대해 이야기하면서, 발레리는 그런 환경을 가진 프랑스의 국토야말로 프랑스 문화 그 자체라고 보았습니다.

예전에 석공(Mason)들은 돌을 다듬으면서 사색을 했는데 문자가 생기면서 석공 문화가 사라졌습니다. 『파리의 노트르담』을 보면 알 수 있는 내용인데요. 그래서 사람들이 책을 읽게 되면 사원이 무너진다고 생각한 겁니다. 사원은 문자를 모르는 사람들을 위해 돌로 기독교 정신을 나타내려고 한 것인데, 사람들이 책을 읽기 시작하면 돌로써 가르쳐 주는 기독교 문화는 종말을 맞을 거라고 생각한 것이지요. 거기에는 '그들이 저것을 알게 되면'이라는 가정이 붙는데, 여기서 말하는 '저것'은 바로 무기를 뜻합니다. 그러니 『파리의 노트르담』도 문학론의 시각으로 바라보게 되면 무궁무진하게 많은 이야기가 나오리라 봅니다.

사실 지금까지 우리가 상식적으로 알고 있는 도시의 전설도 자세히 보면 90퍼센트 정도는 거짓입니다. 좌뇌/우뇌 이론 또한 그런 거짓 중 하나인데요. 뇌는 하나로 움직일 수 없고 둘 다 움직이는 것이기 때문에, 인풋과 아웃풋의 차이일 뿐 두 개가 다 작용하고 있다고 봐야 합니다. 인풋할 때는 우뇌가, 그리고 분석해서 나오는 결과물, 즉 아웃풋은 좌뇌가 관장한다고 볼 수는 있지만, 때로는 좌뇌로 들어간 것이 우뇌에서 종합될 때도 있기 때문에, 장구 모양으로 비대칭을 이루게 되는 거지요. 다만 뇌를 수술하면 그 기관이 전보다 약해지기 때문에, 한자는 읽는데 한글은 못 읽는 사람이 생기고, 반대로 한글은 읽을 수 있으나 한자를 읽지 못하는 사람이 생깁니다. 그렇기 때문에 뇌가 한쪽만 움직인다고 생각하는 것은 잘못된 지식입니다.

그래서 조금 더 고급스러운 서적을 보면 좌뇌적, 우뇌적이라는 표현을 웬만하면 사용하지 않는 걸 볼 수 있습니다.

덮어놓고 주석 달고 인용이나 각주만 많이 달면 진정한 학문이 되는 것은 아니라는 겁니다. 세상에 존재하는 최고의 명전은 모두 글로 쓴 것이 아니라 말로 한 것을 모아 만든 것입니다. 『논어』, 『성경』 다 그런 것들이지요? 또 세계를 움직이는 훌륭한 책들에는 각주가 없습니다. 상대성이론에도 각주가 일체 없지요. 왜냐하면 그 내용들은 각주를 달 필요가 전혀 없기 때문입니다. 각주란 새로운 이론을 남에게 가르칠 때 필요한 것이지, 스스로 새로운 이론을 만드는 데 왜 군이 각주가 필요하겠습니까? 그러니까 각주를 요구하는 학술 논문은 이 사람이 앞으로 연구를 할 수 있는지, 그 자격을 갖췄는지의 여부를 판단하는 것이지 그 사람이 학자라는 걸 보증하는 것은 아닙니다.

즉 박사 학위는 앞으로 학문을 할 수 있는 자격이 있다는 것을 증명해 주는 것뿐이지, 그 자체가 학문이고 학자라는 것이 아닙니다. 그런데 우리나라는 박사 논문이 마치 학문의 마지막인 것처럼 생각하는 것이 문제입니다. 그래서 각주가 달렸나를 반드시 확인하려 하고, 인용의 거짓 여부를 일일이 파악하려 드는 것이지요. 그건 대단히 잘못된 것입니다.

「청산별곡」은 기가 막힌 현실 상황에서 인간 세상에 치여서 자연으로 돌아가려 하지만, 현실에서는 자연으로 돌아가지 못한다는 것을 노래하고 있습니다. 자연으로 돌아간다고는 했지만, 사실은 못 돌아갔다는 얘긴데도 해설자들이 전부 자연으로 돌아가자는 노래라고 쓰는 거예요. 전후 문맥을 보면 돌아간다는 것은 일종의 전제이고, 뒤에 보면 인간의 돌에 맞아서 운다, 낮에는 이러고저러고 운다, 낮에는 이렇게 저렇게 지냈는데 밤에는 또 저런다, 선산에 가 봐도 풀리지 않지요, 머루나 다래 먹으며 인간 세상을 떠나면 되는 줄 아는데, 그렇게도 안 풀리지, 바다로 가도 안 풀리고, 그럼 어떻게 하나, 에이, 술이나 실컷 먹자지요.

그러니까 구조주의를 보면 머루, 다래 채집은 자연의 채집이에요. 그 뒤에는 고기와 쌀이 있고 닭고기, 소고기가 있지요. 그래서 농경 사회에서 다시 자연의 채집 시대로 돌아가면, 그래서 농경 문명에서 벗어나면 세금도 안 내고 농경 사회에서 벗어날 수 있다, 그 얘기거든요. 그런데 그게 불가능하지요. 그럼 어떻게 하느냐. 제3의 나라로 가야 한다. 그게 술의 세계라는 겁니다. 그러니까 쌀, 보리의 세계, 즉 문명의 세계와, 머루 다래, 자연이 있는 세계, 자연과 채집의 시대, 이 두 개의 상황에서 다 못 살면 어디로 가느냐, 바로 그것이 인간이 꿈꾸는 상상계라는 거고요.

우리가 이태백의 술 사랑을 이야기하는데, 자연으로 돌아가서 살 수 있으면 왜 술을 마시겠어요. 자연 대신 유일하게 가능한 게 술의 세계지요. 그게 이태백의 도취의 세계고 언어로 만들어지는 상상의 세계지요. 그러니까 자연에 복귀하는 것이 아니라, 술자리에서 시와 노래로 자연에 복귀하는 거지요. 그래서 권주(勸酒)하는 거고요. 농사짓고는 못 살아, 그렇다고 다시 자연으로 돌아갈 수도 없어, 그렇다면 유일한 게 뭐야, 술 마시고 취하는 거지. 그러니까 술을 마시면서 고향으로 돌아가는 거지요.

우리가 알고 있는 대단한 사람이 도연명이지요. 중국 전체를 통틀어 이태백, 두보, 다 합쳐도 도연명만큼은 못하지요. 도연명은 어떤 실천적 사고가 있으면, 자기의 재능을 시로 쓰는 시인이었어요.

"지금 내 죽음을 서러워하는 사람도 이틀이면 슬픔이 사라진다. 그가 죽었다고 그 빈자리를 아쉬워하지만 그 빈자리는 곧 다른 사람이 채우게 된다. 누가 내 죽음을 서러워할 것이냐. 가족이다. 가장 사랑하는 사람이라 할지라도 누가 내 죽음을 서러워할 것이냐?"

그래서 죽음에 대한 세 가지, 즉 그림자로서의 나, 육체로서의 나, 영혼으로서의 나, 이렇게 세 개의 내가 있는 거지요. 그림자, 육체, 영혼, 이 세 개가 같이 가는데, 이게 서로 어긋나고 뜻이 안 맞으니 결국은 죽을 수밖에 없다. 이처럼 자아를, 그림자로서의 나, 죄를 가진 육신의 나, 죽음을 알고 육신의 슬픔을 아는 영혼의 나, 세 존재로 상정해 놓고 계속 서로 대화하도록 하는데, 그 이하는 그냥 죽음에 대해서만 썼지요. 그는 시간의 문제, 죽음의 문제, 존재의 문제에 대해 시를 썼어요.

자연과 사회의 관계에 대해서는 미국의 사상가 헨리 데이비드 소로가 중요한데, 그를 보는 사람들의 생각이 너무 경박해요. 사람들은 '소로가 월든 호수에 가서 산 지가 2년밖에 안됐고, 다시 문명으로 나왔는데 그게 뭐가 힘들어?' 그렇게 말하지요. 그건 법정의 『무소유』를 비판하는 것과 똑같은 이야기예요. 사람들이 이렇게 법정을 비난하지요. '무소유면 책도 내지 말고 이름도 내지 말아야지. 무소유라고 말하는 순간 소유자가 되잖아. 법정은 기초의 기본도 안 되어 있는 사람 아냐?'

그런 게 통하는 게 우리나라의 현실이지요. 나에 대해서도 무엇을 어떻게 잘못 썼고, 팩트를 어떻게 잘못 썼다고 하는데, 프로이트도 팩트와는 다른 말을 했지만, 가장 위대한 심리학자의 원조로 남아 있지요. 프로이트가 부분적으로 팩트가 틀렸다고 해도, 하이데거가 뭘 잘못 봤다고 해서, 그 사람들의 위대성이 흔들리는 건 아니니까요. 성이 돌 하나가 빠지고, 어디 성문 쪽에 개구멍이 나 있고, 그게 문제가 아니라 성의 구축이, 그리고 위치가 완고하게 되었느냐 안 되었느냐, 실제 완고하게 지어졌느냐 안 지어졌느냐, 그리고 성터가 풍족하게 지어졌느냐 안 지어졌느냐가 중요한 거지요.

프로이트는 인간의 인격을 하나로 보지 않았고 삼차원으로 봤지요. 그리고 '내가 모르는 것이 내 속에 있다. 내가 모르는 내가 나를 통제한다. 사람들이 다 내가 행동하는 걸로 알고 있는데, 사실은 내가 모르는 위층하고 아래층 사이에 끼어 있는 게 바로 '나'다.' 그렇게 말했지요. 사실은 프로이트가 최초로 그렇게 말한 것도 아니에요. 장 피아제도 그런 말을 했으니까요. 또 프로이트가 정신병을 고쳤다는 소문이 있지만 실제로 단 한 명의 환자도 고친 적이 없고 전부 속인 것이라고 하는데, 그러면 프로이트 학회도 없어지고 프로이트 책도 없어지나요? 소설이든 과학이든 그게 거짓말이든 우리는 20세기라는 중요한 사고의 패턴을 프로이트와 함께 살고 있는 거예요.

만일 예수가 죽지 않았더라면 유대교의 한 지파로 끝났겠지요. 죽었기 때문에 실제든 아니든 부활이 가능한 거지요. 죽지 않으면 부활이 안 되거든요. 공자도 그렇지요. 마오쩌둥이 공자를 완전히 죽여 버렸고 일본에서도 공자를 죽였지만 나중에 부활한 거지요. 한국만 공자를 안 죽였어요. 한국이 공자를 살린 유일한 나라지요. 다른 나라는 공자를 죽였고요. 요즘 공자가 다시 부활하는데, 한국이라는 현장에서 공자가 지금까지 살아 있었기 때문에 쉽게 부활할 수 있는 거지요.

공자나 맹자 이런 사람들은 현실 체제 속에 살아 있어서 다 주군처럼 되었어요. 그런데 소크라테스는 해체되어 버렸어요. 소크라테스의 상표를 갖고 이익을 본 사람이 바로 플라톤이지요. '아카데미아'라는 상표로 말이에요. 아카데미아라는 게 무허가 학원 만들어 놓고 부잣집 자식들을 뒷구멍으로 입학시켜 줘서 '아카데미아 안 나오면 지식인이 아니다.' 하니까 그냥 변두리 주변 국가와 아테네인들이 지식인이 되고 싶으니까 자기 자제들을 다 보낸 거지요. 그게 플라톤이 역대 CEO 중에 최강의 CEO라고 하는 이유고요.

「청산별곡」과 더불어 「헌화가」에 대해 이야기해 보지요. 「헌화가」에는 남편을 찾아 신라에서 천 리 길을 가마 타고 가는 여자가 등장하지요. 동해의 절벽을 따라 바닷가 해안을 타고서 여자가 장장 천 리 길을 가는 거예요. 그런데 이건 절세 미녀야. 절세 미녀와 그 미녀를 호위하고 가는 가마 행렬이 저 하늘까지 뻗치며, 가는 동안에 얼마나 많은 사건이 일어나겠어요. 바다가 웅성거리고, 절벽에 핀 꽃들도 웅성거리고 말이야. 미인이 행차하니까 모든 게 미쳐 날뛰는 거지. 파도가, 바람이, 초목이.

여자는 절벽에 피어 있는 꽃을 갖고 싶어 하지요. 그 꽃을 꺾어다 준다는 것은 목숨을 걸고 가서 꺾는 거예요. 그러면 이 헌화가의 주제에 몇 가지 요소가 있느냐? 꽃을 따 달라. 꽃을 갖고 싶다. 그 꽃이 뭐겠어요? 음식이 아니고. 권력도 아니야. 감투도 아니지요. 그 절벽에 누구도 꺾을 수 없는 꽃이 피어 있고, 아름답긴 한데 그걸 꺾어다 줄 사람이 없는 거예요. 그것을 꺾어서 바쳤다는 것은 유부녀에게 프러포즈하는 거지요. 그건 꽃이지, 먹는 게 아니에요. '배고프니 만두 좀 갖다 주세요.' 그런 게 아니지요. 그걸 따려고 목숨 걸고 절벽을 올라가는 것, 그것도 "나를 부끄러워하지 않으신다면, 나에게 마음을 주신다면, 내가 저 꽃을 따다 드리겠습니다." 그게 사랑의 프러포즈지요.

산이 그랬으면 바다인들 가만히 있겠어요? 그래서 용왕이 미녀를 납치해 물속으로 데려가지요. 그녀는 용왕의 궁전에서 밤을 보내요. 용왕하고 잤다는 거지요. 그런데 마을 주민들이 몰려나와 미인을 내놓으라고 항의하니까, 용왕이 여자를 내놨어요. 그러면 그 대단한 힘을 가진 용왕에게 왜 동네 사람들이 몰려나와서 여자를 내놓으라고 요구했겠어요? 여자의 미(美)에 움직인 거지요. 만일 추녀가 용왕에게 잡혀갔거나, 어린애가 빠져 죽었거나 했다면, 동네 사람들이 나와서 그렇게 분노하겠어요? 땅을 치면서, 안 내놓으면 가만있지 않겠다, 라고 노래를 부르니까, 용왕이 여자를 내놓은 거지요. 동네 사람 전체가 미친 거지요. 바다도 미친 거고.

　그런데 바다에서 나온 순정공의 아내 수로 부인의 온몸에서는 지상에서는 맡을 수 없는 향기가 풍기더란 말이에요. 이게 바로 '미'라고 할 수 있지요. 여기에는 종교도 도덕도 산천도 없는 거예요. 그게 바로 '미'지요. 근데 우리나라에 진(참한), 선(착한), 미(아름다운)라는 말이 있는데, 진선미(眞善美)는 중국에서 들어온 게 아니에요. 우리가 생각하는 '참'의 세계와 '착함'의 세계와 '아름다움'의 세계가 있는 거지요. 어질 인(仁) 자는 사람 인(人) 자하고 발음이 똑같은데, '어질다'라는 말은 중국에도 없고 일본에도 없어요. 우리만 '어질다'라고 하지요. 중국에서는 '인인'이라고 하고, 일본에서도 '인인'이라고 하지요. 훈이나 의미도 같아요. 그런데 우리는 '어질다'라고 해요. '어질다', '어진' 사람이라는 말에는 참 묘한 의미가 함축되어 있어요. 그래서 우리에게는 '진선미'가 있었지요. 인의예지신(仁義禮智信)이라는 말은, 인(어질다), 의(옳다), 예(버릇, '예'는 원래 나쁜 뜻으로 '버릇'이에요. '버르장머리 없는 놈', '예의' 없는 놈이라는 뜻이지요.) 그리고 지(슬기), 신(믿음)이라는 뜻이지요. 인의예지신도 우리 유교 사회에 다 있었어요. 한자 공부하던 때 다 있었다는 얘기고요. 그러니까 우리말로도 철학이 가능하다는 것이지요. '민주주의' 같은 말과는 달리 외국에서 가져온 말이 아니어서요.

과학 정신을 넘어서서 메타언어를 가지려고 한 사람이 바로 들뢰즈인데, 들뢰즈를 읽어 보면 상당히 동양적인 느낌을 받게 됩니다. 사실, 동양은 아까 얘기한 대로, 귀납적인 개미나 거미였지, 꿀벌은 못 되었지요. 가공을 못했으니까요. 시스템과 귀납, 그걸 혼합하지 못했어요. 그걸 칸트가 하려고 했는데, 칸트도 역시 관념론, '프랙티스'(practice)라는 실천이성비판과 순수이성비판, 결국 이렇게 이원론으로 가니까, 이론적으로 신은 존재하지 않지만 실제 사는 데는 신은 필요하다, 이런 식으로 되니까 이게 또 이항 대립이 되는 거예요. 그래서 내가 정리하려는 것은, 내가 살아온 만큼의 두 번을 살아야 끝내는 작업이어서, 그냥 20대로 돌아가서 쓸 수 있는 게 아니고 두 번은 더 살아야 될 거예요.

주자학 유교: 한국인의 과거
지향성과 당파성의 근원

7

김성곤

2017년 5월 서울국제문학포럼에 참가한 중국 작가 위화는 두 가지 흥미 있는 이야기를 했다. 하나는, 정치 선전에 관한 것이었고 다른 하나는 진보에 관한 것이었다. 그는 "내가 성장하던 시절은 반미주의 시대여서 중국 매체들은 날마다 미국 인민들이 도탄에 빠져 있다고 선전했다. 그래서 나는 미국인들이 모두 피골이 상접한 채 남루한 옷을 입고 있다고 생각했다. 그러한 생각은 내 경험에서 비롯된 것이었다. 당시 내 주위 사람들은 모두 피골이 상접했고 기운 헌 옷을 입고 다녔기 때문이다." 이 우스운 일화는, 정치 선전의 기만성과 더불어, 사람은 좀처럼 자기 경험을 벗어나기 어려움을 시사한다.

두 번째는 작가와 요리사의 일화다. 오래전에 어느 주방장 요리사가 위화에게 물었다. "어떻게 하면 좋은 작가가 될 수 있나요?" 위화가 대답했다. "좋은 작가가 되려면 먼저 좋은 독자가 되어야 하지요." 그러자 요리사가 또 물었다. "어떻게 하면 좋은 독자가 될 수 있나요?" 위화가 대답했다. "우선 위대한 작품을 읽어야 합니다. 위대한 작품에도 단점은 있지만 장점만 보아야 합니다. 남의 단점은 나와 아무 상관이 없지만, 장점은 내게 큰 도움이 되기 때문입니다." 그러자 요리사가 말했다. "그건 요리사도 같습니다. 훌륭한 요리를 맛보면 좋은 요리를 만들 수 있습니다. 저는 제 밑의 요리사들을 다른 음식점에 보내서 음식 맛을 보게 하는데, 우리 음식이 더 맛있다고 말하는 요리사는 발전이 없지만, 다른 음식점의 요리가 맛있다고 말하는 요리사는 크게 발전한다는 것을 발견했습니다."

작가와 요리사 간의 선문답 같은 위의 대화는 우리에게 진정한 진보란 어떤 것인가를 깨우쳐 준다. 즉 진보는 우리 것이 최고이고 우리 식대로 하면 된다고 고집하는 것이 아니라, 다른 나라, 다른 문화로부터 좋은 점을 배우며, 글로벌해지는 것을 의미한다는 것이다. 동시에, 진보는 과거로 회귀

3부 —— 이성·자연·문명

하는 것이 아니라 미래로 나아가야 한다는 것을 의미한다. 진보적(progressive)이라는 말 자체가 앞으로 나아간다는 뜻이기 때문이다. 그런데 우리는 진보를 내세우면서도, 이상하게 자꾸 과거로 회귀(regressive)하고 있다. 그건 우리가 진보의 뜻을 모르거나 곡해하고 있음을 의미한다.

1999년에 나온 『공자가 죽어야 나라가 산다』에서 김경일 교수는 한국인의 과거 회귀 성향이 유교의 주자학에서 비롯된 폐해이며, 조선조 500년 동안 그 악순환을 반복했고, 지금도 여전히 반복되고 있다고 지적한다.

도덕의 깃발(새로운 정치 세력의 초기) — 과거 청산을 위한 초법적 힘 — 룰(rule)의 파괴 — 전문가 집단의 위치 박탈 — 객관적 경보 장치의 무력화 — 사회 각 계층의 전문 시스템 부식 시작 — 외부 충격 또는 내부적 혼란으로 인한 붕괴 — 수습을 위한 새로운 도덕의 깃발.

차라리 공자의 중용 사상이나 덕치(德治) 정신을 받아들였더라면 그런 악순환에서 벗어날 수도 있었을 텐데, 우리는 선택을 잘못한 것이다.

김 교수는 또 20세기 들어 한국은 세 번의 위기를 맞는데, 한일병합조약, 한국전쟁 그리고 IMF 위기라고 말한다. 그는 나라를 빼앗긴 한일병합조약은 세계 정세에 대한 한국 지도자들의 무지와 내부 권력 투쟁의 필연적 결과였고, 한국전쟁은 정치 이념을 내세운 지역 맹주들의 당파 싸움이었으며, IMF 위기는 우리의 허세와 기만과 위기 불감증 때문에 일어났다고 주장한다.

김 교수의 글을 읽으며, 우리 사회의 많은 문제점들의 근원에는 주자학 유교의 영향을 받은 인문학의 실패가 자리 잡고 있다는 생각이 들었다. 인문학은 어떻게 사는 것이 가치 있는 삶인가를 성찰하는 학문이기에 인문대에는 철학과와 종교학과가 있고, 역사에서 배우고 그것을 거울삼아 미래를 설계하는 것이기에 사학과가 있으며, 타자를 이해하고 교류하기 위해 외국어문학과가 있다. 그런데 우리는 그 세 가지 모두에서 실패한 것처럼 보인다. 주자학에서 자유롭지 못한 한국의 인문학이 정통과 비정통, 진리와 비진리, 순수와 비순수의 이분법적 구분을 허용했고, 전자에게만 특권을 부여했기 때문이다. 그 결과 한국의 인문학은 세계 인문학의 추세와는 정반대의 길을 걸어왔다.

우리가 현자가 되고 진정한 진보가 되며 세계와 어깨를 나란히 하는 글로벌 선진국이 되려면 어떻게 해야 하는가, 하는 질문에 대한 답은 이미 나온 셈이다. 거기에 몇 가지 덕목만 갖추면 한국은 국제사회에서 인정받는 진정한 선진국이 될 수 있다. 우선 '관용'이 있어야 한다. 타자를 배척하고 배제하는 대신, 포용하고 인정하는 관대함이 있어야 한다. 그러면 적 대신 친구가 생긴다. 영어에 "용서하고 잊어라."라는 말이 있는데, 과거를 잊지는 않더라도 용서할 줄은 알아야 할 것이다. 그런데 유감스럽게도 우리는 과거의 원한에 사로잡혀 한풀이 보복과 복수를 반복하는 경향이 있다.

다음으로 글로벌 마인드와 글로벌 스탠더드를 가져야 한다. 세계는 급변하고 있고, 우리 모두는 지구촌이라는 하나의 마을에서 살고 있기 때문이다. 지금은 모든 것의 경계가 무너지고 문화가 뒤섞이고 있어서, 우리끼리 우리 식으로 살겠다는 태도는 이제 더 이상 통하지 않는 시대가 되었다. 이제는 그 어느 나라도 홀로 존재할 수 없는 시대가 되었기 때문이다.

과거로 되돌아가기/귀족 문화

ㅇ

이어령

_____

금융자본주의와 산업자본주의는 우리의 후각을 빼앗아 가고, 판단의 책임을 빼앗아 가고, 사랑이라는 설렘을 빼앗아 갔지요. 모든 것이 물질로 귀환되니까요. 그러한 비인간화에 대한 저항이 포스트모더니즘의 기본이 되는 것이지요. 그러나 그렇다고 해서 이전 마르크시즘 시대로 다시 돌아갈 수는 없어요.

르네상스란 중세 때 잊힌 그리스 로마를 르+네상스 (Re+naissance), 즉 다시 태어나게 한다는 거지요. '부흥'이나 '융성'의 뜻이 아니라 잃어버리고 잊힌 것을 '재생'시킨다는

뜻이에요. 차라리 '재생'이라 하는 것이 원뜻에 가까워요. 재
탄생이니까. 무엇이 거듭난 거지요? 중세 기독교에 의해 금
지되고 갇혔던 그 이전의 그리스 로마의 인본주의가 다시
살아 돌아왔다는 거지요. 그러면 우리가 왜 르네상스, 르네
상스, 하는데요? 어느 시대가 거듭난다는 거지요? 세조 때
의 기억, 고려 때의 기억, 한나라 때의 기억, 공자 때의 기억
을 되살리는 게 르네상스인가요?

프랑스혁명을 일으킨 사람들 대부분도 변호사, 의사 등
최고의 인텔리였잖아요. 실제로 농민들이 혁명을 일으킨 것
은 아니었지요. 그 사람들은 혁명이 일어난 후에도 계속 농
민이었어요. 역사는 볼셰비키혁명 때도 그랬지만, 서기들이
썼어요. 서기는 권력층에서는 제일 말단으로, 기관에서 편
지 쓰고 글자를 아는 사람의 호칭이었지요. 그게 스탈린이
지요. 그래서 스탈린은 서기장으로 불렸지요. 초기 소련에
트로츠키나 레닌 같은 이론가도 있었지만 스탈린은 이론가
가 아니었지요. 당원들에게 편지를 쓰던 서기들이 지방에서
올라와 투표를 한 후, 뚜껑을 열어 보니 전혀 엉뚱한 사람이
당선된 거예요. 그래서 그 이후에는 명칭을 안 바꾸고 '서기
장'이 최고 권력자를 지칭하는 말이 된 거고요.

그러면 왜 그런 일이 벌어지느냐? 서양은 직위의 명칭을
안 바꿔요. 스테이터스(status)가 높게 올라가도 그래요. 장관

이나 목사를 뜻하는 미니스터(Minister)의 어원을 보면, 행정 사무를 보는 관리인, 또는 마구간의 마구를 관장하는 사람의 타이틀이었지요. 오늘날 여왕을 지칭하는 퀸(queen)도 원래는 왕에게 왕비로 발탁된 시녀의 타이틀이었다고 하지요. 그러니 지금 좋은 명칭을 가지고 있는 것의 어원도 살펴보면, 원래는 전부 말단의 명칭이었어요. 출세해도 명칭은 바뀌지 않는 거지요.

그런데 우리는 거꾸로 되어 있어요. 스테이터스는 안 올라가고 명칭만 올라가니까요. 운전수에서 이름만 기사로 바뀌고, 간호부가 간호원이 되고 간호원이 다시 간호사가 되었지요. '사' 자 붙였다고 뭐가 달라졌나요? 그런데 서양은 그렇지 않아요. 그러니까 그 당시에는 천했던 명칭을 가진 계층이 신분 상승을 해서 명칭 자체가 높아진 게 서기관이나 서기장이라는 거지요. 그래서 원래 계층은 낮은데, 공산혁명 이후에는 서기장이 제일 높은 명칭이 된 거지요.

그 결과, 제일 어병한 지식을 가진 사람, 겨우 글자나 아는 사람이 나라에서 제일 높은 서기장이 된 거예요. 그러면 실제로는 어떤가? 참 재미난 이야기인데, 옛날부터도 문자는 잊어버리지 않고 보고하려고 적는 거니까, 문자는 처음부터 관료주의적인 것이고, 처음부터 뭔가를 바꾸기 위해서 쓴 거라고도 할 수 있지요. 그러니까 누가 세금으로 양을 백

마리 바쳤다면, 열 마리 바쳤다고 고쳐서 양피지에 쓰고 보고하는 거지요. 파피루스도 양피여서 수정이 가능했으니까요. 섬유로 만든 것이 아니라 다 지워지니까. 그러나 식물섬유로 재가공한 한지는 절대로 조작이 안 되었어요. 그걸 문자주의라고 할 수 있지요. 문자를 오늘날의 컴퓨터처럼 마음대로 바꿀 수 있다면 그걸 문자주의라고 할 수는 없지요. 컴퓨터 스크린에서는 문자를 지울 수 있으니까요. 그러나 지울 수 없는 반석에 새기는 문자는 절대로 못 지우는 거지요. 프린트나 문자는 원래 타격을 가해 새긴다는 의미에서 '프레스'라고 불렀어요. 영상이 아니고 찍어서 새기는 거였으니까요. 강력한 힘으로 '프레스'하는 거지요. 그런 문자주의가 곧 관료주의가 된 거고요.

그러나 진짜 사고하는 사람은 문자가 아니라, 언어로 하는 거고, 뇌로 하는 거예요. 오늘날의 관료주의는 사회주의/공산주의 사회에서 서기장이 제일 높은 것처럼, 비밀을 아는 사람이 아니라 기록하는 사람들, 인텔리 중에서 제일 하급인 사람들이 시행하고 있어요. 플라톤이 "현인이 지배하는 사회가 온전한 사회다."라고 말해서, 사람들이 오해하는데, 문자주의는 현인이 해야 할 일이 아니지요.

언어를 사용하는 사람들이 문자로 기록하는 사람들한테 왜 지는가 하면, 역사의 변화 때문이에요. 로마 시대 때부터 그랬는데, 로마 시대 때는 지식인이 노예였지요. 그리스 노예는 전부 지식인이었으니까요. 로마인들보다 훨씬 글자도 많이 알고 철학도 많이 알고 있었지요. 로마인들과는 비교도 안 되는 거지요. 그러니까 무력으로는 로마인이 그리스인을 이겼지만 지식에서는 이기지 못한 거지요. 토목 기술이나 법 등에 대한 지식이나 정보는 대부분 가정교사인 그리스인 노예로부터 얻은 거지요. 의사도 전부 그리스인이었고. 그러니까 오늘날 정치가가 지식인들보다 위에 있는 것도 로마 때부터지요. 로마의 지식인들은 그리스 노예들이었으니까요.

귀족은 두 가지 점에서 규탄을 받아야 하고, 두 가지 점에서 우리의 모델로 삼아야 해요. 첫째, 귀족 중에는 남의 돈으로 신분을 유지하는 사람이 많아요. 자기가 정말 돈이 있고 영지가 있어서 귀족이 되었으면 그건 좋아요. 그러나 귀족들치고 빚 안 진 사람이 없어요. 왜? 영지도 없는데 재산도 없는데 저희 선왕이나 선친 정도로 지내야 귀족으로서의 품위를 유지하니까 돈을 빌리는 거지요. 자기 권위를 지키고, 선대 때 이미 가난해졌는데도, 그 아버지보다는 더 영주 대접을 받고 싶은 거지요.

그러면 이 귀족들을 움직인 게 누구냐? 돈 빌려 준 사람들이었지요. 외국 사람들이 돈 빌려 준 거예요. 그러고는 그

나라를 주물렀지요. 유럽에서는 국가 개념이 근대국가가 생기기 전에는 희박했으니까요. 귀족이 정말 돈이 있고 성주고 영주로서의 귀족이라면 아무 문제가 없어요. 그러나 그렇지 못한 귀족들이 많아서 그들을 스놉(snob)이라고 불렀지요. 우리가 오늘날 경멸하는 스놉이라는 말은 원래 자신의 성(城)을 갖지 않은, 귀족 자격이 없고 영지도 없는 사람을 무시해서 부르는 말이었지요. 가진 것은 아무것도 없는데 어마어마한 귀족인 척하고, 아무것도 아닌 이름에 직함도 없는 사람들이 귀족 흉내 내는 것을 스놉, 즉 속물이라고 하지요. 그러니까 이미 귀족의 재산을 잃고 노블리스 오블리제를 할 수 있는 형편이 안 되는 사람이 귀족인 척하고 빚을 내서 사는 사람을 그렇게 부르는 거지요. 그래서 귀족이라는 말 속에는 그런 부정적인 것도 들어 있어요.

　두 번째는 잘 알다시피 이제 현대가 되어서 귀족 제도가 없어졌는데도 자기들끼리 모여서 귀족 족보를 만들고, 이름에 de 자 붙었다고 귀족 행세를 하지요. 만일 그게 거짓말이면, 스노비시(snobbish)한 사람이 되는 거지. '귀족 가문이라는 것을 우리 할아버지 때에 들었다.', '조상이 무슨 장군이었다.' 이런 짓을 하는 거지요. 귀족 제도가 사라졌는데도 자기들끼리 익스클루시브(exclusive)한 걸 만들고 지금도 귀족 타이틀을 사용하고 있는 사람들 중에는 가짜들도 많아요.

우리나라로 치면 족보를 돈 주고 산 경우지요. 이렇게 족보를 따지는 사람들, 가문도 혈통도 없는 사람들이 가짜 족보인지 진짜 족보인지도 모른 채, 자기를 특별하다고 생각하는 게 스노비시한 거지요.

귀족의 긍정적인 점은 노동을 안 하게 해 준다는 거지요. 아침에 일어나서 노동을 하고 나면 생각할 시간도 없고 사유할 힘도 잃게 되지요. 귀족들이 그런 노동을 하지 않고 사유(thinking)를 했기 때문에, 즉 의식주에 매달리지 않아도 되었기 때문에 리빙(living)이 아니라 라이프(life)가 뭔지를 알게 된 것이라고 볼 수 있어요. 그렇기 때문에 귀족 문화란 사실 특정 문화가 아니라 보편적인 인간의 문화지요. 그래서 "나는 노예가 아니야.", "나는 기계가 아니야."라고 말하는 사람은 귀족이든 아니든 존경받아야 해요. 그런데 우리는 모든 사람들을 노동자화해야 정신적인 거고 정의로운 거라고 생각해요. 그러나 그런 사회는 의식주가 가치판단의 기본이기 때문에 절대 고급한 나라가 될 수가 없어요.

나는 사르트르의 『문학이란 무엇인가』를 읽을 때나 들뢰즈를 읽을 때 세 가지 언어로 된 텍스트를 놓고 읽습니다. 일본어로 보고, 프랑스어로 보고, 영어로도 봐야 비로소 의미의 본질에 도달할 수 있기 때문이지요. 가령 전에 잠깐 언급한 대로, 플로랑스 또는 플로렌스(Florence)가 단순히 도시의 이름이 아니고, 왜 덕(virtue)을 갖고, 향기롭게, 부드럽게 흘러가는 이미지가 되느냐, 하는가를 예로 들어 보지요. 플로랑스/플로렌스라는 말에는 강물처럼 황금빛으로 덕을 가지고 흘러가는 이미지가 들어 있는데, 일본어 번역도 이상하게 해 놓았고, 프랑스어로도 무슨 말인지 알 수가 없어요. 왜 꽃이고, 황금이고, 덕인지 도저히 알 수가 없더군요.

그러다가 영어로 봤더니, 플로랑스/플로렌스의 '플로'(flo)는 '꽃'(Fleur)과 더불어 '흐르다'(flow)를 연상시키고, '플로'(flo)의 '오'(o)는 '황금'(or)을 지칭하며, '랑스/렌스'(rence)는 '품위' 곧 '데상스'(decence)와 연관된다는 것을 알 수 있더군요. 사실 그런 것은 로마 문화권에서 산 사람이 아니면 도저히 알 수가 없어요. 그러니까 플로랑스/플로렌스는 고유명사이지만, 시에서 플로랑스/플로렌스라는 말을 썼을 때는 도시명이 아니라 '플뢰르'(fleur)와 '오르'(or)와 '데상스'(decence)의 이미지를 불러오게 됩니다. 시는 말하자면, 투명하게 의미를 드러내는 것이 아니라, 언어에서 멈추기 때문에 산문과 달리 말하고자 하는 의미가 드러나지 않아서 언어가 오브제(objet), 즉 목적이 됩니다. 그게 바로 스테판 말라르메나 폴 발레리 같은 사람들이 지적한 거지요.

그런데 중국이나 한국에서는 언어를 오브제로 본 적이 없어요. 물론 시에서 운도 좀 따고는 했지만, 항상 의미의 세계와 소리가 구별이 안 되는데, 서양에서는 의미와 소리가 완전히 구분되었고, 오브제로서의 언어와 산문으로서 쓴 언어의 목표가 달랐지요. 그래서 서양 언어로 번역하려면 우선 영어를 잘해야 합니다. 그 많은 서구의 문헌 중에서도 지금 구글이 번역도 하고 해서 수백만 권을 '구글 클래식'(Google Classic)에 넣어 놓았지만, 거의 다 영문으로 쓰인 책들이지 프랑스어 쪽은 몇 권 안 돼요. 그러니까 구글 클래식은 유니버설(universal)한 클래식이 아니라, 영문 도서들을 모아 놓은 거지요. 번역 서적이 연 몇만 권씩 나오지만, 번역서가 '구텐베르크'(Gutenberg)나 '구글 클래식'에 들어가는 건 몇 퍼센트도 안 됩니다. 그래도 영어 번역은 그런 클래식에 들어갑니다. 그래서 영어가 중요한 거지요.

그런데 우리나라는 언어에 대한 인식이 부족해요. 말은 한국어를 하고 글은 한문을 썼기 때문에, 말과 글이 서로 달라서 그런 것 같아요. 이두(吏讀)처럼요. 그게 중국 주변 문화의 특성이었지요. 사실 중국 문화도 당나라 이후에는 주변 문화였어요. 원나라나 청나라를 거치며, 진나라나 한나라 때의 중심핵은 사라진 거지요. 그래서 변방 문화가 된 거고요. 특히 '호' 자 붙은 것들은 다 변방 문화지요. 실크로드를 타고 페르시아와 아라비아, 즉 오늘날의 이란, 이라크의 문화가 들어왔고, 북방에서는 기마민족들, 즉 유목민들의 문화가 들어왔으며, 남방에서는 배를 통해 해양 문화가 들어온 거예요. 그래서 남송 같은 나라의 문화는 정통 중국 문화가 아니지요. 우리가 받아들인 것은 나라를 잃은 남송이라는 지역 문화이지, 정통 중국 문화가 아니라는 거예요. 그렇기 때문에 역사 잘하는 사람도 있고 문학 꿰뚫는 사람들은 많지만, 지구를 들어내서 거시적으로 보는 사람은 드물지요.

산업자본주의와 비인간화

7

김성곤

앞에서 이어령 교수는 "금융자본주의와 산업자본주의
는 우리들의 후각을 빼앗아 가고, 판단의 책임을 빼앗아 가
고, 사랑이라는 설렘을 빼앗아 갔지요. 모든 것이 물질로 귀
환되니까요. 그러한 비인간화에 대한 저항이 포스트모더니
즘의 기본이 되는 것이지요."라고 말했다.

미국의 대표적 포스트모던 작가 토머스 핀천은 기념비
적 소설 『제 49호 품목의 경매』에서 마이크 펄로피언의 입
을 빌려 이렇게 말한다. "이 세상을 좋은 사람과 나쁜 사람
으로만 나누어 생각하면, 절대 심도 있는 진실에 도달하지

못하지. 그래 분명 그는 산업자본주의에 반대했어. 우리도 그래. 그렇게 되면 필연적으로 마르크시즘으로 가게 되지 않겠어? 그러나 사실 그 두 가지는 똑같이 소름 끼치는 공포일 뿐이야."

핀천은 마르크시즘에 근거한 공산주의 이념이나, 산업자본주의로 인해 비인간화된 자본주의 사회가 "똑같이 소름 끼치는 공포"라고 말한다. 좌우 정치 이데올로기가 양극단으로 갈 때, 비인간적이 되고 소름 끼치는 공포가 된다는 핀천의 생각은 이어령 교수의 생각과도 같다. 포스트모더니즘은 그러한 양극을 배격하고, 제3의 길을 찾는 문예사조라고 할 수 있다. 포스트모더니즘은 그러한 극단적 사회가 초래하는 비인간화를 경계하고 인간성의 회복을 지향한다. 포스트모더니즘은 기능 위주의 모더니즘 건축, 그리고 고급문화와 엘리트주의에 근거한 모더니즘 문학이 초래하는 예술의 비인간화도 비판한다.

소로의 『월든』에 대해

19세기 미국의 사상가 소로에 대한 이어령 교수의 지적은 타당하다. 소로는 문명을 완전히 떠나 숲속에서 영원히 살기 위해서가 아니라, 인간 사회에서 벗어나 자연 속에서 사는 것의 가능성을 실험하기 위해 2년 2개월 동안 월든 숲

속에서 살았다. 물론 방문객들도 있었고, 그가 잠시 은둔에서 벗어나 마을로 나가기도 했다. 보스턴 근교에 있는 월든 호수는 산과 물이 다 있는 자연이다. 소로는 거기에 움막을 짓고 문명사회로부터 떨어져 혼자 살았다. 그런 의미에서 소로의 『월든』은 이어령 교수가 말하는 「청산별곡」과 비슷하다. 산과 강의 상징인 자연으로 돌아가 영원히 살고 싶지만, 현실은 그렇지 못하기 때문이다.

헨리 데이비드 소로는 1817년 7월 12일 매사추세츠주 보스턴 근교 콩코드에서 출생했다. 그가 성장하던 시기는 밴 브룩스가 "뉴잉글랜드의 개화기"라고 불렀던 미국의 르네상스 시대, 즉 문학과 문화의 중심지가 보스턴이던 시대였다. 소로의 동시대 문인으로는 에드거 앨런 포, 내서니얼 호손, 허먼 멜빌, 그리고 랠프 에머슨과 월트 휘트먼이 있었다. 특히 그는 근처에 살고 있던 에머슨에게서 지대한 영향을 받았으며 호손과 휘트먼도 만나 교분을 가졌다.

프로테스탄트 이민의 아들인 부친과 목사의 딸인 모친 사이에서 태어난 소로는 1833년 하버드대학교에 입학한 후, 문학을 전공해 1837년에 대학을 우등으로 졸업했다. 그가 아직 대학생 시절에 에머슨의 『자연론』이 출판되었으며 그는 그것을 감명 깊게 읽었을 뿐만 아니라, 후에 에머슨의 집에서 일손으로 2년(1841~1843)간 같이 사는 동안에도 에머슨에게서 많은 영향을 받았다.

일찍이 소로의 재능을 인정한 에머슨은 그를 뉴욕에 있는 자기 형제에게 보내 그곳의 문인들과 접촉하도록 했다. 뉴욕에서 소로는 후에 공화당을 창당한 호러스 그릴리와 소설가 헨리 제임스의 부친 등을 만나 교우한다. 7개월 후 다시 콩코드에 돌아온 소로는 그로부터 1년 후인 1845년 3월, 월든 호수 근처에 방 한 칸짜리 오두막을 짓기 시작하더니, 7월 4일(미국의 독립기념일)에 그곳에 혼자 입주하여 세상으로부터 은둔하는 생활을 시작하는데, 이때의 기록인 『월든』(1854)은 오늘날 미국 문학의 한 중요한 자료로 남아 있다.

그는 자연 속에서 은둔 생활을 한 이유를 "여론, 정부, 종교, 교육 그리고 사회로부터 떠나고 싶어서, 그리고 나 자신과 대면하기 위해"라고 밝히고 있다. 소로의 자연 속으로의 도피는 당시 '자연'이 점점 사라져 가고 있었던 도시와 문명으로부터 자연을 향해 떠난다는 의미 외에도, 개인의 자유와 존엄성을 속박하는 제도들, 예컨대 사회, 정부, 교회, 문명 등으로부터 벗어나려고 부단히 노력하는 미국인의 원형적 심리를 잘 보여 주고 있다. (이것은 미국 문학에 늘 등장하는 '개인과 사회'라는 모티프의 맥락에서 보면 더욱 그러하다.)

소로의 그러한 사상은 그의 유명한 에세이 『시민 불복종』(1849)에 잘 나타나 있다. 소로의 '비폭력적 시민 불복종'

사상은 후에 비폭력적 저항을 주장한 톨스토이, 간디, 마틴 루서 킹에게도 지대한 영향을 끼쳤다.(간디는 자신의 운동을 '시민 불복종'이라고 명명했다.) 소로의 『시민 불복종』은 다음과 같은 유명한 말로 시작된다. "나는 '가장 적게 다스리는 정부가 가장 최상의 정부이다.'라는 모토를 진심으로 받아들인다." 개인의 자유를 억압하는 모든 체제를 부정했던 소로는 한때 주민세 납부를 거부해 구치소에 갇혔고 소식을 들은 친척이 대신 돈을 내 주어 석방된 적도 있었다.

하지만 소로가 문명을 완전히 등지고 자연과 광야만을 찬양한 것은 결코 아니었다. 예컨대 그의 오두막은 도시로부터 불과 1마일 반밖에 떨어지지 않았으며, 큰길로부터도 반마일밖에 떨어지지 않았다. 더욱이 그는 은둔 생활 동안에도 방문객들의 내방을 받았고, 가끔 콩코드까지 걸어가기도 했다. 또한 그의 월든 생활도 영원한 것이 아니라, 불과 2년 2개월 동안만 지속되었다. 그는 도시가 결핍하고 있는 목가적인 초원과 거칠고 위협적인 광야의 차이를 잘 인식하고 있었으며, 문명을 완전히 등지고 산다는 것이 불가능함을 잘 알고 있었다. 따라서 그가 원했던 것은, 조지프 우드 크러치가 지적하듯이 '하나의 상징적 제스처'였으며 또한 '어떤 것으로부터 멀리 떠난다는 것은 꼭 외적인 면에서 멀리 떠나는 것만을 의미하는 것은 아니다.'라는 것을 우리에

3부 —— 이성·자연·문명

게 보여 주는 것이었다고도 말할 수 있다.

소로는 1845년 7월 4일부터 1847년 9월 6일까지 월든 숲속에서 자연과 더불어 혼자 자급자족하며 살았다. 그의 저서 『월든』은 바로 그 2년 2개월 동안의 생활을 기록해 놓은 것이다. 실제적인 면에서 월든 숲에서의 소로의 실험은 결국 실패라는 평을 받는다. 그러나 비록 소로 자신도 실험의 '실패'를 자인했다 해도, 『월든』의 결론은 본질적인 면에서 소로의 '성공'을 기록하고 있다. "나는 내가 숲속에 처음 들어왔던 때의 이유만큼 정당한 이유로 숲을 떠났다."라고 소로는 쓰고 있다. 그는 이렇게 말한다. "나는 내 실험을 통해 적어도 이것을 배웠다. 즉 만일 우리가 꿈을 향하여 신념을 갖고 전진한다면, 그리고 우리가 상상하는 인생을 살려고 노력한다면, 우리는 보통 때에는 기대할 수 없는 성공을 만나리라는 것을."

또한 소로는 "누군가는 우리 귀에 대고 우리 미국인들과 현대인들은 영국 엘리자베스 여왕 시대 사람들이나 고대인들에 비해 지적 난쟁이들이라고 속삭인다. 하지만 그게 무슨 소리인가? 살아 있는 개가 죽은 사자보다 더 낫다."라고 말하며 에머슨처럼 영국의 영향에서 벗어나 미국의 문화적, 정신적 자주성을 갖자고 주장했다. 또한 에머슨과는 좀 달랐지만 소로 역시 근본적으로는 낙관주의자였다. 소로는 이렇게 말했다. "너의 인생이 아무리 비천하더라도 그것을 마주 대하고 살아 나가라. 그것을 피하거나 저주하지 말라. 그것은 네가 생각하는 것만큼 나쁜 것은 아니다. …… 네 인생을 사랑하라. 가난한 그대로, 너는 아마도 가난한 집에서라도 다소간의 즐겁고 스릴 있고 영광스러운 시간을 가질 수 있을 것이다."

1860년 말에 소로는 독감에 걸린 채 강연을 강행하다가 폐결핵으로 전이되어 1862년 5월 6일 고통 없이 눈을 감았다. 그의 장례식에서 에머슨은 조사를 읽었고 나중에 그것을 "소로"라는 제목으로 출판했다. 그의 친구 윌리엄 채닝은, "아무도 그처럼 훌륭한 미완성 인생을 살지는 못했다."라고 썼다. 45세에 요절한 소로의 인생은 분명 미완성이었지만 어떤 의미에서 그만큼 훌륭한 인생을 살았던 사람도 없었다. 그는 『월든』의 첫 페이지에서 다음과 같이 말하고 있다. "나는 낙담의 노래를 쓰려고 하는 것이 아니라, 횃대에 앉은 수탉처럼 힘차게 울려고 하는 것이다. 다만 내 이웃들을 깨우기 위해."

ㅅ ㅁㅅㅅ

생명사상

생명사상/생명 자본주의/기호

○

이어령

하늘을 나는 새도 너희들보다 낫다, 하는 예수의 말이
무슨 얘기인가요. 너희들을 인간으로 만들어 줬더니 겨우
새가 하는 그런 일을 하냐? 너희들 할 일은 다른 건데. 너희
는 정신적인 영생의 빵을 구해야 하는 건데, 그게 곧 말씀의
빵인데, 기껏 짐승들도 먹는 빵, 그것을 먹기 위해서 태어났
어? 그런 의미지요. 그러니까 AI가 생겨서, 기계가 생겨서 빼
앗길 직업이라면 뺏겨야지. 그것은 기계가 할 수 있는 거니
까. 기계가 할 수 없는 것, 즉 사랑하고, 눈물 흘려 주고, 어
루만져 주고, 그것이 생명 자본이지요. 그런 것을 하는 세계

가 생명 세계고요. 자본이란 1을 넣으면 10개가 되거나, 1을 넣으면 5개가 되는 것이지요, 1을 넣었는데 1이 나오는 것은 자본이 아니지요. 자본이란 증식하는 것이니까요. 마찬가지로 생명도 자본이지요. 자본(capital)이라는 말은 원래 '머리'라는 뜻이니까요.

그러니까 자본은 증식하는 것이고, 생명도 증식하는 것이지요. 곡식 씨알을 하나 넣으면 10개, 20개로 열매가 나는 거예요. 그것이 자본이지요. 그러나 돈을 주식시장에 넣어, 100배의 이득을 남겼다면, 그건 실제라기보다는 사실 가상 화폐 같은 것이지요. 돈이란 10년을 두어도 그 자체가 무엇을 만들어 내지는 않으니까요. 돈이란, 새끼를 안 치는 것을 새끼 친다고 가정해서 지금 비트코인처럼 또 옛날 튤립처럼 가상의 것을 만들어서 '아, 이거 얼마 더 벌어지리라.' 그런 것이지요. 실제 번 것이 아니고요. '앞으로 얼마가 더 벌어질 거다.' 바로 그 싸움이라는 거지요. 실제 생산이 늘어난 것은 아니고요.

그러니까 생명은 자본이고, 더 나아가, 생명 자본주의가 될 수 있지요. 우리가 알고 있는 자본주의는 물질자본주의이고, 증식하지 않는 것을 증식하는 것처럼 하는 유사캐피털리즘(pseudo-capitalism)이지요. 그러면 생명 자본이라는 것은 무엇이냐? 예컨대, 교육, 문화, 문학 같은 것들은 무한대의 소비와 생산이지, 비용이 예정되거나 한정된 것이 아니고, 또 '오버 프로덕트'가 되는 것도 아니지요. 천 명의 브람스가 나와도 음악은 망하지 않는다, 라는 것과도 같지요. 브람스의 곡은 특허를 출원해도 길거리에서도 다 들리니까요. 공기 같은 거지요. 물 같은 거고요. 그러니까 자연 자본 다음에는 생명 자본이다, 라고 말할 수 있지요. 사실, 공기를 누가 통제할 수 있어요? 향기를 누가 통제하고요?

숫자 기호로 만들어진 세계를 언어기호로 만들어진 세계와 혼합해 양대 기호를 합치는 과제가 중요합니다. 비트겐슈타인이 바로 그것을 하려고 하다가 결국 실패해서, '아, 언어가 아니라 민중들이 쓰는 파롤(parole), 즉 언어 체계가 아니라 바로 언어를 운영하는 지혜, 이것이 어렵구나.' 하고 탄식했지요. 예컨대 쌍둥이는 '트윈'이라고 하는데, 세쌍둥이일 때는, '트윈'이라는 말이 갖는 논리적 한계에 부딪치는 거지요. 물론 세쌍둥이는 '트리플렛'(triplets)라고 표기하기는 하지만요. 이것 때문에 언어 철학의 기반이 무너져서 비트겐슈타인이 후기 철학에서는 "길은 직선이 아니다. 구부러진 것이다."라고 말했지요.

유물론자들은 이 세상을 에너지와 물질로만 보지요. 그러나 생명이 있는 곳에는 에너지나 물질이 아닌 게 있어요. 예컨대, 우리는 "낫 놓고 기역자도 모른다."라고 하는데, 낫은 물질이자 에너지이지요. 그러니까 낫은 세계 어디에 가도 낫이지요. 물리 화학적 재산이고요. 그러나 낫을 보고 기억자를 연상하는 순간, 낫은 생명을 갖게 되고 기호가 되지요.

영어도 마찬가지인 것이, 예컨대 우리 옛 지게가 A 자를 닮아서 영어로 지게를 A-frame이라고 부르지요. 그게 뭐냐면, 유물론자들은 의식이나 정신이라는 말을 쓰지 말고, 물질이나 에너지라고 하자고 하는데, 물질이나 에너지도 기호가 될 때가 있다는 겁니다. 예컨대 상점에 배추를 걸어 놓으면 청과물점이라는 의미가 되는데, 그때 배추는 물질이 아니라 기호라는 거지요. 똑같은 배추인데도. 우리에게 그것은 배추로서 인식되는 것이 아니고, 거기에 가면 배추를 살수 있다는 기호가 되는 거지요. 이렇게 가만히 있어도 물질은 기호화할 수 있는 능력이 있다는 겁니다.

생물도 그래요. 개구리가 온도를 느끼면서, '아, 겨울이 오는구나.' 하고 지하로 숨고, 봄이 되면 아지랑이가 피는 걸보고 '아, 이제 봄이 오는구나.' 하고 나오지요. 개구리니까 정보가 필요하지, 돌덩이라면 정보가 필요 없겠지요. 에너지, 물질 다음에 생명체가 사는 지구에만 정보와 기호가 있어요. 그러니까 기호는 정보다, 그리고 정보는 생명이다, 라고 할 수 있지요. 이것은 너무나 쉬운 얘기인데 이것을 말하는 사람이 없는 거예요. 지금 기호가 생명이라는 말을 하는 사람이 없는 거지요. 기호가 생명 자본이란 것을 모르는 거지요. 구글도 그것을 모르고, 아무도 모른다는 거예요.

그럼 기호가 뭐냐? 사실 이것 때문에 사람들이 싸우는 겁니다. 냉전도 그랬고, 지금 ISIS도 하나의 기호거든요. 그래서 ISIS는 절대 포탄으로는 못 이겨요. 왜? 기호의 세계에서 살고 있으니까요. ISIS라는 것은 포탄으로 죽여도 남아 있지요. 코란도 남아 있고요. 그러면 결국은 못 죽여요. 기호를 죽일 수는 없으니까요. DNA에도 생물학적 기호가 있고, 언어 속에도, 문학작품 속에도 DNA가 있다는 거지요. 세상에는 생물학적 DNA와 문화적 DNA라는 두 개의 DNA가 있지요. 달(月)에는 생물학적 DNA도 없고, 문화적 DNA도 없어요. 오직 생명체가 살고 있는 지구에만 있는 거지요.

텍스트를 볼 때, 뒤집어도 보고 밖으로도 보고 안으로도 보는 게, 하이데거가 얘기하는 '망각'이라고 하는 것, 즉 '레테'지요. 사람이 죽으면 레테 강을 건너는 데, 그리스어로는 레테가 망각이지요. 거기에 '아'(A)를 접두어로 넣으면 '아레테'가 되는데, 그건 잊어버리지 않는 것을 의미하지요. 그러면 마음, 진리라고 하는 것은 바깥에서 오는 것이 아니라 망각을 일깨우는 것이 됩니다. 다시 말하면, 존재에 보자기 같은 것이 씌워졌고, 망각이라고 하는 것은 무언가가 씌워진 것인데, 그것을 벗겨 내고 숨겨져 있는 것을 드러내면 그것이 진리가 되는 거예요. 그래서 A 자를 붙여 '아레테'가 되면, 그리스어로 진리가 되지요.

그래서 진리 탐구란 덮여 있고 씌워진 존재를 밝음 속으로 드러내는 것이지요. 진리가 보이지 않는 이유는 그것이 덮어씌워져 있기 때문이고요. 그래서 보자기에 감추어져 있는 것을 드러내 보여 주는 것, 즉 revelation(드러냄)이 '계시'가 되는 거지요. 우리가 이렇게 얘기하잖아요. "덮어놓고 그렇게 말씀하면 됩니까?" "터놓고 말씀하세요." 즉 평소에는 진리를 덮어 놓고 지내는 거예요. 덮어 놓고 사는 것을, 어둠이든 보자기든 이 덮어 놓은 것을 열어서 알맹이를 드러내는 것이 계몽(啓蒙)의 '몽'(蒙) 자지요. 털이 웅성웅성한 것을, 털 속에 있는 것을 드러내는 것이 '몽' 자예요. 그래서 '계몽'이라는 말은 아주 잘 만들어 낸 말인데, 그래도 참 어렵지요.

우리나라 말의 '덮어놓고'의 그 덮은 것을, 즉 어둠으로 덮은 것을 빛에 의해서 드러내는 거지요. 분명히 거기에 있지만, 어두워서 잘 안 보이는 것, 그걸 빛으로 쏘면 드러나는 거예요. 그것이 진리지요. 그래서 항상 진리는 빛으로, 태양으로 상징되는 거고요. 아폴로도 그렇지요. 우리말에도 있는, '덮어놓고'라는 말이 그런 거지요. 무지로 덮어 놓고, 폭력으로 덮어 놓고. 그걸 일깨우는 것이 바로 계시고요. 하이데거가 『존재와 시간』에서 수십 권으로 쓴 것을 한마디로 정리해 보면, 우리 농부들이 쓰고 있는 말 속에 하이데거가 다 들어 있는 거예요. "덮어놓고 하라면 어떡해?" 우리는 이렇게 말하거든요.

「노란 셔츠 입은 사나이」라는 노래를 봐요. "어쩐지 나는 좋아."라고 하지. 우리는 논리나 이유가 없어도 되니까요. "너 왜 그러냐?" 물으면, "응, 어쩐지 그런 생각이 들었어."라고 대답하지요. "노란 셔츠 입은 말 없는 그 사람"을 반대로 뒤집어야 서양이 되지요. 서양은 "말 없는"이 아니고, 끝없는 변증법으로 설명을 해야 하니까요. 그래서 "말 없는 그 사람"이 아니고, "말 많은 그 사람"이 되는 거지요. 예수님도 좀 말을 많이 하시잖아요? 그런데 석가모니는 이심전심으로 말을 안 하는 거예요. 그러니까 "말 없는 그 사내가 어쩐지 나는 좋아"가 가능한 거지요. 우리나라의 불교와 유교의 모든 경전을 성서와 비교할 때, 한마디로 정리하면 "어쩐지 나는 좋아."예요. 그런데 그 사람은 뭘 입었어? 신사복 입었어? 색깔은? 노란 셔츠 입었어. 노란색. 노란색이라고 하는 것은 감각이지요. 이성에서 극도로 싫어하는 감각이에요.

그러나 괴테는 "색채는 빛과 어둠의 자식이다."라고 했지요. 색채가 색을 낳아요. 그러니까 우리가 무심코 부르는 유행가, 무수한 사람들이 부르는 그 노래의 주제는 "어쩐지 나는 좋아."지요. 그 노래를 들어 보면 "어쩐지"만 되풀이돼.

"노란 셔츠 입은"이 아니라, "어쩐지 나는 좋아."가 더 많이 나와요. "어쩐지"는 서너 번, 네 번 나오는데 "노란 셔츠"는 한 번밖에 안 나와요. 그러니까 우리가 노래 부르면서, "노란 셔츠"라는 노래가 유행한 줄 알았는데, 사실은 "어쩐지 나는 좋아."가 유행한 거지요. 그런데 사람들은 "노란 셔츠"의 그 "노란 셔츠"만 생각하고 "노란 셔츠"를 부르는 거예요.

중국어에서는 끝내자는 말을 '종시'(終始)라고 해요. 어떻게 끝이 앞에 나오고 처음이 뒤에 나오나 하고 놀라겠지만, 동그라미를 그려 보면 언제나 시작은 끝에서 시작해요. 순환한다는 얘기지요. 그러니까 김소월도 "가을, 봄, 여름 없이"라고 했지. '봄, 여름, 가을 없이'라고는 안 했거든요. 봄, 여름, 가을, 겨울 하면 4계절이 하나의 유닛으로 떨어지는 거지요.

포스트모던 기호학:
기호는 거짓일 수도 있어

7

김성곤

앞에서 이어령 교수는 이렇게 말한다. "그래서 진리 탐구란 덮여 있고 씌워진 존재를 밝음 속으로 드러내는 것이지요. 진리가 보이지 않는 이유는 그것이 덮어씌워져 있기 때문이고요. 그래서 보자기에 감추어져 있는 것을 드러내 보여 주는 것, 즉 revelation(드러냄)이 '계시'가 되는 거지요." 한국말 "덮어놓고 그러시면 어떡합니까?"에 대한 그의 해석은 참으로 흥미롭다. 우리는 '덮어놓고'를 '무조건'으로만 생각해 왔는데, 사실은 '진실은 감춰 놓고'의 뜻이었던 것이다. 이어령 교수는 여기에서도 우리가 미처 보지 못하는 것을 보고 있어서 감탄을 자아내게 한다.

해석학(Hermeneutics)은 베일을 벗겨 그 속의 진실을 밝혀내는 작업이라고 한다. 그런 의미에서 보면, 현대 해석학의 태두인 슐라이어마허의 뜻이 영어로는 'The Veil Maker'라는 점은 아이러니라고 할 수 있다. 아마 더 얇은, 그래서 속이 다 들여다보이는 베일을 만드는 사람이라는 뜻인지도 모르겠다.

위에서 이어령 교수는 생명 자본주의를 주창하고 있다. 이어령의 주장에 따르면 생명도 일종의 자본이어서, 교육, 문화, 문학 같은 투자를 통해 무한대로 증식할 수 있다. 가만히만 있으면 그 생명은 은행에 넣어 놓은 예금처럼 이자가 거의 붙지 않는, 그래서 별 가치가 없는 자본이 될 것이다. 그러나 끊임없이 증식하는 자본처럼 교양과 학식과 고매한 인격으로 불어나는 생명이라면, 그건 가치 있는 생명 자본이 될 것이다.

이어령 교수는 기호학자다. 기호학자는 "이 세상의 모든 것은 기호다."라고 말한다. 그러므로 기호를 읽음으로써 우리는 세상을 읽는다. 우리의 표정과 제스처도 하나의 기호여서 우리는 그 기호를 통해 상대방의 의중을 읽고 의사소통을 한다.

그러나 최근의 기호학은 우리가 현재 살고 있는 리얼리

티가 유동적이고 세상이 복합적이 되어 감에 따라 기호가 단 하나의 의미만을 갖는 것이 아니어서, 우리의 기호 읽기가 잘못될 수도 있다고 말한다. 그러므로 기호를 있는 그대로 읽거나 믿지 말고, 때로는 그 기호가 틀릴 수도 있음을 알아야 한다.

도널드 바셀미의 단편 「나와 맨디블 선생님」의 주인공은 기호를 잘못 읽어서 인생을 망친 사람의 이야기다. 결혼에 실패한 그는, "나는 기호를 잘못 읽었다. 나는 최상의 와이프 기호를 갖고 있는, 즉 미와 매력과 부드러움과 향기와 요리 솜씨를 갖춘 여자와 결혼했기 때문에 사랑을 찾은 것으로 생각했다."라고 말한다. 그의 아내는 예쁘고 매력적이었지만 실제로는 아름다운 색깔과 달콤한 꿀로 곤충을 유인해 천천히 고통스럽게 죽이는 코브라릴리와 같은 여자였다.

그는 직장인 보험회사에서도 실패한다. 그는, "나는 '필요한 경우에 도움이 되기 위해'라는 우리 회사의 모토를, 회사가 아니라 고객의 필요를 도우라는 말로 잘못 읽었다."라고 말한다. 그래서 고객에게 거액의 보험금을 지급해 회사에 큰 손실을 끼친 그를 회사에서는 재교육을 위해 다시 초등학교로 보낸다. 인생을 처음부터 다시 배우라는 것이다. 이 단편은 덩치는 크지만 초등학생이 되어 교실에 앉은 채 주위를 살피며 도대체 무엇이 잘못되어 이렇게 된 것인지를 곰곰이 생각하는 주인공의 학교생활에 대한 묘사로 되어 있다.

사실 얼마나 많은 남자들이 어리석게도 팜 파탈의 미모에 반해 인생을 망치고, 또 얼마나 많은 여자들이 평생 행복하게 해 주겠다는 남자의 허세와 허풍에 속아 결혼을 망쳤던가! 그리고 얼마나 많은 사람들이 자기 회사의 모토를 잘못 읽어서 직장을 잃어야만 했던가!

바셀미는 "우리는 기호를 약속으로 읽는다."라고 말한다. 그러나 때로는 그 약속이 지켜지지 않을 수도 있다고 말한다. 기호는 해석을 요하고, 그 과정에서 잘못 읽힐 수도 있기 때문이다. 코난 도일이 창조한 탐정 셜록 홈스는 기호를 읽어서 사건을 해결한다. 그는 기호를 신봉하며, 기호가 틀릴 수 있다고는 절대 생각하지 않는 사람이다. 홈스는 기호를 읽어서 고객의 신상에 대해 정확하게 알아맞춤으로써 조수 왓슨과 독자들을 감탄하게 만든다. 예컨대 「얼룩무늬 끈의 비밀」에서 홈스는 그를 찾아온 여자에게 "오늘 아침 기차로 오셨군요."라고 말한다. "아니, 그걸 어떻게 아셨나요?"라고 놀라서 묻는 고객에게 홈스는 이렇게 말한다.

"당신의 왼쪽 장갑의 목에 삐져나온 왕복 티켓의 일부를 보았지요. 그리고 기차역까지 마차를 타고 진흙탕 길을 오래 달려오신 것도 아는데, 그건 전혀 미스터리가 아니랍니다. 입고 계신 재킷의 왼쪽 팔에 일곱 군데나 진흙이 튀어 있네요. 마차만이 그런 진흙을 튀기고, 마부의 왼쪽에 앉은 사람에게만 그런 식으로 진흙이 튀지요."

그러나 기호 읽기는 셜록 홈스가 살던 19세기에는 통할 수 있어도 오늘날에는 별 효력이 없다. 요즘에는 많은 기호들이 허위고 거짓이기 때문이다. 기만과 눈속임이 판치는 정치판에서는 더욱 그러하다. 예컨대 불법 쿠데타로 정권을 찬탈해서 탄생한 전두환 정부의 모토가 "정의 사회 구현"이었고, 그에 반대해서 투쟁했던 문재인 정부도 "정의로운 사회"를 내세웠다. 그동안 여러 정부를 거치면서 우리는 독재도 정의가 될 수 있고, 개인적인 원한이나 한풀이나 복수도 정의로 포장될 수 있음을 깨달았다. 그래서 기호가 언제나 정확한 것은 아니며 우리가 기호를 잘못 읽을 수도 있다는 것을 깨닫게 되었다.

움베르토 에코의 『장미의 이름』에서 윌리엄 수사는 처음에는 자신의 기호 읽기의 정확성을 의심하지 않는다. 작품 초반부에 그는 나뭇가지에 생긴 흔적을 통해 도망친 수도원장의 말을 찾아 주기도 하고, 수도승의 절박한 표정과 어디론가 가는 황급한 동작, 그리고 잠시 후 만족하고 평온한 표정으로 나오는 기호를 읽고 화장실의 위치를 알아내기도 한다. 그러나 자신의 기호 읽기를 통해 중세 수도원의 연쇄살인 사건을 해결하지 못하자, 비로소 그는 복합적인 상황에서는 기호가 잘못될 수도 있고 틀릴 수도 있다는 사실을 깨닫는다.

영화 「터미네이터 2」에서도 눈에 보이는 기호는 사실과 다르다. 경찰복과 모터사이클 갱스터의 옷은 각기 상징하는 바가 다른 기호다. 그래서 관객은 그 기호를 읽고 경찰 제복을 입은 사람을 선한 사람이라고 믿고, 모터사이클 갱스터 옷을 입은 사람을 악한이라고 생각한다. 그러나 사실은 기호와는 정반대로 경찰이 나쁜 사람이고, 모터사이클 갱이 좋은 사람임이 드러난다. 현대는 19세기처럼 단순하지 않고 극도로 복합적인 사회가 되었다는 것을 이 영화는 잘 보여준다. 그럼에도 불구하고, 우리는 여전히 기호를 믿고 기호로부터 배신당한다.

평생 앞을 보지 못했던 헬렌 켈러는 『사흘만 볼 수 있다면』에서 이렇게 말했다. "당신의 시력으로 친구 내면의 아름다움을 봐야 한다고 생각하지 않나요? 그런데 당신들 대부분은 얼굴만 보고 말지 않나요?" 눈에 보이는 기호를 잘못 읽으면 나중에 크게 후회할 치명적인 실수를 할 수 있다. 현대 기호학은 바로 그런 문제점을 지적하고 있다.

허먼 멜빌/고양이

о

이어령

실증적인 것을 가지고 추상적인 이야기를 하려면 텍스트 문서가 있어야 합니다. 그래서 인문학 논쟁이 학자 사이에서 벌어질 때는 구체적인 텍스트 읽기가 있어야 하지요. 롤랑 바르트가 한 작업도 바로 그것이었어요. 바르트에게는 에펠탑도 읽고 그 의미를 파악해야 하는 텍스트였지요. 그래서 우리도 그런 식견과 많은 이론을 기틀로 작품 읽기를 해 보자는 거예요. 그런 과정에서, 나는 이렇게 생각하는데 저 사람은 저렇게 생각하는구나. 아, 나는 저건 미처 못 본 건데. 그런 식으로 대화를 해 나가자는 거지요.

『모비 딕』을 쓴 허먼 멜빌의 단편 「사과나무 탁자」를 보면, 사과나무로 만들어진 탁자는 그것이 들어가 있는 낡은 집의 다락방과는 완전히 다릅니다. 닫힌 공간 속에 하나는 수직 공간이고, 다른 하나는 수평 공간이지요. 그 사과나무 탁자에서 작가는 숲이라는 구조를 보고, 칼뱅이즘적인 당대의 종교를 비판하지요. 그래서 누군가 먼저 살던 사람이 잠가 놓은 다락방 속에서 발견하는 사과나무로 만든 탁자는 모비 딕처럼 중요한 상징이 되는 거지요. 하나는 단편이고 또 하나는 장편이라는 차이가 있기는 하지만요. 구조란 지구와도 같아요. 그래서 현실에서 구조 분석을 하면 의미 없는 게 되지만, 텍스트 분석은 의미가 있게 되지요.

가능하면 단편이나 뭐 재미난 것 하나 골라서 이미 남들이 분석한 것보다 더 의미 깊은 이야기를 하고 싶네요. 대학원에서 1년 동안 보들레르의 「고양이」를 강의했는데, 그것을 분석한 책이 있어요. 「고양이」에 대한 글이 30편쯤 들어 있었는데, 학생들이 포스트모더니즘도 모르고 구조주의도 몰랐지만, 구체적인 텍스트를 갖고 분석한 글들을 읽으면서, "아, 읽는 방법에 따라 이렇게 해석이 달라지는구나." 하고 텍스트 읽기의 재미와 중요성을 깨달았답니다.

고양이 이야기를 해 보지요. 한국과 일본은 지리적, 역사적으로 굉장히 가까운데 사실은 많이 다릅니다. 나쓰메 소세키의 「나는 고양이로소이다」를 예로 들면, 그게 한국에서도 일본에서만큼 호소력이 있을 수 있을까요? 불가능하지요. 왜냐하면, 일본은 집집마다 양잠을 해서 비단을 만들었기 때문에, 고양이가 말보다도 더 비쌌던 시절이 있었어요. 고양이는 쥐를 잡지요. 개는 종류에 따라 여러 가지 역할을 하는데, 고양이는 오로지 쥐 잡는 일밖에 못 해요. 고양이가 인간에게 실제적인 도움이 될 수 있는 이유는 쥐를 잡기 때문이지요. 쥐들이 누에를 잡아먹으면 비단을 만들 수가 없어요. 그래서 일본에서는 쥐를 잡아먹는 고양이가 집집마다 필수였고 그 존재가 소중했지요.

그런데 우리는 고양이에 대한 부정적인 미신이 많고, 천연두 즉 마마 같은 것도 고양이처럼 생겼다고 해서, 어느 동네가 고양이가 많아서 사람들이 마마에 걸렸다고 할 정도로 고양이에 대해 부정적이었지요. 요즘에는 좀 달라졌지만, 20세기 초 만해도 작가 곁에 항상 고양이가 붙어 다니는 나쓰메 소세키와 같은 작가가 한국에는 있을 수 없었던 거지요. 그러니까 고양이의 눈으로 봤다는 것은 고양이가 인간 곁에 항상 있어야 가능한데, 일본에서는 누에 때문에 집집마다 고양이를 키웠고 고양이는 항상 인간을 따라다녔기에 가능한 것이었지요. 그런데 우리는 개도 바깥으로 나돌고, 고양이는 아예 별로 키우지도 않았기 때문에, 고양이의 시점을 빌려서 쓴 나쓰메 소세키의 「나는 고양이로소이다」가 호소력이 덜한 거지요. 소세키는 사람보다도 고양이의 시점을 더 쉽게 빌릴 수 있었던 문화에 속해 있었고, 우리에게는 고양이를 시점으로 하는 글이 나오기 어려운 문화였고요.

소설에 있어서 이런 것은 구조 분석도 아니고 전기 비평도 아니면서, 실제 상황이나 문화적 텍스트를 읽고 있는 것이 되지요. 그런데 우리에게는 그런 게 없어요. 실제로 문화 텍스트 분석적인 측면에서 본다면, 비단이라는, 또 고양이라는 이런 얽혀진 의미망 속에서 고양이의 시점을 빌려서 글을 쓴 나쓰메 소세키는 자신도 모르게 이미 그 고양이를 시점으로 사회적 배경을 드러내 주고 있는 거지요. 즉 자기도 모르게 방 안에만 틀어박혀 고양이처럼 사물을 보는 거예요. 그런데 그 시선이 우주까지 가는 거지요. 실제로는 방 안에 웅크리고 앉아 있지만, 사유와 상상의 세계에서는 우주까지 가는 거니까요. 보들레르의 「고양이」도 그런 거고요. 소세키는 고양이의 눈을 통해 비단, 실크로드, 그리고 비단 때문에 거칠어진 손에 바르기 위해 발명된 바셀린까지도 바라보고 있는 겁니다.

4부 —— 생명사상

고양이와 개를 통해 본
한국 문화

7

김성곤

일본은 가깝고도 먼 나라다. 지리적으로는 가깝지만 풍습은 아주 다르다. 예컨대, 양잠 때문에 집집마다 고양이를 길렀던 일본과 달리, 조선은 양잠을 많이 하지도 않았고 고양이를 좋아하지도 않았다. 그런 풍습은 지금도 계속되고 있다. 이어령 교수의 말대로, 한국인들은 고양이보다는 개를 더 좋아한다. 한국의 애완동물 가게나 동물 병원은 고양이보다는 늘 개들로 붐비는데, 이는 한국인들이 고양이보다 개를 더 좋아하기 때문일 것이다. 요즘 거리를 걷다 보면 애완견을 데리고 산보하는 사람들도 많이 만날 수 있다.

한국인들은 '사람의 가장 좋은 친구'인 개는 잘 버리지 않지만 고양이는 비교적 잘 내다버리는 것 같다. 그래서 한국은 지금 버림받은 채, 거리에서 쓰레기통을 뒤지는 도둑고양이들로 골치를 앓고 있다. 아무래도 한국인들은 고양이보다는 개에게 더 이끌리는 모양이다.

한국인들이 개를 더 좋아하는 이유는 아마도 개의 충성심 때문인지도 모른다. 그래서인지 한국에는 주인의 목숨을 살린 충실한 개의 전설이나 민담이 많이 있다. 그중 가장 유명한 것은, 산불이 난 줄도 모르고 귀갓길에 술 취해 잠든 주인을 살리고 자신은 죽은 전라북도 오수의 개 이야기일 것이다. 산불이 잠든 주인 근처로 번져 오자 충실한 개는 근처 개천에 가서 자신의 몸을 물에 적신 후 돌아와 잠든 주인 주위에서 뒹굴어 불의 접근을 막다가 드디어는 지쳐서 죽었다고 한다.

얼마 전에는 머나먼 도시로 팔려 간 개가 옛 주인을 잊지 못하고, 두 주 동안의 힘든 여정 끝에 기적처럼 다시 옛집으로 돌아와서 화제가 되었다. 그 뉴스를 접한 한국인들은 누구나 그 개의 놀라운 충성심에 감동했다. 충성심에 관한 한, 고양이는 개의 적수가 되지 못한다. 개는 주인이 때려도 다시 다가와 마치 모든 걸 다 잊고 용서했다는 듯이 정다운 신음 소리를 내며 열심히 꼬리를 흔든다. 그러나 고양이는 한번 때리면, 대개는 그걸로 둘 사이의 관계는 끝장난다. 개와는 달리 고양이는 오랫동안 그 일을 잊지 않을 뿐 아니라, 한번이라도 자기를 때린 사람에게는 조심스럽게 접근하며 심지어는 피하기까지 한다.

고양이는 수줍어하고 자존심이 세기 때문에, 개와는 달리 주인의 명령에 즉시 복종하지 않는다. 그러므로 한국인의 눈에 고양이는 거만하고 냉정하며 충성심이 부족한 동물로 비친다. 그러나 고양이가 꼭 냉정한 것만은 아니다. 때로 고양이는 조용히 다가와 주인의 다리에 몸을 비벼 대며 말없이 애정을 표시한다. 비록 그것이 자신의 소유권을 표시하는 것이라고는 해도, 그 촉감은 따뜻하고 그 행동에는 애정이 담겨 있다.

한국인들 중에는 고양이가 음흉해서 원한을 갖고 사람을 해코지한다고 생각하는 사람들이 많다. 예컨대 한국인들은 고양이를 학대하면 고양이가 죽은 쥐를 집으로 물고 와 복수한다고 말한다. 하지만 이는 오해일 수 있다. 왜냐하면 고양이가 화해의 표시로 자신이 가장 좋아하는 장난감이나 음식을 주인에게 가져다주는 것일 수도 있으며, 화난 주인이 먹이를 주지 않을 것에 대비해 먹이를 비축해 놓는 것일 수도 있기 때문이다. 또는 사냥으로 스트레스를 푼 다음 칭찬받기 위해 포획물을 자랑스럽게 집으로 가져오는 것일 수도 있다. 어쨌든 고양이의 그러한 행동은 복수라기보다는, 화해의 제스처이거나 어색한 상황을 타개하기 위한 나름대로의 자구책이라고 보는 것이 타당할 것이다.

우리 집은 딸이 고양이를 좋아해서 고양이가 여러 마리 있었다. 개인적으로 나는 강아지보다는 고양이 새끼들을 더 귀여워하는 편이다. 고양이는 깨끗한 동물이며, 개와는 달리 용변 훈련을 하지 않아도 된다. 고양이는 조용하고 따뜻한 마음씨를 가진 영리한 동물이다. 딸아이가 미국에서 초등학교를 다니고 있을 때, 한번은 집 없는 고양이가 찾아오자 키티라고 부르며 기른 적이 있었다. 그런데 딸아이가 자전거를 탈 때마다 키티는 마치 개처럼 자전거 뒤를 뛰면서 따라다녔다. 오래지 않아 키티는 네 마리의 예쁜 새끼들을 낳았다. 고양이 기르는 법에 대한 책을 보니, 두 달이 지나면 어미 고양이는 새끼들에게 관심을 잃어버리고 더 이상 돌보지 않는다고 되어 있었다. 그러나 석 달이 지났어도 키티는 여전히 새끼들을 극진히 보살폈다. 드디어 내가 새끼들을 다른 사람들에게 분양했을 때, 키티는 사라진 새끼들을 찾아 집 안팎을 뒤지며 하루 종일 야옹거리며 울고 다녔다. 키티의 모성애는 대단했으며, 자기가 난 아이를 버리는 일부 인간들보다 더 훌륭한 엄마처럼 보였다.

그런 수많은 좋은 점에도 불구하고, 웬일인지 한국에서

고양이는 잘 대접받지 못했다. 한국인들은 충성스럽고 믿음 직스러운 개와는 달리, 고양이는 심술궂고 교활하다고 생각 하는 경향이 있었다. 한국인들이 고양이보다 개를 더 좋아 했다는 것은 한국 전래 동화 「개와 고양이」에서도 잘 나타 난다. 옛날에 어느 도둑이 노인으로부터 귀한 보석 구슬을 훔쳤다. 그러자 노인은 자신이 기르던 개와 고양이에게 그 보석을 찾아 달라고 부탁했다. 개는 할 수 있는 일이 아무것 도 없었지만, 고양이는 즉시 근처의 모든 쥐들을 모아 놓고 도둑맞은 구슬을 찾아오라고 명령했고, 오래지 않아 쥐 한 마리가 도둑의 집에서 그 구슬을 찾아왔다.

돌아오는 길에 개와 고양이는 하천을 건너게 되었다. 개 는 구슬을 입에 물고 고양이를 등에 태운 채 헤엄쳤다. 중간 쯤 왔을 때, 고양이가 "구슬 잘 간수하고 있니?" 하고 물었 고, 그렇다고 대답하려고 입을 벌린 개는 그만 구슬을 놓쳐 버렸다. 개는 실망한 채 집에 돌아왔고 고양이는 해변에 남 았다. 배가 고픈 고양이가 물고기를 잡아먹었는데 물고기의 배 속에서 구슬이 나왔고, 고양이는 구슬을 가져와 주인에 게 바쳤다. 주인은 기뻐서 고양이를 집 안에서 살게 했고 개 는 집 밖에서 살도록 했다. 이 이야기에서 고양이는 개보다 더 교활하고 운이 좋은 것으로 묘사되어 있어서, 한국인들 은 고양이가 부당하게 개의 보상을 가로챘다고 생각하게 되었던 것처럼 보인다. 그러나 고양이도 개만큼 주인의 사랑과 관심을 받을 자격이 있다.

사람들 중에도 고양이과에 속하는 사람들이 있고, 개과에 속하는 사람들이 있다. 전자는 내성적이고 말없는 고독한 사람들이고, 후자는 외향적이고 사교성이 뛰어난 사람들이다. 그 두 가지 특성은 모두 나름대로 가치가 있고 존중되어야만 한다. 이제 고양이를 차별하지 말고 인간의 친구로 받아들여야 할 때가 되었다. 개의 성향과 고양이의 특성은 둘 다 나름대로 가치 있고 소중하기 때문이다.

허먼 멜빌의 『모비 딕』 읽기

김성곤

이어령 교수는 허먼 멜빌의 단편 「사과나무 탁자」에 대한 탁월한 해석을 내놓고 있다. 멜빌은 이 작품 외에도 「피에르」(1852), 「사기꾼」(1857), 「필경사 바틀비」(1853), 그리고 사후에 발표된 「빌리 버드」(1924) 같은 탁월한 작품들을 남겼는데, 그중에서도 가장 유명한 불후의 대작으로 꼽히는 작품이 바로 『모비 딕』(1851)이다.

『모비 딕』을 읽으면서 생각해 보게 되는 첫 번째 주제는 '타자에 대한 이해와 포용'이다. 『모비 딕』에는 다양한 인간 군상이 등장한다. 주인공 이슈메일을 중심으로 소설의 제목인 신비스러운 고래 모비 딕, 그리고 모비 딕을 잡으려고 혈안이 되어 있는 선장 에이햅과 선원들의 이야기가 엮여 있다. 모비 딕은 온몸이 흰색인 거대한 고래의 이름이다.

이슈메일은 포경선을 타기 전, 한 여관에 묵는다. 여관 주인은 지금 빈 방이 없으니 남태평양 원주민인 퀴퀙과 같은 방을 써야 한다고 하는데, 당시만 해도 백인들은 이교도인 남태평양인들을 식인종이라고 생각했다. 그래서 이슈메일은 전신에 문신이 새겨진 퀴퀙을 보자마자 극도의 공포를 느낀다. 하지만 실은 퀴퀙은 남태평양에서 온 폴리네시아인 왕자로서 백인 문명을 동경해 미국에 온 사람이었다. 백인만이 옳고 백인의 종교만이 정통이라고 생각하던 이슈메일은 퀴퀙을 통해 비로소 다른 인종, 타 종교에 관해 이해와 눈뜸의 과정을 경험한다.

이슈메일은 퀴퀙이 자기 종교의 예배 의식에 동참해 줄 것을 요구하자, 기꺼이 승낙한다. 이슈메일은 이렇게 생각한다. "나는 기독교의 품에서 태어나고 자라난 독실한 모태교인이다. 어떻게 내가 이 야만인 우상숭배자와 함께 나뭇조각을 예배하는 이교도 의식에 동참할 수 있단 말인가? 하지만 예배란 무엇인가? 신의 뜻에 따르는 것이다. 그렇다면 신의 뜻은 무엇인가? 내가 대접받고자 하는 대로 내 이웃을 대접하는 것이다. 그렇다면 나도 우상숭배자가 되어야만 하리라."

바로 그 순간, 이슈메일은 스스로를 정통으로 생각하는 독선적인 백인 기독교도의 편견으로부터 벗어나, 타 인종과 타 종교를 포용하는 사람, 이웃을 인정하는 사람으로 다시 태어난다. 『모비 딕』을 읽으며 우리는 근거 없는 편견으로 인해, 또는 우리와는 다르다는 이유만으로 타인을 두려워하고 거부감을 느끼며 싫어했던 적은 없었는지 돌이켜보게 된다.

『모비 딕』에서 우리가 발견하는 두 번째 주제는, '인간은 무엇을 위해 살고, 또 어떻게 살아야 하는가?'이다. 『모비 딕』이 출간되었을 때, 사람들이 이 책을 읽지 않았던 이유가 난해해서였다. 그리고 주인공의 이름에서부터 장소의 이름까지 온갖 상징들이 난무하기 때문이었다. 하지만 이슈메일과 에이헵 선장의 이름의 상징만 알아도 절반은 성공이다.

이슈메일(이스마엘)은 구약성서에 나오는 아브라함의 서자로서 '추방자'라는 의미이자, 오늘날 아라비아인의 조상이다. 사회의 추방자 또는 망명객의 의식을 갖고 있는 이슈메일은 자살 충동을 느끼지만, 자살 대신 인생의 의미를 탐색하기 위해 배를 타고 바다로 나간다. 그런 의미에서 흰고래를 쫓는 것은 곧 세파를 뚫고 수수께끼 같은 삶의 의미를 찾아 떠나는 모험이 된다. 멜빌은 "그리스 로마 신화에는 바다를 다스리는 독립된 신이 있었다. 나르시스는 물에 비친 자신의 모습을 보았지만, 그 의미를 파악하지 못해 물에 빠져 죽었다."는 점을 언급하면서, 바다는 우리가 자신의 모습을 비추어 보고 그 의미를 깨닫게 해 주는 거울이라고 말한다. 이슈메일은 바다를 거대한 거울로 보고, 거기 비친 자신의 이미지를 찾아 바다로 나간다. 그 과정에서 그는 타인의 눈에 비친 자신의 모습도 발견하고 자신의 편견을 깨닫는다.

에이햅 선장은 구약성서에 나오는 이스라엘의 왕 아합과 이름과 같다. 아합은 주위의 만류에도 불구하고 우상을 섬기는 이방 여인 이세벨과 결혼하고 신의 뜻을 어기다가 결국 파멸을 맞는다. 에이햅 선장도 아합 왕처럼 고집이 세서 오직 모비 딕을 잡겠다는 복수심에 불타오르는 인물이다. 아합 왕처럼 에이햅도 오직 자신만이 정의이자 진리라는 생각에 젖어 남의 충고는 듣지 않는다. 그에게 흰고래는 악의 화신일 뿐이다. 그러나 자신만 옳다고 생각하는 순간, 그것은 곧 타자에 대한 폭력과 횡포가 된다. 결국 에이햅는 자신뿐 아니라, 자신의 선원들과 배 피쿼드호까지 파멸로 이끈다. 에이햅가 파멸로 이끄는 배 '피쿼드'는 자신들만 옳다고 생각했던 백인에게 몰살당한 인디언 부족 이름이어서 더욱 상징적이다. 모비 딕이 악의 화신이라고 굳게 믿는 에이햅 선장은 자신이 던진 작살의 밧줄에 감겨 흰고래의 몸체에 붙은 채 죽음을 맞이한다. 그래서 에이햅는 자신이 악이라고

4부 —— 생명사상

믿는 흰고래와 일체가 된다. 이는 또한 자신만 옳다고 믿는 강박관념이 그 사람을 죽인다는 메시지처럼 보이기도 한다.

『모비 딕』의 세 번째 질문은 '모비 딕은 과연 무엇을 의미하는가?'이다. 거대한 흰고래 모비 딕은 초기에는 '악의 화신'으로 해석되었다. 그래서 그것을 추적해서 제거하는 에이햅의 역할에 초점이 맞추어졌다. 그러나 19세기는 백색을 숭배하고 신성시하던 백인 중심 시대여서 흰고래 모비 딕은 '신성한 것의 상징'으로도 해석되었다. 그렇기 때문에 인간이 그것을 잡아 포획하려 하면 안 되고, 그래서 피쿼드호와 선원들이 파멸했다고 보았다.

그러나 1960년대 이후, 절대적 진리는 안개에 싸여 있어서, 그 의미를 알 수 없다고 주장하는 포스트모더니즘 문예 사조가 등장하면서, 모비 딕은 '정체를 알 수 없는 수수께끼 같은 존재,' 즉 '베일에 가려진 진리'로 해석되고 있다. 과연 에이햅 선장은 작살로 찍어서 모비 딕을 잡으려 하지만 (즉 그 정체를 밝혀내려 하지만) 실패하고, 오히려 고래를 잡으려고 던진 밧줄에 모비 딕과 같이 묶인 채 바닷속으로 가라앉는다.

모비 딕은 인간이 거울과도 같은 물속에서 발견하는 자기 자신의 모습일 수도 있으며, 멜빌 자신의 표현을 빌리면, 영원히 그 정체를 알 수 없는 "인생의 수수께끼 같은 유령의 이미지"일 수도 있다. 모비 딕의 흰색은 바로 이러한 모호성을 잘 상징하고 있다. '고래의 흰색'이라는 장(章)에서 이슈메일은 흰색을 가리켜 "기독교적 신성(神聖)의 베일이면서 동시에 인간에게 가장 공포심을 주는 이중성을 가진 모든 색을 포함하고 있는 무색, 그리고 모든 색깔의 부재"라고 묘사한다. 적절하게도 모비 딕은 물속에서 솟아오를 때, 안개에 휩싸여 그 모습이 뿌옇게 묘사된다. 과연 오늘날 진리는 안개에 둘러싸여 잘 보이지 않게 되었다. 과연 어느 것이 진실인지 알기 어려운 복합적인 시대가 되었기 때문이다.

우리는 살면서 부단히 무엇인가를 추구하고 탐색한다. 그러나 그것은 어떻게 보면 망망대해에서 거대한 흰고래 모비 딕을 찾아 헤매는 것과도 같다. 우리가 낭만적인 꿈을 너무 극단적으로 추구하다 보면 악몽이 될 수도 있고, 막상 꿈을 성취해 보면 그것이 우리를 파멸시키는 괴물일 수도 있다는 것을 깨닫게 된다. 멜빌의 위대함은 무엇보다도 그가 미국인들과 서구인들의 이상이자 자랑인 '순수하고 완전한 백색' 뒤에 숨어 있는 '불길하고 사악한 그 무엇'인가를 인식하고 그것의 본질을 과감히 탐색했다는 데에 있다.

현대인들은 모두 이슈메일처럼 그 무엇인가를 찾아 헤매고 탐색하며 살고 있다. 그리고 그 과정에서 타인과 만나 우정을 맺고 다른 문화를 이해하게 되며, 에이햅처럼 독선적인 지도자를 만나 잘못된 길로 가기도 한다. 그리하여 드디

4부 —— 생명사상

어 우리가 추구했던 것과 만났을 때, 그것은 우리를 파멸시킬 수도 있고 커다란 깨달음을 줄 수도 있다. 그것이 곧 모비딕과 만난 이슈메일이 파멸에서 살아 돌아와 우리에게 주는 경고의 메시지다.

살만 루슈디의 『광대 샬리마르』 읽기

7

김성곤

인도가 독립하던 해에 이슬람교도로 태어나, 어린 시절 인도와 파키스탄의 종교 분쟁과 나라의 분리를 겪은 살만 루슈디의 문학 세계를 관통하는 주제는 증오와 분노와 폭력을 넘어서는 사랑과 관용과 포용이다.

그러나 아이러니컬하게도 루슈디는 그 자신이 증오와 분노와 폭력의 대상이 되었다. 1988년에 출간한 『악마의 시』가 마호메트와 코란을 모독했다는 이유로 이란의 최고 지도자 호메이니에 의해 이단자 살해 명령인 '파트와'의 대상이 되었기 때문이다. 이란의 모하마드 하타미 대통령이 루슈디에 대한 파트와를 철회한 것은 10년 만인 1998년이었다. 그러나 류슈디는 여전히 테러의 위험에 처해 있었고 그래서 미국으로 도피했다. 그러다가 2022년에 뉴욕주에서 강연을 하려고 단상에 오르는 순간, 청중 사이에 숨어 있던 테러리스트의 기습을 받아 칼에 찔려 중상을 입었고, 그 결과 한쪽 눈이 실명되고, 한쪽 팔을 쓸 수 없게 되었다.

루슈디가 탈식민주의적 시각과 매직 리얼리즘 기법으로 쓴 『한밤의 아이들』의 주인공 살림은 인도가 독립한 1947년 8월 15일 자정에 태어난다. '한밤의 아이들'은 그날 12시에서 1시 사이에 인도에서 태어난 1001명의 아이들을 지칭하는데, 그들은 모두 독립과 더불어 시작된 힌두교도와 이슬람교도 간의 충돌로 인한 국가의 분단을 경험하며 인도의 근대사를 조감한다. 그의 또 다른 소설 『분노』는 인류 문명이 타자에 대한 분노로 인해 파멸할 수도 있음을 예시하고 있다.

루슈디는 양극을 피하는 경계선상의 작가다. 그래서 그는 사물을 이분법적으로 구분하지 않는다. 살만 루슈디의 문학 세계에서 선과 악, 또는 피해자와 가해자는 늘 유동적이다. 루슈디가 보는 삶의 현실은 대단히 복합적이기 때문이다. 그의 작품들이 인도와 파키스탄의 경계선상에 있는 카슈미르를 배경으로 한 이유도 바로 거기에 있다.

『광대 샬리마르』는 루슈디의 그러한 문학 세계를 잘 집

약해 보여 주고 있다. 예컨대 이 소설은 정의를 표방한 정치적 폭력이나 테러도 사실은 개인적 한풀이에 기인한다는 사실을 깨우쳐 준다. 과연 샬리마르가 맥스를 살해하는 진짜 이유는, 그에게 자기 아내 부니를 빼앗겼기 때문이다. 그러나 그의 복수는 재판 과정에서 정치적 대의명분으로 포장된다.

샬리마르와 부니의 비극적인 관계는 인도 내부의 이념적 분쟁을 상징한다. 종교적 차이와 기질적 차이로 두 사람은 비극적 파국을 맞는다. 자신의 비극적 상황이, 이국적인 것을 동경하는 부니의 성격이나 자신의 편협함이나 국내의 분쟁 때문이 아니라, 오로지 미국 대사 때문이라고 생각하는 샬리마르는 서구에 대한 증오심에 불타 테러리스트가 된다. 그러나 그의 증오의 대상인 맥스가 나치 독일에서 탈출한 유대인이자 프랑스계 레지스탕스 출신이고, 부인은 영국인이라 는 사실은 독자로 하여금 복합적인 시각으로 맥스를 바라보게 해 준다.

『광대 샬리마르』는 맥스와 부니 사이에 태어난 혼혈 사생아 딸 인디아의 서술로 시작된다. 그녀의 이름은 그녀가 서구 제국주의의 산물인 인도의 상징이라는 것을 시사해 준다. 맥스를 살해한 샬리마르가 탈옥한 후 인디아를 찾아가 죽이려 하자, 두 사람은 칼과 활을 들고 대치한다. 비극적인 것은 그 두 사람 모두가 피해자라는 사실이다.

4부 —— 생명사상

과거의 악몽에서 벗어나지 못하는 샬리마르는 잘못된 과거의 산물인 '현실'을 부정하고 청산하려 한다. 문제는 과거의 원한에 사로잡혀 현실의 상징인 인디아를 죽이면, 그것은 곧 인도의 미래를 파괴하는 행위가 된다는 데 있다. 원래 균형을 잘 잡아 밧줄을 타던 샬리마르는 증오심 때문에 균형감을 잃고 테러리즘의 광대로 전락해 파멸한다.

루슈디의 문학 세계는 좌우 정치 이데올로기로 분열된 우리에게도 많은 것을 시사해 준다. 사랑과 포용으로 이념적인 갈등을 봉합하는 대신, 샬리마르처럼 과거에만 사로잡혀 현실을 숙청하려 한다면, 우리 또한 스스로의 미래를 파괴하게 될 것이기 때문이다.

애니그마와 암호 해독

o

이어령

2차 세계대전 때 독일군이 절대 깨뜨릴 수 없다고 자부하며 만든 암호 체계가 에니그마였는데, 영국인 앨런 튜링이 그걸 깼지요. 그는 크로스워드 퍼즐에 능한 직원들을 데리고 에니그마를 깼는데, 암호 체계가 아무리 정교해도 되풀이되는 숫자가 나온다는 데 주목했어요. 예컨대 333이 나오면, 그게 무엇을 뜻하는가를 추론한 거예요. 옛날 바빌로니아의 문서를 해독할 때, 가장 자주 나오는 말은 '왕'이었는데, 그런 식으로 가장 자주 나올 만한 단어를 추정한 거지요. 그게 바로 크로스워드를 푸는 방식이에요. 암호를 해독

4부 —— 생명사상

하는 하드웨어는 과학자들이 만들지만, 실제 암호를 푸는 사람들은 대개 여자들입니다. 에니그마도 튜링 팀에서 크로스워드 퍼즐에 능한 여성이 암호를 풀었어요. 물론 팀워크이긴 했지만요.

컴퓨터 시스템은 널리 퍼트리는 게 목적이지요. 그런데 널리 퍼뜨리려면 열쇠가 있어야 합니다. 문을 열고 밖으로 나가려면 나가서 문을 잠가야 하니까, 일단은 열쇠가 있어야 하지요. 모순처럼 보이지만, 열림과 닫힘의 역학은 그렇게 되어 있어요. 그래서 뭔가가 불쑥 나왔다는 것은 움푹 들어간 것이 있다는 것을 의미합니다. 우리는 불쑥 솟은 것과 움푹 들어간 것은 정반대라고 생각하는데, 사실은 상호 보완적인 거지요.

정보도 마찬가지예요. 예컨대 정보통신부의 정보는 확산하는 거지만, 국가정보원의 정보는 감추는 거지요. 그러기 위해서 만든 것이 바로 암호고요. 암호는 적에게 감추기 위해 잠그는 거지만, 자기 편은 이 암호를 열어서 읽어야 합니다. 그러므로 잠근다는 것은 남이 못 열게 하도록 하는 행동이지만, 동시에 자기나 자기 편은 열 수 있다는 것을 의미합니다. 즉 잠근다는 것은 절대 열리는 것으로부터 자유로울 수 없습니다. 그래서 열쇠가 있는 거고요.

그런 매커니즘을 깨뜨릴 수 있는 게 바로 양자 컴퓨터이고 디지로그 컴퓨터지요. 모든 암호를 풀 수 있는 양자 컴퓨터는 모든 자물쇠를 열 수 있는 마스터키와도 같아요. 그러면 열쇠라는 개념이 없어지게 되지요. 여기서 우리는 물리나 화학은 ME, 즉 메타(Meta)와 에너지(Energy)로 되어 있는데, 암호는 절대 ME로는 풀리지 않는다는 사실을 알게 됩니다.

만일 참말을 하면 눈을 한 번 깜빡이고 거짓말을 하면 눈을 두 번 깜빡이자고 약속을 했으면, 다른 사람들은 우리의 눈을 봐도 알 수가 없는 거지요. 우리가 반대로 하자고 약속했을 수도 있으니까요. 그래서 소쉬르가 파롤과 랑그의 관계가 arbitrary라고 말했을 때, 그 말은 '멋대로'라는 뜻이라기보다는, '물리 화학적'이지 않다는 의미지요. 우리는 언어에 관습적인 의미(conventional meaning)를 부여하는데, 때로는 그게 통하지 않을 수도 있다는 거예요. 세상 만물은 모두 물리 화학적으로 설명이 되는데, 언어만은 그게 안 되니까요. 컴퓨터가 번역하면 필연적으로 오역이 나오는 것도 바로 그런 이유에서지요. 한 단어에 여러 가지 의미가 있을 때, 컴퓨터는 그중에서 하나를 고를 수 없기 때문입니다. 컴퓨터는 단어의 가장 보편적의 의미를 고르게 되니까요.

단어에서 한 알파벳을 바꾸거나 단어 배열을 바꾸는 것이 가장 단순한 암호가 됩니다. 스탠리 큐브릭의 「2001: 스페이스 오디세이」에는 인간에게 저항하는 핼(HAL)이라는 컴퓨터가 나오는데, H와 A와 L의 다음 알파벳을 조합하면 I 와 B와 M 즉 IBM이 되지요. 그러므로 HAL은 초기 컴퓨터 회사였던 IBM에 대한 암호화된 경고라고 할 수 있어요. 큐 브릭은 부인했지만, 사실 누가 봐도 명백했지요.

만일 양자 컴퓨터가 만들어지면, 유럽의 모든 암호화된 정보를 읽을 수 있습니다. 그런 의미에서 양자 컴퓨터는 원 자탄보다 더 강력한 무기가 됩니다. 원자탄은 상대방이 발사 하면, 우리도 발사해서 무력화시킬 수 있지만, 근원지를 파 악할 수 없는 양자 컴퓨터는 그게 불가능합니다. 현대의 전 쟁은 원래 ABC 전쟁이었어요. 즉 핵무기(Atomic weapon), 생 물학적 무기(Biological weapon), 화학무기(chiemical weapon)의 전쟁이 바로 그겁니다. 화생방 전쟁이지요. 그런데 지금은 GNR 전쟁이라고 합니다. 즉 게놈(genome technology), 나노 (nano technology), 로보틱스(robotics technology) 전쟁이 되었습 니다. 원자력은 이제 구시대의 무기가 되었어요. 그래서 전문 가들이 볼 때는, 북한이 핵무기를 가져 봐야 예전처럼 막강 한 나라가 되지는 않는 거지요. 지금 벌써 핵무기를 가진 나 라가 여러 나라예요. 그러나 최첨단 유전자 테크놀로지, 나 노 테크놀로지, 로보틱스 테크놀로지를 가진 나라는 많지 않지요. 앞으로는 그 세 가지 테크놀로지를 가진 나라가 핵 무기나 세균무기나 화학무기를 가진 나라보다 훨씬 더 강대국이 된다는 겁니다.

그럼 왜 미국이 북한이나 이란의 핵무장을 저렇게 이슈화하는가 하면, 세계의 리더로서, 또는 세계를 지키는 경찰 국가로서 미국이 세계 평화를 지킨다는 것을 보여 주기 위한 것이라고 봅니다. 동시에 대륙 세력에 맞서는 해양 세력의 힘 겨루기로 볼 수도 있습니다. 대륙 세력은 북한까지 내려왔고, 해양 세력은 냉전 시대에 일본을 거쳐 남한까지 올라왔어요. 그러니까 한반도는 대륙 세력의 끝이자, 해양 세력의 끝인 셈입니다. 또 원자탄 시대가 끝났는데, 그 찌꺼기를 가져온 것도 북한입니다. 핵무기가 위협이 안 된다는 말이 아니라, 원자탄이 이제는 구시대의 무기가 되었다는 거지요.

인도는 좀 다릅니다. 어족으로 보면 인도는 서양이지요. 풍속은 동양이지만, 인종도 아리안에 속하고요. 그럼 아시아에서 살고 있는 인도인들의 근본이 왜 서양인가 하면, 이 사람들이 원래 코카서스 지방에서 튀르키예를 거쳐 온 사람들이어서 그렇답니다. 기원전 6세기에 그들은 처음으로 기차처럼 바퀴가 달린 이동 수단을 타고 인도 북부로 왔다고 합니다. 그래서 인도어·유럽어는 그리스어, 로마어와 아주 비슷합니다. 인도의 간다라 조형물도 그리스·로마의 조형물과 대단히 비슷하고요. 사람들이 말을 타던 시대에 등장한 바퀴는 문명의 속도를 바꾸어 놓았지요. 바퀴 시대에서 하늘을 나는 비행기 시대로의 전환도 문명의 속도를 바꾸어 놓았고요.

그러니 북한은 비행기 시대에 바퀴를 가지고 세계를 위협하려고 하고 있는 셈입니다. 물론 원자탄은 심각한 위협이 되지요. 그러나 지금은 최첨단 테크놀로지로 그 위협을 제어할 수도 있다는 거지요. 다만 그렇게 하려면 천문학적인 비용이 들어가겠지요. 미국의 경우 국방부와 더불어 민간 회사들이 그런 테크놀로지를 개발합니다. 구글도 그런 회사들 중 하나고요. 그런데 독재국가인 중국은 나라 전체가 그런 걸 하고 있지요. 내가 인공지능 이야기를 자꾸 하는 이유도 바로 그런 이유에서고요.

앞에서도 말했지만, '과학자'(Scientist)라는 용어는 1834년에 케임브리지대학교의 역사학자이자 과학철학자인 윌리엄 휴얼이 만든 거지요. 그 전에는 과학자를 Natural Philosopher 또는 Cultivator of Science라고 불렀어요. 올더스 헉슬리의 할아버지인 토머스 헉슬리도 이상한 용어를 만들었다고 하면서, '과학자(scientist)'라는 용어의 사용에 동의하지 않았지요. 과학하는 사람은 '사이언티스트'라고 부를 수 없는데, 그 이유는 피아니스트와는 다르기 때문이라는 것이었지요.

코지렉을 읽다 보니, 이런 말이 나오더군요. 어떻게 야스퍼스가 말하듯이 기원전 6세기부터 1400년 동안에 전 세계의 종교가 확립되었느냐는 겁니다. 그사이에 석가가 나와서 불교가 생겨나고, 예수가 나와서 기독교가 세워지고, 공자가 나와서 유교가 만들어졌느냐, 라는 거지요. 오늘날 우리가 이야기하는 형이상학은 모두 그 기간에 다 만들어진 거랍니다. 근세에 와서 1750년부터 1850년 사이에 모던도 아니고 프리모던도 아닌, 그 이전이나 그 이후에 다 붙일 수 있는 공백기가 생기는데, 그걸 계몽주의 시대라고 하지요. 그 시대가 아주 중요한 이유는, 현대의 모든 인식의 변화가 그 기간 동안에 시작되고 형성되었기 때문입니다. 그 기간 동안에는 프랑스혁명도 있었지요.

그 시대는 마치 통유리를 쳐서 수천 개의 금이 간 시대 같았지요. 금이 간 것은 부서진 것이 아니라, 변화와 차이를 만들어 준 것입니다. 그러므로 금이 간 크랙(crack)을 연구해야 하는 겁니다. 벽은 너와 나를 분리시키지만, 동시에 너이기도 하고 나이기도 합니다. 벽에도 내벽과 외벽이 있는데요. 보는 사람에 따라 내벽도 되고 외벽도 됩니다. 바르트나 헤겔의 사상은 이항 대립의 사이에 회색 지대(gray zone)를 두어, 그 사이와 차이를 연구하는 겁니다. 사람들은 대립항만 만들어 놓고 그것만 바라보지, 그 대립 항을 만드는 둘 사이의 회색 지대는 보지 않는 거지요. 회색 지대에서 양쪽을 바라보면 보다 더 흰 것만 있고 보다 더 검은 것만 있지,

4부 — 생명사상

흰 것이나 검은 것은 존재하지 않아요. 그런데도 우리는 이 세상이 흰 것과 검은 것만으로 이루어져 있다는 흑백논리에서 벗어나지 못하지요. 우리는 정보화 시대라고 하지, 정보 시대라고 하지 않지요. 문명화라고도 하는데, 이는 부단히 문명화되어 간다는 뜻이지요. 그러면서도 우리는 변화를 인정하지 않고 사고가 경직되어 있어요. 개념이 부족하거나 개념을 잘못 이해하고 있는 거지요.

시인 김남조 여사께서 부군의 퇴직금을 받아서 무엇을 하는 게 좋을지 논의를 해 와서 내가 '김세중 상'을 제정하라고 조언했지요. 그 시상식장에서 갑자기 나보고 축사를 하라고 해서, 내가 준비는 안 했지만 이런 말을 했지요. "문학이 조각에 대해 갖는 가장 큰 콤플렉스는 물질성이 없다는 거다. 조각은 돌이 되었건, 나무가 되었건, 손에 만져지는 물질로 되어 있다. 물론 문학도 책이라는 물질성이 있기는 하지만, 책의 물질성은 예술과는 관계가 없는 거다. 디자인과 관계 있을 수도 있겠지만. 문학이 갖고 있는 것은 사라지는 말, 음파를 문자로 잡아 놓은 것인데, 그건 물질성이 아니다. 그런 면에서 조각은 문학과 가장 대조가 되는 예술이다."

그러고는 한마디를 덧붙였지요. "하지만 물질은 엔트로피 법칙에 예속되기 때문에 영속하지 못합니다. 그건 슬픈 일이지요. 그래서 말라르메는 책도 슬픔으로 보았던 것이고요. 잔혹한 시간은 모든 시간이 지남에 따라 모든 물질을 파괴하지요. 그러나 조각만큼은 파괴하지 못합니다. 왜냐하면 조각은 이미 파괴되어 있기 때문입니다. 그래서 조각은 더욱 아름답지요. 토르소를 보세요. 팔이 잘리고 몸이 잘렸는데도 아름답습니다. 조각은 파괴가 오히려 영속성을 드러내는 특이한 예술입니다."

모든 물질은 엔트로피 법칙에서 벗어날 수 없습니다. 그래서 엔트로피는 역전시킬 수 없다고 하지요. 그러나 여성은 출산을 통해 역엔트로피를 가능하게 하는 존재입니다. 남성들은 별짓을 다해도 그렇게 하지 못합니다. 남자들은 아무리 막강한 제국을 세워도 결국은 무너지고 말지요. 아마 그래서 남자들이 조각을 시작했는지도 모릅니다. 사실 대부분의 조각가는 남자지요. 조각은 남자의 예술이니까요. 여자가 해도 조각은 남성적 예술이 됩니다. 반면, 여성은 화가가 많습니다.

엔트로피, 열림과 닫힘

김성곤

'엔트로피'는 물리학의 열역학제2법칙을 지칭한다. 열역학제1법칙은, "우주의 에너지는 항상 일정하다."이고, 열역학제2법칙은, "우주의 에너지는 한 방향으로만 움직인다."이다. 즉 에너지는 생성되거나 소멸되는 것이 아니고 다만 변형되는 것이며, 따라서 이 세상에는 아직 사용 가능한 에너지와 이미 사용한 에너지의 쓰레기만 남으며, 그 둘을 합한 분량은 변하지 않는다는 것이다. 엔트로피는 바로 그 사용 불가능한 에너지 쓰레기가 가득 차면 일어나는 현상이고, 한 체계의 필연적인 파멸을 의미한다. 엔트로피가 극에 달하면 모든 체계는 파멸하기 때문이다.

사람이 늙어 가고, 사물이 낡아 가는 것을 막을 수 없듯이, 엔트로피는 역전할 수 없는 필연적 과정이지만 지연시킬 수는 있다. 엔트로피는 '닫힌 체계'(Closed Syetm)에서만 일어난다. 그런데 '닫힌 체계'를 '열린 체계'로 전환하려면 '맥스웰의 요정'이라는 존재의 정리 작업이 필요하다. 1871년 스코틀랜드 물리학자 제임스 클러크 맥스웰은 조그만 체계에서는 '수호 정령'이 나타나 정리 작업을 해서 엔트로피를 지연시킬 수 있다는 가설을 주장했다. 즉 나중에 맥스웰의 이름을 붙인 '맥스웰의 수호 정령'(Maxwell's Demon)이 나타나 정리 작업을 통해 분자들의 동질성을 막고 서로 교류하게 해 주면, 엔트로피가 감소되어 그 체계는 임박한 파멸을 면할 수 있다는 것이다. 그래서 어느 사회에서나 동질성을 다양성으로 바꾸고 닫힌 사회를 열린 사회로 전환해 엔트로피를 감소시키고 그래서 그 사회를 필연적인 파멸에서 구하는 '맥스웰의 수호 정령' 역할을 하는 위대한 지도자가 필요하다. 『제49호 품목의 경매』에서 저자 토머스 핀천은 에디파에게 바로 그 '맥스웰의 수호 정령'의 역할을 부여하고 있다. 'Demon'은 기독교가 등장해 악마화하기 전에는 모든 사람이 갖고 있는 '수호 정령'이라는 의미였다.

『제49호 품목의 경매』의 주인공 에디파 마스는 자신이

4부 —— 생명사상

성장했던 1950년대의 보수적 미국 사회가 외부 세계와 교류하지 않는 닫힌 체계였음을 깨닫는다. 그녀는 매카시즘의 광풍이 사람들을 순응하게 만들어 1950년대를 '닫힌 사회'로 만든 미국의 정치인들의 무책임을 날카롭게 단죄한다. "에디파의 그렇게도 온순했던 소녀 시절을 돌보아 주었던 경애하는 수호신들이었던 제임스 장관, 포스터 장관, 그리고 조지프 상원 의원들은 지금 다 어디로 갔단 말인가? 결국 그들은 이제 다른 세상에 가 있다. 지금은 다른 길의 패턴을 따라서 다른 일련의 결단들이 행해지고, 신호등의 스위치가 내려졌으며, 그것들을 작동하던 얼굴 없는 신호수들은 이제 모두 다른 데로 옮겨 갔거나 버림받았거나, 감옥에 갔거나, 그들의 흔적을 쫓아 추적한 수색대로부터 혼비백산하여 달아났다."

그녀는 빈자들, 병든 선원, 흑인 여자, 용접공, 야경꾼, 동성연애자들, 그리고 창녀들과의 만남을 통해 미국에는 공식적인 아메리칸드림에서 제외된 소외된 계층이 있음을 알게 된다. 그리고 자신을 포함한 대부분의 미국인들은 그들의 존재도 모른 채, 자아의 성 안에 숨어 안락하게 살고 있음을 깨닫는다. 그와 동시에 에디파는 미국 사회가 닫혀 있으면, 그리고 사람들이 마음의 문을 열어 놓지 않으면 엔트로피가 극에 달하게 되고, 닫힌 체계가 되어 필연적으로 파멸을 맞을 것이라는 사실을 깨닫는다. 열역학제2법칙인 엔트로피 이론에 따르면, 외부 세계와 교류하지 않는 닫힌 체계는 모든 것이 동질화되어 운동이 정지되고 결국 파멸하게 되기 때문이다.

코넬대학교에서 공학을 전공했고 보잉사에도 근무했던 핀천은 과학 이론을 자신의 소설에 도입해 적절한 상징으로 사용했다. 놀라운 점은, 1966년에 출간된 소설 『49호 품목의 경매』에서 핀천이 벌써 '매트릭스'라는 용어를 사용하고 있다는 것이다. 그는 우리가 거대한 매트릭스 속에 살고 있으며, 속히 마취 상태에서 깨어나 현실을 직시해야 한다고 말함으로써, 1990년대 후반에 나온 영화 「매트릭스」가 제시한 것과 똑같은 상황을 경고한다.

핀천 소설의 주인공 에디파는 지금까지 자신이 진실로 믿어 온 것들이 사실은 조작된 허구였고 진실은 따로 있으며, 자신은 다만 마약에 취한 사람처럼 아무 생각 없이 살아왔다는 사실을 깨닫는데, 이것은 「매트릭스」에서 주인공 네오가 자신이 현실이라고 믿어 온 것이 사실은 조작된 가상 현실 컴퓨터 프로그램이었고, 현실/진실은 따로 있었다는 사실을 발견하는 것과 긴밀하게 병치된다.

핀천은 또 『49호 품목의 경매』에서, 즉 1966년에 이미 컴퓨터의 기본 조합인 0과 1의 이분법적 사고에서 벗어나, 0과

1 사이의 또 다른 가능성에 주목해, 제3의 선택 가능성을 탐색해야만 한다고 주장함으로써, 시대를 앞서가는 선구자적 작가의 모습을 보여 주었다. 흥미로운 점은 「매트릭스」의 주인공 이름 네오(Neo)의 스펠링 순서를 바꾸면 '하나'(One)가 하나가 된다는 것, 그리고 네오의 파트너이자 연인인 트리니티(Trinity)가 삼위일체 또는 제3의 가능성, 곧 숫자 '3'을 의미한다는 점이다.

『제49호 품목의 경매』는 또 움베르토 에코의 『장미의 이름』이나 매슈 펄의 『단테 클럽』, 댄 브라운의 『다빈치 코드』나 『천사와 악마』에도 많은 영향을 끼쳤다. 예컨대 『장미의 이름』에 등장하는 열림과 닫힘 모티프, 원전과 복사본 문제, 금단의 지식 또는 성녀와 창녀의 구분 해체 등은 모두 핀천의 소설 『브이를 찾아서』 및 『제49호 품목의 경매』와 맥을 같이하며, 에코 역시 자신의 소설이 보르헤스와 핀천의 영향을 받았음을 밝히고 있다.

핀천의 영향은 민음사에서 번역 출간된 매슈 펄의 『단테 클럽』에서도 드러난다. 『단테 클럽』에서 하버드대학교는 '닫힌 체계'로 제시된다. 닫힌 체계의 수장인 매닝은 자신만이 정의라는 도덕적 우월감과 경직된 확신으로 스스로를 진리로 생각하고, 자신과 견해가 다른 사람들을 비진리로 매도해 비판한다. 그는 그리스나 로마의 고전 문학만이 가치가 있고, 주인공들이 번역하고 있는 단테의 『신곡』 같은 것은 학문의 수준을 저하시키는 이단 서적이라고 생각한다. 살인자 틸 역시 매닝처럼 도덕적 우월감과 자신의 신념에 대한 확신을 갖고 아무 양심의 가책 없이 연쇄살인을 저지른다. 즉 이들은 자신만 옳다는 독선과 경직된 이데올로기에 사로잡혀 타자를 배제하고, 원전(origin)만 신성시하고 복사본이나 파생본은 무시하는데, 『제49호 품목의 경매』는 바로 그런 주제를 다룬 선구자적인 작품이다.

댄 브라운의 『다빈치 코드』 역시 핀천의 『제49호 품목의 경매』의 영향을 받은 듯하다. 이 작품에서도 정통 교단과 이단의 대립, 지식과 금단의 지식, 그리고 그 금단의 지식에 접근하려는 집단과 수호하려는 집단의 이분법적 대립 등을 다룬다. 금단의 지식을 찾아 암호를 해독해 나가는 로버트 랭던과 소피 느뵈는 『제49호 품목의 경매』에서 비슷한 과정을 겪는 변호사 메츠거와 에디파와도 비슷하다. 『다빈치 코드』와 『제49호 품목의 경매』는 또 권력 집단과 지배 문화에 의해 그동안 억압받고 침묵되어 온 또 다른 목소리를 발견하고 조명한다는 공통점도 갖고 있다.

댄 브라운의 또 다른 소설 『천사와 악마』 역시 많은 부분을 핀천에게 빚지고 있다. 예컨대 브라운이 『천사와 악마』에서 제시한 바티칸과 일루미나티(또는 프리메이슨)라는 대립

설정은,『제49호 품목의 경매』에서 핀천이 제시하는 지배 문화와 그에 대항하는 지하조직 트리스테로의 대립과 긴밀하게 병치된다. 또한 타자의 배제, 절대적 진리의 신봉, 유전공학 문제, 과학기술과 종교의 갈등, 그리고 이데올로기의 독선 같은『천사와 악마』의 주제는 핀천을 읽은 사람들에게는 너무나 낯익은 것들이다. 그러한 상호 텍스트성을 부정적으로 생각할 이유는 전혀 없다. 그러한 현상은 현대 작가들이 갖고 있는 공통의 관심사와 새로운 시대정신을 보여 준다는 점에서 대단히 긍정적이고 고무적이기 때문이다.

우주선과 한반도

o

이어령

인간이 우주선을 달에 보냈을 때 많은 사람들이 "달의 신화를 깨뜨렸다.", "지구에서는 굶주리는 사람들이 많은데 많은 돈을 들여 쓸데없는 짓을 한다."라고 비난했지만, 딱 한 사람이 멋진 말을 했지요. "지구를 떠나고 싶어 하는 놈들이 드디어 일을 저질렀구나." 바다에서 도망치고 싶어서 육지로 올라온 것이 인간이었지요. 그런데 지구 밖을 꿈꾸는 사람들이 우주 탐험을 시작한 거지요. 앙드레 말로가 『인간의 조건』의 서문에 썼듯이, 지구를 떠나는 순간, 인간의 조건은 사라집니다. 철학도 심리학도 과학도 사라지는 거지요.

지구를 떠나고 싶어 하는 사람들이 지구의 권력을 잡고 있다면, 인류는 망할 수도 있고, 인간의 조건도 없어지는 거지요. 핵분열은 원래 지구 밖의 태양에서 일어나는 현상인데, 핵무기를 만들어 지구 내에서 핵실험을 하는 지도자들이 있으면, 지구는 망하는 거고요.

예컨대 교통법을 생각해 봅시다. 중앙선을 넘지 못하게 하려고 차단벽을 세우면 그건 피지스(자연계, physis)지요. 중앙선을 넘어갈 수가 없으니까요. 그런데 중앙에 노란 줄을 그려 넣고 이건 중앙선이다, 하면 그건 세미오시스(기호계, semiosis)지요. 차단벽은 넘어가는 것 자체가 불가능하지만, 중앙선은 하나의 약속이자 기호인데, 얼마든지 넘어갈 수도 있지요. 그런데 중앙선을 그려 놓고 거기에 힘을 실어 주려면 교통법이 있어야만 합니다. 이걸 넘어가면 벌금이 부과된다, 라는 법이 있어야 한다는 거지요. 그게 바로 노모스(법계, nomos)지요. 사실 노모스는 아무런 근거가 없지만, 중앙선은 근거가 있어요. 왜냐하면, 중앙선은 차단벽 대신 그 자리에 그어 놓은 것이니까요. 우리가 사물을 볼 때 피지스적 접근이 있고, 노모스적 접근이 있으며, 세미오시스적 접근이 있지요. 그런데 이 세 가지는 사실 부단히 서로 뒤섞입니다. 그리고 그 과정에서 무수한 새끼들이 생겨나게 됩니다.

사람들은 흔히 노모스를 기호학으로 착각하는데, 노모

스는 기호학이 아닙니다. 노모스가 피지스와 만나면 전쟁이 일어나지요. 세미오시스는 텍스트이자, 상징의 세계이고 의미의 세계입니다. 깃발을 생각해 봅시다. 깃발 자체는 아무것도 아닌데 그 깃발을 우리나라 국기로 하자고 했을 때, 비로소 중요성을 갖는 거지요. 그러면 그건 노모스라고 할 수 있지요. 국기에 함축되어 있는 해와 달의 의미를 논하면 그건 세미오시스가 되기는 하지만요. 그러면 노모스와 세미오시스는 어떻게 다른가? 깃발의 색이 진한 붉은색인가, 연한 붉은색인가는 노모스에서는 아무 상관이 없어요. 서투르게 그려도 태극기는 태극기지요. 그러나 미술에서 텍스트로 볼 때에는 틀리게 그리면 그건 태극기가 아니지요. 예컨대 태극전사들의 태극기가 잘못 그려져 있으면 그건 틀린 텍스트지요. 텍스트는 노모스의 규칙은 아니지만, 세미오시스의 규칙이에요.

해골 그림을 도로에 그려 놓으면 '위험' 표시이고, 바다의 배에 붙이면 '해적' 표시가 돼요. 실험실이나 저장소에 붙이면 '방사성 물질'의 상징이고, 그래서 세미오시스가 피지스에 들어가면 의미가 변할 수 있어요. 그리고 그런 시각으로 사물을 보면 세상의 이치가 다 보이는 거예요. 아인슈타인이 아무리 수학적 물리학적으로는 영민했어도 사회적으로 지적인(socially intelligent) 사람은 아니었지요. 일본에 왔을 때, "인간이 끄는 기구를 인간이 탈 수는 없다."라며 인력거 타는 것을 거부해서 일본인들의 가슴에 못을 박았지요. 그런 의미에서 아인슈타인은 피지스에서 벗어나지 못했던 사람이었지요. 그러나 피지스가 노모스와 세미오시스를 포용할 때, 비로소 세상도 이해하고 포용할 수 있지요.

나는 문학적으로 소통하고 설득하는 사람입니다. 과학은 이성적 커뮤니케이션이기 때문에, 누가 누구에게 이야기하든 이론적으로 증명되어야 해요. 그러나 문학적 커뮤니케이션은 감성적, 상대적이기 때문에 어른끼리 이야기할 때와 아이하고 이야기할 때가 다릅니다. 또 상대가 외국인이면 외국인이 알아듣게 이야기해야 합니다. 외국인이 고추장을 모르면, 매운 잼이나 매운 소스라고 설명해야 하지요. 아이가 밥을 막 먹은 후에 드러누우면, "너, 밥 막 먹고 드러누우면 소돼."라고 이야기하면 아이가 벌떡 일어나지요. "너 밥 먹고 바로 드러누우면 건강에 나빠."라고 하면 안 일어나지만요.

유언할 때도 마찬가지지요. 세대 차이 때문에도 그렇지만, 죽어 가는 사람이 유언을 남길 때는 대개 상징이나 레토릭을 사용합니다. 예컨대 청개구리 엄마가 뭐든지 시키는 것과는 반대로 하는 개구쟁이 아들에게 유언할 때도 레토릭을 사용하지요. 내가 죽으면 강에다 묻어 달라고 하면 산에 묻으리라고 생각했던 것이지요.

이성적인 언어를 사용하는 과학이나 철학은 피지스에 속하고, 법학이나 문학을 하는 사람들은 노모스에 속합니다. 그렇다면 세미오시스에 속하는 독자적 책 읽기는 무엇인가? 아까 말한 대로, 주름과 주름 사이, 또는 벌어진 틈(crack)을 읽는 거지요. 그 사이에는 수천만 개의 가능성들이 들어 있지요. 그래서 '틈새의 철학'이 필요한 거지요. 즉 이분법적 대립 항에서 제3의 가능성을 추구하는 회색 지대를 만들고 차이를 인정하는 것이지요. 그래서 생성기호학이 등장하고, being과 becoming 사이를 성찰하는 것입니다.

사람들은 기호를 인코딩(encoding)하고 디코딩(decoding)하는 것으로만 보는데, 코딩이 중요한 것이 아니라, 사실은 그 이전에 의미와 무의미, 차이와 무차이 사이에 들어 있는 인터페이스가 중요한 거지요. 컵이 비어 있는가 가득 차 있는가, 찬 음료가 들어 있는가가 중요한 것이 아니라, 컵의 손잡이와 그걸 잡는 사람의 손의 관계, 즉 인터페이스가 더 중요하다는 거지요. 손잡이와 손은 서로 다른 것 같으면서도 하나니까요. 가위바위보의 관계도 그러하고요. 예컨대 가위는 바위에게는 지지만, 보자기에게는 이기지요. 바위는 가위에게는 이기지만 보자기에게는 지고요. 보자기 또한 가위에게는 지지만, 바위에게는 이기고요. 명사를 체언이라고 하고 동사를 용언이라고 하는데, '중체서용' 할 때 명사는 중국이

4부 —— 생명사상

고, 행동하는 동사는 서양이 됩니다.

전에 볼쇼이 발레단이 왔을 때, 내가 강연 중에 이런 말을 했어요. "컴퓨터는 스크린에 달빛을 만들지만, 책은 달을 만든다. 한국에 '월인천강지곡'이라는 말이 있는데, 달은 하나지만 천 개의 강에 비친다는 뜻이다. 볼쇼이 발레단 여러분들은 바로 그 천 개의 강에 어리는 달을 만드는 사람들이다."

서양의 정치가들은 남의 말을 패러디하더라도 멋진 말을 남기는데, 우리는 겨우 이승만 대통령의 "뭉치면 살고 헤어지면 죽는다." 정도가 있을 뿐, 그 어느 대통령도 오래 남을 만한 훌륭한 말을 남기지 못했습니다. 줄부채를 만든 일본 사람들은 부채를 펴면 넓어지는 데 주목합니다. 그래서 상상력의 확장을 부채가 펴지는 것에 비유합니다. 또 미래가 펼쳐지는 것도 그러합니다. 그리고 모든 것은 하나의 점에서 시작한다고 해서, '요점'이라고 하지요. 백 개가 있어도 결국은 모여서 하나가 되고, 또 모든 것은 하나에서부터 시작된다는 것입니다. 일본인에게 줄부채는 '널리 펴져 나간다.'와 '하나로 귀결된다.'라는 두 가지를 의미하지요.

그런데 프랑스어로 방타유는 끝없는 물결의 반복이지요. 줄부채를 자세히 보면 끝없는 주름이 잡혀 있습니다. 들뢰즈가 이야기하는 Le pli(주름)지요. 주름은 서너 개만 있어도 무한대지요. 반복이 되니까요. 그래서 주름 앞에서는 무한을 생각할 수 있습니다. 파이를 제외하고는, 수학에서는 무한대를 생각하지 못하지요. 몇 조로 가도 결국에는 끝이 있으니까요.

발레리를 보면, 노를 젓는데 앞으로 가지 않고 뒤로 가면서 과거를 보면서 미래를 향해 나아가고 있지요. 배를 젓는 노가 무수한 주름들을 끝없이 자르고 있어요. 시는 물결과도 같지요. 시를 쓰는 사람은 부단히 그 물결을 자르는 사람이고요. 그러나 아무리 잘라도 물결은 다시 이어지지요. 사실은 계단도 일종의 주름이지요. 음양의 반복으로 이어지는 주름이지. 그래서 계단은 무한히 계속될 수 있어요. 야곱의 사다리처럼 하늘까지도 갈 수 있는 거지요. 문화적 특성 때문에, 일본 사람들은 거기까지는 보지 못하는 거지요.

아까 말한 대로 종교는 이미 몇 세기 전에 완성되어 전해져 내려왔고, 과학도 계몽주의 시대에 등장해 오늘날 전 세계에 퍼졌어요. AI라는 말은 지난 30년 동안 계속 인구에 회자되어 왔지요. 그에 따라 정보, 디지털, 아날로그가 합해지는 디지로그 시대가 되었고요. 요즘 한국 신문들은 계속해서 AI 관련 뉴스를 쏟아내는데, 과거에는 그러지 않았지요. 그저 슈퍼 컴퓨터가 등장했다는 뉴스 정도가 있었지요. 2016년 3월, 한편에서는 정권 교체를 불러온 대규모 촛불 시위가 있었고, 다른 한편에서는 포시즌스호텔에서 인공지능 시대를 여는 역사적인 알파고와 이세돌의 대국이 있었지요.

그런 의미에서 한국은 별난 나라는 아닌데, 역사를 바꾸는 중요한 축(pivotal place)이 된 셈이에요. 사실 당나라 수나라 때도 그랬고 청나라 때도 그랬지만, 한국은 늘 중국에게 트로피 역할을 했어요. 그래서 한국은 토끼도 아니고 호랑이도 아니고 트로피라고 해야 합니다. 지금도 해양 세력과 대륙 세력의 맨 끝자락에서 두 문명의 각축장이 되고 있지요. 그런데 아카데미상도 그렇지만, 트로피는 한 사람이 독점할 수는 없어요. 그래서인지 한국이라는 트로피도 한 나라가 오래 갖고 있지 못하더군요.

트로피로서의 한반도

7

김성곤
_____

이어령 교수는 유감스럽게도 2022년 누리호의 발사 성공 뉴스를 보지 못하고 타계했다. 그러나 하늘에서 궤도에 진입한 누리호를 보았다면 이어령 교수도 기뻐했을 것이다.

이어령 교수는 한반도를 토끼도 호랑이도 새우도 아닌, 트로피에 비유했다. 트로피란 우승자가 갖는 것이고, 갖고 있다가 새로운 우승자가 등장하면 그에게 빼앗기는 것이다. 그것이 바로 한국의 운명이라는 것이다. 과연 한반도를 놓고 19세기에는 중국, 일본 그리고 러시아가 서로 트로피를 가져 가려고 각축을 벌였고, 현재는 중국과 미국 사이에 끼어 있는 것이 한반도의 운명이다. 그런 의미에서 한반도가 트로피라는 이어령 교수의 지적은 설득력이 있다.

그래서인지 최근 중국의 한 언론은 한국을 '국제 바둑판의 돌'로 묘사했다. 중국과 미국의 바둑 게임에서 한국은 이리저리 밀려다니는 바둑돌일 뿐, 아무 힘이 없다는 것이었다. 한국의 우파들은 그 기사가 한국의 존엄성을 훼손했다고 화냈으며, 좌파들은 우리 문제를 해결하는 것은 우리가 아니라 결국 미국과 중국이라는 시니컬한 태도를 보였다.

그 중국 언론의 사설은 부통령 시절에 조 바이든이 한국을 방문해서 한 말을 연상시켰다. "미국을 반대하는 편에 베팅하는 것은 좋은 베팅이 아닙니다. 미국은 계속해서 한국 편에 배팅을 할 것이니까요." 바이든의 이 말에 대한 한국 정치인들의 반응은 중국 때와는 정반대였다. 한국의 우파들은 그 말을 한국이 미국의 우방이라는 것을 깨우쳐 주는 말로 받아들였지만, 좌파들은 그 말이 한국에 대한 모욕이자 경고라고 생각했다. 영어의 관용적 표현을 잘 모르는 좌파들이 바이든이 국제 관계를 도박에 비유했다고 화를 낸 것이었다.

중국은 한국을 바둑판의 돌로 본다. 즉 한국은 중국과 미국이 서로 경쟁하는 바둑판의 돌과 같아서, 스스로는 움직일 수 없고 두 플레이어가 원하는 대로 이동해야만 하는 운명이라는 것이다. 반면, 미국이 보기에 한국은 동맹국인 미국보다 중국과 더 가까운 것처럼 보여서, 한국이 베팅을 잘못하고 있다고 생각한다. 문제는 도박 게임에서 베팅을 잘못하면 집안이 망한다는 점이다. 복합적인 국제 정세 속에서 한국은 늘 시계추처럼 미국과 중국 사이를 오가는데, 어떤 면에서 그건 강대국 사이에 낀 한국의 운명이기도 했다.

그러나 한국을 국제 바둑판의 돌이나 체스 판의 졸로 보는 것은 더 이상 옳지 않다. 한국은 이제 더 이상 20세기 중반의 힘없고 가난한 나라가 아니다. 오늘날 한국은 세계 10위권의 경제 대국이고, 최첨단 테크놀로지 국가이며, 케이팝을 비롯한 한류의 인기로 전 세계에 널리 알려진 나라가 되었다. 그래서 한국은 이제 스스로 바둑을 둘 수 있는 단계에 와 있다 해도 과장은 아닐 것이다. 물론 그건 우리 정치인들의 능력에 달려 있다.

최근의 사드 배치는 그 좋은 예다. 미국이 한국에 사드를 배치하겠다고 하자, 중국의 외교부장 왕이가 즉시 워싱턴으로 날아가, 미국이 사드 배치를 재검토하면 중국도 북한 제재에 동참하겠다고 제안했다. 그러한 상황에서 한국은 사드 배치를 레버리지로 사용해 중국은 물론 미국으로부터도 유리한 협상을 이끌어 낼 수도 있었을 것이다. 예컨대 중국에게는 중국이 북한의 핵을 무력화시키지 않으면 사드 배치를 할 수밖에 없다고 주장하고, 미국에게는 중국의 압력을 이

4부 —— 생명사상

유로 사드 배치 비용을 포함한 다른 것들을 요구할 수도 있었다는 것이다.

그런데 무능한 한국 정치인들은, 미국으로부터는 왜 중국 편을 들어 사드 배치에 반대하느냐는 비난을 받았고, 중국으로부터는 한한령을 당해 막대한 경제적 손실만 입었다. 그러면서도 미국에다가는 소수의 극렬 데모꾼들 핑계를 댔고, 중국에는 단 한마디 항의도 못했다. 한국 정치인들은 입으로는 운전자가 되고 중재자가 되겠다고 큰소리치면서, 실제로는 국제 바둑판의 돌로 스스로를 격하시킨 것이다.

한국은 미국의 군사동맹국이고 우방이다. 그러나 시대가 변해서, 앞으로는 한국의 유사시에 미국이 예전처럼 적극적으로 개입해 도움을 주지 못할 수도 있기 때문에, 우리는 거기에 대비해야만 한다. 미국의 정책도 변했지만, 국제 정세도 예전처럼 단순하지 않다. 그렇기 때문에 한국은 미국은 물론, 중국과도 원만하게 지내야 한다. 특히 미국과 가까운 일본과 불필요한 마찰이 계속되면, 미국의 관심이나 지원을 받기 어려워진다는 점을 명심해야 한다. 미국은 한국보다는 일본과 가깝고, 중국도 한국보다는 북한에 더 가깝기 때문이다.

한국 속담에 "고래 싸움에 새우등 터진다."라는 말이 있다. 미국과 중국의 싸움에 한국의 등이 터질 수 있다는 말도 되겠다. 그러나 이제 한국은 더 이상 새우가 아니다. 한국은 요즘 영리하게 의사소통하고 능숙하게 바다를 헤엄치는 돌고래가 되었다. 사람들은 한반도가 지정학적으로 불리하다고 한다. 그러나 우리는 불리함을 이점과 새로운 기회로 바꿀 수 있다.

오늘날 한국은 더 이상 국제 바둑판의 말이나 체스 판의 졸이 아니다. 이제 한국은 플레이어가 될 수 있는 시점에 와 있다. 문제는 우리 정치인들의 능력이다. 정치인들은 큰 그림을 볼 줄 알아야 하고, 미래의 비전이 있어야 하며, 세련된 외교 능력이 있어야 한다. 유감스럽게도 우리 정치인들에게는 그런 퍼스펙티브나 협상 능력이 없는 것처럼 보인다.

사람들은 지금 한국의 상황이 19세기 말 20세기 초의 상황과 흡사하다고 지적한다. 그러나 한 가지 그때와 다른 점이 있다면, 한국이 그때처럼 힘없는 약소국이 아니라는 사실이다. 우리 정치인들이 포커페이스를 잘하고, 무대 뒤에서 줄을 잘 잡아당기며, 능숙하게 게임을 할 줄 안다면, 한국은 곧 국제 바둑판이나 체스 판의 영향력 있는 플레이어로 부상할 수 있을 것이다. 그러기 위해서는, 자기 패거리가 아닌, 뛰어난 인재를 정계에 영입해야 한다. 그런 날이 오기를 바란다.

이어령 교수를 기억하며

르네상스 시대에 살았던 다 빈치나 갈릴레오, 또는 셰익스피어나 단테 같은 큰 인물들을 우리는 르네상스맨이라고 부른다. 르네상스맨의 특징은 한 가지가 아니라 다방면에 뛰어난 능력을 갖고 있었고, 거시적인 안목으로 미시적인 것들을 바라보았다는 데 있다. 예컨대 다 빈치는 탁월한 화가이자 조각가였고, 공학자이자 과학자였으며, 기획자이자 건축가였다. 더 나아가, 르네상스맨들은 편협한 부족주의가 아니라, 전 세계를 아우르는 "글로벌 마인드셋"을 갖고 있었다.

이어령 교수는 이 시대가 필요로 하는 진정한 르네상스맨이었다. 그는 저명한 석좌교수이자 학자였으며, 문학평론가이자 에세이스트였고, 소설가이자 시인이자 극작가였다. 그는 또 뛰어난 문예지 편집인이자 저널리스트였으며, 출중한 행정가(초대 문화부 장관/한중일 비교문화연구소장)이자 기획자(88올림픽 조직위원장)였다. 그리고 그는 동서양을 아우르는 비교 문학자이자 독창적인 문명/문화 비평가이기도 했다. 더 나아가, 이어령 교수는 세계적인 시각으로 한국문화를 바라보았던 거시적인 르네상스맨이었고, 그걸 훌륭한 글로 남긴 탁월한 에세이스트였다.

과연, 한국을 대표하는 최고의 에세이스트로 이어령 교수를 꼽는 데 주저하는 사람은 없을 것이다. 그의 에세이집들은 매 시대마다 독자들에게 새로운 세상에 눈을 뜨게 해 주었고, 커다란 깨우침을 경험하게 해 주었다. 남들이 미처 보지 못하고 생각하지 못하는 것을 보고 생각해 내는 이어령 교수의 놀라운 식견과 안목은, 보다 더 큰 세상을 알고 싶어 하는 한국의 젊은이들에게 지대한 영향을 끼쳤다. 그래서 필자를 포함한 1960년대 대학생들은 당시 이어령 교수의 에세이집 『흙속에 저 바람 속에』와 『바람이 불어오는 곳』, 그리고 『하나의 나뭇잎이 흔들릴 때』와 평론집 『저항의 문학』이나 『통금시대의 문학』을 들고 다니는 것이 유행이었다. 『흙속에 저 바람 속에』는 한국인과 한국문화의 특성을 성찰해 서구문화와 비교한 명저였고, 『바람이 불어오는 곳』

은 서양문화 속에서 한국인의 정체성과 한국문화의 특성을 찾는 내용으로, 해외여행이 금지되었던 당시로서는 소중하고 반가운 책이었다. 『하나의 나뭇잎이 흔들릴 때』는 삶에 대한 심오한 사유서였고, 『저항의 문학』은 문단의 우상숭배주의 타파를 선언하고, 문학의 기본이 저항이라는 것을 천명한 기념비적인 저서였다. 거기에다가 이어령 교수는 한국어가 얼마나 멋지고 재치 있으며, 아름다울 수 있는가를 보여 준 탁월한 에세이스트였다.

이어령 교수의 에세이는 해외에서도 화제가 되었는데, 예컨대 『흙속에 저 바람 속에』는 미국인의 번역으로 영문도서로 출간되었으며, 필자와의 공저인 『한국의 예절 Simple Etiquette in Korea』은 영국에서 출간되어 한국문화를 서구에 알리기도 했다. 또 이어령 교수는 자신이 직접 일어로 쓴 탁월한 일본문화론인 『축소지향의 일본인』의 출간을 통해 일본에서도 저명인사가 되었다. 『신한국인』이나 『디지로그』가 그 대표적인 예지만, 이어령 교수의 에세이집들은 탁월한 문화연구서이자 문명비평서로서 한 시대를 조감하고 대표하는 소중한 문헌으로 남아있다.

이어령 교수의 에세이들은 당대의 사회상을 잘 반영하거나, 뛰어난 문화론으로 독자들의 의식구조를 바꾸어 놓는 기념비적인 글들이었다. 새로운 책들이 출간될 때마다 베스트셀러였던 이어령 교수의 수필들은 독자들에게 새로운 깨우침을 주는 탁월한 문화 에세이들이었다. 이어령 교수는 창의적인 시각으로 문화를 성찰하거나, 비교문화적인 안목으로 동양과 서양을 바라보는 에세이는 베스트셀러가 될 수 있을 뿐 아니라, 한 세대의 정신적 길잡이도 될 수 있다는 것을 잘 보여 주었다. 특히 인터넷과 소셜 미디어를 통해 세계 문화의 경계가 무너지고 또 뒤섞이고 있는 요즘, 디지털 세계와 아날로그 세계를 넘나드는 이어령 교수의 심도 있는 "문화 에세이"는 강렬한 호소력으로 다가온다.

한국수필문학사에서 이어령 교수의 족적은 너무나 크고 거대하다. 그는 에세이를 당당하게 문학의 최고 반열에 올려놓았고, 에세이로 한 시대를 풍미했다. 이어령 교수의 에세이들은 타의 추종을 불허하는 탁월한 비교 문화적 성찰과 번득이는 재치로 독자들을 감동시켰다. 문학사상사가 이어령 전집을 출간했고 위즈덤 하우스, 열림원, 김영사, 살림 등 주요출판사에서 그의 저서들을 많이 출간했다.

최근 21세기 북스에서는 '이어령 전집'으로 '아카데미 컬렉션' 4권, '한국문화론 컬렉션' 4권, '사회문화론 컬렉션 4권, '크리에이티브 컬렉션' 2권, 그리고 '베스트셀러 컬렉션' 10권(1차 5권 출판완료)을 출간했다. 그리고 2023년에는 이어령 교수 추모 에세이집 『신명의 꽃으로 돌아오소서』도 발간했다.

비교적 최근에 출간된 이어령 교수의 에세이집으로는 『이어령의 마지막 수업』, 『눈물 한 방울』, 『먹다 듣다 걷다』, 『너 어떻게 살래』, 『거시기 머시기』, 『생각 깨우기』, 『메멘토 모리』, 『딸에게 보내는 굿나잇 키스』, 『이어령의 보자기 인문학』, 『이어령의 가위 바위 보의 문명론』, 『이어령의 책 한 권에 담긴 뜻』, 『이어령의 80초 생각 나누기』, 『이어령의 교과서 넘나들기』, 그리고 『지성과 영성』 등이 있다.

이어령 교수는 한국 최고의 에세이스트로 한국문학사에 기록될 것이다. 그는 한국문단에 에세이 붐을 일으켰으며, 시 보다도 더 감동적이고, 소설보다도 더 재미있으며, 학술도서보다도 더 명쾌하고 논리 정연한 주옥같은 에세이들을 남기고 떠났다. 그의 에세이들을 통해 한중일은 서로를 비춰볼 수 있었고, 동서양은 경계를 허물고 만날 수 있었으며, 우리는 문화적 식견을 가진 세계인이 될 수 있었다.

이어령 특유의 문명, 문화, 문학론을 담은 이 책은 그가 우리에게 육성을 통해 마지막으로 남기고 간 소중한 선물이다. 이미 시작되고 있는 "인공지능 시대"와 "생명 자본주의 시대"에 대한 이어령 교수의 탁월한 혜안은 앞으로 우리가 살아나가는 데 없어서는 안 될 중요한 길잡이가 될 것이다. 그는 이제 더 이상 우리 곁에 없지만, 우리는 그의 값진 사유와 뛰어난 통찰을 통해 이어령 교수를 오래 기억할 것이다.

이어령 읽기

1판 1쇄 찍음   2023년 8월 25일
1판 1쇄 펴냄   2023년 9월 8일

지은이   김성곤
발행인   박근섭, 박상준
펴낸곳   (주)민음사

출판등록   1966. 5. 19. (제 16-490호)
주소   서울특별시 강남구 도산대로1길 62(신사동)
         강남출판문화센터 5층(우편번호 06027)
전화   02-515-2000 팩시밀리 02-515-2007
홈페이지   www.minumsa.com

ISBN 978-89-374-2717-6 (03810)

값 18,000원